Arena - Taschenbuch
Band 51207

Weitere Bücher der Autorin im Arena Verlag:
Isegrim. Eine Liebe in Wolfsnächten
Libellensommer
Der Gesang der Orcas
Julischatten
Die verborgene Seite des Mondes
Indigosommer
Der Kuss des Raben
Wie die Sonne in der Nacht
Schneetänzer
Lakota Moon

Antje Babendererde,
geboren 1963, wuchs in Thüringen auf und arbeitete als Hortnerin, Arbeitstherapeutin und Töpferin, bevor sie sich dem Schreiben widmete. Zwanzig Jahre lang galt ihr besonderes Interesse der Kultur, Geschichte und heutigen Situation der Indianer. Ihre einfühlsamen Romane zu diesem Thema für Erwachsene wie für Jugendliche fußen auf intensiven Recherchen während ihrer USA-Reisen und werden von der Kritik hoch gelobt. Mit den Jugendromanen »Isegrim« und »Der Kuss des Raben« kehrte die Autorin zu ihren Thüringer Wurzeln zurück.
www.antje-babendererde.de

Antje Babendererde

Talitha Running Horse

Arena

Arena

Ein Verlag in der *westermann* GRUPPE

2. Auflage im Arena-Taschenbuch 2020

Rottendorfer Straße 16, 97074 Würzburg

Umschlaggestaltung: Frauke Schneider
Umschlagtypografie: Sibylle Bader
Gesamtherstellung: Westermann Druck Zwickau GmbH
ISSN 0518-4002
ISBN 978-3-401-51207-5

Besuche den Arena Verlag im Netz:
www.arena-verlag.de

In Sommernächten galoppierte ein geflügeltes Pferd auf dem äußersten Rand der Finsternis, und ihr Geist erfüllte es inmitten der Sterne. Es war von einem so dunklen Grau, dass es fast blau aussah, und man konnte es nur durch die Sterne in seinen Flügeln, seinem Kopf, seinen Hufen und seiner Mähne finden.
C. P. Rosenthal »Sternenpferde«

Den Kindern der Lakota gewidmet

1. Kapitel

»Tally, wo steckst du?«

Ich hob den Kopf von meiner Zeichnung, legte den Bleistift beiseite und klopfte an die Fensterscheibe meines kleinen Zimmers. Draußen vor unserem Wohntrailer stand mein Vater vor der offenen Motorhaube seines alten Dodge Pick-up und machte ein besorgtes Gesicht.

Hoffentlich nichts Schlimmes, dachte ich. Dad hatte keinen festen Job, das Geld war knapp, und er brauchte den Truck, um zu den Leuten zu fahren, die ihn mit verschiedenen Arbeiten beauftragten. Mit seinen geschickten Händen konnte mein Vater alles reparieren: Autos, Zäune, Dächer. Dad machte sogar Klempnerarbeiten. Das hatte sich herumgesprochen im Reservat, und so hielten wir uns über Wasser.

Mein Vater winkte mich nach draußen. Auf der Treppe erwischte mich ein kalter Windstoß und schlug mir die langen Haare über das Gesicht. Es war schon Mitte April, aber vor einer Woche hatte der Winter noch einmal Schneeschauer von Norden her über die Prärie geschickt. Die Menschen im Reservat sehnten sich nach dem Frühling. Auch wir hatten Mühe gehabt, unseren Trailer über die langen Monate hinweg warm zu halten. Die elektrisch betriebenen Heizkörper reichten nicht aus, und so hatte mein Vater immer für genügend Holz sorgen müssen, damit wir den gusseisernen Ofen in der Wohnküche anheizen konnten.

Ich sprang zurück ins Warme, flocht meine Haare zu einem Zopf und umschlang das Ende mit einem bunten Gummiband. Bevor ich

wieder nach draußen ging, schlüpfte ich in meine warme Jacke. Der Wind schlug die Tür hinter mir zu, bevor ich es tun konnte.
»Was ist denn los, Dad? Ist der Pick-up schon wieder kaputt?«
Unter der Krempe seines schwarzen Hutes hervor blickte mein Vater mich an. »Ja, ich bin mit Müh und Not gerade noch bis nach Hause gekommen. Aber es war bloß ein lecker Schlauch und ich konnte ihn reparieren. Ich hoffe, jetzt hält es für eine Weile.« Er rieb seine ölverschmierten Finger an einem alten Tuch ab, aber sauber wurden sie davon nicht.
»Und warum hast du mich gerufen?«
»Ich wollte dich fragen, ob du Lust hast, Tante Charlene zu besuchen. Ich will versuchen ihre Heizung wieder in Gang zu bringen.«
Tante Charlene war die Frau von Dads Bruder Frank. Onkel Frank war vor einem Jahr im Irakkrieg gefallen. Seit er nicht mehr lebte, kümmerte sich mein Vater so gut es ging um seine Schwägerin und ihren Sohn Marlin. Die beiden wohnten in einem hellblauen Holzhaus unweit der Straße zwischen Wounded Knee und Manderson, ungefähr zwanzig Minuten von uns entfernt.
Meine Tante hatte gestern Abend angerufen, weil ihre Heizung kaputt war. Dad hatte sich gleich noch auf den Weg zu ihr gemacht und den Schaden begutachtet. Heute Vormittag war er in die Stadt gefahren, um einige Teile zu besorgen, und auf der Rückfahrt hatte er dann Schwierigkeiten mit seinem alten Pick-up-Truck bekommen.
»Ich weiß nicht, Dad.« Ich wand mich ein wenig, weil ich nicht mitfahren wollte. »Ich muss noch Hausaufgaben machen.«
Ich ging nicht gerne zu Tante Charlene. Vor allem wegen Marlin, meinem Cousin. »Halbblut«, nannte er mich und machte sich über meine grünen Augen und meine lockigen Haare lustig. Er spottete darüber, dass meine Mutter eine Weiße war, und betonte bei jeder Gelegenheit, dass sie mich und meinen Vater verlassen hatte.
»Heute ist Samstag«, sagte Dad. »Die Hausaufgaben kannst du doch auch morgen machen.«

»Aber ich bin noch mit Adena verabredet«, fügte ich hinzu. »Picu hat gestern drei Welpen geworfen, die will sie mir zeigen.«
Adena war meine beste Freundin, die Tochter unserer Nachbarn Charlie und Nellie White Elk. Ihr Trailer stand zweihundert Meter hinter unserem, noch ein ganzes Stück den Hügel hinauf. Und Picu war Adenas Mischlingshündin. Sie hatte große Ähnlichkeit mit einem Kojoten, und ich war sehr neugierig, wie ihre neugeborenen Welpen aussahen.
Aber mein Vater lächelte, und als er seinen Hut in den Nacken schob, sah ich ein Leuchten in seinen schwarzen Augen. »Ich weiß ja, dass du deine Tante und Marlin nicht besonders magst, Talitha. Aber Charlene hat einen neuen Nachbarn. Er züchtet Appaloosapferde. Ich habe sie gestern Abend gesehen. Ich glaube, ein neugeborenes Fohlen ist auch dabei. Vielleicht macht es dir ja Freude, die Pferde zu zeichnen.«
Das war natürlich etwas vollkommen anderes! Auf jeden Fall wollte ich die Pferde sehen. Appaloosas – richtige Indianerpferde. Was hätte ich darum gegeben, selbst welche zu haben. Doch um Pferde zu halten, brauchte man Land, und man brauchte Geld. Wir besaßen zwar Land, aber nicht hier, in Porcupine, wo unser Trailer mit der braunen Holzverkleidung stand. Dad gehörten 1000 Hektar bewaldetes Land in den Hügeln hinter Tante Charlenes Haus. Sein Traum war, dort zu leben, in einem richtigen Haus mit Keller, Innentoilette und fließendem Wasser.
Mein Traum war, Pferde zu haben, sie zu reiten. Manchmal, wenn ich die Augen schloss, sah ich mich auf dem Rücken eines wunderschönen Pferdes über die Prärie fliegen. Ich konnte das Trommeln seiner Hufe hören, und schon so manches Mal war ich von seinem durchdringenden Wiehern erwacht. Diese Tagträume waren so lebendig, dass ich sogar den Schweiß riechen konnte, der vom Rücken meines Traumpferdes aufstieg.
»Deine und meine Träume gehören zusammen«, sagte Dad immer.

»Wenn wir erst in einem richtigen Haus auf unserem eigenen Land wohnen, dann kannst du auch Pferde haben, das verspreche ich dir.« Doch wie sollte das jemals wahr werden? Wovon sollte mein Vater ein Haus bauen? Sein mageres Einkommen reichte ja kaum fürs Leben und für Benzingeld. Andererseits wusste ich, dass mein Vater nie leere Versprechungen machte. Und so gaben wir nicht auf, mein Dad und ich. Wir gaben unsere Träume nicht auf.

»Na gut«, sagte ich, »ich komme mit. Will nur schnell Adena anrufen und ihr sagen, dass ich erst morgen vorbeikomme.«

»Okay«, sagt Dad, »dann beeil dich! Ich wasch mir nur noch die Hände, dann geht's los.«

Auf der Fahrt kamen wir am Hügel von Wounded Knee vorbei. Schon von weitem sah man die dunkle Holzkirche, den grauen Gedenkstein und die beiden weiß-roten Steinpfeiler mit dem kleinen schmiedeeisernen Kreuz auf dem Metallbogen, der sich von einem Pfeiler zum anderen spannte.

Das einsam stehende Tor war der Eingang zu einem Friedhof. Es war ein trauriger, ein unheilvoller Ort. Auf dem Gedenkstein waren Namen eingraviert. Im Dezember des Jahres 1890 töteten die Soldaten der 7. US-Kavallerie auf diesem Hügel fast dreihundert ausgehungerte und erschöpfte Lakota-Indianer.

Mein Vater und ich sind Nachfahren einer Überlebenden des Massakers. Meine Urgroßmutter Helen Yellow Bird war 13 – so alt wie ich –, als sie und andere Kinder, Frauen und Männer dem schwer kranken Häuptling Big Foot im eisigen Winter auf seinem Marsch über die Badlands folgten, in der Hoffnung, hier im Pine Ridge Reservat bei Red Cloud und seinen Oglala-Lakota Aufnahme und Sicherheit zu finden.

Aber die US-Armee verfolgte Big Foot und seine Leute. Als sie sie eingeholt hatten, hisste der Häuptling die weiße Flagge. Schwerbewaffnete Soldaten eskortierten die erschöpften, von Hunger und

Kälte geschwächten Menschen zum Flüsschen Wounded Knee, wo sie ihr Lager aufschlagen mussten. Am nächsten Tag erging der Befehl, dass alle Indianer ihre Waffen abgeben sollten. Dabei kam es zu einem Handgemenge, und es löste sich ein Schuss aus dem Gewehr eines Lakota-Kriegers.

Daraufhin eröffneten die Soldaten das Feuer und töteten mehr als 250 von Big Foots Leuten, die meisten von ihnen Frauen und Kinder. Ein Teil der Verwundeten erfror im Schnee, weil sie keine Hilfe bekamen. Noch im Umkreis von zwei Meilen wurden Leichen gefunden. Einige wenige konnten fliehen und sich in Sicherheit bringen.

Deshalb wohnten auch heute noch Nachfahren der Überlebenden hier in Pine Ridge, bei den Leuten von Crazy Horse und Red Cloud, obwohl sie ursprünglich aus Reservaten im Norden von South Dakota stammten. Auch meine Urgroßmutter Helen fand Aufnahme bei einer Familie in der Nähe von Manderson. Sie heiratete und erzählte das, was sie erlebt hatte, ihren Kindern. Eines davon war mein Großvater Emmet.

Er sagte immer, dass damals in Wounded Knee nicht nur unschuldige Menschen starben, sondern auch der Traum der Indianer von einem Leben in Freiheit und Würde. Der Heilige Kreis des Lebens war zerbrochen.

Immer wenn ich am Hügel von Wounded Knee vorbeifahre, muss ich daran denken, wer ich bin. Mein Name ist Talitha Running Horse und ich bin eine Reservatsindianerin. Manche Leute nennen mich *Iyeska*, Mischling, denn bin ich ein Halbblut. Meine Mutter ist eine Weiße. Ich kann mich noch gut an sie erinnern, obwohl ich sie seit vielen Jahren nicht mehr gesehen habe. All die Jahre hat sie mir nicht geschrieben und mich niemals angerufen.

Mein Vater Richard und meine Mutter Holly waren beide noch sehr jung, als sie sich kennen lernten. Sie ein Hippiemädchen aus San Francisco in Kalifornien, das ins Lakota-Reservat nach Pine Ridge

gekommen war, weil sie Pferde liebte und neugierig auf Indianer war. Mein Dad hatte gerade das College abgeschlossen, wo er eine Ausbildung als Automechaniker gemacht hatte.
Meine Mutter begeisterte sich für die endlose Weite der Prärie und mochte sogar die Badlands, ein riesiges trockenes Gebiet, das fast nur aus mondfarbenen Kalkfelsen besteht. Sie trafen sich auf einem *Powwow*, einem unserer Tanzfeste. Es war Liebe auf den ersten Blick und neun Monate später wurde ich geboren. *Powwow-Unfall* war eines der Schimpfwörter, mit denen mein Cousin Marlin mich am liebsten betitelte.
Meine Mutter zog zu Dad in den alten Trailer, in dem er mit Großvater Emmet lebte, und sie heirateten vor dem Friedensrichter. Zuerst waren sie sehr glücklich. Doch schon bald hatte meine Mutter genug vom Reservat. Prärie und Badlands verloren ihren Reiz. Sie wollte nur noch weg, zurück nach Kalifornien, zusammen mit mir und meinem Dad. Aber er mochte davon nichts hören, denn er liebte sein Land. Außerdem wollte er seinen Vater nicht allein lassen, der sehr krank war und niemals freiwillig von dem Land fortgegangen wäre, auf dem er geboren war. »Das Land ist mit dem Blut unserer Vorfahren getränkt«, hatte Großvater Emmet gesagt. »Es atmet unsere Geschichte. Hier ist die Heimat der *Spirits*, unserer Geisthelfer, und hier will ich begraben werden.«
Ich war damals noch klein, aber ich kann mich daran erinnern, dass meine Mutter und mein Vater häufig stritten. Mom weinte oft und schimpfte über eine Menge Dinge. Dass wir kein fließendes Wasser im Trailer hatten und Dad es immer erst in Kanistern heranfahren musste. Dass die Sommer so glühend heiß und trocken waren im Reservat. Und die Winter so furchtbar kalt, dass jeder Gang aufs Klohäuschen hinter dem Trailer uns vorkam wie eine Polarexpedition. Aber dass wir nie Geld hatten, das war wohl das Schlimmste für sie.
Eines Tages, es war ein besonders heißer und trockener Sommer,

packte sie ihre und meine Sachen, setzte mich in ihr Auto und fuhr mit mir davon. Ich war sieben Jahre alt und dachte, wir würden verreisen. Wir waren schon lange unterwegs in Richtung Westen, da machte meine Mutter Halt an einer Raststätte. Sie ließ mich im Auto sitzen und ging telefonieren. Das Telefon war zu weit weg, deshalb konnte ich nicht hören, mit wem sie sprach, obwohl alle Fenster offen standen. Aber ich sah sie weinen, und das machte mir Angst. Ich weiß noch, wie es in meinem Nacken zu kribbeln begann.
Schließlich kam sie zurück, ließ mich aussteigen und mit Mister Lukas, meinem Teddy, auf eine Bank setzen. Sie kaufte mir eine Limonade und einen Donut und fuhr mit den Worten »Sei schön brav und warte hier, bis dein Vater dich abholt« davon.
Ich aß den Donut und wartete. Ich wartete sehr lange und begann schon mir Sorgen zu machen. Aber dann kam mein Dad und holte mich. Von da an lebten wir zu dritt im Trailer und kamen prima miteinander aus. Niemand beklagte sich mehr.
Drei Jahre, nachdem meine Mutter uns verlassen hatte, starb Großvater Emmet. Ich habe ihn sehr geliebt und er fehlte mir. Es gab Augenblicke, in denen auch meine Mutter mir fehlte. Aber diese Augenblicke wurden immer seltener und irgendwann dachte ich überhaupt nicht mehr an sie.

Dad bog von der Teerstraße ab, die weiter nach Manderson führte, ratterte über ein Eisengitter, und hinter einer Böschung tauchte das hellblau gestrichene Holzhaus von Tante Charlene auf. Ihre beiden Hunde Scooter und Rip bellten und umkreisten den Pick-up, als Dad vor dem Haus parkte. Scooter war ein großer braun-weiß gescheckter Mischlingshund mit kurzem Fell und langen Ohren. Rip war klein und langhaarig und erinnerte mich immer an einen Mopp.
Als wir ausstiegen und sie uns erkannten, sprangen sie an uns hoch. Wahrscheinlich hatten sie Hunger oder erhofften sich ein paar Streicheleinheiten. Wir wussten, dass die Hunde von Tante Char-

lene nicht verwöhnt wurden. Dad kraulte beide hinter den Ohren und sagte ein paar freundliche Worte. Scooter und Rip winselten.
Tante Charlene erschien in der Tür. Ihr Haar war straff nach hinten gekämmt und sie hatte es zu einem kleinen Zopf zusammengenommen. Über ihren schwarzen Leggins trug sie einen bekleckerten Pullover. Ihr mächtiger Körper füllte die Türöffnung beinahe vollständig aus. Sie hatte die fleischigen Fäuste in ihre unförmigen Hüften gestemmt und machte ein missmutiges Gesicht. »Wird Zeit, dass du kommst, Rich«, zeterte sie. »Ich bin schon halb erfroren.«
»Tut mir Leid«, sagte mein Vater. »Aber heute Vormittag war ich in Rapid City, um die Teile zu besorgen, und dann musste ich meinen Pick-up-Truck reparieren. Ich bin so schnell gekommen, wie ich konnte.«
Charlene winkte ab und verschwand im Haus. Meine Tante war schon immer anstrengend gewesen, aber seit Onkel Frank nicht mehr lebte, war sie unausstehlich geworden. Es schien fast so, als würde sie alle Lebenden für den Tod ihres Mannes verantwortlich machen. Sie achtete nicht mehr auf ihr Äußeres und kümmerte sich kaum noch um den Haushalt. Nur Marlin, ihr einziger Sohn, schien ihr noch etwas zu bedeuten. Und ihre Seifenopern.
Das mit Onkel Frank war schlimm für uns alle gewesen. Der Verlust seines einzigen Bruders hatte auch meinen Vater schwer getroffen. Mein Onkel war ein fröhlicher und gutherziger Mann gewesen, der immer alle zum Lachen gebracht hatte, sogar Charlene. Er war zur Armee gegangen, um mit dem Geld, das er dort verdiente, seinem Sohn eine gute Schulausbildung zu ermöglichen.
Dad sagte, dass Onkel Frank den Krieg, in dem er kämpfte, nie gemocht hatte.
Nach seinem Tod bekam meine Tante nun eine Hinterbliebenenrente von der Armee und musste sich – im Gegensatz zu uns – um ihr Auskommen keine Sorgen machen. Deshalb verstaubten die Schalen mit den bunten Perlen, aus denen sie früher wunderschöne Mus-

ter gestickt hatte. Ihre Perlenarbeiten waren bei den Touristen sehr begehrt gewesen. Aber das interessierte sie alles nicht mehr.
Als ich das Haus meiner Tante betrat, blieb ich im Flur mit den Schuhsohlen am Boden kleben. Jeder Schritt machte ein Geräusch, als ob man einen Klettverschluss öffnete. Jemand hatte Limonade verschüttet und es nicht für nötig gehalten, sie aufzuwischen. In der Küche stapelte sich haufenweise schmutziges Geschirr und überall lag Kram herum: getragene Kleidungsstücke, Kartons, zerlesene Zeitschriften und Pappteller mit angetrockneten Essensresten.
Die Reinlichkeit in diesem Haus war seit Onkel Franks Tod ebenso auf der Strecke geblieben wie das Lachen und die indianischen Traditionen. Tante Charlene hatte jetzt überall Heiligenbilder aufgehängt und ging jeden Sonntag in die Kirche.
Im Wohnzimmer lief der Fernseher. Charlene saß auf der Couch unter einem Plastikjesus und stopfte Kartoffelchips in sich hinein. Obwohl sie mich bemerkt haben musste, tat sie so, als wäre ich überhaupt nicht vorhanden. Marlin schien zum Glück nicht da zu sein, wie ich mit großer Erleichterung feststellte. Ich war nicht wild darauf, meinem großspurigen Cousin zu begegnen.
Dad trug sein Werkzeug in den Keller und ich half ihm dabei. Als er die Ersatzteile aus dem Pick-up holte, folgte ich ihm nach draußen.
»Die Pferde laufen frei herum«, sagte er und zeigte hinüber zum Haus von Charlenes neuen Nachbarn. Es hatte einen frischen dunkelroten Anstrich mit weiß abgesetzten Fensterrahmen und Dachrändern und sah richtig einladend aus.
»Der Besitzer heißt Tom Thunderhawk; ich hab gestern Abend kurz mit ihm gesprochen. Er hat nichts dagegen, dass du dir die Pferde ansiehst. Nur vor dem gefleckten Hengst sollst du dich ein wenig in Acht nehmen. Tom sagt, der mag Fremde nicht besonders. Lauf den Weg hinter dem Haus vorbei in die Hügel, dort wirst du die Herde finden.«
Ich nickte und trat vor Aufregung von einem Bein aufs andere.

»Sei in einer Stunde wieder da, okay.«
»Ja, Dad«, sagte ich und flitzte los.

Ein breiter Fahrweg führte hinter dem roten Haus vorbei und schlängelte sich in die mit Kiefern bewachsenen Hügel. Von diesen Kiefern hatte das Reservat seinen Namen: Pine Ridge. Tante Charlene hatte immer behauptet, jenseits der Kiefern beginne das Reich der Geister. Ob sie das jetzt immer noch glaubte, wo sie doch nun den Gott der Weißen verehrte und von den *Spirits* nichts mehr wissen wollte?
In einigen schattigen Mulden lag noch Schnee, und es wehte ein kalter Wind. Ich blieb stehen und zog den Reißverschluss meiner Jacke bis zum Hals. Der Weg war schlammig, und ich entdeckte die Abdrücke von unbeschlagenen Pferdehufen. Ich lief schneller.
Nur wenig später, ich war überhaupt nicht weit gelaufen, sah ich die Pferdeherde auf einem Hügel stehen. Ich lief langsamer, um die Tiere nicht zu erschrecken, und ging bis auf ein paar Meter an sie heran. Vor Aufregung wagte ich kaum zu atmen, als ich Tom Thunderhawks Pferde zum ersten Mal aus der Nähe sah. Ich hatte schon hier und da mal ein Appaloosa gesehen im Reservat, aber noch nie so viele und so schöne Tiere auf einmal. Die Sonne kam plötzlich zwischen den Wolken hervor, schickte ihre Wärme herab und ließ die Fellzeichnung der Pferde aufleuchten.
Shunka wakan, Heilige Hunde, war der Name, den die Lakota den Pferden gaben, als sie zum ersten Mal welche sahen. Die Spanier brachten sie auf ihren Schiffen nach Amerika, und es dauerte noch eine Weile, bis sie zu uns in den Norden vorgedrungen waren. Die Pferde, das war das einzig Gute, was wir den Spaniern zu verdanken hatten.
Bis dahin hatten Hunde die Lasten gezogen, wenn unsere Vorfahren mit ihren Tipis der Spur der Büffel folgten. Als die Indianer die Pferde sahen, hielten sie sie für Geisterhunde. Aber schon sehr bald

wussten sie die Vorteile der starken Tiere auszunutzen, denen sie eine viel größere Last aufbürden konnten als ihren Hunden.
Ich ging noch drei kleine Schritte auf die Pferde zu und blieb dann stehen. Herr über Tom Thunderhawks Herde war ein großer Hengst, einer der seltenen Leopardenschecken. Der, vor dem ich mich in Acht nehmen sollte. Er wandte mir den Kopf zu, rollte mit den Augen und wieherte, was wie eine Warnung klang. *Bleib lieber stehen*, schien er mir sagen zu wollen.
Eine Besonderheit bei Appaloosas sind ihre Augen mit der weiß umrandeten Pupille und ihre gestreiften Hufe.
Das Fell des Hengstes war weiß und hatte überall grauschwarze Tupfen, auch auf dem Kopf und an den Beinen. Sogar seine Nüstern waren gesprenkelt. Er sah lustig aus, aber ich hatte mächtigen Respekt vor ihm. Der Hengst ließ seine Stuten und ihre Fohlen nicht aus den Augen. Mich allerdings auch nicht. Neugierigen Fremden gegenüber schien er tatsächlich sehr misstrauisch zu sein.
Von seinen fünf Stuten waren drei braun, mit weißen Kruppen und weißen Sprenkeln überall. Zwei hatten eine graue Grundfarbe und ihr Fell war von weißen Haaren durchzogen. Es sah aus, als wäre Schnee auf sie gefallen. Eine von ihnen hielt ich für die Leitstute. Sie hob immer wieder wachsam den Kopf, während die anderen sich von meiner Gegenwart nicht aus der Ruhe bringen ließen. Es gab einen grauweißen Wallach, der etwas abseits graste und sich der Herrschaft des gefleckten Hengstes fügte. Zwischen den braunen Stuten entdeckte ich zwei Jährlinge, und dann wusste ich auch, warum die eine der grauen Stuten so unruhig war. Hinter ihr versteckt stand ein dünnes Fohlen, das erst wenige Tage alt sein konnte.
Ich ging vorsichtig ein paar Schritte um die Herde herum, um es besser ansehen zu können. Kopf und Hals des kleinen Stutfohlens waren dunkelgrau. Rücken und Bauch sahen aus wie von Raureif bedeckt. Sein fast weißes Hinterteil hatte dunkle, faustgroße Flecken,

fünf auf jeder Seite. Es folgte seiner Mutter auf Schritt und Tritt und drängte sich an ihren schützenden Körper.
Ich hatte das Gefühl, als wäre ich ihm schon in meinen Träumen begegnet, und verliebte mich sofort in dieses kleine Wesen. Die Sonne wärmte sein schön gezeichnetes Fell, und auf einmal machte es fröhliche, ungelenke Sprünge, die mich an einen kleinen Wirbelwind denken ließen. Beinahe unbewusst formten meine Lippen einen Namen: Stormy.
»Hey, Stormy!«, rief ich leise und flüsterte ein paar freundliche, besänftigende Worte. Das Fohlen hob den Kopf und sah mich neugierig an, als hätte es seinen neuen Namen verstanden. Es kam näher, als wollte es mehr hören von dem, was ich zu sagen hatte. Zu gerne hätte ich es gestreichelt und meine Nase an sein weiches Fell gedrückt, um seinen süßen Pferdeduft einzuatmen. Aber auch wenn der gefleckte Hengst anscheinend beschlossen hatte, mich nicht länger als Gefahr zu betrachten – die graue Stute ließ mich nicht an ihr Fohlen heran. Sobald ich mich Stormy näherte, stellte sie sich zwischen mich und ihr Fohlen.
Ich wusste, dass nährende Stuten manchmal gefährlich werden konnten, wenn sie das Gefühl hatten, ihren Nachwuchs verteidigen zu müssen. Also verhielt ich mich vorsichtig und bedrängte sie nicht. Ich war glücklich, so nah bei der Herde sein zu dürfen. Das nächste Mal wollte ich unbedingt meine Zeichenmappe mitbringen.
Viel zu schnell war die Stunde vorbei, und ich musste mich schon wieder auf den Weg machen, um rechtzeitig bei meiner Tante zu sein. Mein Vater mochte es nicht, wenn er auf mich warten musste.
Als ich bei Tante Charlenes Haus ankam, lud Dad gerade sein Werkzeug auf die Ladefläche des Pick-ups. »Na, hast du die Pferde gesehen?«, fragte er lächelnd.
»Ja, Dad. Sie sind wunderschön!«, schwärmte ich. »Und du hattest Recht. Da ist ein winziges Fohlen dabei, mit zehn dunklen Punkten auf der weißen Hinterhand.«

»Fünf auf jeder Seite?«, fragte er.
»Ja, fünf auf jeder Seite.« Verwundert über seine Frage, sah ich ihn an.
»Dann ist es ein besonderes Pferd, Tally. *Wakan Tanka*, der Große Geist, hat es berührt; er hat den Abdruck seiner Hand auf ihm hinterlassen. Tom Thunderhawk ist sicher stolz darauf, so ein Tier zu besitzen.«
»Das nächste Mal, wenn ich wieder hier bin, werde ich das Fohlen zeichnen«, sagte ich und gab mir keine Mühe, meine Begeisterung zu verbergen.

2. Kapitel

Als wir wieder zu Hause waren, lief ich doch noch hinauf zu Adena. Ich wollte ihr unbedingt von den Appaloosa-Pferden erzählen. Adena White Elk war dreizehn, so alt wie ich, und wir gingen in die achte Klasse der Junior Highschool von Porcupine. Meine Freundin war Vollblutindianerin, eine Oglala-Lakota. Sie stammte aus einer sehr traditionellen Großfamilie, einer *Tiospaye*, wie wir Lakota sagen. Es gab *Tiospayes* in unserem Reservat, die mehr als achtzig Mitglieder zählten.
Die White Elks besaßen aus Prinzip keinen Fernseher, um die Einflüsse der weißen Kultur von ihren Kindern fern zu halten. Hinter ihrem Trailer stand eine Schwitzhütte, ein halbrunder Bau aus gebogenen Weidenästen, der mit grauer Plane abgedeckt war. Darin wurden regelmäßig *Inipis*, Schwitzbäder abgehalten, um Körper und Geist zu reinigen. Adenas Großvater Bernhard White Elk, der mit dem Rest der *Tiospaye* in Kyle lebte, war ein geachteter Medizinmann im Reservat, der jedes Jahr den Sonnentanz in den Black Hills leitete. Meine Freundin Adena hatte drei Brüder, von denen aber nur noch der zehnjährige Jason zu Hause lebte. Leider war er eine ziemliche Großklappe.

Der Trailer, den Familie White Elk bewohnte, war genauso groß wie unserer, aber viel moderner und besser eingerichtet. Sie hatten sogar ein Badezimmer mit fließendem Wasser und Spülklosett. Dad und ich durften ab und zu bei den White Elks duschen, was ich ziemlich nett von ihnen fand. Denn eine Wasserleitung zu legen kostete eine Menge Geld, und immer wenn wir das Geld dafür zusammenhatten, ging irgendetwas an unserem Truck oder am Trailer kaputt oder jemand kam und brauchte das Geld dringender. Um einem Verwandten eine dringend notwendige Operation zu ermöglichen, zum Beispiel. Manchmal bekamen wir unser Geld zurück, manchmal auch nicht. Wer etwas hatte, der gab. Großzügigkeit ist eine der wichtigsten Tugenden der Lakota. Die anderen sind Aufrichtigkeit, Weisheit, Mut und Demut.

Adena freute sich, als ich vor der Tür stand. Sie zog mich herein und führte mich gleich zu Picu, die in der Küche auf ihrer Decke in einer Kiste lag und drei Welpen säugte. Als Adena den Kopf der Hündin streichelte, blinzelte sie uns müde an.
»Picu ist ganz schön erschöpft«, sagte Adena, »die drei haben ständig Hunger.«
»Sie sind süß.« Ich streichelte einem der Hundebabys mit dem Zeigefinger über das Bäuchlein.
»Willst du einen?«
»Sofort«, sagte ich und seufzte hingerissen. »Aber Dad wird es nicht erlauben. Wir haben ja schon Miss Lilly.« Miss Lilly war meine grauschwarz getigerte Katze. Ihr fehlte ein halbes Ohr, das sie vermutlich beim Kampf mit einem Kojoten eingebüßt hatte. Miss Lilly war eine sehr eigenwillige Dame, die über Konkurrenz aus der Hundewelt sicher nicht erfreut gewesen wäre.
»Na ja, du kannst es dir ja noch überlegen.«
Ich nickte und erzählte Adena von Tom Thunderhawks Pferden und dem kleinen Stutfohlen, das ich Stormy genannt hatte.

Adena schüttelte ungläubig den Kopf. »Du gibst einem Fohlen, das dir überhaupt nicht gehört, einen Namen?«
Betrübt zuckte ich die Achseln. Meine überschwängliche Freude machte der nüchternen Erkenntnis Platz, dass ich mich Hals über Kopf in ein Fohlen verliebt hatte, das wildfremden Menschen gehörte. Mit ziemlicher Sicherheit hatte es bereits einen Namen, da hatte Adena vollkommen Recht.
»Es sieht wunderschön aus«, sagte ich. »Ich hab es in meinen Träumen gesehen.« Das entsprach nicht ganz der Wahrheit. In meinen Träumen hatte ich ein Pferd gesehen, das schön und stark war. Aber es war kein bestimmtes Pferd und schon gar kein Fohlen. Doch jetzt war Stormy das Pferd meiner Träume.
»Träume hin, Träume her, du darfst dein Herz nicht so dranhängen«, sagte Adena und klang furchtbar erwachsen. »Wenn das Fohlen groß genug ist, verkauft der Besitzer es vielleicht, und du siehst es niemals wieder.«
Manchmal konnte sie ganz schön grausam sein in ihrer nüchternen Art.
»Dad sagt, es ist ein besonderes Pferd. Es ist *wakan** weil *Wakan Tanka* es gezeichnet hat. Vielleicht behält Tom Thunderhawk das Fohlen ja auch«, erwiderte ich trotzig. »Dann kann ich es besuchen, wenn wir bei Tante Charlene sind.«

Nachdem ich von Adena zurückgekommen war, aßen Dad und ich Reis mit roten Bohnen und tranken Tee aus *cheyaka,* wilder Pfefferminze, die ich im vergangenen Sommer gesammelt und getrocknet hatte. Im Öfchen prasselte ein gemütliches Feuer und aus dem Radio erklang Musik von Walela, einer indianischen Frauenband, die Dad mit Vorliebe hörte. Rita Coolidges rauchige Stimme füllte den Raum. Miss Lilly lag auf unserer zerschlissenen alten Couch und räkelte sich genüsslich in der Wärme.

---

* *wakan:* heilig

Ich war noch immer ganz erfüllt von der Begegnung mit den Pferden und hatte jetzt schon Sehnsucht nach dem gepunkteten Fohlen. Ich beklagte mich bei meinem Vater, dass Tom Thunderhawks Appaloosas mich zwar in ihrer Nähe geduldet hatten, sich aber von mir nicht anfassen ließen.

»Das braucht seine Zeit«, sagte er. »Du musst geduldig sein.«

»Aber wenn ich sie nur so selten sehe, werden sie sich nie an mich gewöhnen«, murrte ich. Geduld ist nicht unbedingt meine Stärke.

»Wenn du etwas hättest, das sie gerne fressen, irgendeine Leckerei, dann wäre es vielleicht einfacher«, bemerkte Dad.

Etwas ratlos sah ich ihn an. Die Pferde der Lakota waren keine Leckerbissen gewöhnt. Karotten kamen in die Suppe, wenn man welche hatte, denn frisches Gemüse war teuer in den wenigen Läden, die es im Reservat gab. Die meisten Pferde mussten sehen, dass sie das Jahr über selbst genug zu fressen fanden, jedenfalls solange kein Schnee lag. Im Winter wurden die Tiere dann gefüttert, solange das Geld für Futter reichte. Wenn nichts mehr da war, mussten sie mit ihren Hufen den Schnee beiseite scharren und zusehen, wie sie allein zurechtkamen.

Auch der letzte Winter war hart gewesen. Dad hatte mir erzählt, dass einige Pferdebesitzer im Reservat Tiere verloren hatten. Im Januar lag der Schnee so hoch, dass sie nichts mehr zu fressen fanden. Ihre Besitzer hatten kein Geld gehabt, um ihre Häuser oder Trailer zu heizen, geschweige denn, um Futter zu kaufen.

Auch unser Geld reichte natürlich nicht, um Leckereien für Pferde zu kaufen, die uns nicht mal gehörten. Aber ein paar Tage später kam mein Vater mit einem Karton krümeliger dunkelgrüner Würste von einem Arbeitseinsatz zurück. Er überreichte mir die Pappkiste mit einem strahlenden Lächeln.

Ich machte große Augen: »Was ist das, Dad?«

»Ich war heute bei einem Mann in Wanblee, der sich gut auskennt mit sämtlichen Pflanzen, die bei uns wachsen«, erklärte mein Vater.

»Er hat in seinem Keller eine elektrische Ölpresse und presst damit Öl aus Sonnenblumenkernen und Sesamsaat, manchmal mit Salbei, Hagebutten oder Kräutern vermischt. Ich habe seine Dachrinne repariert und er fragte mich, ob ich Pferdebesitzer sei, denn er hätte da etwas, das Pferde gerne fressen würden.«

Helle Freude wuchs in mir, obwohl ich immer noch keine Ahnung hatte, was das für merkwürdiges Zeug in diesem Karton war. Ich nahm eine fingerdicke Wurst heraus und schnupperte daran. Es fühlte sich fest an und roch nussig.

»Was du in den Händen hältst, ist das, was beim Pressen der Ölsaat übrig bleibt«, sagte mein Vater. »Man nennt es Presskuchen. Vielleicht hast du mit diesen Pellets Glück bei den Pferden.«

Er zwinkerte mir zu und ich setzte die Kiste ab, um ihn zu umarmen. Mein Vater dachte immer an mich. Oft brachte er mir eine Kleinigkeit mit, irgendetwas, von dem er wusste, dass ich mich darüber freuen würde. Eine besonders schöne Feder oder einen kirschgroßen weißen Stein, in dessen hohlem Inneren winzige Körner rasselten, ein zerlesenes Exemplar des *National Geographic Magazine*, neue Stifte oder Papier zum Zeichnen.

Und diesmal einen Karton mit Leckerbissen für Pferde.

Ich drückte ihm einen dankbaren Kuss auf die Wange. Mein Vater hob mich hoch, wie er es oft getan hatte, als ich noch kleiner war, und schleuderte mich einmal herum, dass meine langen Zöpfe flogen.

»Du bist der beste Dad, den ich habe«, sagte ich.

Er lachte. »Ich liebe dich auch, Braveheart.«

Braveheart. Das war Dads Kosename für mich. Er hatte ihn mir gegeben, als ich vor fünf Jahren beim Spielen in Gift-Efeu gefallen war und keine Träne vergossen hatte, obwohl sich grässliche große Blasen an meinen Beinen bildeten, die nässten und fürchterlich brannten.

Es war gar nicht so schwer gewesen, den Schmerz nicht über die

Lippen kommen zu lassen. Ich hatte ihn zu einer kleinen Kugel zusammengepresst, um die sich mein Wille schloss wie eine Faust. Das hatte Dad mir beigebracht.

Auf einmal hörten wir Flügelschlag über unseren Köpfen und blickten beide in den Himmel. Es war ein Vogel mit langen Beinen, langem Hals und einem spitzen Schnabel. Ein Kranich, der in Richtung Norden flog. Mit einem frohen Lächeln setzte mein Vater mich ab. Ich wusste, dass auch er in diesem Augenblick an Großvater Emmet dachte. Beide hörten wir die Worte des alten Mannes: *Wenn du einen Kranich nordwärts fliegen siehst, dann weißt du, dass der Winter vorbei ist.*

Im Schulbus erzählte ich Adena von den Pellets. Sie machte ihr typisches skeptisches Gesicht. »Ich kann mir nicht vorstellen, dass Pferde Abfälle von *irgendetwas* mögen«, sagte sie.

»Du wirst schon sehen«, erwiderte ich.

Während des Unterrichts schweiften meine Gedanken andauernd zu Tom Thunderhawks Pferden. Durch die großen Fenster im Klassenzimmer sah ich die Wolken am Himmel fliegen, wie sie zerrissen und sich wieder vereinten. In meiner Phantasie wurden sie zu weißen Pferden mit fliegenden Mähnen. Die Stimme meiner Klassenlehrerin plätscherte dahin wie ein Bach. Ich träumte mit offenen Augen, bis Mrs Turnbull mich weckte.

»Hältst du noch Winterschlaf, Tally?«, fragte sie spöttisch. Die Klasse lachte.

Dass ich im Unterricht träumte, war nicht neu. Trotzdem hatte ich in den meisten Fächern gute Noten. Adena war natürlich besser. Sie war in fast allem besser als ich, auch wenn sie das nie herauskehrte. Adena wollte Lehrerin werden. Sie konnte ein Gedicht in kürzester Zeit auswendig lernen und ausdrucksvoll vortragen. Im Kopfrechnen war sie die Schnellste der ganzen Klasse. Auch im Sportunterricht war sie immer ein bisschen schneller als ich, sprang ein paar

Zentimeter weiter oder höher. Sie hatte eine wunderschöne klare Stimme und auf dem Powwow war sie die bessere Tänzerin. Ihre Handarbeiten sahen immer korrekter aus als meine, und was sie anhatte, saß stets perfekt, während ich meistens so aussah, als ob ich verschlafen hätte und wie der Blitz in die Klamotten gesprungen wäre, die gerade herumlagen.

Nur in einem konnte Adena mir nicht das Wasser reichen: Ich war eindeutig die bessere Zeichnerin. Wenn Adena versuchte ein Pferd zu zeichnen, konnte man es leicht mit einer Kuh verwechseln. Wenn ich Tiere zeichnete, wirkten sie so lebendig, als könnten sie jederzeit aus dem Papier springen, sagte Dad immer.

Nach der Schule kam Adena gleich mit zu mir, um sich meine kostbaren Pferdeleckerbissen anzusehen. Mit spitzen Fingern nahm sie ein grünes Würmchen aus dem Karton. Sie roch daran und rümpfte die Nase. »Und *das* soll den Pferden schmecken? Na ich weiß nicht . . .«

Sie unkte mal wieder. Adena unkte gern. Manchmal trieb sie mich damit fast zur Verzweiflung.

Aber diesmal ließ ich mich durch ihren skeptischen Blick nicht beirren. »Wenn dieser Kräutermann sagt, dass Pferde dieses Zeug gern fressen, dann wird es auch so sein«, erwiderte ich zuversichtlich.

Die Frühjahrsstürme begannen und es regnete viel, was gut war für den trockenen Boden im Reservat. Der Wind trieb den Regen gegen die Scheiben unseres Trailers und unter das Dach, das im Winter undicht geworden war. Dad flickte und reparierte es, während ich die Pfützen auf dem Boden aufwischte.

Die Kakteen auf dem Hügel hinter unserem Trailer füllten sich mit Wasser, und das grüne Gras kam hervor. Nun würden Tom Thunderhawks Pferde wieder genügend zu fressen finden. Doch ich würde es noch schwerer haben, an sie heranzukommen. Die Kiste mit den Pellets stand immer noch unberührt in meinem Zimmer, und ich

konnte es kaum erwarten, wieder zu Tante Charlene zu fahren, um mein Glück bei den Pferden zu versuchen.
Drei Tage später bot sich die Gelegenheit. Diesmal war es ein Reifen von Tante Charlenes Ford-Combi, der gewechselt werden musste. Dad hatte gewartet, bis ich aus der Schule kam, weil er wusste, dass ich sonst traurig gewesen wäre, wenn er sich ohne mich auf den Weg gemacht hätte. Ich füllte einen Teil der Pellets in einen Stoffbeutel, und wir fuhren los.
Den ganzen Vormittag hatte es geregnet, aber nun lugte die Sonne zwischen den Wolken hervor. »Zum Glück«, sagte Dad, »ich dachte schon, ich müsste den Reifen bei strömendem Regen wechseln.«
Marlin stand auf den Holzstufen vor dem Haus und spielte mit den Hunden. Sie bellten und sprangen um ihn herum, weil er einen Knochen in der Hand hielt, den sie gerne haben wollten. Als ich aus dem Pick-up stieg, hörte er auf, freundlich zu ihnen zu sein, und jagte sie weg. Er bedachte Dad und mich mit einem gleichgültigen Blick.
Marlin war schon immer groß und kräftig gewesen. Nach dem Tod seines Vaters aber war er fett geworden, genau wie seine Mutter. Wenn er so weiterfuttert, wird er bald nicht mehr aus den Augen schauen können, dachte ich jedes Mal, wenn ich ihn sah.
Er ging ins Haus. In Gegenwart meines Vaters traute er sich nicht, mich zu hänseln. Ich fragte mich, warum nicht Marlin das Rad am Wagen seiner Mutter wechselte. Alt genug war er schließlich dazu. Doch hätte ich diese Frage laut ausgesprochen, hätte er mir das später heimgezahlt. Irgendwann, wenn mein Vater nicht dabei war.
Mit meinem Stoffbeutel voller grüner Würste machte ich mich gleich auf den Weg zu den Pferden. Tagsüber suchten sie die saftigsten Wiesen in den Hügeln. Neben der Bretterscheune, hinter der sich eine große Koppel befand, hatte Tom Thunderhawk ihnen einen Unterstand gebaut, wo sie vor Sturm und Regen Schutz suchen konnten.
Ich musste nicht weit laufen – nur bis zu einer Baumgruppe, wo die

Pferde grasten und sich an der schorfigen Rinde scheuerten, um ihr Winterfell loszuwerden. Neugierig kamen einige der Tiere auf mich zu und schnoberten an meiner Tasche. Ich musste lächeln und holte eine Hand voll Pellets heraus. Stormys Mutter beschnupperte die duftenden Würstchen, die ich ihr auf der Hand darbot und begann zu fressen. Ich hielt ganz still, aber innerlich jauchzte ich vor Freude.
Stormy beobachtete uns aus sicherer Entfernung. Ganz langsam ließ die Scheu der Pferde nach, doch sie wandten auch weiterhin die Köpfe ab, wenn ich versuchte sie zu berühren.
Als ich mich nach der einen Stunde, die mein Vater mir zugebilligt hatte, auf den Weg zurückmachte, liefen die Pferde mir nach. Das war ein unglaubliches Gefühl, als ob sie zu mir gehören würden – oder ich zu ihnen. Aber vermutlich verbrachten sie die Nacht immer auf der Koppel hinter der Scheune, und Tom hatte ihnen durch abendliche Futtergaben beigebracht, sich in der Dämmerung auf den Weg zu machen, damit er sie nicht holen musste.
Tatsächlich liefen die Pferde zum Unterstand, und als ich mich noch einmal zu ihnen umwandte, sah ich jemanden aus der Scheune kommen. Die Gestalt war groß, aber nicht so kräftig wie ein Mann. Es war ein Junge mit langen Zöpfen. Er musste gespürt haben, dass er beobachtet wurde, denn er drehte sich um und sah zu mir herüber.
Ich tat so, als hätte ich ihn nicht bemerkt, und lief einfach weiter zum Haus meiner Tante. Mein Herz flatterte wild wie ein Vogel in meiner Brust, weil ich den Blick des Jungen in meinem Rücken spürte. Wer er wohl war? Hatte Tom Thunderhawk einen Sohn? Dad hatte mir gar nichts davon erzählt, dass Tante Charlenes neuer Nachbar eine Familie hatte.

Von nun an begleitete ich meinen Vater jedes Mal bereitwillig, wenn er zu Tante Charlene fuhr. Um die Pferde zu sehen, nahm ich sogar Marlins Schikanen in Kauf. Er kniff mich, wenn niemand hinsah, und zog mich an den Zöpfen. Er war vierzehn und ich konnte nicht begreifen, dass ihm derart kindisches Benehmen Vergnügen bereitete. Aber auch wenn seine Kniffe blaue Flecken auf meinen Armen hinterließen, die noch lange zu sehen waren: Vielmehr schmerzte es mich, wenn er über mich lästerte.

Daran, dass er mich *Halbblut* und *Powwow-Unfall* schimpfte, hatte ich mich inzwischen gewöhnt, aber er zog auch gerne über mein Äußeres her. *Spitznase, Brett mit Warzen, Knochenbein, Heuschrecke*.

Um Marlins Demütigungen zu entgehen, ließ ich mich oft gar nicht erst im Haus blicken, sondern machte mich gleich auf den Weg zu den Pferden. An manchen Tagen war es schon sommerlich warm, und wenn ich am roten Haus der Thunderhawks vorbeiging, sah ich manchmal zwei kleine Mädchen auf der Wiese spielen oder eine junge Frau, die Wäsche auf eine Leine hängte und mir freundlich zuwinkte. Auch den Jungen, von dem ich inzwischen wusste, dass er Toms Sohn war, sah ich hin und wieder, machte aber jedes Mal einen großen Bogen um ihn.

Bisher hatten Jungs mich kaum interessiert, wobei Adena meinte, das läge nur daran, weil die Jungs sich nicht für mich interessierten. Vielleicht hatte sie damit sogar Recht. Was nützte es mir, ihnen mit schmachtenden Blicken hinterherzusehen, wenn sie mich überhaupt nicht wahrnahmen.

Einen plausiblen Grund, warum ich Toms Sohn aus dem Weg ging, hätte ich nicht zu nennen gewusst. Zugegeben, in Wahrheit brannte ich darauf, ihn kennen zu lernen. Ich hatte nämlich gesehen, wie er mit den Pferden sprach, wie liebevoll er mit ihnen umging. Sie dankten es ihm mit Vertrauen und Zuneigung. Und jemand, dem Tiere auf diese Weise vertrauten, musste ein besonderer Mensch sein.

Vielleicht hätte er mir das Geheimnis verraten, wenn ich den Mut aufgebracht hätte, ihn anzusprechen. Stattdessen übte ich mich in Geduld, lockte und fütterte die Pferde mit Pellets und gewann auf diese Weise die Zuneigung von Stormys Mutter und den anderen Tieren. Einzig der gefleckte Hengst und das Fohlen weigerten sich immer noch, mir aus der Hand zu fressen. Der Hengst war zu stolz und Stormy zu vorsichtig.

Aber ich gab nicht auf, und nach einiger Zeit gewöhnte sich das Fohlen an meine Stimme und meinen Geruch. Es begann sich für meine Spezialitäten zu interessieren und verlor seine Scheu. Stormy schnupperte an den duftenden Pellets, fraß ein wenig und ließ zu, dass ich sie am Kopf berührte. Es war ein unglaublich schönes Gefühl, als ich zum ersten Mal ihre gesprenkelten Nüstern streichelte, die sich so samtig anfühlten wie weich gegerbtes Wildleder.

Seit ich Stormy das erste Mal gesehen hatte, war sie bereits ein Stück gewachsen und längst nicht mehr so zittrig und ungelenk wie am Anfang. Wenn das Stutfohlen hinter seiner Mutter herjagte und ausgelassene Sprünge vollführte, dann sah es aus wie ein Schneewirbel auf der grünen Frühlingswiese.

Einmal begleitete mich Adena zu den Pferden, und ich bewies ihr, wie wild die Tiere auf meine ungewöhnlichen Leckerbissen waren. Die Stuten und die beiden Jährlinge ließen sich von ihr füttern, nur der Hengst und Stormy nicht. Da wusste ich, dass zwischen mir und dem Fohlen etwas Besonderes entstanden war, etwas, das nicht nur mit den schmackhaften Pellets zu tun hatte, die ich ihm brachte. Stormy erkannte mich und vertraute mir.

»Es mag mich nicht«, sagte Adena gekränkt. »Wieso kannst du es streicheln und ich nicht?«

»Du bist ihm fremd, das ist alles«, tröstete ich sie. Und während ich das sagte, durchströmte mich ein warmes, wunderbares Gefühl von Einzigartigkeit. Ich streichelte Stormy, mein Fohlen, das mir nicht gehörte. Es stupste mich an und schien mir sagen zu wollen, dass es mich ebenfalls mochte.

3. Kapitel

Eines Tages Ende Mai, als ich wieder bei den Pferden war, passierte, was ich immer befürchtet hatte. Tom Thunderhawk kam dazu, wie ich Stormy mit Pellets aus der Ölpresse fütterte. Ich erschrak, als er plötzlich hinter mir stand, denn ich hatte ihn nicht kommen gehört. Er war groß, noch größer als mein Vater, hatte dunkle Haut, zwei dicke glänzende Zöpfe, schwarze Augen und narbige Wangen. Auf dem Kopf trug er eine rote Baseballkappe mit dem Aufdruck KILI Radio.

»Du verwöhnst meine Pferde«, sagte er mit strenger Stimme, deren Resonanz ich in meinem Magen spürte.

Ich versteckte den Beutel hinter meinem Rücken und blickte verlegen zu Boden, als könne ich irgendwie im Gras verschwinden.

»Was gibst du den Pferden denn da?«, fragte Tom. »Sie scheinen ja richtig wild darauf zu sein. Zucker ist nicht gut für sie, schon gar nicht für ein Fohlen, das noch säugt. Sie kriegen schlechte Zähne, und dann habe ich ein großes Problem.«

»Es ist nichts Süßes«, stotterte ich. »Das würde ich ihnen nie geben.«

»Was ist es dann?« Er streckte fordernd die Hand aus und ich reichte ihm widerstrebend meinen Beutel. Er fasste hinein, nahm ein paar Pellets und roch daran.

»Das sind Reste aus einer Ölpresse«, sagte ich, einen Anflug von Trotz in der Stimme. »Sonnenblumensaat mit Kräutern. Sie fressen es furchtbar gern.«

»Soso«, bemerkte Tom brummig, aber dann erschien plötzlich ein breites Lächeln auf seinem narbigen Gesicht. *»Wasté«,* sagte er, was auf Lakota so viel wie »gut« oder »schön« bedeutete. »Ist genehmigt, junge Frau.«

»Wirklich?« Ich konnte mein Glück kaum fassen und wurde rot. Ich war dreizehn Jahre alt, klein und dünn. *Junge Frau* hatte noch nie jemand zu mir gesagt.

»Ja, du kannst sie damit füttern, das ist in Ordnung.« Er gab mir den

Beutel zurück und lachte, als Stormy neugierig an meiner Hand zu knabbern begann. »Das Fohlen mag dich«, sagte er freundlich.
»Ja«, sagte ich, »ich mag Stormy auch.«
Tom betrachtete mich mit einem seltsam fragenden Blick und ich schlug mir die Hand vor den Mund, als mir bewusst wurde, was ich verraten hatte.
»So so, du gibst meinen Pferden also Namen«, sagte er, mit offensichtlicher Verwunderung.
Ich senkte den Kopf. Mit Sicherheit hatte Tom dem gepunkteten Fohlen längst einen Namen gegeben und es konnte natürlich nicht zwei Namen haben.
»Nur dem Fohlen«, erwiderte ich kleinlaut.
»Stormy ist ein schöner Name«, meinte er schließlich. »Schöner als Corry, aber er klingt ähnlich. Meinetwegen kann das Fohlen deinen Namen behalten.«
»Wirklich?« Ich blickte auf und strahlte Tom an.
»Ja, warum nicht.« Er nannte mir die Namen der anderen Tiere und so erfuhr ich, dass Stormys Mutter Hanpa hieß und der gefleckte Hengst Taté. Das war Lakota und bedeutete Wind.
»Hast du ihn schon mal laufen sehen?«, fragte Tom.
Ich schüttelte den Kopf. Meine Zeit bei den Pferden war immer nur kurz, nie länger als eine Stunde.
»Er ist schnell wie der Wind, daher hat er auch seinen Namen. Nur ich und mein Sohn Neil dürfen ihn reiten.«
So erfuhr ich die Namen der Pferde und dass der Junge, den ich manchmal dabei erwischte, wie er mich beobachtete, Neil hieß.
Tom musterte mich nachdenklich. »Du magst Pferde, nicht wahr?«
»Ja«, sagte ich und sah zu ihm auf. »Sehr.«
»Kannst du denn reiten?«
Verlegen schüttelte ich den Kopf. »Nicht richtig. Wir haben keine Pferde.«
Ich war zwar hier und da mal geritten, aber richtig gelernt hatte ich es

nie. Und das bei meinem Namen: *Running Horse*. Etwas Beschämenderes konnte ich mir als Lakota-Indianerin nicht vorstellen. Die meisten Kinder im Reservat wuchsen mit Pferden auf und waren gute Reiter. Mit den Pferden verband sich unser ganzes Lebensgefühl. In meinem Fall verband sich mit ihnen nur mein Name und eine große Sehnsucht.

»Möchtest du es lernen?«

Ich blickte ihn hoffnungsvoll an, aber dann sank mein Kopf wieder nach unten. »Wir haben kein Geld für so was«, sagte ich bekümmert.

Tom Thunderhawk begann zu lachen, ein tiefes, donnerndes Lakota-Lachen, das in meinem Magen kollerte und auf merkwürdige Weise liebevoll klang.

»Hab ich vielleicht was von Geld gesagt? Du magst die Tiere und sie mögen dich. Außerdem hast du ein gutes Gefühl für Pferde, und das gefällt mir. Ich beobachte dich schon lange.«

»Aber wir wohnen ziemlich weit weg«, sagte ich.

»In Porcupine, wenn ich mich nicht irre?«

»Ja, das stimmt.«

Er lachte wieder. »Das ist doch nur ein Katzensprung. Komm, wann immer du kannst, und wenn ich Zeit habe, werde ich dir das Reiten beibringen.« Er strich mir mit seiner großen dunklen Hand übers Haar. »Wie heißt du eigentlich, Mädchen?«

»Tally«, sagte ich mit wild klopfendem Herzen. »Talitha Running Horse.«

Für einen kurzen Augenblick huschte ein Schatten über Toms Gesicht und er fragte: »Ist Charlene deine Tante?«

Ich nickte. »Mein Dad hilft ihr manchmal, wenn es was zu reparieren gibt. Deshalb bin ich ab und zu hier.«

»Charlene ist nicht besonders gut auf meine Familie zu sprechen«, sagte er, und ich hatte plötzlich furchtbare Angst, dass er sein Angebot zurücknehmen könnte, nur weil ich mit Tante Charlene verwandt war.

»Sie ist auf niemanden gut zu sprechen«, erwiderte ich schnell.

»Mein Onkel ist vor einem Jahr im Irak gefallen und seitdem geht es ihr nicht so gut.«
Thunderhawk nickte. »Ja, ich weiß. Wenn sie etwas freundlicher zu anderen wäre, würde es ihr vielleicht besser gehen.«

Mein Vater kam und holte mich. Er wechselte ein paar Worte mit Tom Thunderhawk und dabei stellte sich heraus, dass Tom ein Stück Land pachten wollte, das meinem Vater gehörte und das an sein eigenes Land grenzte.
»Dann hätten die Pferde einen größeren Auslauf«, sagte er.
Aber Dad wollte nicht verpachten, was mich wunderte, wo wir doch jeden Dollar gut gebrauchen konnten.
»Das Land gehört mir, aber es ist nicht mein Besitz«, sagte mein Vater, »und ich achte es zu sehr, als dass ich daraus Gewinn schlagen könnte.«
Thunderhawk nickte. »Das verstehe ich und ich hätte da einen Vorschlag.«
Schließlich einigten sie sich darauf, dass Toms Pferde auf unserem Land grasen durften und ich dafür bei ihm Reiten lernen würde. Ich konnte kommen, sooft ich wollte. Mit diesem Angebot war ich mehr als zufrieden, und Tom war es auch. Freudestrahlend umarmte ich meinen Vater.
Wieder zu Hause, lief ich gleich zu Adena und erzählte ihr, dass ich reiten lernen würde. Ich tat mein Bestes, um die Euphorie zu verbergen, die sich meiner bemächtigt hatte. Aber Adena merkte natürlich, wie es um mich bestellt war.
»Du hast bloß Pferde im Kopf«, sagte sie und verdrehte die Augen.
»Und du Jungs«, gab ich zurück.
»Weil ich kein Kind mehr bin«, bemerkte sie schnippisch.
Ich wollte auch kein Kind mehr sein, aber ich sah immer noch aus wie eins. Da war nichts zu machen.

Der Sommer zog ins Land. Er roch nach Salbei, der an manchen Stellen so dicht wuchs, dass die Prärie wie ein silbern schimmerndes Meer aussah. Die Ferien begannen Anfang Juni und ich fieberte meiner ersten Reitstunde entgegen. Alles war abgesprochen. Dad würde mich zu Tom bringen, hatte verschiedene Dinge in Manderson zu erledigen und wollte mich dann wieder abholen.

Er setzte mich gleich an der Straße ab, an der Einfahrt zu den Häusern von Tante Charlene und Tom Thunderhawk. Als ich zur Scheune kam, wartete Tom schon auf mich. Er hatte Psitó, eine brave alte Stute für mich ausgesucht, eine von den braun gefleckten, die kein Fohlen hatte. Psitó bedeutet Perle und die Stute machte ihrem Namen alle Ehre. Dass sie mich kannte, mit meiner Stimme und meinem Geruch vertraut war, erwies sich als großer Vorteil.

»Sitz gerade und bleib locker«, sagte Tom, als ich auf Psitós Rücken im Sattel saß. Er stellte die Steigbügel nach der Länge meiner Beine ein, und als ich ihm zunickte, schnalzte er mit der Zunge und sagte: »*Hoka hey*, auf geht's!«

Nun saß ich zwar nicht zum ersten Mal auf einem Pferderücken, aber das letzte Mal war lange her. Ich musste mich erst wieder an das Gefühl gewöhnen, von einem Tier getragen zu werden, das so viel größer war als ich.

Ich lehnte mich leicht nach vorn. Der riesige Pferdekörper schaukelte unter mir, als Psitó sich in Bewegung setzte. Ich war ein Fliegengewicht und die Stute ganz andere Lasten gewohnt. Das verunsicherte sie für einen Augenblick, aber dann merkte sie, dass sie sich nach meinem Willen zu richten hatte.

»Versuche mit ihren Bewegungen mitzugehen, aber zeige ihr deutlich, wer das Sagen hat.« Tom führte die Stute im Kreis, beobachtete mich und gab mir Hinweise. Die meisten Dinge musste er mir nur einmal sagen, denn meine Bewegungen glichen sich ganz von selbst denen der braunen Stute an. Es war ein herrliches Gefühl.

Ich lernte, die Stute loslaufen zu lassen, sie zum Stehen zu bringen und die Richtung ändern zu lassen. Zuletzt zeigte mir Tom, wie ich sie durch leichten Schenkeldruck im Trab laufen lassen konnte. Psitó war gut ausgebildet, und weil ich ihr nichts durchgehen ließ, gehorchte sie meinen Befehlen.

Irgendwann kam mein Dad mit dem Pick-up vor Charlenes Haus gefahren. Ich sah, wie er am Ford-Combi meiner Tante bastelte, und winkte ihm zu. Später kam er herüber, lehnte sich mit den Ellenbogen auf die Koppelstange und sah mir noch eine Weile zu. »Wie macht sie sich denn?«, fragte er Tom.

»Sieht so aus, als wäre deine Tochter ein Naturtalent«, sagte Thunderhawk. »Aus ihr wird ganz sicher mal einmal eine gute Reiterin.«

Mir schwoll die Brust vor Stolz und ich schämte mich dafür, denn Stolz ist keine Tugend bei uns Lakota. »Übe dich in Demut«, hatte Großvater Emmet immer gesagt, »denn Demut besiegt den Stolz.«

Dad nickte und lächelte. »Ihre Mutter war eine Pferdenärrin. Deshalb ist sie damals auch ins Reservat gekommen. Sie dachte, wir Lakota würden zum Supermarkt reiten. Sie konnte es nicht fassen, dass die meisten hier mit kaputten alten Autos herumfahren.«

Thunderhawk lachte sein donnerndes Lakota-Lachen, und Psitó schnaubte.

Am nächsten Tag schmerzte mein ganzer Körper. Mein Hintern tat weh, die Innenseiten meiner Oberschenkel, mein Rücken und meine Schultern.

Dad lachte. »Beim Reiten werden Muskeln beansprucht, die sonst kaum etwas zu tun haben«, sagte er. »Aber wenn du dranbleibst, gibt sich das nach einer Weile.«

Ich wusste, dass mein Vater mit Pferden aufgewachsen war und gut reiten konnte. Seine Vorfahren hatten immer Pferde besessen, auch Großvater Emmet. Aber dann war meine Großmutter krank geworden und sie hatten ein Tier nach dem anderen verkaufen müssen, damit mein Großvater das Benzin bezahlen konnte, das er brauchte, um seine Frau im Krankenhaus besuchen zu können. Wenig später war sie gestorben und es hatte nie wieder Pferde in unserer Familie gegeben.

Ich biss die Zähne zusammen und dachte nicht im Traum daran, mich zu beklagen. Natürlich wollte ich dranbleiben! Alles hing doch nur davon ab, ob Dad Zeit hatte, mich zu Tom hinüberzufahren. Ich wünschte mir so sehr, bald wieder auf Psitós Rücken sitzen zu können, wie ich mir nichts mehr gewünscht hatte, seit meine Mutter fortgegangen war.

Und *Wakan Tanka*, der Große Geist, meinte es gut mit mir.

Durch Zufall bekam Dad schon kurz darauf einen Job in Manderson. Bernie Little Moon, der Besitzer des kleinen Lebensmittelladens, der sich »Bernie's Store« nannte, wollte einen Waschsalon aufmachen und musste anbauen. Mein Vater würde sich als Zimmermann, Dachdecker, Klempner und Elektriker betätigen können und sein Lohn würde reichen, um gut über die Sommermonate zu kommen.

Ich konnte mein Glück kaum fassen. Dad würde mindestens drei Wochen und länger in Manderson zu tun haben und mich jeden Tag auf dem Weg zur Arbeit bei Tom absetzen können. Ich rief Tom an, und er war einverstanden. Er wollte sowieso mit den Pferden arbeiten, und so passten ihm die Reitstunden gut in den Kram.

In der ersten Woche lief dann auch alles ganz prima. Ich durfte Psitó allein aus den Hügeln holen, bürstete und sattelte sie. Dann führte Tom sie an der Longe im Kreis. Er brachte mir bei, wie man im Sattel blieb und wann es vernünftiger war, »auszusteigen«.

»Du wirst irgendwann von selbst spüren, wenn es keinen Zweck mehr hat, sich oben halten zu wollen«, sagte er. »Wenn sich abzeichnet, dass ein Sturz unvermeidlich ist, dann spring lieber ab.«

Wahrscheinlich blickte ich ziemlich verdutzt drein, denn Tom lachte über mein Gesicht. Ich war so versessen darauf, *oben* bleiben zu wollen, dass es mir nicht in den Sinn gekommen wäre, das Abspringen zu üben.

Wir übten es, während Psitó stillstand, und Tom fing mich ab. »Du bist leicht«, sagte er, »das ist ein großer Vorteil.«

Am Samstagnachmittag stieg ich hinauf zum Trailer der White Elks, um Adena von meinen Fortschritten zu erzählen. Jason, ihr kleiner Bruder, hüpfte auf einem Trampolin vor dem Haus und lachte schallend, als er mich heranhumpeln sah.

»Hat das Pferd dich abgeworfen?«, krähte er schadenfroh.

»Halt die Klappe, Spatzenhirn«, ächzte ich.

Adena, die im Gras saß und mit Picus Welpen spielte, lachte auch. Aber sie, die bei ihrem Großvater reiten gelernt hatte, tröstete mich und schwor, dass die Schmerzen vergehen würden, wenn ich den Dreh erst mal raushatte.

»Aber ich kann es«, sagte ich beleidigt, als ich mich neben ihr ins Gras plumpsen ließ. »Ich kann es wirklich.«

Adena lachte noch lauter. »Es sieht aber gar nicht danach aus.«

»Wonach sieht es denn aus?«

»Als wärst du hundert Jahre alt«, sagte sie.

Ich legte mich zurück und einer der Welpen, die alle ein kurzes rotes Fell hatten, leckte über mein Gesicht.

»Na siehst du«, meinte Adena, »sogar Sip hat Mitleid mit dir.«

»Sip?« Ich verzog das Gesicht. »Wie kannst du sie unterscheiden?«

Alle drei sahen aus wie kleine Kojoten und ich konnte sie beim besten Willen nicht auseinander halten.

»Sie heißen Sip, Flip und Chip«, sagte Adena achselzuckend. »Wenn ich einen rufe, kommen alle drei.«

Nellie White Elk erschien in der Tür und Jason, der immer noch auf dem Trampolin hüpfte, schrie: »Tally hat mich Spatzenhirn genannt, Mom.«

Nellie White Elk wischte sich die Hände an ihrer Schürze ab und ich sah, wie sich ihre Lippen zu einem Lächeln verzogen. »Wie sieht es

aus, ihr jungen Damen?«, wandte sie sich an Adena und mich. »Ich könnte Hilfe brauchen.«
Wir folgten Adenas Mutter ins Haus und halfen ihr Gemüse für eine Suppe zu schnippeln. Sellerie, Kartoffeln, Karotten, Zwiebeln, Mais und *Timpsila*, eine Wildrübe in der Größe eines Rettichs, die an vielen Stellen im Reservat wuchs.
Adenas Mutter rollte kleine Fleischklößchen aus Elchhack, die sie in der Pfanne anbriet, bevor sie in die Suppe kamen. Als alles geschnippelt war, schickte sie Adena und mich los, damit wir am Rand des Weges, der zum Trailer führte, ein paar Stängel *Lamb's Quarter* pflückten, eine Krautpflanze, deren dicke grüne Blätter mehr Vitamin C in sich haben als Spinat.
Als wir jeder mit einer Hand voll *Lamb's Quarter* zurückkamen, duftete es schon köstlich in Nellie White Elks Küche und mir lief das Wasser im Mund zusammen. Nellie rief meinen Vater an und lud ihn zum Duschen und zum Abendessen ein. Doch als Adena ihr erzählte, was für einen Muskelkater ich vom Reiten hatte, wurde aus der Dusche ein Vollbad, in das nach mir noch mein Dad stieg. Ich fühlte mich wie neugeboren!
Es wurde noch ein richtig lustiger Abend. Wir ließen uns Nellies »Unkrautsuppe« – wie Jason sie nannte – schmecken und danach gab es *Wojapi*, dunkle Beerengrütze aus getrockneten Traubenkirschen und Maisstärke. Mein Vater und Charlie White Elk sangen Lieder auf Lakota. Dad hatte eine schöne Stimme, und ich hätte ihm stundenlang zuhören können. Aber er war ziemlich geschafft von der Arbeit und wurde immer müder. Gegen zehn Uhr bedankten wir uns für die Einladung und verabschiedeten uns.
Später, als ich in meinem Bett lag, dachte ich, dass es schön war, eine richtige Familie zu haben. Vater *und* Mutter und vielleicht noch ein paar Geschwister, die zu einem hielten. Aber mein Vater hatte nicht vor wieder zu heiraten, obwohl er erst fünfunddreißig war. Er brachte auch nie eine Frau mit nach Hause. Dabei hätte ich ihm das

überhaupt nicht übel genommen. Dad sprach niemals schlecht von meiner Mutter, aber ich wusste, dass er es noch immer nicht verwunden hatte, dass sie ihn und mich verlassen hatte.

4. Kapitel

Als ich am darauf folgenden Montagmorgen wie gewohnt an die Haustür der Thunderhawks klopfte, stand plötzlich Neil vor mir, Toms Sohn. Mir rutschte das Herz in die Hose und vor Schreck bekam ich kein Wort heraus. Ich spürte, wie ich ganz langsam rot wurde und nichts dagegen tun konnte.

Neil war ein ganzes Stück größer als ich, und ich musste den Kopf zurücklehnen, um ihm ins Gesicht sehen zu können. Er war sehr schlank, hatte aber kräftige Schultern und Arme. Sein Haar trug er straff nach hinten gekämmt, auf traditionelle Art zu zwei dicken glänzenden Zöpfen geflochten. Er war ein Lakota mit sehr dunkler Haut und ich ahnte, dass sie nicht von der Sonne so dunkel war, sondern deshalb, weil es unter seinen Vorfahren keinen Weißen gegeben hatte. Neils Augen leuchteten genauso schwarz wie die seines Vaters, und er musterte mich von oben bis unten mit einem durchdringenden Blick.

Ich begann zu stottern. »Ich wollte . . . ist denn . . . wo . . .«

»Wenn du zu meinem Vater willst«, unterbrach er mein Gestammel, »der ist nicht da.« Neils Stimme war fast so dunkel wie die von Tom Thunderhawk. Auf seinen Lippen zeigte sich ein spöttisches Lächeln.

Ich sackte in mich zusammen. Damit hatte ich überhaupt nicht gerechnet. Was sollte ich denn jetzt tun? Dad hatte mich unten an der Straße rausgelassen und war gleich nach Manderson weitergefahren. Wie in der vergangenen Woche wollte er in der Mittagszeit kommen, um mich nach Hause zu bringen.

Zu Tante Charlene konnte und wollte ich nicht gehen, denn ich hatte gesehen, dass Marlin zu Hause war. Mir blieb nichts anderes übrig, als die Zeit irgendwie herumzubringen. Leider hatte ich nicht einmal meine Zeichentasche mitgenommen, was ich jetzt sehr bereute.
»Wann kommt Tom denn wieder?«, fragte ich, nachdem ich das Gefühl hatte, wieder einigermaßen normal sprechen zu können.
»Übermorgen«, sagte Neil. »Er ist mit meiner Mutter und den Mädchen zu meinem Großvater gefahren.« Die Mädchen, das waren Bey und April, seine beiden kleinen Schwestern.
»Dann komme ich übermorgen wieder«, sagte ich kurz entschlossen und wandte mich zum Gehen. Nichts wie weg hier, dachte ich.
Aber Neil machte einen großen Schritt auf mich zu und hielt mich am Arm fest. »Nun warte doch mal«, sagte er.
Ich musste ihn so erschrocken angesehen haben, dass er seine Hand zurückzog – als hätte er sich verbrannt. »Dad hat gesagt, *ich* soll mit dir reiten üben, wenn du kommst.«
Ich schüttelte den Kopf. Das war ein Reflex.
»Du willst nicht?«, fragte er und seine dunklen Augen verengten sich zu schmalen Schlitzen. »Warum denn nicht, wo du schon einmal hier bist?«
Ich brachte kein Wort heraus. Mir fiel nichts ein, was ich hätte erwidern können, kein Argument, das dagegen sprach. Ich wusste, dass Neil ein hervorragender Reiter war und genauso gut mit Pferden umgehen konnte wie sein Vater. Ich hatte gesehen, wie er mit Taté sprach, dem gefleckten Hengst. Und konnte beschwören, dass das Pferd zugehört hatte.
Wie hätte ich ihm sagen sollen, dass ich in seiner Gegenwart plötzlich weiche Knie bekam und nicht einmal laufen konnte, geschweige denn reiten. Mein Herz schlug so wild gegen meine Brust, dass ich fürchtete, er könne es hören oder gar sehen. Ich schämte mich und wünschte, auf der Stelle in ein Mauseloch verschwinden zu können. Aber das war wohl einer dieser Wünsche, die leider nie in Erfüllung gingen.

»Ich bin gleich wieder da«, sagte Neil, der sich von meinem merkwürdigen Benehmen nicht beeindrucken ließ. Er drehte sich um und verschwand im Haus. Dabei sah ich, dass ihm seine Zöpfe bis zu den Hüften reichten.

Ich holte tief Luft und versuchte Kopf, Herz und Beine wieder unter Kontrolle zu bringen. Was war nur los mit mir?

Neil kam zurück, mit Mokassins an den Füßen. Er schloss ab und nickte mir aufmunternd zu. Ich trottete ihm hinterher, als er in die Scheune ging, um Zaumzeug und Zügel zu holen. Mein Blick war fest auf die beiden Zöpfe geheftet, von denen jeder so dick war wie der eine Zopf, der über meine Schultern hing.

Auf dem Weg zu den Pferden versuchte ich mit ihm Schritt zu halten, wortlos, während mein Inneres in vollkommener Aufruhr war. Ich fürchtete nichts mehr, als mich vor Neil Thunderhawk zu blamieren. Bisher war ich mit Psitó gut zurechtgekommen, aber das musste nichts heißen.

Als Neil die Pferde schließlich entdeckte, rief er sie mit lautem »He he« – und sie kamen sofort, als hätte er jedem von ihnen eine saftige Karotte versprochen.

Das Zaumzeug hinter dem Rücken versteckt, begrüßte er Taté, den großen Hengst, der allen Stolz über Bord geworfen zu haben schien und vergnügt an einem von Neils Zöpfen herumknabberte.

»Lass das, Taté«, sagte Neil und strich dem Pferd liebevoll über die schwarz gefleckten Nüstern. Dann redete er beruhigend auf Psitó ein, schob ihr vorsichtig die Trense ins Maul und zog das Zaumzeug über ihren Kopf. Taté stupste ihn eifersüchtig in den Rücken, als er die Zügel an den beiden großen Metallringen befestigte.

»Du bist heute nicht dran.« Neil klopfte den Hals des Hengstes, der ein paar Schritte rückwärts machte. »Morgen wieder, okay?«

Er stellte sich breitbeinig vor den Bauch der Stute, verschränkte seine Hände und sagte zu mir: »Na los, steig auf!«

Ich war gerade dabei, meine Nase in Stormys Fell zu vergraben, und

viel zu überrascht, um ernsthaft erschrocken zu sein. »Ohne Sattel?«, fragte ich verblüfft.
»Du willst doch *richtig* reiten können, oder?«
Obwohl mir klar war, dass Tom Thunderhawk seinem Sohn bestimmt nicht aufgetragen hatte, mich ohne Sattel reiten zu lassen, wollte ich nicht als Feigling dastehen. Ein unangenehmes Kribbeln in meinem Nacken machte sich bemerkbar, wie immer wenn ich Angst hatte. Aber ich war auch neugierig.
»Nun mach schon«, sagte Neil ungeduldig. »Dir passiert nichts. Ich habe gesehen, dass du es kannst.«
Die Muskeln an Neils Oberarmen spannten sich, als ich in seine Hände stieg und er mein Gewicht tragen musste. Ich fasste nach Psitós Widerrist, griff in die Mähne und schwang mich auf ihren Rücken. Neil trat einen Schritt zurück, rieb sich den Staub von den Händen und guckte, ob ich auch richtig saß.
»Sitzt du bequem?«, fragte er.
Ich nickte. Es war ein vollkommen neues, ungewohntes Gefühl, die Muskelbewegungen des Pferdes so direkt zu spüren, obwohl Psitó scheinbar völlig ruhig stand. Es war ein gutes Gefühl.
Neil kam wieder heran und sagte: »Hinter dem Schulterblatt der Stute spürst du eine Vertiefung, in die deine Beine passen. Genau hier.«
Er legte mein linkes Bein dorthin, und noch ehe ich darüber nachdenken konnte, wie es nun weitergehen sollte, hatte Neil in Psitós Mähne gegriffen, sich mit den Füßen vom Boden abgestoßen und saß mit einem Schwung hinter mir. Ich stieß einen überraschten Laut aus, denn das kam völlig unerwartet. Er fasste um mich herum nach den Zügeln und schnalzte mit der Zunge. Ich spürte, wie er die Schenkel zusammendrückte. Die Stute setzte sich in Bewegung.
Ich war unglaublich erleichtert, dass Neil mein Gesicht nicht sehen konnte, denn ich wusste, dass sich dort all meine Empfindungen widerspiegelten: Der Schreck darüber, dass Neil Thunderhawks Körper so dicht an meinem war, dass ich seine Bewegungen genau so

spürte wie die der Stute. Die Tatsache, dass ich ohne Sattel auf dem Pferde saß und mich nur an seiner schwarzen Mähne festhalten konnte. Die Gewissheit, dass Neils Arme mich sicher umfingen und dass er genau wusste, was er tat.
Aber am erschreckendsten war, dass ich mich ungeheuer wohl und sicher fühlte und den drängenden Wunsch verspürte, meiner Freundin Adena davon zu erzählen.

Sanfte Hügel, bewachsen von dunklen Pinienkiefern, erstreckten sich hinter dem kleinen Acker, den Tom angelegt hatte, um im nächsten Jahr Hafer anzubauen. Weiter hinten ragten steile weiße Kalkfelsen aus dem um diese Jahreszeit noch üppigen Grün der Berge. Neil ließ Psitó ein Stück den breiten Fahrweg entlanggehen und folgte später einem schmalen Pfad voller Hufspuren, der in die Hügel hineinführte.
»Lehn dich gegen mich, und bleib ganz locker«, sagte er, als Psitó bergan schneller wurde und ich mich versteifte. Ich lehnte mich gegen ihn und spürte den Schlag seines Herzens in meinem Rücken. Nach einer Weile merkte ich, wie meine Hüfte sich lockerte und ich mich den Bewegungen der Stute überließ.
Eine Weile ritten wir schweigend, scheuchten ein winziges Kaninchen auf und einen Vogel, der sein Nest am Boden hatte. Während ich krampfhaft überlegte, was ich sagen könnte, fragte Neil auf einmal im Plauderton: »Weißt du eigentlich, wo die Appaloosapferde herkommen?«
»Die Nez Perce haben sie gezüchtet«, antwortete ich wie aus der Pistole geschossen, denn schließlich war ich nicht von gestern, auch wenn er das vielleicht dachte.
»Stimmt«, sagte er. »Sie züchteten sie wegen ihrer auffallenden Fellzeichnung. Vor jeder Jagd, jedem Kriegszug bemalten die Männer der Nez Perce sich und ihre Pferde mit Symbolen, die Glück bringen sollten oder sie vor Unheil bewahren. Aber wenn es regnete oder

sie einen Fluss durchqueren mussten, wusch das Wasser die Farbe wieder ab. So suchten sie sich Pferde aus, die besonders ausdauernd, schnell und klug waren und außerdem die schönste Fellzeichnung hatten, und kreuzten sie. Sie waren davon überzeugt, dass der Große Geist die Tiere bemalt zu ihnen geschickt hatte, und deshalb waren sie ihnen besonders heilig.«

Ich dachte an Stormy und dass auch sie vom Großen Geist gezeichnet war. *Wakan*, heilig. Kein Regen und kein Flusswasser würden ihr je die Punkte von der Hinterhand spülen. Unter hundert Pferden würde ich sie wieder erkennen.

Neil führte Psitó in ein kleines Tal hinunter, und ich musste mich weit zurücklehnen, um an ihm dranzubleiben und die Bewegungen der Stute auszugleichen. Jetzt spürte ich die Vertiefung hinter Psitós Schulterblatt, von der er vorhin gesprochen hatte, ganz deutlich.

»Die Pferdeherde der Nez Perce wuchs schnell auf mehr als tausend Tiere an, und sie war der ganze Stolz des Stammes«, fuhr Neil fort. »Aber dann wurden auch die Nez Perce von den Weißen gezwungen, ihre angestammte Heimat zu verlassen und in ein Reservat umzusiedeln. Ihr Häuptling erbat sich Zeit bis zum Herbst, weil viele Fohlen in der Herde noch zu klein waren, um die schwierige Reise anzutreten. Aber die Nez Perce bekamen keinen Aufschub. Auf ihrem Weg ins Reservat waren sie gezwungen, einen eiskalten und reißenden Fluss zu überqueren, der vierhundert Meter breit war. Die meisten ihrer Pferde ertranken darin. Darunter beinahe alle trächtigen Stuten und viele Fohlen.«

Ich hatte Neil stumm gelauscht, und nun war meine Kehle wie zugeschnürt. Vor meine Augen sah ich hunderte Pferde, die verzweifelt versuchten gegen eine reißende Strömung anzukämpfen. Hübsche Fohlen wie Stormy, die in den kalten Fluten keine Chance hatten. Und warum das alles?

»Wenn sie alle ertrunken sind«, fragte ich nach einer Weile, »wie kommt es dann, dass es noch Appaloosas gibt?«

»Die Nez Perce rächten sich bitter für den Verlust ihrer Pferde und ihres Stolzes. Daraufhin wurden sie gnadenlos verfolgt. Als die letzten kapitulierten, sperrte man sie ein und beschlagnahmte ihre Pferde. Es waren Weiße, die mit den verbliebenen Appaloosa-Pferden eine neue Zucht aufbauten.«

Neil stieß grimmig Luft durch die Zähne. »Erst blind vernichten und dann retten, was übrig geblieben ist. Das ist typisch für die Weißen.«

Keine Ahnung, ob er wusste, dass meine Mutter eine Weiße war, auf jeden Fall schien er die *Wasicún*, wie wir Lakota die Weißen nennen, nicht besonders zu mögen. Mein letztes bisschen Hoffnung, dass Neil sich vielleicht doch für mich interessieren könnte, schwand auf einmal. Nach seinem Vortrag über Appaloosapferde sagte er nichts mehr und er fragte auch nichts. Wer ich war und was ich dachte, schien ihn überhaupt nicht zu interessieren.

Wieder vor der Scheune angelangt, glitt Neil vom Pferd und half mir herunter. Wenn ich direkt vor ihm stand, reichte ich ihm nur bis zum Kinn, und so brauchte ich ihm wenigstens nicht in die Augen zu schauen.

»Danke«, sagte ich, »das war toll. Aber jetzt muss ich vor zur Straße. Mein Vater kommt sicher gleich.« Ich wandte mich um und sprintete los.

»Hey«, rief Neil mir hinterher. »Kommst du morgen wieder?«

Verwundert blieb ich stehen und drehte mich noch einmal zu ihm um. »Soll ich denn?«

Er zuckte die Achseln. »Das liegt ganz an dir. Ich bin jedenfalls da.« Er grinste. »Und die Pferde auch.«

»Okay«, stieß ich hervor. »Dann tschüss bis morgen.«

»Tóksâ«, rief er mir hinterher.

Meinem Vater erzählte ich nichts davon, dass ich ohne Sattel auf Psitó geritten war, mit Neil Thunderhawks Armen um meine Hüften und seinem Herzschlag im Rücken. Das bereitete mir einige Bauch-

schmerzen, denn bisher hatte ich meinem Vater immer alles erzählt. Einen Grund, ihm etwas zu verheimlichen, hatte es nie gegeben.
Aber diesmal hatte ich das ungute Gefühl, dass er Bedenken haben könnte, wenn er wüsste, bei wem und vor allem: wie ich heute meine Reitstunde genommen hatte. Auf dem Nachhauseweg fragte er aber nur, ob ich Fortschritte machte, Details wollte er keine wissen. Darüber war ich froh.
Dad war mit dem Bau des Waschsalons beschäftigt und hatte den Kopf voll mit Dingen, die er beachten musste. Zum Glück. Sonst hätte er längst gemerkt, was mit mir los war.
Die Aufregung dehnte sich in mir, schob die verwirrenden Gefühle hin und her, sodass ich zu platzen drohte, wenn ich mein Erlebnis nicht so bald wie möglich jemandem erzählen konnte.
Kaum war Dad wieder nach Manderson gefahren, rannte ich hinauf zu Adena, die hinter dem Haus Wäsche auf eine Leine knüpfte. Ich half ihr dabei, damit sie schneller fertig wurde und wir uns aus dem Lauschbereich von Jason, der Nervensäge, begeben konnten. Wir rannten um die Wette den Berg hinauf, bis wir ganz oben angelangt waren.
»Was ist denn bloß los mit dir?«, fragte Adena, als sie sich keuchend ins Gras fallen ließ – natürlich nicht, ohne sich vorher zu vergewissern, dass dort kein Giftefeu wuchs und keine Klapperschlange in der Sonne lag. »Du bist ja ganz hippelig.«
Ich setzte mich neben sie, hörte das Geräusch meines Atems in meinem Bauch. »Ich bin heute ohne Sattel geritten«, platzte ich heraus.
Adena verdrehte die Augen. »Na, das ist ja wohl keine Kunst«, bemerkte sie völlig unbeeindruckt.
»Für dich vielleicht nicht«, schmollte ich. »Aber ich fand es ziemlich aufregend. Vor allem, weil Neil mit auf dem Pferd saß.«
Adena setzte sich auf und zog eine Augenbraue hoch. »Neil?«, fragte sie. Auf einmal hatte ich ihre volle Aufmerksamkeit.

»Neil Thunderhawk, Toms Sohn.«
»Von einem Neil hast du mir noch gar nichts erzählt«, sagte Adena spitz, nachdem sie den träumerischen Ausdruck auf meinem Gesicht gründlich studiert hatte. »Saß er vor dir oder hinter dir?«
»Hinter mir«, sagte ich, ein wenig verwundert über ihre Frage.
»Wie alt ist er denn?«
Schwang da etwa Eifersucht in Adenas Stimme mit?
»Fünfzehn«, sagte ich. Das wusste ich von Tom.
»Und?«
»Er kann total gut mit Pferden umgehen, reitet den großen Hengst und weiß alles über Appaloosas«, schwärmte ich.
Adena ließ sich stöhnend wieder ins Gras fallen. »Was ich meine, ist: Sieht er gut aus?«
»Ich glaub schon.«
»Ich glaub schon«, äffte sie mich nach. »Du musst doch wissen, ob ein Junge gut aussieht oder nicht!«
Ehrlich gesagt, hatte ich mir bisher über solche Dinge wenig Gedanken gemacht. Adena war es, die ständig den Jungs hinterherschaute und sich darüber aufregte, dass sie sich nicht schminken und keine Spagettiträger tragen durfte, weil ihre traditionellen Eltern das nicht erlaubten. Adena war einen halben Kopf größer als ich und ihre weiblichen Rundungen weitaus deutlicher entwickelt als meine. Die begehrlichen Blicke der Jungs an unserer Schule, mit denen sie Adena verfolgten, waren mir nicht entgangen.
Für mich interessierte sich niemand. Vielleicht lag es an meiner knabenhaften Figur, vielleicht auch daran, dass ich ein Halbblut war. Es gab ein paar Leute im Reservat, die bemitleideten mich und sahen verächtlich auf meinen Vater herab, weil er eine Weiße geheiratet hatte. Deshalb hatte ich es mir zur Angewohnheit gemacht, mich im Hintergrund zu halten, um möglichst nicht aufzufallen. Da ich klein war und unscheinbar, funktionierte das wunderbar. Häufig wurde ich überhaupt nicht bemerkt.

Bei Adena und ihren Eltern brauchte ich mich nicht zu verstecken. Obwohl die White Elks eine sehr traditionelle Lakota-Familie waren, beurteilten sie einen Menschen nicht danach, ob er weißes Blut in den Adern hatte oder nicht. Darüber war ich mächtig froh. Und froh war ich auch, dass ich so eine Freundin wie Adena hatte. Eine Freundin, die zwar gerne unkte, manchmal ziemlich erwachsen tat und mich hin und wieder auch mal auslachte, aber nicht deshalb, weil ich eine *Iyeska*, ein Halbblut, war.

»Er sieht umwerfend aus«, sagte ich und hoffte, dass Adena sich damit zufrieden geben würde. Sie war ständig verliebt. Im Augenblick interessierte sie sich für einen Jungen aus der Parallelklasse, der sie bisher allerdings überhaupt nicht wahrgenommen hatte. Da gerade Ferien waren, sah sie ihren Billy so gut wie nie und schrieb dauernd irgendwelche Liebesbriefe, die sie mir zeigte, dann aber doch nicht abschickte.

Adena zupfte Grashalme aus, machte ein ernstes Gesicht und bewertete sämtliche Jungs an unserer Schule, über die es sich zu reden lohnte, auf einer Punkteskala von 1 bis 10. Am schlechtesten kamen die weg, die sich über Mädchen lustig machten und herumposaunten, mit welcher sie angeblich schon geschlafen hatten.

Im Flüsterton unterhielten wir uns über Sex, ein dunkles, unerforschtes Land, an dessen Grenze wir standen. Wir sehnten uns danach, sie zu überschreiten, und fürchteten uns gleichzeitig davor. Wir lagen im Gras, kicherten und seufzten und bedauerten, dass wir erst dreizehn waren.

»Und, wirst du morgen wieder Reitunterricht bei ihm nehmen?«, fragte Adena, wobei sie das Wort *Reitunterricht* mit einem gewissen Unterton aussprach, der mir nicht entging.

»Ja, er hat es mir angeboten.«

»Dann pass nur gut auf!« Sie lächelte wissend.

»Worauf denn?«, neckte ich sie.

»Vielleicht will er dir ja noch was anderes beibringen als Reiten.«

Wir lachten, bis wir keine Luft mehr bekamen. Die Sonne brannte auf uns herab und der Duft des wilden Salbeis umhüllte uns wie eine betörende Wolke voller Versprechungen.

5. Kapitel

Dank Adenas Warnung fand ich in dieser Nacht keinen Schlaf. Mit Sicherheit gab es nichts, aber auch gar nichts, was Neil Thunderhawk mir außer Reiten noch beibringen wollte. Ich konnte mir beim besten Willen nicht vorstellen, dass er etwas an mir fand.

Als ich dann am nächsten Tag vor ihm stand, bleich und unausgeschlafen, machte er sich ernsthaft Sorgen um mich.

»Ist dir nicht gut?«, fragte er. »Du bist ganz blass. Wie ein richtiges Bleichgesicht.«

Mit jedem Wort, das er sagte, wurde ich befangener. Mir war klar, dass ich mich wie eine komplette Idiotin aufführte, aber Neils freundlich besorgte Stimme bewirkte, dass ich mich noch elender fühlte.

»Es ist nichts«, sagte ich. »Wirklich.«

»Na dann lass uns Taté und Psitó holen.«

Ich lief ihm hinterher. Wenn er mit seinen langen Beinen einen Schritt machte, musste ich zwei machen. »Was hast du denn vor?«, fragte ich.

»Ausreiten.« Er blieb stehen und drehte sich um. Seine schwarzen Augen funkelten schelmisch. »Diesmal jeder auf seinem Pferd.«

»Aber . . .«

»Keine Angst, du kannst Psitó natürlich satteln, wenn dir das lieber ist.«

Wir holten die braun gefleckte Stute und den Hengst aus den Hügeln und banden sie an die Zaunbalken vor der Scheune. Nachdem wir sie gründlich gestriegelt hatten, half Neil mir Psitó zu satteln. Er selbst zog es vor, den Leopardenschecken ohne Sattel zu reiten, und ich hatte auch gar nichts anderes erwartet.

»Hast du Angst?«, fragte er, als er aufsaß und das große Tier mit Leichtigkeit wendete, um vorauszureiten.

»Nein«, sagte ich, was nur die halbe Wahrheit war. Ganz deutlich spürte ich das Prickeln im Nacken.

»Dann ist es ja gut«, sagte Neil. »Wenn Psitó nämlich spürt, dass du Angst hast, dann regt sich in ihr das Gefühl der Überlegenheit und sie wird dir Schwierigkeiten machen.«

Neil ritt mit mir zum ersten Hügel hinter dem Haus und brachte mir bei, bergan und bergab zu reiten. »Fersen nach hinten, Ellenbogen an den Körper«, sagte er. »Lehn dich nach vorn. Nicht an den Zügeln zerren, das Pferd muss durch deine Bewegungen, die Verlagerung deines Gewichtes merken, was es tun soll.«

Psitó wurde schneller, als sie den Hügel erklomm, genau wie gestern, als Neil hinter mir auf dem Pferd gesessen hatte.

»Keine Angst«, sagte er, »wenn sie oben angelangt ist, bleibt sie erst einmal stehen. Das hat Pa ihr so beigebracht.«

Ich hatte keine Angst. Ich tat einfach das, was Neil mir am gestrigen Tag vorgemacht hatte, und es funktionierte. Das große Tier, auf dessen Rücken ich saß, gehorchte meinen Befehlen.

Irgendwann waren wir oben angelangt, auf dem höchsten Berg. Ich hatte nicht viel mehr tun müssen, als Psitó einfach dem Hengst hinterherlaufen zu lassen. Die Stute wusste instinktiv, wie und wo sie die Hänge am besten nehmen konnte. Und ich war *oben* geblieben.

Neil sprang ab und auf seinen Wink hin ließ ich mich von Psitós Rücken gleiten.

»Psitó läuft merkwürdig«, sagte er und hob nacheinander die Beine der Stute an, um ihre Hufe zu kontrollieren. Im linken Vorderhuf hatte sich ein spitzer kleiner Stein verklemmt, und Neil entfernte ihn mit seinem Messer.

Dann führte er mich über einen schmalen Grat zu den Kalkfelsen. Metertiefe Schluchten öffneten sich auf beiden Seiten des Pfades und mir wurde mulmig, zumal ich nach dem Ritt sowieso ein wenig wacklig auf den Beinen war. Neil merkte es und griff nach meiner Hand. Seine Finger waren warm und staubig.
Schließlich standen wir ganz vorn, auf einer flachen Erhebung und blickten ins Tal hinunter. Neil ließ mich los. Ich sah das rote Haus der Thunderhawks und – ganz in der Nähe der Straße – das Haus von Tante Charlene. Scooter und Rip, die beiden Hunde, lagen vor ihrer Holzhütte in der Sonne.
Weiter links sah ich die Pferde in einer Senke weiden und rechts im Tal entdeckte ich das kreisrunde Schutzdach eines Powwow-Platzes. Auf einmal erinnerte ich mich daran, dass ich vor langer Zeit schon einmal mit meinem Vater und meiner Mutter hier gestanden hatte. Es war Dads Land, auf dem wir uns befanden. Unser Land.
»Warst du schon mal hier?«, fragte Neil, als könne er Gedanken lesen.
»Ja«, sagte ich. »Aber es ist ziemlich lange her.«
»Das Land gehört deinem Vater«, bemerkte er. »Warum wohnt ihr eigentlich nicht hier? Hier ist es doch viel schöner als drüben in Porcupine.«
Ich hob die Schultern. »Unser Trailer ist so alt, dass er nicht mehr transportiert werden kann. Und einen neuen Trailer oder ein richtiges Haus können wir uns nicht leisten. Dad kriegt einfach keinen festen Job. Dabei hat er ein Zertifikat als Automechaniker, und er kann auch sonst ziemlich viel.«
Neil nickte. Er wusste gut, wovon ich sprach. Es gab kaum Jobs im Reservat, weil die Wirtschaft nicht in Gang kam. Wer eine Idee hatte, bekam keinen Kredit von der Bank, weil ein Indianer nun mal nicht kreditwürdig war. Hatte jemand genug eigenes Geld, um ein Geschäft zu eröffnen, standen auf einmal sämtliche Verwandte vor der Tür und hielten die Hände auf. Derjenige konnte sich dann

überlegen, ob er ein guter Lakota war und sich großzügig verhielt oder ob er ein guter Geschäftsmann sein wollte. Die meisten waren gute Lakota – und so blieb alles beim Alten. Ein Großteil der Reservatsbewohner lebte von Sozialhilfe, die nie bis zum Ende des Monats reichte.

Über die Hälfte des Reservatslandes war seit vielen Jahren zu Spottpreisen an weiße Farmer verpachtet und es würde noch einmal viele Jahre dauern, bis die Pachtverträge ausliefen und wir Lakota unser Land wieder selbst nutzen konnten. Eine Menge Dinge lagen im Argen im Reservat, und es bedurfte großer Kraft und vor allem Einigkeit, um daran etwas zu ändern.

Plötzlich spürte ich eine Bewegung über meinem Kopf und hob den Blick in den Himmel. Über uns kreisten riesige schwarze Vögel in den warmen, aufsteigenden Luftmassen aus dem Tal. Es sah aus wie ein Tanz. Ihre dunklen Schatten wanderten über die Felsen.

»Truthahngeier«, sagte Neil. »Irgendwo wird vermutlich ein totes Tier liegen.«

Truthahngeier waren Aasfresser und hatten einen sehr ausgeprägten Geruchssinn, das wusste ich. Ich versuchte, sie zu zählen. Es waren sieben, acht, nein – zehn, zwölf. Immer mehr kamen über die Hügel geflogen, senkten sich dicht über unsere Köpfe hinweg, sodass ich das Gefühl hatte, vom Luftzug ihrer Schwingen berührt zu werden.

Eine Zeit lang beobachteten wir die großen Vögel bei ihren Flugmanövern, dann liefen wir über den schmalen Grat zurück zu Psitó und Taté, die friedlich nebeneinander grasten. Die Gebissteile ihrer Trensen klirrten leise, wenn sie am Gras zupften.

Wir stiegen auf und ritten noch ein Stück. Weiter hinten, wo die Hügel flacher wurden, stand eine alte Hütte, und nicht weit davon gab es einen kleinen See, auf dem ein Entenpärchen schwamm.

Ich wartete sehnsüchtig darauf, dass Neil seinen Hengst im Galopp laufen ließ, weil ich ihm dann mit Psitó folgen konnte. In diesem Augenblick war ich meinen Träumen so nah wie noch nie zuvor. Es war herrlich, den warmen Wind im Gesicht zu spüren, das ruhige Trommeln der Hufe im Ohr. Nur dass die alte Psitó nicht annähernd Ähnlichkeit mit meinem Traumpferd hatte und der leichte Trab, den Neil mir zugestand, nicht mit dem Fliegen über die Prärie in meiner Vorstellung zu vergleichen war.

Wir machten schließlich kehrt und ritten zum See, um die Pferde trinken zu lassen. Dann ritt Neil voran und ließ den Leopardenschecken einen guten Weg zurück ins Tal suchen. Als wir wieder bei der Scheune angelangt waren und Neil den Sattel von Psitós Rücken hob, sagte er: »Besser du erzählst meinem Vater nichts von unseren Ausritten. Wenn er morgen fragt, dann sag ihm, wir hätten hier auf dem Platz geübt.«

»Okay«, sagte ich und versuchte beiläufig zu klingen. »Schon klar.«

Ich war gezwungen zu lügen, was mir nicht gefiel. Wer keine Erfahrung im Lügen hatte, wurde leicht ertappt. Andererseits war es ungeheuer aufregend, mit Neil Thunderhawk ein Geheimnis zu haben. Denn der Ausritt hatte ihm – da war ich mir sicher – mindestens ebenso viel Spaß gemacht wie mir.

In den nächsten drei Wochen war ich jeden Tag bei den Pferden und Tom Thunderhawk brachte mir alles bei, was ich wissen musste. Er verlor niemals die Geduld und hatte immer einen Scherz auf den Lippen, wofür ich ihm sehr dankbar war.

Irgendwann gestattete er mir, Psitó alleine zu reiten, wann immer ich wollte. Toms Vertrauen machte mich glücklich und schenkte mir eine Stärke, die ich bisher nicht gekannt hatte.

Wenn ich Neil Thunderhawk begegnete, klopfte mein Herz zum Zerspringen. Allerdings hatte er nicht vor, mir zu viel seiner kostbaren freien Zeit zu opfern. Er half seinem Vater beim Bau eines Zaunes, der verhindern sollte, dass die Pferde auf Tante Charlenes Land grasten oder auf die Straße liefen. Er ritt die Tiere regelmäßig und

begann mit der Ausbildung der beiden Jährlinge, die langsam daran gewöhnt werden mussten, Zaumzeug und Sattel zu tragen. Ein gut eingerittenes Pferd brachte beim Verkauf einige hundert Dollar mehr als ein Tier, dass noch nicht an Sattel und Reiter gewöhnt war. Manchmal sah ich, dass Neil mich beobachtete, wenn ich Psitó striegelte oder mit Stormy spielte. Bemerkte er meinen Blick, wandte er sich ab. Zu gerne hätte ich gewusst, was er über mich dachte.
Die Wärme seiner Hand und sein Herzschlag in meinem Rücken gingen mir nicht mehr aus dem Sinn.

Della, Toms Frau, war von Anfang an sehr nett zu mir. In der letzten Woche brauchte Dad mich in der Mittagszeit nicht mehr nach Hause fahren, weil sie mich eingeladen hatte mit ihrer Familie zu essen. Ich kam am Morgen, ritt Psitó, leistete Stormy Gesellschaft, half manchmal im Stall oder passte auf Bey und April auf, Neils kleine Schwestern.
April war sieben und Bey drei Jahre alt. April Thunderhawk war groß für ihr Alter und hatte dieselben schwarzen Augen wie ihr Bruder. Unter langen Stirnfransen blickten sie mich neugierig an. Bey, die ihren Babyspeck noch nicht verloren hatte, wusste schon sehr genau, was sie wollte.
Beide zusammen konnten ganz schön laut und anstrengend sein, kein Wunder, dass Neil so tat, als ob er für Mädchen nichts übrig hatte. Aber ich wusste, dass es anders war, denn ich begegnete ihm auf dem Abschluss-Powwow vom Lakota College in Kyle, wo seine Mutter Lehrerin war.
Powwows, unsere Tanzfeste, finden den ganzen Sommer über statt. Im Winter werden sie gelegentlich in Turnhallen oder Gemeindezentren abgehalten. Jeder Indianer, der etwas auf sich hält, besitzt ein Tanzkostüm und nimmt irgendwann einmal an einem Powwow teil. Es gibt Leute, die machen den ganzen Sommer über nichts anderes.

Es war der Samstag, nachdem die Arbeiten an Bernies Waschsalon in Manderson abgeschlossen waren. Dad und ich hatten unsere Tanzkleidung hervorgeholt und waren gegen Mittag zum Collegegebäude gefahren, das auf einem Hügel stand, ein paar Meilen vor dem Ort Kyle.

Kaum auf dem Powwow-Platz angekommen, hatte ich Neil auch schon entdeckt. Er hatte seine kleine Schwester April an der Hand und Bey auf dem Arm und sah überhaupt nicht unglücklich oder genervt aus. Im Gegenteil, seine Geduld war erstaunlich. Er lief sogar mit, als Bey ihn auf die Tanzfläche zerrte, obwohl sich der Tanz *Tiny Tot* nannte und extra für die ganz kleinen Knirpse war.

Neil ragte zwischen den pummeligen gefiederten Gestalten hervor wie ein strahlender Held. Er war gekleidet wie ein richtiger Krieger und er konnte tanzen, als wäre er einer. Kleine Federn schmückten seine langen Zöpfe, und wenn er tanzte, flogen sie. Er war ganz in Hirschleder gekleidet. Hose und Hemd hatten lange Fransen an den Seiten und waren bestickt mit bunten Glasperlen. Neil bewegte sich im vollkommenen Gleichklang mit der Trommel. Seine Füße, die in Mokassins steckten, schwebten erstaunlich leicht über das niedergetretene Gras.

Ich ließ mich am Rand des Tanzplatzes nieder und zeichnete. Meine liebsten Werkzeuge waren farbige Buntstifte oder Bleistift. Mrs Hunter, meine Kunstlehrerin, hatte mein Talent erkannt und mir ans Herz gelegt, den Sommer über viel zu zeichnen. »Du hast eine lockere Hand, Tally«, hatte sie zu mir gesagt. »Zeichne alles, was dir vor die Nase kommt. Vielleicht schaffst du es, auf die Kunstschule zu gehen. Du hast das Zeug dazu.«

Der Gedanke, auf eine Kunstschule zu gehen, gefiel mir, denn ich zeichnete leidenschaftlich gern und konnte mir nichts Besseres vorstellen, als es irgendwann einmal zu meiner Hauptbeschäftigung zu machen. Was für ein herrliches Gefühl, ein glattes weißes Blatt Papier vor sich zu haben und es durch wenige Striche mit Leben zu fül-

len! Papier und Stifte waren meine ständigen Begleiter. Ich trug sie in einer Umhängetasche aus Wildleder mit mir herum, die mein Vater für mich genäht und mit einem Perlenmuster bestickt hatte.
Eine ältere Frau mit riesiger Brille auf der Nase, die neben mir saß, nickte anerkennend, als sie den tanzenden Neil Thunderhawk auf meinem Blatt erkannte. Ein bunter Wirbel aus Federn und Fransen. Der letzte Schlag der Trommel verklang, der Falsettgesang der Trommler endete schlagartig und Neil stoppte seinen Tanz abrupt. Auf einmal blickte er zu mir herüber und nickte mir zu. Ich hoffte, dass er später nicht sehen wollte, *was* ich gezeichnet hatte.

Mein Herz flatterte wieder wie ein erschrockener Vogel, als Neil wenig später an der Tacobude vor mir stand. Ich spürte, wie ich rot wurde, aber das fiel ihm vielleicht gar nicht auf, weil die Präriesonne meine Haut inzwischen so dunkel gebrannt hatte, als wäre ich ein Vollblut.
»Hi Tally«, sagte er und sah auf mich herunter. Neil trug einen Kopfputz aus Stachelschweinborsten, der ihn noch größer wirken ließ. An seinem zottigen Beinschmuck hingen Glöckchen, die bei jedem seiner Schritte klingelten.
»Hallo Neil«, erwiderte ich so locker wie möglich. »Wie geht's?«
»Gut. Und dir?« Er zahlte und nahm seinen Taco entgegen. Biss herzhaft hinein in das Fladenbrot, das dick mit roten Bohnen, Tomaten, Zwiebeln und Käse bedeckt war.
Mir lief das Wasser im Mund zusammen. »Auch gut.«
»Bist du mit deinem Dad hier?«, fragte er kauend.
»Ja«, sagte ich. »Er gehört zu den traditionellen Tänzern.«
»Mein Pa auch.« Neil nickte mir zu. »Okay. Dann noch viel Spaß.«
»Ja, dir auch.«
So liefen fast alle Gespräche ab, die ich mit Neil Thunderhawk hatte. Wenn man das überhaupt Gespräche nennen konnte. Seine Erinnerung an die beiden Ausritte, die mir unaufhörlich im Kopf herum-

geisterten, schien völlig ausgelöscht zu sein. Er war dabei, erwachsen zu werden, und in seinen Augen war ich noch ein Kind. Nicht mehr als ein junges Fohlen wie Stormy, hübsch anzusehen, aber zu nichts zu gebrauchen, jedenfalls noch nicht.

Ich wollte einfach nicht glauben, dass ich immer noch dreizehn Jahre alt war.

Neil bemerkte natürlich nicht, dass ich mir Mühe gab, älter auszusehen, indem ich mein Haar nicht mehr zu zwei Zöpfen flocht, sondern nur noch zu einem. Ihm fiel auch nicht auf, dass ich mich jedes Mal besonders hübsch anzog, wenn die Möglichkeit bestand, ihm zu begegnen. Es interessierte ihn nicht, wie gut ich auf dem Powwow tanzte, denn er tanzte besser. Ihm war gleichgültig, dass ich Psitó inzwischen auch allein ohne Sattel reiten konnte, denn er ritt schnell wie der Wind, so als wäre er eins mit Taté, dem gefleckten Hengst. Neil konnte auch nicht ahnen, dass ich jedes Mal eine Gänsehaut bekam vom Klang seiner Stimme.

Es hatte mich nicht getroffen wie ein Blitz, sondern war langsam zur Gewissheit geworden: Zum ersten Mal in meinem Leben war ich richtig verliebt. Was für ein wunderbares und zugleich peinigendes Gefühl das sein konnte: Dieses wohlige Flattern im Bauch, wenn Neil Thunderhawk mich anlachte und mit mir sprach. Und die pure Verzweiflung, wenn er mich keines Blickes würdigte.

Vor dem Powwow hatte ich meine und Dads Tanzkleidung auf dem großen Tisch in der Wohnküche unseres Trailers ausgebreitet und genau überprüft, ob auch nichts fehlte. Mein Vater besaß einen Anzug aus weich gegerbtem Hirschleder, der ihn wie einen Krieger aus vergangenen Zeiten aussehen ließ. Die Tanzkleidung war bestickt mit verschiedenfarbigen Stachelschweinborsten und winzigen bunten Glasperlen. Seine Mokassins, die ebenfalls kunstvoll mit Perlen bestickt waren, trug mein Vater nur, wenn er tanzte.

Dad legte großen Wert darauf, dass die Farben und Muster auf sei-

ner Kleidung auch stimmten. Ein wirklich gut gearbeitetes Outfit war teuer, vor allem wenn Adlerfedern dafür verwendet wurden. Und Dad besaß ein Bustle, einen kreisrunden Federschmuck für den Rücken, der komplett mit Adlerfedern besetzt war.
Die Tanzkleidung meines Vaters war um die 2 000 Dollar wert, und schon mehr als einmal hatte er sich mit dem Gedanken getragen, sie zu verkaufen. Immer dann, wenn uns das Nötigste zum Leben fehlte und wir nicht wussten, wo die nächste Mahlzeit herkommen sollte. Aber jedes Mal war uns der Zufall zu Hilfe gekommen, und Dad hatte doch wieder irgendwo einen Job gefunden.
Mein Vater war ein guter Tänzer und ich unheimlich stolz auf ihn. Auch diesmal schaffte er es, als Sieger aus dem Wettkampf im traditionellen Tanz hervorzugehen. Das Preisgeld von 300 Dollar und das, was er beim Bau des Waschsalons verdient hatte, würde uns eine Weile die Sorgen nehmen.
Dad kannte fast jeden auf dem Powwow, und er unterhielt sich mit vielen Leuten. Ich wollte ihm nicht dauernd hinterherlaufen wie ein Hündchen, deshalb suchte ich mir ein stilles Plätzchen und zeichnete. Die anderen Mädchen in meinem Alter zogen meist in Grüppchen über das Powwow-Gelände. Sie tuschelten und lachten und liefen den Jungs hinterher.
Ich vermisste Adena. Vor einer Woche war sie mit ihren Eltern und Jason zu ihrem Bruder Henry gefahren, der mit seiner Familie im Cheyenne-River-Reservat lebte, dort, wo meine Urgroßmutter Helen Yellow Bird hergekommen war.
Ich traf zwar noch ein paar Jungs und Mädchen aus meiner Klasse, aber ihr Interesse an meiner Gesellschaft hielt sich in Grenzen. Das war nicht fair, aber ich war es gewohnt. Und es tat nicht mehr so weh wie damals, als ich in die erste Klasse kam und begreifen musste, dass ich in den Augen einiger meiner Klassenkameraden weniger wert war, nur weil »weißes Blut« in meinen Adern floss. Dass ich viel über unsere Traditionen wusste und sie mehr achtete als so man-

cher reinblütige Lakota, schien überhaupt keine Bedeutung zu haben. Sie sahen nur meine grünen Augen und mein rötlich schimmerndes Haar, das sich wellte, wenn es feucht wurde.
Zuerst wollte ich mich bei meinem Vater darüber beklagen, aber bald wurde mir klar, dass es ihn nur traurig und wütend machen würde und dass er mir sowieso nicht helfen konnte. Ich musste es allein durchstehen, und das tat ich auch. Bis die White Elks ihren nagelneuen Trailer über unserem aufstellten und Adena in meine Klasse kam. Es gab einige freie Plätze im Klassenraum und auch an meinem Tisch war noch ein Stuhl frei. Adena war geradewegs auf mich zugesteuert und hatte mich gefragt, ob sie sich zu mir setzen durfte.
Ich war froh gewesen, endlich eine Banknachbarin zu haben, hatte aber gefürchtet, dass auch Adena sich von mir abwenden würde, wenn sie erfuhr, dass meine Mutter eine Weiße war. Also machte ich mich noch am selben Tag auf den Weg zum Trailer von Adenas Familie und erzählte ihnen von meiner Mutter.
Wahrscheinlich beschämte es die White Elks, dass ich solche Befürchtungen hatte, und deshalb waren sie immer besonders nett zu mir und meinem Vater. Adena wurde sehr schnell meine Freundin. Endlich hatte ich jemanden, mit dem ich meine geheimen Ängste und Wünsche teilen konnte. Jemanden, der mich verstand, der mit mir lachte und der immer greifbar war. Seitdem störte es mich nicht mehr, dass einige Jungs und Mädchen mich mieden. Ich war nicht mehr allein.

6. Kapitel

Als es dunkel wurde und Scheinwerfer den Tanzplatz beleuchteten, hörte ich auf zu zeichnen und suchte nach meinem Vater. Dabei stellte ich mit Schrecken fest, dass sich auch Tante Charlene auf dem Powwow eingefunden hatte, und mit ihr mein Cousin. Marlin war nicht zu übersehen: Er trug weite Hosen, die ihm bis über die Knie reichten, und ein weißes XXL T-Shirt mit dem bunten Collegelogo. Seine fettigen Haare fielen ihm in Strähnen auf die Schulter. Kaum hatte Marlin mich entdeckt, verfolgte er mich mit seinem boshaften Blick wie ein Jäger seine Beute. Ich merkte sofort, dass er drauf aus war mich zu ärgern. Deshalb brachte ich schnell meine Zeichnungen in Sicherheit, damit er sie nicht zum Anlass nehmen konnte, sich über mich lustig zu machen. Noch war Tante Charlene an seiner Seite, aber dann traf sie eine Bekannte und ging mit ihr in Richtung Tacobude.

Marlin, der sich endlich unbeobachtet fühlte, bewegte sich auf mich zu und ich versuchte, ihm zu entkommen. Ich schlüpfte durch die Menschenmenge und versteckte mich zwischen den geparkten Autos, die den Platz einkreisten. Marlin war schnell und beweglich trotz seiner Leibesfülle. Er fand mich und zog so derb an meinem geflochtenen Zopf, dass ich aufschrie. Vor Schmerz schossen mir Tränen in die Augen und die blechernen Schellen an meinem Kleid schepperten wütend.

»Verschwinde, Marlin«, rief ich. »Verschwinde und lass mich in Ruhe.« Die Angst in meinem Nacken stach wie Nesseln.

Marlin grinste boshaft. »Darfst du denn überhaupt auf dem Powwow tanzen?«, fragte er hämisch. »Du bist doch eigentlich gar keine richtige Indianerin. Nur Indianer dürfen eine Wettkampfnummer tragen.« Er wies auf mein Kleid, an dem mit Sicherheitsnadeln die Wettkampfnummer befestigt war, die ich vor dem Tanz bekommen hatte. Es gab Wettkämpfe in verschiedenen Altersklassen und Kategorien, und durch die Nummern konnten die Juroren die Tänzer besser auseinander halten.

Ich spürte eine Bewegung hinter meinem Rücken und drehte mich um. Meine Wangen brannten vor Scham, als ich sah, dass Neil Thunderhawk in unserer Nähe gestanden und alles mit angehört hatte.

»Ich bin eine richtige Indianerin«, sagte ich. Meine Stimme zitterte.

»Bist du nicht. Du bist ein Halbblut.« Er lachte. »Halbblut, Halbblut«, rief er, mit seiner blechernen Stimme, die der Stimmbruch ihm zurzeit bescherte.
Neil kam herüber und baute sich vor Marlin auf. Er war zwar nur halb so breit wie meine Cousin, aber genauso groß. »Lass sie in Ruhe«, sagte er, betont gelassen.
»Was mischst du dich ein, Blödmann?« Marlin kam in Fahrt. »Du bist auch nicht besser als die da. Du bist ein verdammter Red Cloud und alle Red Clouds sind Schmarotzer.«
Neil zuckte zusammen. Wut blitzte in seinen schwarzen Augen auf. Jetzt fangen sie an, sich zu prügeln, dachte ich, gleich hier, mitten auf dem Powwow-Gelände. Unglücklich rang ich die Hände.
»Sag das noch mal!« Neils Stimme klang jetzt sehr entschlossen und überhaupt nicht mehr gelassen. Das musste Marlin gemerkt haben, denn er sagte gar nichts. Ich wusste, dass er feige war, und dachte schon erleichtert, die Sache hätte sich erledigt.
»Feigling«, zischte Neil, drehte sich um und ging.
Aber kaum wiegte Marlin sich in Sicherheit, da sang er leise: *»Blanket* * *Indians, Hang around the Forts* ** .«
Neil warf sich herum und mit einem wilden Aufschrei stürzte er sich auf Marlin. Sie rauften im Dreck zwischen den parkenden Autos und Neil teilte kräftig aus mit seinen harten Fäusten. Er schäumte vor Zorn und war auch durch mein Bitten nicht zu besänftigen – bis Tante Charlene und Dad dazukamen und die beiden trennten. Marlin heulte, was mir ungeheure Genugtuung verschaffte. Sein dickes hochrotes Gesicht war dreckverschmiert.
»Was war denn los?«, fragte mein Vater, als er Neil auf die Beine half. Neil gab keine Antwort. Er blutete aus der Nase und die Federn an seiner Tanzkleidung waren beschädigt, was ihn wahrscheinlich am

* *Blanket*: Decke
** *Blanket Indians, Hang around the Forts:* jemand, der sich um die Forts der Weißen herumtreibt und auf Almosen wartet

meisten schmerzte. Aber er schwieg. Sein Blick war voller Verachtung.

Ich gab ihm ein Kleenex, und er nahm es, um sein Nasenbluten zu stillen.

»Das nächste Mal sorge ich dafür, dass du von den Tanzwettkämpfen ausgeschlossen wirst, Neil Thunderhawk«, zeterte Tante Charlene. Sie tastete ihren Sohn ab, ob er sich auch nichts gebrochen hatte. Aber Marlin hatte genügend Speck auf den Rippen, so schnell konnte ihm wohl nichts passieren. Bloß seine Shorts und das T-Shirt waren dreckig geworden.

»Geht euch aus dem Weg, wenn ihr euch nicht leiden könnt«, sagte mein Vater.

Neil wandte sich um und lief mit erhobenen Kopf davon. Ich eilte ihm hinterher. »Neil«, rief ich, »warte doch!« Aber er wartete nicht und drehte sich auch nicht um. Marlins Worte mussten ihn tief getroffen haben. Aber der Auslöser für die Prügelei war ich gewesen, und nun fühlte ich mich schuldig.

»Verschwinde und lass mich in Ruhe«, sagte er, als ich ihn schließlich eingeholt hatte.

»Aber warum denn? Ich könnte dir helfen, deine Kleidung in Ordnung zu bringen. Ich weiß, wie man zerzauste Federn wieder hinkriegt.«

»Das bringt nichts«, sagte er niedergeschlagen. »So kann ich nicht tanzen. Alle würden mich auslachen. Geh einfach weg, Tally, und lass mich in Ruhe!« Der schroffe Ton in seiner Stimme nahm mir den Mut.

»Du blutest immer noch«, wagte ich einen letzten Versuch.

»Na und. Ich werd schon nicht dran sterben.« Damit ließ er mich stehen.

Mir kamen die Tränen, und ich verfluchte Marlin, der dafür verantwortlich war, dass Neil Thunderhawk mir grollte. Bisher war das Gefühl, das ich für meinen Cousin hegte, eine Mischung aus Abneigung, Angst und Mitleid gewesen. Nun spürte ich in meinem Bauch einen Knoten aus Hass. Die Freude am Powwow war mir gründlich verdorben.

Ich trocknete meine Tränen und lief zurück zu meinem Vater. Marlin und Tante Charlene waren zum Glück nicht mehr bei ihm.
»Wo ist Neil?«, fragte er.
»Er wollte nicht mit mir reden.«
Dad nickte, als könne er das gut verstehen. »Hast du Hunger?«
»Hm«, antwortete ich.
Wir gingen zum Hotdog-Stand und Dad kaufte sich eine Pappschale mit frittierten Zwiebelringen. Ich bekam ein Hotdog und eine Cola. Wir setzten uns nebeneinander auf eine Bank an einen der Tische.
»Was war denn nun der Grund für die Prügelei?«, fragte mein Vater kauend.
»Marlin hat mich mal wieder als Halbblut beschimpft«, antwortete ich. »Er hat gesagt, ich dürfe an den Wettkämpfen nicht teilnehmen, weil ich gar keine richtige Indianerin bin.«
Dad legte seinen Arm um meine Schulter und drückte mich an sich. »Du bist eine Lakota, Tally. Und lass dir von niemandem etwas anderes einreden. Du bist das, was dein Herz dir sagt. Ich bin so froh, dass deine Mutter es sich damals anders überlegt hat und dich bei mir gelassen hat. Du hättest mir sonst ein Leben lang gefehlt.«
Ich presste meine Nase an seine Schulter und versuchte die Tränen zurückzukämpfen, die mir erneut in die Augen traten.
»Hat Neil dich verteidigt?«, fragte Dad schließlich. »Haben sich die beiden deshalb geprügelt?«
»Ja«, sagte ich. »Er hat Marlin gesagt, dass er mich in Ruhe lassen soll. Aber das war es nicht, was ihn so aufgebracht hat. Marlin hat Sachen zu Neil gesagt, die ihn dann erst richtig wütend gemacht haben.«
»Was hat er denn gesagt?« Mein Vater hörte auf, seine Zwiebelringe zu knuspern, und sah mich an.

»Er hat zu Neil gesagt, alle Red Clouds wären Schmarotzer. *Blanket Indians* und *Hang around the Forts*.«

»Übel«, sagte Dad, schloss die Augen und blies nachdenklich Luft durch die Zähne. Dann aß er weiter.

»Aber Neil heißt doch Thunderhawk und nicht Red Cloud«, sagte ich und stibitzte einen von seinen Zwiebelringen.

»Das stimmt. Aber seine Mutter Della ist eine geborene Red Cloud. Bevor sie in das rote Haus zogen, hat die Familie in Pine Ridge gewohnt.«

»Na und?« Jedes Kind im Reservat wusste, wer Häuptling Red Cloud war und dass er viele Nachfahren hatte. Auch an meiner Schule gab es einige. Red Cloud hatte sich den Häuptlingstitel als tapferer Krieger in vielen Schlachten erkämpft. Von einem Kriegszug gegen die Cheyenne soll er durchbohrt von einem Pfeil zurückgekehrt sein und die schwere Verletzung überlebt haben. Ich konnte mir nicht vorstellen, was es für einen Grund geben könnte, seinen Namen zu verunglimpfen.

»Das ist eine lange Geschichte«, sagte mein Vater und wischte sich mit einer Serviette das Fett von den Fingern.

»Ich will sie hören«, erklärte ich. Die Trommeln hatten wieder eingesetzt, und auf dem beleuchteten Tanzplatz sah ich die Grastänzer in ihren farbenprächtigen Tanzkleidern mit den langen bunten Wollfransen. Aber im Augenblick interessierte mich viel mehr, was Neil Thunderhawk so wütend gemacht hatte.

»Na gut«, sagte mein Vater. »Dann will ich sie dir erzählen. Aber lass uns dazu lieber nach Hause fahren, damit ich nicht auch noch eins auf die Nase kriege.« Ich sah ihn entgeistert an und er zwinkerte mir lächelnd zu.

Wir verließen den Powwow-Grund, stiegen in unseren Pick-up und machten uns auf den Weg nach Hause. Auf der Fahrt erzählte mir Dad von Häuptling Red Cloud, der ein gefürchteter Krieger gewesen war, aber einer, der den Krieg nicht liebte.

»Er wollte Frieden«, sagte er, »doch nicht ohne Gerechtigkeit für sein Volk. Deshalb machte sich im Juni 1866 eine Indianerdelegation unter Red Clouds Führung auf den Weg nach Fort Laramie, um mit den Weißen zu verhandeln. Aber noch während der Gespräche musste der Häuptling erkennen, dass die Verträge, die er unterzeichnen sollte, nichts wert waren, weil sie schon im selben Augenblick von den Weißen gebrochen wurden. Der Häuptling war sehr wütend darüber und drohte mit Vergeltung.
Er kämpfte erneut, fest entschlossen, die Eindringlinge auf unserem Land in die Schranken zu weisen. Aber auch wenn er einige bedeutende Siege errang, so merkte er doch bald, dass der Krieg sein Volk schwächte und die Weißen trotzdem immer mehr wurden. Deshalb kam er zwei Jahre später wieder nach Fort Laramie und diesmal unterzeichnete er den Friedensvertrag.«
Dad bremste, weil ein Tier über die Straße lief. Ein Kojote wahrscheinlich. Seine Augen leuchteten im Licht der Scheinwerfer.
»Manchmal werden Red Clouds Nachfahren deshalb heute noch als *Treaty Signers* beschimpft«, fuhr er fort und trat aufs Gaspedal. »Solltest du das irgendwo mal hören, dann weißt du, was es bedeutet.«
Ich nickte. All das hatte ich schon in der Schule gehört, aber nicht so, wie mein Vater es mir gerade erzählt hatte. Konnte es sein, dass unsere Geschichte für jeden im Reservat eine andere Wahrheit in sich barg? Dass die Einstellung jedes Einzelnen zur Vergangenheit unseres Volkes davon abhing, wessen Namen er trug?
»Schon bald musste Red Cloud feststellen«, sagte Dad, »dass die Verträge von den Weißen erneut gebrochen wurden. Resigniert gab er auf und willigte ein, mit seinem Volk nach Pine Ridge zu gehen, wo ihm eine eigene Agentur* zugeteilt wurde. Ein Großteil der Oglala-Lakota lebte von nun an ständig in der Nähe der Agentur, die übrigen kamen als Wintergäste, es waren die so genannten »Freien«. Sie

* Verwaltungshauptsitz des Reservats

bezeichneten Red Cloud als Verräter, aber ihnen blieb nichts anderes übrig, als im kalten Winter ebenfalls die Agentur aufzusuchen. Weiße Jäger hatten die riesigen Bisonherden systematisch abgeschlachtet, sodass sich unser Volk nicht mehr selbstständig ernähren konnte.«

So ist es heute noch, dachte ich.

»Es gab ständig Ärger im Reservat«, fuhr mein Vater fort. »Auf der einen Seite mit dem weißen Indianerbeauftragten, auf der anderen mit den so genannten Freien. Ihr Anführer war Crazy Horse, der sich selbst nie, auch nicht im härtesten Winter dazu herabließ, in die Agentur zu kommen.«

Ja, das wusste ich. Aus diesem Grund war Crazy Horse für uns Lakota ein großer Held. Sogar andere Indianerstämme verehrten ihn. Er war das Symbol für Freiheit und ungebrochenen Widerstand. Es gab kein Bild von ihm, weil er sich niemals hatte malen oder fotografieren lassen, doch man erzählte, dass er gelocktes Haar gehabt hätte. Das tröstete mich, wenn meine eigenen Locken mich besonders störten.

Dad war an der Kreuzung von Sharps Corner angelangt und bog nach links ab. Er sagte: »Red Cloud lebte mit seiner Familie in der Nähe der Agentur, wo er annahm, was dort an Lebensmitteln und Lebensnotwendigem ausgegeben wurde. Almosen waren es, Tally. Unter anderem auch warme Decken für den Winter. Daher kommt das Schimpfwort *Blanket Indians*.«

»Und was bedeutet: *Hang around the Forts*?«, fragte ich.

»So ungefähr dasselbe. Die Leute, die mit Red Cloud gegangen waren, kümmerten sich nicht mehr darum, wie sie aus eigener Kraft überleben konnten. Vielleicht hatten sie auch einfach keine Kraft mehr. Sie blieben in der Nähe der Agentur, wo regelmäßig die Lebensmittelrationen ausgeteilt wurden. Deshalb *Hang around the Forts*.«

»Aber das ist alles über hundert Jahre her.«

»Ja«, sagte mein Vater.
Ich sah ihn ungläubig an, weil mir das nicht in den Kopf wollte. »Es ist mehr als hundert Jahre her, und noch heute werden Nachfahren von Red Cloud als *Blanket Indians, Treaty Signers* und *Hang around the Forts* beschimpft?«
Dad zuckte die Achseln. »Für dich sind hundert Jahre eine lange Zeit, Braveheart. Aber viele im Reservat haben das Gefühl, als wäre das alles erst gestern gewesen. Sie wollen sich nicht damit abfinden, dass die Black Hills uns nicht mehr gehören, dass wir dort nicht mehr jagen und frei herumziehen dürfen. Sie sind wütend auf die Weißen und halten Häuptling Red Cloud für einen Verräter, weil er diesen Vertrag unterzeichnet hat und aufgehört hat, gegen sie zu kämpfen.«
Ich sackte in mich zusammen. Das war ja schrecklich. Bisher hatte ich immer geglaubt, ein Halbblut zu sein wäre die schwerste Bürde, die es im Reservat zu tragen gab. Aber nun wusste ich, dass auch Neil es nicht leicht hatte. Weil er für etwas schief angesehen und verantwortlich gemacht wurde, wofür er überhaupt nichts konnte. Etwas, das vor mehr als hundert Jahren geschehen war.
Wir waren vor unserem Zuhause angelangt und stiegen aus. Miss Lilly kam unter dem Trailer hervor und strich miauend um meine Beine. Wahrscheinlich war sie mal wieder von einem Kojoten oder einem Bobcat, einer großen Wildkatze, gejagt worden und wollte nun die Nacht lieber in den sicheren vier Wänden unseres Trailers verbringen.
Mein Vater schloss die Tür auf und die Katze schlüpfte hinein. Später, als ich schon im Bett lag, kam er noch einmal in mein Zimmer und setzte sich zu mir. Sein Blick wanderte von den Postern an der Wand zu den Pferdezeichnungen, die ich von Stormy und den anderen Tieren gemacht hatte.
Er sagte: »Du bist richtig gut, Tally, beinahe schon eine Künstlerin.«
»Es macht mir großen Spaß, zu zeichnen«, erwiderte ich und freute mich über die Anerkennung meines Vaters.

Er nickte. »Ja, das ist das Wichtigste, Braveheart: dass man etwas findet, was man gern macht, und dann versucht, gut darin zu werden.« Dad lächelte. »Es geht nicht darum, etwas perfekt zu machen, sondern es mit dem ganzen Herzen zu tun.«

Nach diesem Vorfall auf dem Powwow-Grund war meine größte Sorge, dass Neil Thunderhawk nun überhaupt nichts mehr mit mir zu tun haben wollte. Als ich das nächste Mal kam, um nach Stormy zu sehen und Psitó zu reiten, da ließ er sich nicht blicken, und ich war furchtbar enttäuscht. Wie gerne hätte ich ihm gesagt, dass es mir Leid tat und dass er sich nichts aus Marlins Boshaftigkeiten machen sollte, weil mein Cousin einfach nur dumm war. Aber dann begegnete ich Della, und sie erzählte mir, dass Neil für ein paar Tage bei seinem Großvater zu Besuch war, der in Wanblee lebte.

Eine Woche später stand er wieder vor der Scheune, als ich kam. Er war dabei, dem Leopardenschecken das Zaumzeug anzulegen, und flüsterte ihm zärtlich etwas ins Ohr. Mein Herzschlag spielte gleich wieder verrückt, und ich musste erst einige Male tief durchatmen, bevor ich zu Neil hingehen und ihn begrüßen konnte.

Er lächelte, das hielt ich für ein gutes Zeichen.

Nachdem ich Psitós Zaumzeug aus der Scheune geholt hatte, eilte ich los, um sie zu suchen. Und ich hatte Glück. Die Pferde grasten direkt hinter dem Haus. Stormy spitzte die Ohren, als sie meine Stimme hörte. Ich drückte meine Nase an ihren warmen Hals, und sie freute sich mich zu sehen. Natürlich hatte ich auch einen Leckerbissen für das Fohlen dabei. Diesmal war es eine Karotte, die ich aus dem Gemüsefach unseres Kühlschranks stibitzt hatte.

Als ich das dumpfe Klacken von Pferdehufen hörte, drehte ich mich um. Neil kam angeritten und brachte Taté zum Stehen. Er wartete, bis ich Psitó das Zaumzeug angelegt hatte, dann ritten wir zusammen in die Hügel.

Neil sagte lange nichts, und ich wusste nicht, ob ich so tun sollte, als hätte es den Vorfall auf dem Powwow-Grund nie gegeben, oder ob er erwartete, dass ich ihn darauf ansprach.

Irgendwann fragte er: »Hast du gewusst, was Marlins Beschimpfungen bedeuten?«

»Nein«, sagte ich. »Aber jetzt weiß ich's.«

Er wandte den Kopf, um mich anzusehen. »Woher?«

»Mein Vater hat's mir erklärt.«

»Und was meinst du dazu?«

»Was Marlin sagt, ist dumm«, antwortete ich. »Alles, was Marlin sagt, ist dumm.«

Neil lachte kalt. »Eine Menge Leute denken wie er.«

»Marlin denkt nicht«, sagte ich. »Er plappert nur nach, was andere reden.«

»Er ist ein verdammter Idiot«, presste Neil hervor. »Und er ist es nicht wert, ein Lakota zu sein.«

Der unterschwellige Hass in Neils Stimme war mir nicht entgangen. Ich hoffte, dass er nicht auf Rache aus war, denn das hätte alles nur noch schlimmer gemacht. Auch für mich.

»So unausstehlich ist er aber erst geworden, seit sein Vater tot ist«, sagte ich, obwohl ich Marlin nun wirklich nicht verteidigen wollte.

»Er würde sich im Grabe herumdrehen, wenn er seinen Sohn sehen könnte«, sagte Neil. »Ich kann Menschen, die unfair sind, nicht ausstehen.«

»Hast du mich deshalb verteidigt?«, fragte ich und warf Neil einen verstohlenen Blick zu. Was war ich für ihn? Eine Lakota oder ein Halbblut? Hatte das Ganze überhaupt irgendeine Bedeutung für ihn?

Statt einer Antwort schnalzte Neil mit der Zunge, drückte dem Hengst die Fersen in die Seite und zeigte mir, was er konnte. Wie ein Pfeil jagte er dahin. Neil ritt den Wind. Ich folgte ihm mit Psitó, die sich unter ihrer leichten Last am Galopp freute. Aber die Stute war alt, und ihr fehlte die Kraft, um mit Taté mitzuhalten. Ich

wünschte mir, eines Tages auch so schnell reiten zu können wie Neil – auf Stormy. Ich wünschte, Neil Thunderhawk würde zu mir gehören. Ich wünschte, etwas Besonderes für ihn zu sein.
Mein Kopf war voll von Wünschen und Träumen.

7. Kapitel

Es war jetzt Anfang August und die Sonne brannte tagsüber ununterbrochen vom Himmel. Das Gras auf unserem Hügel war zu einem filzigen gelbbraunen Teppich geworden, und Dad erzählte, dass es im ganzen Reservat nicht anders aussah. Menschen und Tiere stöhnten unter der Hitze, und mit jedem Tag wurde sie drückender. Die Luft flimmerte, und das Atmen fiel schwer. Der Wind schien eingeschlafen zu sein.
Es gab keine Freibäder im Reservat und die wenigen Badeseen waren nur noch schlammige Tümpel. Unser Trailer hatte keine Klimaanlage, aber der große Ventilator, den Dad gekauft hatte, brummte unablässig in der Wohnküche, wenn jemand zu Hause war.
In meinem Zimmer war es stickig, auch das offene Fenster brachte kaum Erleichterung. Miss Lilly lag tagsüber träge im Schatten unter dem Trailer und jagte nur noch in den Nachtstunden.
In einer dieser schwülen Nächte wälzte ich mich unruhig auf dem zerwühlten Laken in meinem Bett, die Haut klebrig von Schweiß. Ich konnte nicht schlafen, war aber auch nicht richtig wach. In einem Halbtraum sah ich Stormy ganz allein auf einer Wiese stehen, mit hängendem Kopf und ohne ihre Herde. Die Punkte auf ihrer Hinterhand waren nicht dunkelgrau, sondern rot. Sie begannen zu bluten, als wären es offene Wunden. Blitze zuckten über den Himmel, dick wie die Zweige eines alten Baumes, aber es donnerte nicht. Stormy rollte verängstigt mit den Augen und ich hörte ihr schrilles Wiehern.

Rief das Fohlen mich? Hatte mein merkwürdiger Traum etwas zu bedeuten?
Großvater Emmet hatte mir nahe gelegt, immer auf meine Träume zu achten und sie nicht zu ignorieren, auch wenn sie unangenehm waren. Träume sind der Raum jenseits der Wirklichkeit, wo die Geister mit den Menschen kommunizieren. Träume können Warnungen sein, Erklärungen geben, den Weg weisen. Wir Lakota glauben an die Macht der Träume.

Am nächsten Morgen wurde ich die schreckliche Angst im Bauch auch nach dem Aufstehen nicht los. Der Traum ließ sich nicht verscheuchen. Immer wieder musste ich an Stormy denken, hörte ihr angstvolles Wiehern.
Ich versuchte Tom anzurufen, aber im Haus der Thunderhawks hörte niemand. Seit ich die Stute das letzte Mal gesehen hatte, waren zwei Wochen vergangen. Mein Vater hatte derzeit einen Job am anderen Ende des Reservats, in den Slim Buttes. Er half Mike Red Bear, einem jungen Büffelzüchter, seinen Zaun zu bauen. Anfang der Woche erwartete Red Bear 15 junge Büffel, und bis dahin musste der mannshohe Zaun aus fünf Reihen Stacheldraht fertig sein. Dad kam jeden Tag erst am Abend nach Hause, zu erschöpft, um noch einmal loszufahren. Zu müde, um Tante Charlene und ihre ewigen Klagen oder ihr Gezeter zu ertragen, wenn es nicht unbedingt sein musste.
Doch nach meinem beunruhigenden Traum hatte ich das Gefühl, es nicht länger aushalten zu können. Ich musste die Stute sehen. Sie brauchte mich vielleicht. Irgendetwas stimmte nicht mit Stormy.
An jenem Tag hörte ich den Pick-up-Truck meines Vaters schon am Nachmittag den Hügel zum Trailer heraufkommen und hatte nichts anderes im Sinn, als meine Chance zu nutzen. Dad war verschwitzt und schmutzig und vollkommen fertig. Er blutete an der rechten Hand, hatte sich am Stacheldraht verletzt.

Dad wusch sich am Wasserbehälter hinter dem Haus und ich versorgte seine Verletzung. »Ist der Zaun fertig?«, fragte ich ihn.
»Nein. Aber es sah dort nach einem fürchterlichen Gewitter aus, und deshalb hat Mike mich nach Hause geschickt. Wenn es in den Slim Buttes regnet, wird das Autofahren dort lebensgefährlich. Er war der Meinung, das nicht verantworten zu können.«
Ich nickte, denn ich wusste, wovon mein Vater sprach. »Gumbo« nannten wir den Schlamm, der sich nach der Schneeschmelze oder nach starkem Regen auf den unbefestigten Straßen des Reservats bildete. Er war so schmierig und tückisch, dass sogar Wagen mit Vierradantrieb ihre Schwierigkeiten hatten. Und die wenigsten Autos im Reservat hatten Vierradantrieb.
Aus welchen Gründen auch immer, ich war froh, dass mein Vater da war. Ich schlich um ihn herum wie Miss Lilly, wenn sie um Milch bettelt.
»Bitte Dad, lass uns noch zu den Pferden fahren. Ich habe solche Sehnsucht nach Stormy.« Ich hatte auch Sehnsucht nach Neil, aber das konnte ich meinem Vater nicht erzählen.
»Ich kann nicht mehr, Tally«, sagte er. »Ich bin total erledigt, und außerdem wird das Gewitter bald zu uns herüberziehen.«
Von einem Gewitter hatte ich hier in Porcupine noch nichts bemerkt. Es war drückend heiß, wie in den vergangenen Tagen auch. Alles war dürr und vertrocknet. Die Erde glühte, das Gras war gelb und saftlos. Auf allem lag feiner gelber Staub aus den Badlands. Am Horizont zeigten sich zwar ein paar Wolken, aber die waren gestern auch schon da gewesen.
»Bitte, Dad.«
»Morgen, Talitha. Morgen muss ich wieder zu Mike Red Bear und kann dich am Vormittag bei den Pferden absetzen.«
»Ach bitte, Dad. Ich habe heute Nacht von Stormy geträumt. Sie war ganz allein und rief nach mir.« Dass in meinem Traum auch Blitze vorgekommen waren, verschwieg ich ihm. »Ich mache mir große

Sorgen. Bitte, bitte bring mich hin! Du musst ja nicht zu Tante Charlene. Tom und Della freuen sich immer dich zu sehen.«
»Hast du mal bei Tom angerufen?«, fragte er, und da wusste ich, dass ich ihn so weit hatte. Mein Vater nahm Träume sehr ernst.
»Ja, ich habe es versucht. Es hört keiner.«
Vielleicht ist es gar nicht gut, wenn ein Vater seine Tochter so sehr liebt, dass er ihr nichts abschlagen kann. Jedenfalls wünschte ich mir später, er wäre hart geblieben und hätte meinem Drängen nicht nachgegeben. Doch er tat es. Dad zog ein frisches T-Shirt an, und wir fuhren los.

Es zeigte sich schnell, dass Dad Recht gehabt hatte. Die Wolken am Horizont wurden dichter und dunkler. Sie türmten sich auf wie schwarze Ungeheuer, und Blitze zuckten am Himmel, so stark wie Männerarme. Ohrenbetäubender Donner krachte, und ich hatte so ein schlechtes Gewissen, dass ich meinen Vater nicht anzusehen wagte.
Stumm saß ich neben ihm auf dem Beifahrersitz des Pick-up-Trucks. Dad fing an zu fluchen, als die ersten Tropfen auf die staubigen Scheiben fielen. Zum Umkehren war es zu spät, wir waren schon auf der Straße zwischen Wounded Knee und Manderson. Ich hielt Ausschau nach dem weißen Schild mit der schwarzen Schrift, das die Einfahrt zu Toms Appaloosazucht ankündigte.
Die Frontscheibe war jetzt so schmierig, dass mein Vater kaum noch etwas sah, aber dann wurde der Regen dichter und wusch die Scheiben sauber. Ich hoffte, das Gewitter würde schnell vorüberziehen. Vielleicht konnten wir bei Della Thunderhawk in der gemütlichen Küche sitzen, Dad einen Kaffee bekommen und ich einen Eistee. Darüber würde mein Vater seine schlechte Laune vergessen, und ich konnte zu Stormy, sobald der Regen aufgehört hatte. Solche Gewitter waren meist sehr heftig, aber sie verzogen sich auch rasch wieder.

Das weiße Schild kam, und Dad bog ab auf den schlammigen Weg voller großer Wasserlöcher. Die Räder des Pick-ups ratterten über das Metallgitter. Es goss jetzt wie aus Kannen, und der Scheibenwischer schaffte es nicht mehr, die Frontscheibe auch nur für Sekunden freizuhalten. Wir konnten überhaupt nichts mehr sehen. Plötzlich hörte ich ein helles Wiehern und gleich darauf einen dumpfen Schlag. Mein Vater trat so hart auf die Bremse, dass die Hinterräder des Pick-ups ausscherten und wir quer standen.

Wenn ich an diesen Moment zurückdenke, dann spüre ich heute noch die furchtbare Angst und den ungeheuren Schrecken, der mir in den Gliedern saß. Dad war sofort draußen, und ich folgte ihm in den strömenden Regen.

Im Schlamm lag Stormy, mein geliebtes Fohlen. Es hob verängstigt den Kopf und schlug mit den Beinen. Überall war Blut, so viel Blut. Ich begann zu schreien. So laut, dass ich Donner und Gewittersturm übertönte. Bis mein Vater mich an den Schultern packte und kräftig schüttelte.

»Hör auf zu schreien, Talitha«, sagte er. »Das Fohlen hat Schmerzen und furchtbare Angst. Mit deinem Geschrei verängstigst du es noch mehr. Versuch Stormy zu beruhigen. Ich laufe zum Haus und hole Tom.«

Noch ehe ich etwas sagen konnte, war mein Vater im Regen verschwunden. Ich kniete mich zu Stormy in den Schlamm, nahm ihren Kopf in den Schoß und streichelte sie. Das Fohlen versuchte immer wieder aufzustehen, aber es war zu schwer verletzt. Auf seiner rechten Bauchseite klaffte ein großer Riss. Ich umschlang Stormys Hals und spürte das Leben unter der Haut des Fohlens pulsieren. Ich weinte und stammelte. »Stirb nicht«, bat ich, »bitte stirb nicht.«

Aus Stormys Kehle kam ein raues Gurgeln. Das Fohlen hatte seine Augen vor Angst und Schmerz weit aufgerissen, sodass ich das Weiß um die Pupille sehen konnte. Schließlich überwand ich meine

Angst, fasste nach dem Hautlappen und klappte ihn über die Wunde. Mit einer Hand klammerte ich den Riss zusammen.
Ein greller Blitz leuchtete auf und gleich darauf folgte krachender Donner. Stormy hob ruckartig den Kopf und versuchte noch einmal aufzuspringen. Das Fohlen schrie – und diesen Schrei werde ich niemals vergessen. Ich hielt Stormy am Boden, während der Regen wie ein Wasserfall auf uns herabdrosch und bis auf die Knochen drang. Die Tropfen verwandelten sich zu Eis. Hart prasselten die Hagelkörner auf das Blech des Pick-upss und auf meinen und Stormys ungeschützten Körper.
Der Groll der *Thunderbeings*, der Donnerwesen, musste furchtbar sein. Was hatte ich nur getan? Ich hatte meinen Willen gegen meinen Vater durchgesetzt, aber doch nur, weil ich auf meinen Traum gehört hatte. Machte ich denn alles falsch ?

Es kam mir so vor, als würde es ewig dauern, bis mein Vater endlich zurückkehrte. Er hatte Neil mitgebracht, der allein zu Hause war. Sie schlugen das Fohlen in eine Decke und hoben es auf die Ladefläche des Trucks. Ich kletterte zu Stormy hoch, hockte mich neben sie und versuchte wieder den Riss zusammenzuhalten. Neil stieg in den Pick-up und Dad schob, bis die Räder nicht mehr durchdrehten und er den Kleinlaster zur Straße wenden konnte.
Neil sprang aus der Fahrerkabine. »Ich werde den Tierarzt anrufen, damit er weiß, dass ihr kommt«, rief er Dad durch den strömenden Regen zu. Ich wagte nicht, ihm in die Augen zu sehen. Es war meine Schuld. Alles war meine Schuld. Wenn Stormy stirbt, will ich auch nicht mehr leben, schoss es mir durch den Kopf.

Dad fuhr vorsichtig, solange es noch stark regnete und die Sicht miserabel war. Mein T-Shirt und die Hose waren durchnässt bis auf die Haut, aber das spürte ich gar nicht. All meine Gedanken und Gefühle strömten zu Stormy, dem kleinen Fohlen, das furchtbare Schmerzen haben musste. Sein Atem rasselte und ging stoßweise. Mit furchtglänzenden Augen sah es mich an, schien aber zu spüren, dass ich ihm helfen wollte.

Als der Regen endlich nachließ, trat Dad aufs Gaspedal. Schließlich hielt er vor der Tierarztpraxis von Dr. Morgan in Allen, einem Ort gleich hinter der Reservatsgrenze. Der Veterinär hatte Neils Anruf entgegengenommen und erwartete uns schon. Er half meinem Vater, Stormy in das Behandlungszimmer seiner Praxis zu tragen, wo der OP-Tisch stand.

Dann bat er uns den Raum zu verlassen. Ich wollte bei Stormy bleiben, aber Dr. Morgan erlaubte es nicht. »Es ist besser so, glaub mir«, sagte er.

Wir setzten uns ins Wartezimmer, wo zum Glück außer uns niemand war. Hose und T-Shirt meines Vaters waren schlammbespritzt. Dad stützte die Ellenbogen auf die Knie und vergrub sein Gesicht in den Händen. Der Verband an seiner Rechten war nass und blutig. Auch ich war voller Blut, Stormys Blut. Ich zitterte, und Tränen liefen unaufhörlich über meine Wangen.

Eine junge Frau kam in den Warteraum und brachte uns zwei Decken, in die wir uns einwickeln konnten. Irgendwann spürte ich, wie Dad seinen Arm um meine Schulter legte und mich an sich heranzog.

»Das habe ich nicht gewollt«, sagte ich schluchzend. »Ich habe es nicht gewollt.« Hatte ich im Traum das Unglück vorausgesehen? War meine Besorgnis Stormy zum Verhängnis geworden? Immer wieder musste ich daran denken, dass alles nicht passiert wäre, wenn wir gar nicht erst losgefahren wären.

»Ich weiß Tally, ich weiß«, sagte mein Vater. »Aber es ist nicht deine Schuld. Es war einfach eine Verkettung von unglücklichen Zufällen. Neil hatte vergessen den Zaun zu schließen, und als es anfing zu donnern, haben sich die Pferde erschreckt. Stormy hat die Orientierung verloren und ist zur Straße gelaufen.«

»Aber wenn ich nicht darauf bestanden hätte, dass wir losfahren . . .«
»Hör auf damit, Talitha«, sagte mein Vater. »Es ist passiert, und wir können es nicht ändern. Dr. Morgan wird versuchen das Fohlen zu retten.«
»Und wenn es stirbt, Dad?« Wie kläglich meine Stimme klang.
Mein Vater drückte mich an sich. »Solche Dinge passieren nun mal, Tally. Tiere sterben und Menschen sterben. Damit müssen wir zurechtkommen. Es ist der Kreislauf des Lebens.«
»Aber Stormy ist ein ganz besonderes Pferd, Dad, das hast du selbst gesagt. Wir sind Freunde.«
»Hey Braveheart«, er nahm mich an der Schulter und schob mich ein Stück von sich weg. »Auch Freunde sterben manchmal.«
Ich wusste, dass er Recht hatte. Der Tod war kein Fremder im Reservat. Und er holte nicht nur Alte und Kranke. Erst vor kurzem war in Porcupine ein sechsjähriges Mädchen auf der Straße angefahren worden, als es im Dunkeln ohne Licht auf seinem kleinen Fahrrad umhergefahren war. Das Mädchen war gestorben. Ich hatte schlaflose Nächte gehabt, weil ich dauernd daran denken musste, was passieren würde, wenn mein Vater eines Tages nicht nach Hause käme. Fast jede Woche stand ein furchtbarer Unfall in der Zeitung, meist dadurch verursacht, dass ein Betrunkener mit einem verkehrsuntüchtigen Auto gefahren war. Auf diese Weise waren schon ganze Familien ausgelöscht worden.
Ich hatte nur noch meinen Dad. In der Nacht nach dem Tod des Mädchens, als ich nicht schlafen konnte, war ich in sein Zimmer geschlichen und er hatte mich in den Arm genommen. »Hab keine Angst«, hatte er gesagt. »Ich werde immer zu dir zurückkommen. Das verspreche ich dir.«

Doch nun, im Wartezimmer des Tierarztes, konnte ich an nichts anderes denken als an Stormy. Daran, dass sie nicht sterben durfte, weil ich mir das niemals verzeihen würde.

Wie oft hatte ich mir ausgemalt, dass ich eines Tages auf Stormys Rücken sitzen würde. Ich wusste, aus ihr würde ein wunderbares Pferd werden, schnell, kraftvoll und klug dazu. Ich war versessen darauf, Stormy einzureiten und Tom später abzukaufen. Von diesem Plan hatte ich Dad noch nichts erzählt, aber ich hatte angefangen zu sparen. Pennys, Vierteldollars und Zehner verschwanden in der Holzkiste unter meinem Bett. Alles, was ich von meinem Taschengeld entbehren konnte. Hatte ich genug zusammen, tauschte ich sie in Dollarscheine.
Es fiel mir nicht schwer, auf die meisten Dinge zu verzichten. Auf ein Eis am Stiel oder Lippgloss, der nach Erdbeeren duftete. Ich ließ die Haarbänder liegen, wenn wir im Lakota-Nation-Supermarkt in Pine Ridge Village einkauften, und brauchte nicht mal mehr Schokolade. Alles, was ich wollte, war Stormy.
Wenn aus dem kleinen Stutfohlen erst ein großes und starkes Pferd geworden war, würde ich auf ihrem Rücken Neil folgen können, wenn er den Leopardenschecken ritt. Schnell wie der Wind. Vielleicht würde er mich dann endlich ernst nehmen.
Doch all meine wunderbaren Träume waren zerplatzt an diesem schrecklichen Tag, der mir wie ein einziger Alptraum erschien. Was auch immer Dr. Morgan mit Stormy machte, es schien eine Ewigkeit zu dauern. Schon begannen die nassen Kleider auf meiner Haut zu trocknen, und ich schälte mich aus der Decke, weil mir warm wurde.
Dad war zu müde zum Reden, und mir hatte die Angst um Stormy die Kehle zugeschnürt. Nach einer Weile war mein Vater im Sitzen eingeschlafen, so erschöpft war er. Ich lauschte, ob ich nicht vielleicht irgendwo hinter der Tür einen Laut wahrnehmen konnte, der von Stormy stammte. Irgendein Lebenszeichen von ihr. Aber es war so still im Haus; die unheimliche Stille schien aus allen Ritzen zu kriechen. Das Kribbeln in meinem Nacken war zu einem Stechen geworden, und ich hatte das Gefühl, jeden Moment zusammenzubrechen. Ich betete zu *Wakan Tanka*, dass er Stormy beschützen möge.

Auf einmal öffnete sich die Tür zum Warteraum, und Dr. Morgan stand mit blutverschmierter Gummischürze vor uns. Ich sprang auf. Auch Dad war sofort hellwach und auf den Beinen.
»Wie geht es Stormy?«, fragte ich, und meine Stimme drohte zu versagen.
»Das Fohlen lebt«, sagte der Arzt.
Mir fiel ein riesengroßer Stein vom Herzen, am liebsten wäre ich dem Tierarzt um den Hals gefallen.
»Das ist gut«, sagte mein Vater, sichtlich erleichtert. »Wie viel bin ich Ihnen denn schuldig.«
Oje. In meiner Sorge um Stormy hatte ich ganz vergessen, dass der Tierarzt bezahlt werden musste. Wir hatten Stormy angefahren, also mussten wir auch für die Rechnung des Arztes aufkommen.
»Wie viel Geld haben Sie denn bei sich?«
Dad kramte in den Taschen seiner Jeans und brachte ein paar Dollarnoten zum Vorschein. Er zählte sie Dr. Morgan in die Hand. »43 Dollar und 80 Cent«, sagte er. »Das ist alles, was ich habe.«
Der Arzt nahm 40 Dollar und machte einen Schritt zur Seite. In der Tür stand Stormy, den Bauch fest umwickelt mit einem weißen Verband. Das Fohlen ließ den Kopf hängen und stand auf zittrigen Beinen, aber es stand aufrecht. Stormy lebte. Tränen der Freude und der Erleichterung liefen über meine Wangen.
»Hallo Stormy«, sagte ich zärtlich, und das Fohlen kam und knabberte an meiner Hand. Ich legte meine Wange an seine weichen Nüstern und trocknete meine Tränen in seinem Fell. Stormy vertraute mir immer noch. Sie wusste nicht, dass alles meine Schuld war.
»Das ist wohl ein ganz besonderes Pferd«, sagte der Tierarzt und kratzte sich am Hinterkopf. »Dreimal dachte ich, es wäre tot, denn es hat eine Menge Blut verloren. Dreimal habe ich mich an meinen Schreibtisch gesetzt und begonnen den Totenschein auszufüllen. Aber jedes Mal hob das Fohlen wieder den Kopf.«
Dad hatte Recht gehabt. Stormy war *wakan*, weil *Wakan Tanka*, der

Große Geist, es gezeichnet hatte. »Wird Stormy denn wieder richtig gesund werden?«, fragte ich mit banger Stimme.
»Wir werden sehen«, antwortete Dr. Morgan. »Ich habe die Wunde genäht und Antibiotika gespritzt. Mehr kann ich im Augenblick nicht tun. Ich nehme an, du warst es, die die Wunde zusammengeklammert hat. Das war sehr umsichtig von dir und hat dem Fohlen vielleicht das Leben gerettet. Die Verletzung ist nicht tief, vermutlich hat das Auto die Seite nur gestreift und dabei die Haut aufgerissen. Du musst jetzt dafür sorgen, dass es viel Ruhe hat. Kümmere dich um dein Fohlen, wechsle den Verband, und sorge für gutes Futter. Dann wird es auch wieder gesund werden.«
Wir erfuhren, dass Stormy keine inneren Verletzungen hatte und auch keine Knochenbrüche. Glück im Unglück also. Aber es bestand die Gefahr, dass sich die Wunde entzündete. Ich wollte alles, was in meiner Macht stand, tun, um das zu verhindern.

8. Kapitel

Draußen dämmerte es bereits, als wir Stormy auf die Ladefläche des Pick-ups hoben. Dr. Morgan hatte uns eine neue, saubere Decke gegeben, damit wir das Fohlen darin einwickeln konnten.
Wieder saß ich hinten bei Stormy und der Kopf des Fohlens lag auf meinem Schoß. Manchmal schnaubte es leise, aber dann schlief es vor Erschöpfung ein, und ich streichelte seinen Hals. Ich war müde und hatte gleichzeitig das Gefühl, nie mehr schlafen zu können. Jedenfalls so lange nicht, bis ich sicher sein konnte, dass Stormy überleben würde.
Dad brachte das Fohlen nicht zurück zu Tom Thunderhawk. Er fuhr nach Porcupine und trug Stormy in unseren Trailer. Dort bekam es einen Platz im Badezimmer, weich gepolstert auf einer alten Schaumgummimatte.

Badewanne und Duschkabine in unserem Bad waren aus einem Stück: hässliches weißes Plastik. Alles nur Attrappe, genau so wie die Wasserhähne, aus denen noch nie ein Tropfen Wasser gekommen war. Wir benutzten das Bad so gut wie nie, also war hier der beste Platz für Stormy.

Mein Vater strich mir über den Kopf und sagte: »Ich werde jetzt Tom anrufen und ihm sagen, dass du dich um Stormy kümmern wirst, bis sie wieder gesund ist.« In der Tür drehte er sich noch einmal um und fragte: »Wird das Fohlen noch von seiner Mutter gesäugt?«

»Manchmal trank es noch bei seiner Mutter«, antwortete ich. »Aber Stormy ist schon fünf Monate alt und kann alleine fressen.«

»Na dann dürfte es ja keine Probleme geben.«

»Danke, Dad.« Ich umarmte ihn und dachte, dass ich den besten Vater der Welt hatte. Ich war schuld an allem, aber er war mir nicht böse. Er war mir niemals böse.

Während mein Vater mit Tom telefonierte, brachte ich Stormy Wasser und eine Hand voll Pellets aus der Ölpresse, ihre Lieblingsleckerbissen. Aber sie trank nur ein wenig, zum Fressen war sie zu schwach.

Ich wusch mich und zog mich um, dann setzte ich mich wieder zum verletzten Fohlen. Dabei musste ich eingeschlafen sein, denn ich wurde wach, als mein Vater mich auf seinen Armen in mein Zimmer trug.

»Ist Tom sehr sauer?«, fragte ich verschlafen.

»Er ist überhaupt nicht sauer«, sagte Dad. »Er sagt, niemand hat Schuld, solche Dinge passieren eben. Natürlich macht er sich Sorgen um sein Fohlen. Und er ist froh, dass du dich kümmern wirst, weil er mit Neil für ein paar Tage auf einen Pferdemarkt nach Montana fahren will und Della schon mit den übrigen Pferden genug zu tun hat.« Mein Vater deckte mich zu und gab mir einen Kuss auf die Stirn. »Schlaf jetzt, Tally! Morgen sieht vielleicht alles schon ganz anders aus.«

Doch ich konnte lange nicht einschlafen. Ich konnte und wollte Stormy nicht allein lassen. Vielleicht machte die fremde Umgebung ihm Angst, wenn niemand da war, den es kannte.
Als mein Vater ins Bett gegangen war, schnappte ich mir eine Decke, tappte ins Badezimmer zurück und legte mich neben das Fohlen auf den Boden. Ich roch seinen Schweiß und hörte seinen rasselnden Atem. Solange ich ihn hörte, war alles gut.
Ich schloss die Augen. Irgendwann hörte ich Stormy schnarchen und konnte endlich loslassen. Mit einem bangen Lächeln schlief ich ein.

Am nächsten Morgen wachte ich auf, als mein Vater ins Badezimmer kam, um nach Stormy zu sehen. Wahrscheinlich wunderte es ihn nur wenig, dass ich neben dem Fohlen geschlafen hatte, denn er verlor kein Wort darüber.
Er streichelte Stormys Hals und fragte: »Na, wie geht's euch beiden heute Morgen?«
Ich rieb mir die Augen. »Mir geht es gut«, sagte ich. Stormy ging es nicht gut. Das Fell des Fohlens war schweißverklebt und stumpf. Es lag da mit eingeknickten Beinen und atmete schwer. Bei seinem jammervollen Anblick wurde mir ganz flau im Magen.
»Es wird schon wieder werden«, sagte Dad. »Vielleicht kannst du Stormy dazu bringen, dass sie für eine Weile aufsteht. Das wäre gut. Und dass sie was frisst.«
Später hörte ich ihn hämmern, und als ich nachsah, was er baute, entdeckte ich einen Brettersteg, der vom Hintereingang des Trailers zur Wiese führte. Nun konnte Stormy auf eigenen Beinen nach draußen gehen, wenn sie wieder dazu in der Lage war.
Dad lächelte und sagte. »Ich muss jetzt zu Mike Red Bear in die Slim Buttes, Talitha. Er wartet sicher schon auf mich. Sollte etwas sein mit Stormy, dann ruf Tom an. Er fährt erst in zwei Tagen nach Montana. Auf dem Tisch liegt auch die Nummer von Dr. Morgan.« Er drückte mich an sich. »Ich muss los.«

Ich sah ihm nach, wie er davonfuhr. Was würde ich bloß anfangen ohne ihn, dachte ich. An meinem Dad konnte ich mich festhalten. Wenn ich traurig war, brachte er mich zum Lachen. Er war ein guter Zuhörer und Ratgeber. Er hatte mich gelehrt zu vertrauen und zuversichtlich zu sein. Ich bewunderte ihn, wie er um ein würdevolles Leben kämpfte und nie aufgab, obwohl er immer wieder auf Menschen traf, die ihn enttäuschten. Dad konnte auch noch in der schlimmsten Situation Hoffnung schöpfen und diese Hoffnung an andere weitergeben.

Er behauptete felsenfest, dass man selbst ein widriges Schicksal noch zum Positiven biegen konnte, wenn man das mit aller Kraft wollte.

Mein Vater schimpfte mich nie, und nur einmal hatte ich ihn wirklich böse erlebt. Das war, als er am Rande eines Powwows zwei Jungen entdeckte, die einen alten Hund quälten, der auf einem Auge blind war. Die beiden Burschen waren mindestens schon vierzehn und ziemlich kräftig, aber Dad packte die beiden am Arm und drückte mit seinen starken Fingern so fest zu, dass sie vor Schmerz in die Knie gingen. Er erzählte ihnen etwas über Respekt vor dem Leben und dass *Wakan Tanka* allen lebendigen Wesen eine Seele gegeben hat. Ich habe diese Szene nie vergessen.

Dads Pick-up bog unten im Tal auf die Teerstraße und verschwand aus meinem Blickfeld. Nach dem gestrigen Gewitter war die Luft voll frischem Salbeiduft. Aber die Sonne wärmte schon wieder und würde bald die kostbare Feuchtigkeit aus dem Boden gesaugt haben.

Stormy und ich waren nun allein. Ich überlegte, ob ich Adena anrufen sollte, damit sie herunterkam und ich ihr alles erzählen konnte. Aber dann hätte ich ja auch zugeben müssen, dass alles meine Schuld war. Und ich wollte nicht bedauert werden. Auch nicht von meiner besten Freundin.

Ich ging zu Stormy ins Badezimmer und schaffte es tatsächlich, sie auf die Beine zu stellen. Aber nun sah sie noch trauriger aus. Stormy schwankte auf ihren dünnen Beinen, das Fell schweißverklebt, der weiße Verband voll Blut. Stormy ließ den Kopf beinahe bis auf den Boden hängen und schnaubte leise. Es klang so traurig. Wahrscheinlich fragte sie sich, wo sie hingeraten war und warum ihre Mutter nicht bei ihr war.

Ich ließ sie trinken und bot ihr eine Hand voll Pellets an, die sie auch fraß. Dann rieb ich mit einem weichen Baumwolltuch vorsichtig ihr Fell trocken und redete dabei mit ihr. Aber sie war so schwach, dass ihr die Beine einknickten und sie sich wieder legte. Als ich sah, dass Stormy schlief, kümmerte ich mich schnell um all die anderen Dinge, die erledigt werden mussten.

Ich säuberte Miss Lillys Futternapf und stellte ihr ein Schüsselchen Milch auf die Stufen vor der Tür. Als wir am gestrigen Abend Stormy im Bad einquartiert hatten, war die Katze beleidigt davongezogen und hatte sich seitdem nicht mehr blicken lassen. Aber sie würde schon kommen, wenn sie Durst hatte und Gesellschaft suchte, das wusste ich.

Danach spülte ich das Geschirr, saugte die Zimmer durch und räumte auf. Das war schnell getan, sodass ich mich wieder zu Stormy setzen konnte. Ich streichelte das Fohlen und erzählte ihm ein paar Geschichten, die es beruhigen sollten. Dabei musste ich eingenickt sein, denn ich hörte Tom und Neil Thunderhawk nicht kommen. Plötzlich standen sie in der Tür zu unserem umfunktionierten Badezimmer. Ich schrak auf, als ich die beiden sah.

»Hallo Talitha«, sagte Tom. »Na, wie geht es denn unserer kleinen Ausreißerin?«

»Nicht gut«, sagte ich. »Seht sie euch doch an.«

Tom kniete neben Stormy und streichelte ihren Hals. »Sie hat Fieber«, sagte er. »Aber Stormy ist stark, sie wird es schaffen. Sie hat ja dich.«

»Du bist mir nicht böse?«, fragte ich ungläubig.
»Warum sollte ich dir böse sein?«, sagte Tom. »Ich müsste böse auf Neil sein, weil er den Zaun offen gelassen hat. Aber ich weiß, dass er nicht verantwortungslos ist und niemals einem Tier absichtlich ein Leid zufügen würde. Jeder Mensch macht Fehler. Wichtig ist, dass wir aus unseren Fehlern lernen.«
Tom lächelte und meinte schließlich: »Wir sind gekommen, um dir beim Wechseln des Verbandes zu helfen. Dann müssen wir weiter. Wir wollen Futter für die Pferde holen.«
Zusammen brachten wir Stormy wieder auf die Beine. Neil und ich, wir hielten das Fohlen fest und Tom wechselte den Verband. Als er die große, u-förmige Naht sah, weiteten sich seine Augen. »Dich hat es aber ganz schön erwischt, kleine Lady«, sagte er.
Das Stutfohlen wieherte kläglich und versuchte unseren Händen zu entkommen. Aber ich redete ihm gut zu, und meine Stimme schien es zu beruhigen. Tom hatte den neuen Verband schnell angelegt und strich Stormy liebevoll über die schweißigen Nüstern.
»Bis später«, sagte er zu mir. »Wir kommen nachher noch einmal und bringen dir Heu und einen Eimer Kleie vorbei.«

Tom und Neil fuhren wieder. Ich setzte mich neben Stormy auf den Boden, versenkte meinen Kopf zwischen den Knien und weinte. Das war alles zu viel auf einmal. Das verletzte Fohlen im Badezimmer unseres Trailers und dass niemand böse war auf mich, nicht einmal Tom. Ich glaube, damals wollte ich, dass mir jemand böse war. Ich wollte bestraft werden für meinen Eigensinn, meinen Egoismus.
So fand mich Adena. Sie hatte Neil und Tom in den Pick-up steigen sehen und war von Neugier getrieben gleich in unseren Trailer gekommen.
»Was ist denn hier los?«, fragte sie. Ich hob den Kopf und hatte Adena noch nie so überrascht gesehen. Neugierig blickte sie mich an.
»Dad hat Stormy angefahren«, flüsterte ich und erzählte ihr die gan-

ze Geschichte. Es war eine ungeheure Erleichterung, mir alles von der Seele reden zu können. Wie ein Wasserfall sprudelten die Ereignisse des vergangenen Tages aus mir heraus, und nichts hätte mich aufhalten können.

Ausnahmsweise war Adena mal nicht altklug, und sie unkte auch nicht. Stattdessen legte sie ihre Arme um meine Schultern und sagte: »Stormy wird wieder gesund werden, Tally. Ganz bestimmt.«

»Das Fohlen hat furchtbare Schmerzen, und mir tut überhaupt nichts weh«, erwiderte ich mit kläglicher Stimme. »Das ist nicht fair. Ich bin schuld daran, dass es so leidet.«

»Das ist doch Unsinn«, schimpfte Adena, und der vertraute erwachsene Ton war wieder in ihrer Stimme. »Du kannst überhaupt nichts dafür. Es war alles bloß ein dummer Zufall.«

Ich war nun doch froh, dass Adena da war, dass es sie gab. Der Spruch »Geteiltes Leid ist halbes Leid« bewahrheitete sich.

Adena kniete neben Stormy auf der Matte nieder und streichelte das Fohlen. »Ich finde es toll von deinem Dad, dass er dir erlaubt Stormy zu pflegen«, sagte sie. »Ein Pferd im Badezimmer, das ist ziemlich ungewöhnlich, sogar für Pine Ridge.« Sie lachte.

»Es ist ein Pferdekind«, schniefte ich, »und das mit dem Badezimmer war Dads Idee. Außerdem benutzen wir das Bad sowieso kaum.«

Adena lächelte. »Dein Vater ist klasse.« Sie erhob sich. »Ich würde ja gerne bei dir und Stormy bleiben, aber ich muss jetzt los. Wir wollen nach Rapid City fahren. Einkaufen.« Sie verdrehte die Augen, aber ich wusste, dass sie gerne einkaufen fuhr.

»Kommst du morgen wieder?«

»Ja, morgen komme ich noch mal. Aber dann bin ich für zwei Wochen oben in Cheyenne River bei meinem Bruder Henry. Seine Frau erwartet ihr zweites Kind, und sie muss viel liegen. Ich soll ein bisschen im Haushalt helfen.«

»Aber ...« Adena hatte in einer Woche Geburtstag, sie wurde 14. Ich hatte mich auf diesen Tag gefreut, denn er war nicht nur für Adena

etwas Besonderes, sondern auch für mich. Meist war die ganze Familie White Elk da, und Nellie gab sich immer große Mühe mit dem Essen.
Als Adena sah, wie unglücklich mich ihre Offenbarung machte, umarmte sie mich noch einmal. »Sei nicht traurig, weil ich an meinem Geburststag nicht da bin. Wenn ich zurückkomme, feiern wir ihn nach, nur wir zwei. Ich werde dich anrufen, okay? *Tóksâ*, Tally. Du schaffst das schon.«
Sie hatte gut reden. Im Augenblick fühlte ich mich so müde, schwach und verzweifelt, dass ich das Gefühl hatte, nicht einmal die einfachsten Dinge zu schaffen, geschweige denn, die Verantwortung für ein verletztes Fohlen zu tragen.

Mein Vater kam am späten Nachmittag und begann noch an einem Unterstand für Stormy zu bauen. Bretter und Nägel hatte er mitgebracht. »Die habe ich umsonst bekommen«, sagte er. »Von Mike Red Bear. Ich habe ihm von Stormy erzählt. Er sagt, er hätte mich nicht heimschicken sollen, dann wäre das vielleicht alles nicht passiert.«
Das war mal wieder typisch für uns Lakota. Wenn etwas Schlimmes geschehen war, gab es immer tausend verschiedene Gründe dafür, und meistens hatten die *Spirits* ihre Finger im Spiel. Jemand hatte dies oder das getan oder etwas nicht beachtet oder nicht auf jenen gehört. Dadurch, dass Mike Red Bear sich ebenfalls verantwortlich fühlte für den Unfall, kam Stormy zu einem Dach über dem Kopf. Bei allem Unglück hatten wir auch immer ein bisschen Glück. Jedenfalls kam es mir so vor, wenn ich an alles zurückdachte, was ich bis jetzt erlebt hatte.
Tom Thunderhawk kam noch einmal vorbei und brachte Kleie und Heu für das Fohlen. Er redete mit meinem Vater, aber ich verstand nicht, was sie sagten, und ich traute mich später auch nicht, Dad danach zu fragen. Neugier ziemte sich nicht für eine Lakota und ich hatte sowieso schon eine Menge falsch gemacht. Wenn es etwas

war, das mich auch anging, würde mein Vater es mir zum gegebenen Zeitpunkt erzählen.
Die nächsten Tage blieb unser Badezimmer Stormys Zuhause. Bald roch es im ganzen Trailer nach Pferdestall, und ich wusste, dass Dad diesen Zustand nicht länger dulden würde als unbedingt notwendig war.
Stormy hatte Glück gehabt. Die Wunde in ihrer Seite heilte schnell und gut. Sie entzündete sich auch nicht, was Dr. Morgans größte Sorge gewesen war. Bald stand das Fohlen wieder sicherer auf seinen geraden Beinen und ich brauchte nun keine Angst mehr zu haben, dass es sterben könnte.
Inzwischen hatte sich Stormy mit Miss Lilly angefreundet, sodass ich das Fohlen getrost hin und wieder allein lassen konnte, um meine Hausarbeiten zu erledigen. Miss Lilly liebte es, sich in Stormys Heu auszustrecken und das kleine Pferd zu necken. Die beiden verstanden sich so gut, dass ich manchmal richtig eifersüchtig wurde.
Nach zwei Wochen war die Wunde so gut verheilt, dass sie keinen Verband mehr brauchte. Stormy durfte jetzt nach draußen, wo Dad noch einen fünf mal fünf Meter großen Korral gebaut hatte. Ich war der Meinung, das Fohlen würde sich freuen, endlich wieder etwas Freiheit genießen zu können, an Kräutern zu knabbern und sich den Wind um die Nase wehen zu lassen. Aber es blieb in seinem kleinen Unterstand, der nach zwei Seiten offen war, und kam nur heraus, wenn ich ihm etwas zu fressen brachte.
Stormy hatte Angst.
Obwohl sie jetzt wieder richtig fraß, blieb ihr Fell stumpf, und sie sah immer noch traurig aus. Dad hatte mir eine weiche Bürste für Stormys Fell besorgt, aber als ich sie das erste Mal damit bürsten wollte, wieherte sie entrüstet und schlug mit ihren Hufen gegen die Bretterwand.
»Na hey«, sagte ich, »hab doch keine Angst. Das Bürsten wird dir gefallen, wirst schon sehen.«

Miss Lilly saß mit eingerollten Vorderpfoten auf einem Pfosten und beobachtete voller Neugier, was ich mit ihrer neuen Freundin machte.
Es dauerte eine Weile, bis Stormy sich beruhigt hatte. Ich streichelte ihren Hals, redete leise auf sie ein und versuchte es erneut. Diesmal hielt sie still und ließ sich von den weichen Borsten das Fell massieren. Bis ich auf die Idee kam, auch ihre Brust zu bürsten. Da machte sie einen erschrockenen Satz zur Seite und schüttelte den Kopf.
Ich hörte ein Lachen und drehte mich um. Es war Adena, die aus dem Cheyenne-River-Reservat zurückgekehrt war. »Stormy ist kitzlig«, sagte sie. »Du musst herausfinden, wo genau, und sie ganz langsam ans Bürsten gewöhnen.«
Entgeistert sah ich Adena an. Wollte sie mich auf den Arm nehmen? Aber ich versuchte es erneut: erst Rücken und Flanken, wobei ich natürlich die Narbe aussparte, dann die Brust – und Stormy machte einen Satz. Sie war tatsächlich kitzlig. Ein kitzliges Stutfohlen, das nachts schnarchte wie ein alter Mann. Ich erzählte Adena davon, und wir lachten. Meine Freundin hatte mir sehr gefehlt, das merkte ich jetzt. Es tat so gut, jemanden zu haben, mit dem man lachen konnte!
Nach und nach fand Stormy Gefallen an der Bürste und langsam bekam ihr Fell seinen seidigen Schimmer zurück. Diese kleinen Erfolge konnten jedoch nicht darüber hinwegtäuschen, dass Stormy oft schreckhaft und ängstlich war. Kam Dad mit dem Pick-up angefahren, wieherte sie erschrocken und schlug aus. Ihre Angst vor Autos war natürlich nicht unbegründet, und ich fragte Adena, was ich dagegen tun konnte. Aber sie zuckte nur die Achseln. Adena hatte zwar reiten gelernt, aber meine Begeisterung für Pferde teilte sie nicht.
Ich nahm mir vor, Tom zu fragen, wenn er erst wieder aus Montana zurückgekehrt war.

9. Kapitel

Anfang der zweiten Woche, die Stormy draußen in ihrem Korral verbrachte, wurde ich eines Nachts wach, weil mich ihr helles Wiehern aus dem Schlaf schreckte. Es klang aufgeregt und sehr ängstlich. Irgendetwas stimmte nicht. Ich schlüpfte in meine Sandalen, schnappte mir die Taschenlampe und eilte nach draußen. Stormy schnaubte erregt und stellte sich auf die Hinterhand. Mit ihren Vorderhufen schlug sie gegen die Bretterwand, was ziemlichen Krach machte.

Etwas musste sie erschreckt haben, aber ich konnte kein Tier entdecken, so sorgfältig ich die Umgebung auch mit der Taschenlampe ausleuchtete. Dad war unterdessen ebenfalls wach geworden und kam verschlafen nach draußen.

»Hast du was gesehen?«, fragte er.

»Nein, nichts. Aber Stormy muss große Angst gehabt haben, sie ist immer noch ganz aufgeregt.« Das Fohlen stampfte mit den Vorderhufen und zog mit weit geblähten Nüstern die Witterung des unsichtbaren Tieres ein.

»Vielleicht war es ein Berglöwe«, sagte mein Vater. »Charlie White Elk hat mir gestern erzählt, er hätte in der Nacht einen um sein Haus schleichen sehen. Ich dachte, er hätte sich vielleicht verguckt, aber möglich wäre es.«

Ein Berglöwe, dachte ich, auch das noch. Bisher war Stormy sicher gewesen, aber nun, ganz allein hier draußen . . . Jetzt fehlte ihre Herde, der gefleckte Hengst, der sie und seine anderen Stuten vor drohenden Gefahren schützen würde.

»Ich werde draußen schlafen«, beschloss ich. »Hier bei Stormy.«

»Das geht nicht«, protestierte mein Vater.

»Aber wieso nicht? Es ist warm draußen, und wenn tatsächlich ein Berglöwe in der Nähe ist, wird Stormys Wiehern mich wecken.«

»Und was dann?«, fragte Dad. Er kratzte sich nachdenklich am Kinn.

»Dann kann ich ihn vertreiben.«
»Wie denn, Braveheart?«
»Berglöwen haben Angst vor Menschen«, sagte ich trotzig.
»Das stimmt so nicht ganz, Tally«, wandte mein Vater ein. »Berglöwen sind sehr scheu, und man bekommt sie nur selten zu Gesicht. Aber sie fürchten uns Menschen nicht. Er könnte dich angreifen, weil du klein bist und er dich als Beute betrachtet. Das ist zu gefährlich.«
»Aber wie sollen wir Stormy dann vor dem Berglöwen schützen?«, fragte ich. »Heißt das, sie hat den Zusammenstoß mit dem Pick-up überlebt, um jetzt von einem Berglöwen gefressen zu werden?«
»Na ja«, sagte Dad, »dann müssen wir wohl oder übel beide hier draußen schlafen.«
Mit einem Satz sprang ich an ihm hoch und umschlang seinen Hals mit meinen Armen. »Ich hab dich lieb, Dad«, sagte ich.
»Ich dich auch, Tally. Und nun los, suchen wir uns eine passable Unterlage und dann wird geschlafen. Ich muss morgen früh raus.«
Dad stieg in den Pick-up und ließ ihn bis an Stormys Korral heranrollen. Er zog die hintere Klappe herunter und räumte sein Werkzeug zur Seite. Aus alten Matratzen bauten wir uns ein Lager auf der Ladefläche. Dann holten wir unsere Schlafsäcke und krochen hinein. Neben Dad lag griffbereit sein altes Jagdgewehr.

Es war eine windstille, sternenklare Nacht. Mein Vater drehte sich um und schlief auf der Stelle ein. Für ihn war eine Nacht unter freiem Himmel nichts Besonderes. Er hatte schon oft so geschlafen, ohne Dach über dem Kopf. Aber ich ... Für mich war das neu und ich fühlte mich putzmunter vor Aufregung.
Die *Wicahpis*, die Sterne, funkelten vom Himmel. Ferne pulsierende Lichtpunkte. Da war nichts zwischen uns und den Sternen, außer *Wakan Tanka*, dem Großen Geheimnis, und *Tunkashila*, dem Heiligen Großvater, der über uns wachte. Ich dachte an meinen Großva-

ter Emmet, den ich geliebt hatte und den ich nie wieder sehen würde. Ich wusste, dass auch er über mich wachte.
Mein Blick verlor sich in den Weiten des Universums. Ich sah den Morgenstern leuchten, und mir fiel die Geschichte von *Fallen Star* ein, die mein Großvater mir oft erzählt hatte.
Einst hatte eine junge Frau die Sterne betrachtet, so wie ich. Sie sah den Morgenstern, so leuchtend und wunderschön, dass sie sich in ihn verliebte. »Ich wünschte, ich könnte seine Frau sein«, sagte sie. Wenig später stand ein junger Mann vor ihr und reichte ihr die Hand. Sie wusste sofort, wer er war, und konnte ihr Glück kaum fassen. Morgenstern nahm seine Braut mit in die Himmelswelt, wo alles noch schöner und größer war als auf der Erde. Die junge Frau wurde schwanger und lebte sehr glücklich dort oben beim Sternenvolk.
Eines Tages, als sie mit ihrem Ehemann Waldfrüchte und Beeren sammelte, entdeckte sie eine große Wildrübe, eine *Timpsila*, und wollte sie ausgraben. Aber Morgenstern warnte sie davor. »Du darfst niemals eine solche *Timpsila* ausgraben, denn diese Rüben sind dem Sternenvolk heilig. Kummer und großes Leid werden über jeden kommen, der eine *Timpsila* ausgräbt.«
Aber die junge Frau war neugierig und missachtete Morgensterns Warnung. Was soll schon heilig sein an einer Rübe?, dachte sie, grub sie aus, und durch das entstandene Loch konnte sie hinunter auf die Erde sehen. Da bekam sie Sehnsucht nach ihren Leuten. Sie grub immer mehr Rüben aus und flocht sie zu einem langen Zopf, an dem sie sich hinunter auf die Erde lassen wollte. Aber der Zopf war nicht lang genug, und die junge Frau stürzte auf die Erde. Bevor sie starb, gebar sie einen gesunden Jungen – *Fallen Star*. Ihre Leute fanden ihn und zogen ihn auf. Er wuchs schnell, schneller als andere Kinder, und er brachte den Menschen das Licht und ein höheres Bewusstsein, dass sie von anderen Lebewesen unterschied.
Ich dachte, dass mein Wunsch bescheidener war als der der jungen

Frau. Ich wollte keinen Sternenmann, ich wollte Stormy, und ich wollte Neil. Und doch waren beide für mich genauso unerreichbar wie der Morgenstern, dessen Leuchten immer stärker wurde, während mir langsam die Augen zufielen.
Die restliche Nacht blieb es ruhig im Korral. Ich hörte Stormy schnarchen, und manchmal schnaubte sie leise. Wenn es wirklich ein Puma gewesen war, der Stormy so erschreckt und ihr Angst gemacht hatte, dann zeigte er sich nicht mehr.

Am nächsten Morgen, als Dad mit dem Pick-up losfahren wollte und den Motor startete, spielte Stormy wieder verrückt in ihrem Korral. Ich musste mir etwas einfallen lassen, damit sie ihre Angst vor Autos überwand. Einerseits war es gar nicht schlecht, dass sie nun vor fahrbaren Blechkisten Respekt hatte, aber ihre panische Angst konnte sie andererseits erneut in Gefahr bringen.
Tom hatte mir ein Halfter für Stormy dagelassen. Wenn ich es schaffte, ihr das Halfter anzulegen, würde ich sie an einem Strick führen können und versuchen, sie langsam mit dem Pick-up vertraut zu machen
Stormy hörte mich kommen und begrüßte mich mit einem freudigen Wiehern. Ich schlang die Arme um ihren Hals und küsste sie auf die samtigen Nüstern. Während ich den vertrauten Geruch ihres warmen Fells einatmete, dachte ich mit Schrecken daran, dass Tom und Neil schon in zwei Tagen aus Montana zurück sein würden. Dann würden sie kommen, um Stormy nach Hause zu holen. Ich schob den Gedanken weg. Noch war Stormy bei mir, und mit jedem Tag, den wir zusammen verbrachten, wurde das Band zwischen uns enger. Vorsichtig holte ich das Halfter hervor, dass ich unter dem T-Shirt versteckt hatte. Sanft zog ich ihr das Halfter über das Maul und die Ohren.
Das Fohlen schüttelte den Kopf, als wolle es das ungewohnte Ding schnellstens loswerden. Aber ich hatte vorsorglich eine Karotte mit-

gebracht, die sich nun als willkommene Ablenkung erwies. Stormy ließ sie erst auf die Erde fallen und beschnupperte sie, bevor sie die Karotte fraß.

Adena kam zur Koppel, und ich erzählte ihr, dass Dad und ich nachts auf dem Pick-up schliefen, um das Fohlen vor dem Berglöwen zu bewachen.

Adena lachte ungläubig. »Aber mein Vater ist sich nicht einmal sicher, ob es überhaupt ein Berglöwe war«, sagte sie. »Er hat irgendein Tier ums Haus schleichen sehen. Vielleicht war es nur ein Kojote.«

»Stormy hat nicht umsonst so panische Angst gehabt«, erwiderte ich.

»Vielleicht war es ein Bobcat«, sagte Adena. »Die können auch ziemlich groß werden.«

»Habt ihr denn Spuren gesehen?«, fragte ich.

Adena schüttelte den Kopf. »Jason hat alle Spuren zertrampelt.«

Das Halfter war weich und saß perfekt, sodass Stormy sich schnell daran gewöhnte. Schon am nächsten Tag machte ich mit Adena und dem Fohlen einen Spaziergang. Natürlich war mir klar, dass Stormy mir davonlaufen konnte, wenn irgendetwas sie erschreckte. Dann würde auch der Strick, den ich am Halfter befestigt hatte, sie nicht zurückhalten. Ich hoffte einfach, dass sie mir vertraute und bei mir blieb.

Wenn sie brav neben Adena und mir herlief oder stehen blieb, um zu grasen oder nach einem Schmetterling zu haschen, dann vergaß ich, dass sie beinahe gestorben wäre. Und ich vergaß, dass ich mich schuldig fühlte an dem, was sie erlitten hatte. Endlich hatte ich ein Pferd. Stormy gehörte mir nicht, aber im Augenblick fühlte es sich so an, als ob sie mir gehörte.

Den Gedanken, dass dieser wunderbare Zustand nicht von Dauer war, schob ich ganz weit weg. Schon vor dem schrecklichen Unfall war ich ganz vernarrt in Stormy gewesen, aber nun liebte ich das Stutfohlen wie eine Schwester.

»Du darfst nicht versuchen, sie wie Menschen zu behandeln«, hatte Tom Thunderhawk zu mir gesagt. »Es sind Pferde, und sie denken ganz anders als wir.«

Manchmal war es mir schwer gefallen, mich daran zu halten, obwohl ich wusste, dass Tom natürlich Recht hatte. Stormy war nun ein Teil von mir. Ich lernte, durch ihre Augen zu sehen und zu begreifen, dass Stormys Reaktionen ihrem ureigensten Wesen entsprachen. Ich fühlte, wie sie dachte, und brachte sie dazu, mir zu vertrauen.

Wir gehörten zusammen, und der Wunsch, die Stute irgendwann mein Eigen zu nennen, wurde übermächtig. Vielleicht schaffte mein Vater es ja doch, so viel Geld zusammenzusparen, dass wir ein richtiges Haus auf unserem Land bauen konnten. Vielleicht würde Tom mir Stormy dann verkaufen . . .

Als Dad und ich am Abend wieder auf der Ladefläche des Pick-upss lagen, erzählte er mir aus seinem Leben. Es waren Geschichten, die ich schon oft gehört hatte – doch ich bekam nie genug davon.

Was für ein herrliches Gefühl das war: unter freiem Himmel neben meinem Vater zu liegen und seinen Worten zu lauschen, ab und zu untermalt von Stormys leisem Schnauben oder dem Klappern ihrer Hufe auf dem harten Boden. Das mahlende Kaugeräusch, wenn sie vom Heu fraß, hatte etwas Beruhigendes.

Den nächsten Tag verbrachte ich wieder damit, Stormy zu zeichnen. Inzwischen hatte ich schon so viele Skizzen von ihr gemacht, dass ich sie aus dem Gedächtnis zeichnen konnte.

Ich wartete darauf, dass Tom kam, um Stormy zu holen, aber nichts geschah. Dad war geschafft, als er nach Hause kam. Er stellte fest, dass unser Geld mal wieder kaum für Benzin und die wichtigsten Lebensmittel reichte, und schimpfte über das Leben im Reservat und

dass er mir nicht geben konnte, was ein Mädchen in meinem Alter eigentlich verdient hätte. Vielleicht wäre es besser, wegzugehen und es außerhalb der Reservatsgrenzen zu versuchen, meinte er.
Es kam selten vor, dass er so redete, und mir wurde das Herz schwer. Ich hoffte, dass er es nicht ernst meinte, denn ich wollte nicht fort. Das Reservat war meine Heimat, und ich hatte alles, was ich mir wünschte: einen Vater, dem ich vertraute und der mich respektierte, obwohl ich noch ein Kind war. Das Land, das so schön sein konnte, dass man es einfach lieben musste. Ich hatte Adena, und ich hatte Stormy. Wenn das Fohlen vertrauensvoll seinen Kopf auf meine Schulter legte, dann vergaß ich sogar meine Sehnsucht nach Neil Thunderhawk . . .

Die Sommerferien neigten sich unweigerlich dem Ende entgegen, und an Stormys Verletzung erinnerte nur noch die knubbelige Narbe, ein u-förmiger Wulst. Sie mochte es nicht, wenn man sie dort berührte, aber ich durfte es. Sie vertraute mir, und manchmal dachte ich, dass ich ihr Vertrauen gar nicht verdient hatte.
Tom und Neil waren schon seit drei Tagen aus Montana zurück, aber bisher waren sie noch nicht gekommen, um Stormy zu holen. Ich hatte den Verdacht, dass mein Vater diesen Aufschub zu verantworten hatte, und ich war ihm dankbar dafür. Ich genoss jede Stunde, die ich mit Stormy verbringen durfte.
Aber das letzte Ferienwochenende rückte erbarmungslos heran und damit auch der Zeitpunkt, wo ich mich von Stormy trennen musste. Die Schonfrist war vorbei.
Stormy musste zurück zu den anderen Pferden, zurück zu ihrer Mutter und dem gefleckten Hengst, der sie vor Kojoten und Berglöwen beschützte. Nur in der Herde würde das Fohlen lernen, was es wissen musste, um den Winter zu überleben. Es würde die Regeln lernen, die die Herde zusammenhielten.
Dad kam zum Korral und legte seinen Arm um meine Schultern. »Sei

doch nicht so traurig, Tally«, sagte er. »Stormy hat es gut bei Tom, und sie wird sich freuen, wieder bei den anderen Pferden zu sein. Sosehr sie dich auch mag, Pferde sind am liebsten mit ihresgleichen zusammen, und das weißt du auch. Außerdem haben wir nicht genug Geld, um sie über den Winter zu bringen.«

»Ich weiß«, sagte ich. Und seufzte.

»Sie wird dich bestimmt nicht vergessen.« Dad kraulte Stormy zärtlich zwischen den Augen. Er nahm meinen Zopf in die Hand und sagte: »Unsere Vorfahren haben manchmal eine Strähne ihres Haares in die Mähne ihres Lieblingspferdes geflochten und damit die Seele des Tieres und ihre eigene zu einer Einheit verbunden.«

Ich umarmte meinen Vater und drückte ihm einen Kuss auf die Wange. »Danke Dad«, sagte ich leise. »Danke für alles.«

Ich ging nach drinnen, löste meinen Zopf und schnitt eine lange Strähne aus meinem Haar. Die flocht ich in Stormys dunkelgraue Mähne. Appaloosa-Pferde haben keine sehr langen Mähnen und so war mein Haar länger als das des Fohlens. Es war nur ein Symbol, denn unsere Seelen waren schon an jenem Tag eins geworden, als Stormy blutend im Schlamm gelegen hatte und ich *Wakan Tanka* gebeten hatte, dass das Fohlen überleben möge. Doch auf einmal spürte ich, wie meine tiefe Traurigkeit langsam nachließ.

Am nächsten Tag kam Tom Thunderhawk mit seinem Pferdeanhänger, um Stormy zurückzuholen. Neil war bei ihm, und die beiden hatten ganz schön zu tun, um das Fohlen dazu zu bewegen, in den Anhänger zu steigen. Zwar hatte ich es mit geduldiger Annäherung geschafft, ihm die Angst vor Blechkisten ein wenig zu nehmen, aber dass es in eine hineinsteigen sollte, war offensichtlich zu viel verlangt.

Ich flüsterte Stormy beruhigende Worte ins Ohr und fasste sie am Halfter, sodass sie schließlich gehorchte und in den Hänger stieg. Tom nickte mir lächelnd zu. »Das hast du gut gemacht«, sagte er.

»Versuch niemals, einem Pferd etwas mit Gewalt beizubringen! Wenn du es schlägst oder anschreist, wird es dir vielleicht gehorchen, aber es wird dir aus Angst gehorchen. Und wenn es eine Gelegenheit dazu hat, wird es weglaufen.«
Ich hatte Tom oft genug beobachtet, wie er mit seinen Pferden umging. Er war unendlich geduldig, und wenn es sein musste, dann redete er so lange auf ein Tier ein, bis es wollte, was er wollte.
»Danke, dass du dich um Stormy gekümmert hast, Tally«, sagte Tom Thunderhawk. »Und natürlich kannst du gerne wieder zum Reiten kommen. Psitó vermisst dich schon.«

Ich bat meinen Vater darum, Stormy auf ihrem Weg nach Hause begleiten zu dürfen. Meine Neugier war groß. Ich wollte sehen, wie die Herde das Fohlen aufnahm, nachdem es vier Wochen lang von ihr getrennt gewesen war.
Tom hatte nichts dagegen und Dad auch nicht. Er versprach, mich gegen Abend wieder abzuholen.
Während der Fahrt in Richtung Manderson saß ich zwischen Vater und Sohn. Verstohlen betrachtete ich Neils kräftige braune Hände, die auf seinen langen Oberschenkeln lagen. Für seine fünfzehn Jahre hatte er bereits beachtliche Muskeln. Ich wusste, dass Neil in der Volleyballmannschaft seiner Schule in Manderson spielte und dass er ein guter Läufer war. Manchmal, wenn ich Psitó geritten war, hatte ich ihn durch die Hügel laufen sehen.
Neil Thunderhawk war mein *Fallen Star*. Alles leuchtete, wenn er in meiner Nähe war. Aber das Einzige, was uns miteinander verband, waren die Pferde.
Als wir bei Toms Scheune angelangt waren, stieg ich zu Stormy in den Hänger, nahm sie am Halfter und führte sie nach draußen. Ihre Hufe schlugen unsicher auf die metallene Rampe. Ein dumpfes Poltern, das sie erschreckte. Aber dann stand sie auf dem vertrauten Boden vor Toms Scheune, schnupperte und schüttelte den Kopf.

Konnte sie sich erinnern?
Stormy blieb stehen, wo sie war, und sah mich erwartungsvoll an.
»Willst du sie zu den anderen bringen?«, fragte Tom.
Ich nickte.
»Neil wird dich begleiten und ein wenig auf Taté achten. Aber ich denke, es wird keine Schwierigkeiten geben. Stormy war nur vier Wochen weg, ihre Mutter und die anderen werden sie wieder erkennen.«
Ich nahm ihr das Halfter ab. »Na komm, Stormy«, sagte ich und lief los. Das Fohlen folgte mir brav, und Neil kam hinter uns her. Er erzählte mir, dass Stormys Mutter Hanpa tagelang nach ihrem Fohlen gerufen hatte. »Schließlich stand sie nur noch mit hängendem Kopf da. Hanpa hat um ihr Fohlen getrauert.«
Ich dachte, dass die Stute ihr Fohlen bald wiederhaben würde und ich nun mit hängendem Kopf dastehen und trauern würde.
Auf Tom Thunderhawks Land war das Gras an einigen Stellen noch grün und an schattigen Plätzen wuchs Steinklee. Stormy ließ sich Zeit und knabberte hier und da ein Hälmchen. Als wir auf einen Haufen Pferdeäpfel stießen, blieb sie stehen, den Kopf gesenkt, die Ohren angelegt. Neugierig schnupperte sie daran und schlug aufgeregt mit dem Schweif. Ihre Nüstern blähten sich.
Stormy erinnerte sich. Sie hatte den Geruch ihrer Familie in der Nase. Mit erhobenem Kopf schickte sie ein fragendes Wiehern in die Hügel. Die Antwort kam prompt.
Ich merkte, dass Stormy hin- und hergerissen war – einerseits von dem Wunsch, an meiner Seite zu bleiben, weil sie wusste, dass ich sie beschützen würde, und andererseits von der Sehnsucht nach ihrer Herde.
Schließlich sah ich die Pferde einen Hügel herunterkommen. Allen voran Stormys Mutter. Sie schickte ein leises Wiehern zu uns herab, in einer tieferen Stimmlage.
»Ihre Familie heißt sie willkommen«, sagte Neil lächelnd.

Stormy lief auf ihre Mutter Hanpa zu und die beiden begrüßten sich, indem sie sich mit den Nüstern berührten. Taté, der gefleckte Hengst, stand in einiger Entfernung und überwachte das Wiedersehen.
Grey, der Wallach, interessierte sich nicht für den kleinen Heimkehrer, aber die übrigen Stuten begrüßten Stormy, indem sie sie ebenfalls mit ihren Köpfen berührten.
»Sieht so aus, als ob Stormy froh ist, wieder zu Hause zu sein«, sagte Neil.
Ich schluckte. Tränen rannen über meine Wangen. Stormy hatte auch bei mir ein Zuhause gehabt. Sie hatte sich wohl gefühlt, wir waren Freunde geworden.
Neil hatte die Pferde jeden Tag um sich. Ich konnte mir nicht vorstellen, dass er begriff, wie ich mich fühlte.
Das Fohlen senkte den Kopf, schob ihn unter den Bauch seiner Mutter und fing mit stoßartigen Bewegungen an zu trinken. Stormy war froh, wieder zu Hause zu sein.
Neil wies auf die lange Strähne meines Haares in Stormys Mähne und sagte: »Sieht so aus, als hätte sie jetzt zwei Mütter.« Er wandte sich gerade zum Gehen, als er meine Tränen bemerkte. »Du kannst Stormy jederzeit besuchen, Tally.«
»Okay«, sagte ich und hatte einen dicken Kloß im Hals. Im Herbst und Winter war das Geld immer besonders knapp bei uns, und ich konnte von Dad nicht verlangen, dass er mich *jederzeit* zu den Pferden fuhr, wenn ich Sehnsucht nach ihnen hatte. Ich wusste nur zu gut, dass ich Stormy von nun an nur noch selten sehen würde.

10. Kapitel

Am Tag darauf begann die Schule wieder. Adena holte mich am frühen Morgen ab und zusammen machten wir uns auf den Weg zum Schulbus, der unten an der Hauptstraße hielt.

Adena war guter Dinge. Sie war froh, dass sie mich nicht mehr mit Stormy teilen musste, auch wenn sie das natürlich nicht zugab. Und sie konnte es kaum erwarten, Billy Two Star wieder zu sehen, den Jungen, in den sie immer noch verliebt war. Sie schnatterte ununterbrochen, wie ein Wasserfall. Ich gab mir Mühe, aber ich konnte überhaupt nicht richtig zuhören. In Gedanken war ich bei Stormy.

Im Englischunterricht blickte ich träumend aus dem Fenster und stellte mir vor, auf Stormys Rücken im Galopp über die Hügel zu fliegen. Als Mrs Turnbull mich etwas fragte, sah ich sie mit großen Augen an. Ich hatte die Frage überhaupt nicht verstanden.

»Die Ferien sind vorbei, Tally«, sagte meine Klassenlehrerin freundlich. »Aber vielleicht kannst du uns ja erzählen, wovon du gerade geträumt hast. War es vielleicht ein junger Powwow-Tänzer mit langen Adlerfedern auf dem Kopf?«

Alle lachten, und ich wurde rot.

Von Stormy zu erzählen hatte ich keine Lust, und so schwieg ich. Adena fand mein Verhalten peinlich und verdrehte die Augen.

Mrs Turnbull ließ mich in Ruhe und ich war ihr dankbar dafür. Sie fragte, wer etwas Spannendes erlebt hatte in den Ferien und bereit war, darüber zu erzählen. Corwin Little Finger meldete sich. Er hatte mit seinem Vater am Sheep Mountain Table zwei Dutzend ausgesetzte Hunde entdeckt. Fünf davon waren tot gewesen. Erschossen von irgendjemandem, der sie auf einfache Weise loswerden wollte. Aber da waren auch zwei Welpen gewesen, klein und schwach, die Corwin mit nach Hause nehmen durfte und aufpäppelte. Seine Augen leuchteten, als er von den beiden Hundebabys erzählte.

Niemand lachte. Wahrscheinlich hätte auch niemand gelacht, wenn ich ihnen von Stormy erzählt hätte. Doch schien es mir besser, meine Gefühle für mich zu behalten. Ich fürchtete, nicht die richtigen Worte für das zu finden, was ich empfand.

Tula, ein anderes Mädchen, erzählte von einer Reise, die sie mit ih-

ren Eltern gemacht hatte. Sie waren von Freunden nach Deutschland eingeladen worden und hatten dort eine Menge gesehen. Neuschwanstein, ein Schloss wie aus Disneyland.
Mein Dad und ich waren noch nie irgendwohin in die Ferien gefahren. Dafür reichte unser Geld einfach nicht. Hin und wieder fuhren wir zelten in die Black Hills, die heiligen Berge der Lakota. Ich liebte diese Ausflüge. Dad lachte viel und konnte eine Geschichte nach der anderen erzählen. Auch in diesem Sommer hatten wir vorgehabt, für drei oder vier Tage in die Black Hills zu fahren. Aber dann war der Unfall mit Stormy passiert . . .
Als ich Adena in der großen Pause darum bat, den anderen nichts von Stormy zu erzählen, nickte sie, sah mich aber ganz merkwürdig an dabei.
Ich ahnte, dass meine Bitte zu spät gekommen war. Und wie befürchtet, machte die Geschichte vom verletzten Fohlen im Trailer schon am nächsten Tag die Runde in der Schule. »Ein Pferd im Badezimmer, so was bringt bloß ein Halbblut fertig«, sagte Tula kopfschüttelnd.
Ich dachte an Stormy, wie sie mit ihrem großen Verband um den Bauch dagelegen hatte und dass unser Badezimmer der sicherste Ort für sie gewesen war. Dad hatte mir erzählt, dass die Lakota früher so eng mit ihren Pferden verbunden gewesen waren, dass sie sie manchmal mit in ihr Tipi genommen hatten – wie einen Verwandten. *Mitakuye Oyasin* ist der Spruch, den wir Lakota vor und nach einer Zeremonie sagen. *Mitakuye Oyasin: Alle Wesen sind verwandt.*
»Ich wollte nicht, dass sie über dich lachen, Tally, das musst du mir glauben«, sagte Adena mit schlechtem Gewissen.
In den nächsten Tagen versuchte ich mich besser auf den Unterricht zu konzentrieren, aber es gelang mir nur schlecht. Unser Geografielehrer sprach über andere Erdteile und Länder. Er erzählte, wie die Gebirge entstanden waren, die weiten Ebenen, die Meere.
Ich dachte an Stormy.

In Mathe standen lange Formeln an der Tafel, und ich starrte auf Zahlen und Buchstaben, als wären es Hieroglyphen.
Ich träumte von Stormy.
»Tally, wo bist du nur mit deinen Gedanken?«, fragte Mrs Turnbull kopfschüttelnd im Unterricht für Stammessprache. Wir übten gerade einen Dialog, in dem es um Crazy Horse ging. *Tashunka Witko* war sein Lakota-Name.
»Um seinen Namen ranken sich viele Geschichten«, sagte Mrs Turnbull. »Eine sagt, dass er Crazy Horse hieß, weil er einen Traum hatte, in dem sein Pferd in der Schlacht verrückte Sachen machte. Aber wir wissen, dass er den Namen von seinem Vater übernahm und vorher einfach *Curly* hieß, wegen seiner lockigen Haare.«
Ein paar meiner Mitschüler drehten sich zu mir um und lachten.
Mrs Turnbull erzählte von Crazy Horse, dem tapferen Häuptling, der die Lakota und die Cheyenne in der Schlacht am Little Big Horn anführte, in der General Custer vernichtend geschlagen wurde. Sie erzählte auch von den beiden anderen großen Häuptlingen, Sitting Bull und Red Cloud.
Adena hob die Hand und fragte, wie es sein konnte, dass noch immer Uneinigkeit zwischen den Nachfahren der großen Häuptlinge herrschte.
Da wurde Mrs Turnbull sehr ernst. »Weil jeder nach einem Schuldigen sucht für das, was geschehen ist. Wir Lakota waren ein mutiges Volk, aber nachdem man uns alles genommen hatte, wofür es sich zu kämpfen lohnt, unser Land, unsere Freiheit, unsere Pferde, da sank unser Mut. Wir leben heute ein Leben, das man uns aufgezwungen hat, aber wir haben nicht vergessen, wie es einmal war. Deshalb ist Crazy Horse, der niemals aufgab und nie einen Vertrag unterzeichnet hat, auch heute noch der große Held für viele unserer jungen Leute. Sie möchten so sein wie er.
Einige werfen Sitting Bull vor, dass er im Lager saß und betete, während Crazy Horse am Little Bighorn kämpfte. Und Red Cloud

kreiden sie an, dass er mit den Weißen Frieden geschlossen hat und wir deshalb die *Paha Sapa*, die Black Hills, verloren haben. Doch er hat damals schon gewusst, dass wir diesen Krieg nicht gewinnen konnten und dass die Weißen unser Land nie wieder verlassen würden.«

»Aber Sitting Bull und Crazy Horse wurden von den Weißen getötet«, sagte einer aus den hinteren Bankreihen, »während Red Cloud von ihnen durchgefüttert wurde.«

Es gab ein größeres Gemurmel, aber Mrs Turnbull ließ sich davon nicht aus der Ruhe bringen. »Sitting Bull wurde auf Befehl eines Weißen, aber von den Kugeln eines Indianerpolizisten getötet«, sagte sie. »Ich glaube, es geht hier auch nicht darum, wie es nun genau vor hundert Jahren gewesen ist. Es geht darum, dass wir einen neuen Anfang finden. Es geht um Versöhnung.«

In den nächsten beiden Stunden hatten wir Kunstunterricht bei Mrs Hunter. Sie kam gleich zu Beginn der ersten Stunde auf mich zu und fragte nach meinen Pferdeskizzen. Ich sah sie verwundert an. Woher wusste sie . . .?

Adena, die neben mir saß, senkte grinsend den Kopf. Sie hatte in meinem Zimmer die Zeichnungen gesehen, die ich von Stormy gemacht hatte, und unserer Kunstlehrerin bei der ersten Gelegenheit davon erzählt.

»Ich dachte, wo nun sowieso schon jeder von Stormy weiß, kannst du auch zeigen, wie gut du bist«, sagte sie.

So brachte ich am nächsten Tag meine besten Zeichnungen mit in die Schule und Mrs Hunter war begeistert. »Die sind wirklich gut, Tally. Du wirst immer besser. Ich möchte ein paar davon gerne zu einem Wettbewerb einreichen. Darf ich?«

Ich zuckte die Achseln. Warum nicht?, dachte ich. Einen Versuch war es wert. Danach vergaß ich die Sache.

Am Tag darauf, es war der 7. September, war mein 14. Geburtstag. Wie sehr hatte ich ihn herbeigesehnt, und nun war es so weit. Der Duft nach Gebäck und heißer Schokolade weckte mich. Es war Samstag, und mein Vater überraschte mich mit Blumen, einem Geburtstagskuchen, den er selbst gebacken hatte, und einer neuen Jeans. Sie passte wie angegossen.

Ich umarmte meinen Vater. »Danke Dad. Wie hast du das nur hingekriegt?«

Er beichtete mir, dass er sie zusammen mit Adena gekauft hatte. »Ich hätte wahrscheinlich voll daneben gelegen. Nun bin ich froh, dass sie dir gefällt.«

»Sie ist perfekt«, sagte ich.

Aber mein schönstes Geschenk war, dass Dad sich Zeit nahm, um mit mir und Adena am Nachmittag zu Tom Thunderhawks Pferden zu fahren. Ich war gespannt darauf, wie Stormy sich eingelebt hatte. Adena schenkte mir einen großen Traumfänger, den sie selbst gefertigt hatte: ein kreisrund gebogener Weidenzweig, umwickelt mit hellen Lederstreifen. Der Weidenring symbolisiert den Kreis des Lebens. Das darin gesponnene Netz aus gewachstem Strick fängt die guten Träume auf und über die Federn und Lederbänder, die am unteren Rand des Traumfängers befestigt sind, werden sie in den Kopf des Träumers geleitet. Die schlechten Träume fallen durch das Loch in der Mitte. Die wunderschöne rote Glasperle, die Adena darin befestigt hatte, sollte die Spinne darstellen, die das Netz in den Kreis des Lebens gewebt hatte.

Es gab keine Familie im Reservat, die nicht wenigstens einen Traumfänger im Haus hatte, und in den meisten Autos hing eine kleinere Ausgabe am Rückspiegel. Der Traumfänger, den Adena mir gebastelt hatte, war der schönste, den ich je besessen hatte.

»Damit du niemals böse Träume hast, Tally«, sagte sie, und wir umarmten uns.

»Hab vielen Dank«, sagte ich, »der ist wunderschön.«
»Ich hab mir auch mächtig Mühe gegeben.« Sie lachte. »Mom hat mir ein bisschen dabei geholfen.«
Es war nicht so einfach, das eigenwillige Muster des Netzes zu weben, aber jedes Lakota-Mädchen konnte es. Und ich wusste, dass Adena es besonders gut konnte.
»Wie war dein Date mit Billy?«, fragte ich.
Adena zuckte die Achseln. »Ganz nett.«
»Ganz nett?« Vielleicht war es ja doch nicht so gelaufen, wie sie es sich vorgestellt hatte . . .
»Er hat mir die ganze Zeit von seinem Basketballteam erzählt und was für ein toller Spieler er ist«, sagte Adena. »Das war ziemlich nervtötend. Als wir uns dann verabschiedeten, wollte er mich küssen. Ich war nicht einmal zu Wort gekommen, aber er packte mich im Klammergriff und wollte mir seine Zunge in den Mund stecken.«
Ich wollte Adena bestimmt nicht kränken, aber ich konnte das Glucksen, das in mir aufstieg, einfach nicht unterdrücken. Schließlich lachten wir beide.
»Jungs«, sagte Adena und verdrehte die Augen.

Zum Mittagessen waren wir bei den White Elks eingeladen. Es gab Hirschgulasch mit gerösteten Kartoffeln und zum Nachtisch Pudding.
Nellie hatte mir einen Pullover aus weicher bunter Wolle gestrickt. Von Jason bekam ich ein selbst gemaltes Bild: Stormy und ich auf der grünen Wiese. Ich umarmte Adenas kleinen Bruder, der auf einmal ganz verlegen wurde.
Nach dem Essen halfen Adena und ich Nellie noch mit dem Abwasch, dann machten wir uns auf den Weg. Ich konnte es kaum erwarten, Stormy wieder zu sehen. Dad fuhr gleich bis zur Scheune der Thunderhawks, weil Charlenes Ford-Combi nicht vor dem hellblauen Haus stand und wir davon ausgingen, dass sie nicht da war.

Ich war nicht böse darüber, einem Höflichkeitsbesuch zu entgehen, auf den meine Tante ohnehin keinen Wert gelegt hätte. Großzügigkeit, die wichtigste Tugend bei uns Lakota, war nicht unbedingt ihre Stärke. Sie freute sich nur über unseren Besuch, wenn Dad etwas reparieren sollte.

Ich lief hinüber zum Haus, um Tom Bescheid zu sagen, dass wir da waren, da erschien Della in der Tür. Sie winkte mich heran. Zuerst dachte ich, sie wollte mir zum Geburtstag gratulieren, aber dann bemerkte ich, dass sie ganz verweint aussah. Ihre Augen waren rot und geschwollen und sie knüllte ein Taschentuch in der Hand.

»Ist was passiert?«, fragte ich erschrocken. Bitte nicht, dachte ich. Nicht heute an meinem Geburtstag. Bitte, *Wakan Tanka . . .*

Dad und Adena waren inzwischen auch da. Alle drei sahen wir Della fragend an.

»Neil ist im Krankenhaus«, sagte sie und schluchzte. »Aber kommt doch erst einmal herein.«

Bey und April spielten in einer Ecke des Zimmers leise mit ihren Puppen, als Della uns erzählte, dass Neil am Freitag nach der Schule ganz furchtbar verprügelt worden war. »Sie haben ihn niedergeschlagen und immer wieder auf ihn eingetreten. Sie waren zu viert, er hatte überhaupt keine Chance.«

Marlin, fuhr es mir wie ein glühender Blitz durch den Kopf. Mein Cousin hatte nur auf eine günstige Gelegenheit gewartet, um sich für die Prügel auf dem Powwow-Gelände zu rächen. Ich war mir da ziemlich sicher.

»Wie geht es ihm?«, fragte ich mit kläglicher Stimme. »Ist er schlimm verletzt?«

»Sie haben ihn eine Nacht dabehalten. Wahrscheinlich hat er eine leichte Gehirnerschütterung. Tom ist schon vor einer ganzen Weile hingefahren, um Neil zu besuchen. Ich hoffe, dass er ihn mit nach Hause bringt.«

»Hat er gesagt, wer es war?«, fragte mein Vater.

Della schüttelte den Kopf. »Er kannte die Jungs nicht. Jedenfalls behauptet er das.«
»Hat er eine Ahnung, warum sie es getan haben?«
»Darüber spricht er nicht«, sagte Della. »Ich habe solche Angst, dass es wieder passiert und er dann nicht noch mal so glimpflich davonkommt.«
Ich war mir sicher, dass Neil die Jungs kannte oder zumindest wusste, zu welcher Familie sie gehörten. Dafür, dass er sie deckte, musste es einen Grund geben.
Dad fragte Della über Marlin aus, aber sie wusste kaum etwas über meinen Cousin. Genauso wenig wie über meine Tante, obwohl sie die einzigen Nachbarn waren.
Wenig später hielt ein Auto vor dem Haus, und alle wandten den Kopf zur Tür, weil wir hörten, wie Tom Thunderhawk mit jemandem sprach. Neil trat als Erster in den Raum, und ich musste schlucken, als ich sein Gesicht sah. Überall Blutergüsse. Sein rechtes Auge war fast vollkommen zugeschwollen. Auf der Nase hatte er ein dickes weißes Pflaster und eins auf der linken Wange. Seine Lippen waren aufgeplatzt.
Neil trug ein blütenweißes T-Shirt, was mir in diesem Moment merkwürdig vorkam, weil es überhaupt nicht zu seinem zerschlagenen Gesicht passte. Aber dann wurde mir klar, dass sein Vater es ihm mitgebracht haben musste. Das T-Shirt, das Neil getragen hatte, als er so übel zugerichtet worden war, würde bestimmt nie mehr so weiß werden wie dieses.
Wir sahen ihn alle mitleidig an, auch seine beiden Schwestern. Doch ich ahnte, dass Mitleid das Letzte war, was er wollte. Neil grüßte seine Mutter mit einem kurzen Blick und humpelte wortlos an uns vorbei in sein Zimmer.
Tom zuckte entschuldigend die Achseln. »Nehmt es ihm nicht übel, aber es geht ihm nicht so gut. Er hat Schmerzen, und es ist ihm sicher unangenehm, dass ihr ihn so seht.«

»Hat mein Neffe Marlin was damit zu tun?«, fragte Dad jetzt ganz direkt.
»Schon möglich«, erwiderte Tom. »Aber genau wissen wir es nicht. Neil schweigt sich aus. Er sagt, er kannte die vier nicht.«
Mein Vater schüttelte traurig den Kopf. »Es kann nicht sein, dass Halbwüchsige übereinander herfallen für etwas, das ihre Ururgroßväter getan haben.«
Nun blickten Tom und Della und sogar Adena meinen Vater fragend an.
»Ging es darum, als Marlin und Neil sich auf dem Powwow-Grund geprügelt haben?«, wollte Tom wissen.
»Ja. Neil hat Tally verteidigt, weil Marlin sie als Halbblut beschimpfte. Da hat Marlin ihn *Blanket Indian* und *Hang Around the Forts* genannt.«
»Wo kommt nur all der Hass her?«, fragte Della. »Wie kann man sich über Dinge in die Haare kriegen, die über hundert Jahre zurückliegen? Wie soll im Reservat jemals etwas besser werden, wenn wir selbst uns nicht einig sind? Was ist aus all dem geworden, was unseren Vorfahren einmal wichtig war?«
»Ich will meinen Neffen nicht verteidigen«, sagte Dad. »Aber Marlin ist wahrscheinlich furchtbar verunsichert. Nach dem Tod seines Vaters hat er den Halt verloren, genauso wie seine Mutter. Meine Schwägerin hat sich von unserem Glauben abgewandt und geht jetzt regelmäßig in die Kirche. Früher, da hat sie wunderschöne Perlenarbeiten gemacht, jetzt sitzt sie nur noch vor dem Fernseher. Marlin steht zwischen den Stühlen. Die Achtung vor unserem Glauben hat er verloren, weil seine Mutter sich darüber lustig macht, und mit Jesus Christus kann er nichts anfangen. Er hat Angst davor, verletzt zu werden. Deshalb verletzt er andere, in der Hoffnung, auf diese Weise verschont zu bleiben.«
Während Neils Eltern mit meinem Vater diskutierten und Adena ihnen lauschte, ging ich auf die Toilette und schlich mich von dort zu

Neils Zimmer. Ich klopfte leise und sagte: »Ich bin's, Tally. Darf ich reinkommen?«
Er antwortete nicht, aber nach einer Weile hörte ich den Riegel zurückschnappen. Ich drehte am Knauf und betrat Neils Zimmer. Er stand direkt vor mir. Ich zuckte zusammen: vor seinem ablehnenden Blick und seinem Gesicht, das jetzt noch furchtbarer aussah, weil er die Pflaster entfernt hatte.
»Was willst du?«, fragte er unwirsch.
»Nur fragen, wie es dir geht«, antwortete ich geknickt.
»Wie du siehst, lebe ich noch«, sagte er. Neil drehte sich um und schlurfte zu seinem Bett. Er setzte sich und schob sich so weit nach hinten, bis er sich gegen die Wand lehnen konnte.
Ich schloss die Tür hinter mir und sah mich um. Neils Zimmer war kleiner als meins, aber mit schönen neuen Holzmöbeln eingerichtet. Ein helles Bett, ein Bücherregal, ein Schreibtisch, zwei Stühle. Über seinem Bett hing ein ganz schlichter Traumfänger, der sehr alt zu sein schien.
»War es Marlin?«, fragte ich.
Neil holte tief Luft. »Und wenn. Es ist meine Sache, nicht deine.«
»Er ist mein Cousin«, erwiderte ich.
»Er war's nicht«, brummte Neil. »Geht's dir jetzt besser?« Das Sprechen fiel ihm sichtlich schwer, weil er durch die geschwollene Nase keine Luft bekam. Seine Unterlippe war vom Sprechen wieder aufgeplatzt und blutete. Er leckte mit der Zunge darüber.
»Nein. Ich glaube, es waren Marlins Freunde, und du weißt es. Warum sagst du nicht, wer sie sind?«
»Weil ich sie nicht kenne. Und nun verschwinde, Tally. Ich hab Kopfschmerzen.«
Seine Stimme klang schroff, doch ich hörte das Zittern, das darin mitschwang. Statt zu gehorchen, setzte ich mich auf die Bettkante und betrachtete sein zerschlagenes Gesicht. Der Nasenrücken war vermutlich gebrochen und dick angeschwollen. Eine Platzwunde

auf der linken Wange hatte mit sechs Stichen genäht werden müssen. Aus einem halb offenen und einem unversehrten Auge blickte Neil mich an, blass vor Schmerz. Er schwieg beharrlich, doch in seinem Blick lag alles, was er nicht sagte. In diesem Moment konnte ich in ihn hineinschauen und sein Innerstes erkennen. Neil Thunderhawk hatte Angst. Aber das hätte er niemals zugegeben.

»Verschwinde!«, sagte er noch einmal. »Lass mich einfach in Ruhe!«

Ich wollte schon aufstehen und gehen, als ich plötzlich sah, dass er weinte. Ich suchte nach einem Taschentuch und reichte es ihm. Er nahm es und presste es an seine blutende Lippe.

»Tut es sehr weh?«, fragte ich.

Statt einer Antwort lehnte er den Kopf zurück und schloss die Augen, das Taschentuch immer noch auf die Unterlippe gepresst.

Ich rutschte zur Wand, bis ich neben ihm saß. Neil ließ es geschehen. Ich lehnte meinen Kopf an seine Schulter, lauschte seinem stoßweisen Atem. Und auf einmal wusste ich, wie weh es tat.

Als ich nach einer Weile Stimmen im Flur hörte, stand ich auf und ging zur Tür. Kein anderer sollte Neil weinen sehen. Ich griff gerade nach dem Türknauf, als ich ihn leise meinen Namen sagen hörte.

Ich drehte mich zu ihm um, und er verzog sein Gesicht zu einem schiefen Grinsen. »Alles Gute zum Geburtstag, Tally.«

11. Kapitel

Wir statteten Stormy noch einen kurzen Besuch ab und fuhren wieder nach Porcupine zurück. Adena konnte nicht begreifen, dass ich allein sein wollte.

Gekränkt zuckte sie die Achseln. »Wenn du reden willst, du weißt ja, wo ich wohne.« Sie wandte sich um und zog beleidigt davon.

Schlimmen Streit hatte es nie gegeben zwischen uns, Unstimmigkeiten regelten wir meistens noch am selben Tag. Einfach, weil wir

wussten, dass wir beide nicht schlafen konnten, wenn es etwas gab, das zwischen uns stand. In den sechs Jahren, die wir uns jetzt kannten, war das immer so gewesen.
Doch diesmal hatte meine Freundin kein Verständnis für mein Verhalten. Adena hatte gesehen, dass ich aus Neils Zimmer gekommen war, und natürlich brannte sie darauf, zu erfahren, was wir geredet hatten. Ich wollte es aber für mich behalten.
Merkwürdig. Bisher hatte ich Adena immer alles erzählt. Auch Dinge, die peinlich waren oder die ihr die Möglichkeit gaben, mich zu verletzen. Sie hat es nie getan, nie hatte sie meine Offenheit missbraucht. Wir vertrauten einander. Aber nun merkte ich auf einmal, dass es Dinge gab, die so tief waren, so persönlich, dass ich sie auch meiner besten Freundin nicht erzählen wollte. In diesem Augenblick überkam mich ein Gefühl großer Einsamkeit.
Ich ging ins Haus und verschwand in meinem Zimmer. Endlich allein, ergab ich mich den Schuldgefühlen, die an mir nagten. Neil war verprügelt worden, und ich fühlte mich verantwortlich dafür. Genau so, wie ich mich für Stormys Unfall verantwortlich gefühlt hatte.
Warum konnten die Dinge nie so sein, wie ich sie mir vorstellte? Ich haderte mit allem, was mein Leben bestimmte. Das Reservat, der alte Trailer, dass ich ein Halbblut war und eine Mutter hatte, für die ich nicht existierte. Wenn wir eine komplette Familie wären und ein richtiges Haus hätten, dachte ich, dann wäre alles besser. Wenn Stormy mir gehören würde, wenn ich keine Locken hätte und wenn Neil mich lieben würde, dann wäre ich glücklich.

Obwohl ich hundemüde war, hatte ich eine schlaflose Nacht. Schwer zu sagen, ob es daran lag, dass Adena mir grollte, oder ob die Angst um Neil und der Gedanke an sein zerschundenes Gesicht mich wach hielten.
Meine vielen unerfüllbaren Wünsche kamen mir in den Sinn, und ich musste an Großvater Emmet denken. Wenn ich zu ihm gekom-

men war, um mich über irgendetwas zu beklagen, das nicht so war, wie ich es gerne hätte, dann hatte er immer gesagt: »Würdige, was dir das Leben gegeben hat, Tally.«

Ich wusste, dass er Recht hatte. Dass ich undankbar war.

Am nächsten Vormittag, gleich nach dem Frühstück, lief ich hinauf zu Adena, um ihr zu sagen, dass es mir Leid tat.

»Schon gut«, brummelte sie. »Mach aus einer Mücke keinen Elefanten!«

Sie wickelte ihren Zopf um den Zeigefinger und lächelte. Trotzdem hatte ich das Gefühl, dass sie noch nicht völlig bereit war, mir zu verzeihen. Sie erwartete mehr von mir als eine bloße Entschuldigung. Ich sollte ihre Neugier befriedigen.

»Du bist gestern bei Neil gewesen?« Ihre Frage klang beinahe vorwurfsvoll.

»Ja«, erwiderte ich schlicht.

»Hat er dir gesagt, wer ihn so zugerichtet hat?«

»Nein. Er sagt, er kennt sie nicht.«

»Dann hat er dich also auch angelogen«, behauptete Adena und mir schien, als würde eine Art Genugtuung in ihrer Stimme mitschwingen.

Ich zuckte die Achseln. »Wenn er was sagt, dann kriegen die vier eine Verwarnung, das ist alles. Und sie würden es ihm heimzahlen, da bin ich mir sicher. Du weißt doch, wie das läuft. Wahrscheinlich ist Marlin in einer Gang und mit solchen Leuten ist nicht zu spaßen.«

»Ja, vielleicht hast du Recht.«

»Laufen wir ein Stück?«, fragte ich. Es war ein Friedensangebot und für Adena die Möglichkeit, mir noch dies und das aus der Nase zu ziehen, wenn sie nur lange genug fragte.

Aber sie schüttelte bedauernd den Kopf. »Ich muss meiner Mutter beim Kochen helfen. Wir bekommen Besuch.«

»Na dann bis morgen«, sagte ich und umarmte sie kurz.

»Tóksâ, Tally.« Adena sah mir lange nach.

Ich lief auf den Berg, legte mich ins Gras und überließ mich meinen Gedanken. Die Wolken über mir formten und verschoben sich. Aus einem fetten Schwein wurde langsam ein schnaubender Büffel, der sich dann irgendwann in eine Herde weißer Lämmer auflöste.
Als mein Großvater noch lebte, saßen wir oft zusammen auf den Stufen vor dem Trailer und sahen den Wolken zu. Einmal sagte er zu mir, dass die Wolken die Tage unseres Lebens sind.
»Die dunklen sind schwer und angefüllt mit unserem Kummer, Tally. Die roten Wolken am Abend und am Morgen sind getränkt vom Blut unseres Volkes. Und die weißen Wolken, die durchscheinend und leicht dahinschweben, sind die Tage, die wir noch nicht gelebt haben.«
Mein Großvater Emmet war noch nicht alt, als er starb. Aber er hatte viel Trauriges gesehen und erfahren in seinem Leben. Er wusste eine Menge und hat einiges davon an mich weitergegeben. Nicht alles, das weiß ich. Dafür hat die Zeit nicht gereicht, die wir miteinander hatten. Er hat wohl auch gedacht, dass ich noch zu jung bin, um manche Dinge zu erfahren. Diese Aufgabe hatte er meinem Dad überlassen.
Ich war gerade erst vierzehn geworden, doch es kam es mir so vor, als wäre ich schon viel älter. Dad hatte mal gesagt, dass es Tage gibt, die das Leben eines Menschen für immer verändern. Tage, die sich in seine Seele graben wie schwere Schaufelbagger und tiefe Narben hinterlassen. Langsam begriff ich, was er damit meinte.

Drei Wochen später sah ich Neil zum ersten Mal wieder. Seine Wunden waren verheilt, sein Gesicht hatte die ursprüngliche Form und Farbe zurück. Nur die Narbe auf der linken Wange war geblieben und würde ihn immer an seinen Schmerz und die Demütigung erinnern, wenn er in den Spiegel sah.
»Wie geht es dir?«, fragte ich ihn. Er war dabei, einen Sattel mit Nerzöl einzureiben, und hob nur einmal kurz den Kopf, um mich anzusehen.

»Ich bin okay«, antwortete Neil. »Und du?«
»Mir geht es gut. Willst du ausreiten?«
»Nein. Hab eine Menge anderer Dinge zu tun.«
Das hieß im Klartext: Was immer du auch vorhast, Talitha Running Horse, du wirst es allein tun müssen.
Ich ließ ihn stehen und lief hinter das Haus. Die Pferde grasten ganz in der Nähe, sodass ich nicht lange nach ihnen suchen musste. Stormy entdeckte mich sofort. Mit einem freudigen Aufwiehern kam sie auf mich zugetrabt, als ich sie leise bei ihrem Namen rief. Ihre weichen Nüstern beschnupperten meine Hände, in der Hoffnung, dass ich etwas für sie dabeihatte. Und natürlich enttäuschte ich sie nicht. Von meinem kargen Taschengeld hatte ich ein paar Karotten gekauft, die ich ihr nun gab. Ich drückte meine Wange in das warme Fell des Fohlens und sog den vertrauten Geruch ein. Wie sehr ich Stormy vermisst hatte!
Die anderen Pferde kamen heran, auch sie hatten mich nicht vergessen. Ich fütterte sie mit Karotten und Pellets aus der Ölpresse, die ich noch übrig hatte. Nur Taté ließ sich nicht locken, er war immer noch zu stolz, um etwas aus meinen Händen anzunehmen. Wachsam beobachtete er mich und die Stuten. Aber dann senkte er den Kopf und begann zu grasen. Er wusste noch, wer ich war und dass von mir keine Gefahr ausging.
Die Herde hatte Stormy wieder aufgenommen. »Pferde vergessen nicht«, hatte Tom Thunderhawk einmal zu mir gesagt. Meine Haarsträhne war noch mit Stormys Mähne verflochten. Ich hoffte so sehr, dass sie mich nicht vergessen hatte. Und es sah auch nicht danach aus. Sie blieb freiwillig in meiner Nähe, auch als ich keine Leckerbissen mehr hatte. Als ich Psitò zur Scheune führte, um ihr dort den Sattel aufzulegen, kam Stormy hinterher. Sie beobachtete genau, was ich mit der alten Stute machte. Wie ich ihre Beine anhob, eins nach dem anderen, um die Hufe zu prüfen.
Appaloosapferde haben besonders feste Hufe und brauchen des-

halb keine Hufeisen. Aber ihre Hufe müssen umso sorgfältiger gepflegt werden.
Ich hob Psitós Beine und kratzte den festgetretenen Dreck aus den Hufen. Die braun gefleckte Stute war das gewöhnt und hielt still. Dann rieb ich ihre hübsch gestreiften Hufe mit Nerzöl ein, damit sie nicht spröde und rissig wurden.
Sorgfältig bürstete ich Psitó den Rücken und die Seiten. Sie hatte sich im Dreck gewälzt und kleine Lehmklumpen verkrusteten ihr Fell. Würde ich ihr den Sattel auflegen, ohne sie vorher gründlich zu brüsten, würden die Dreckklumpen unter dem Sattel reiben.
Stormys Neugier war unglaublich. Einmal strich ich mit der Bürste ganz vorsichtig über ihren Widerrist. Sie wieherte hell und machte erschrocken einen Satz zur Seite. Sie war immer noch kitzlig. Ich musste lachen, wie sie mich anstarrte, neugierig und doch skeptisch. Als ich die Bürste erneut über ihr Fell gleiten ließ, zuckte sie nur zusammen, blieb aber stehen. Sie erinnerte sich.
Psitó hatte die Bürstenmassage genossen und war sauber. Ich konnte ihr die Satteldecke auflegen und dann den Sattel. Ihr Bauch war fest und rund wie eine Trommel. Ich führte sie ein wenig herum, bis sie sich nicht mehr aufblähte, dann rückte ich den Sattel zurecht und zurrte den Sattelgurt fest. Viel lieber wäre ich ohne Sattel auf ihr geritten, aber Stormy sollte sehen, was ich mit der Stute machte, und begreifen, dass ein Sattel nichts Schlimmes ist. Kein Raubtier, vor dem man Angst haben muss.
Stormy kam wieder heran. Sie beschnupperte den frisch eingefetteten Sattel und knabberte am Steigbügel. Horchte auf das Klirren des Metalls und sah zu, wie ich Psitó die Trense ins Maul schob und das Zaumzeug überstreifte.
»Eines Tages werde ich auf dir reiten«, sagte ich zu ihr und kraulte ihr den Hals.
Ich stieg auf Psitós Rücken und setzte mich im Sattel zurecht. Ein leichter Schenkeldruck genügte, und die alte Stute lief los. Stormy

folgte ihr; es war die Neugier, die sie trieb. Wahrscheinlich fragte sie sich, was ich dort oben machte. Aber nur wenig später kamen wir an jene Stelle, wo die Pferdeherde graste. Ich lenkte Psitó an ihnen vorbei die Hügel hinauf. Stormy wieherte enttäuscht und blieb in der Sicherheit ihrer Herde zurück.

Auch als die Luft kälter wurde und die ersten Herbststürme über das Land fegten, versuchte ich die Pferde wenigstens in jeder zweiten Woche zu besuchen. Während ich mich mit Psitó und Stormy beschäftigte, half mein Vater Tom Thunderhawk bei Arbeiten in der Scheune oder an den Zäunen. Manchmal saßen sie auch mit Della am warmen Holzofen in der Küche, tranken Kaffee, machten Pläne und redeten über alles Mögliche.

Ich sah Neil des Öfteren neben der Scheune Holz für den Winter spalten und aufstapeln. Manchmal wechselten wir ein paar Worte, aber meist nickte er mir nur freundlich zu, und ich musste mich damit zufrieden geben. Von der tiefen Verbundenheit, die ich an jenem Tag in seinem Zimmer gespürt hatte, schien nichts geblieben zu sein.

Zu gerne hätte ich gewusst, was ihn bewegte. Ob er vielleicht deshalb so abweisend war, weil er sich für seine Tränen schämte?

Ende November fiel der erste Schnee, und jegliches Grün verschwand unter einer zehn Zentimeter dicken weißen Schicht. Stormy, die noch keinen Schnee erlebt hatte, war ganz aus dem Häuschen. Sie stupste ihre Nase neugierig in das kalte Weiß, und als die Kälte zubiss, schnaubte sie und schüttelte entrüstet den Kopf. Manchmal jagte sie den tanzenden Flocken nach und blies in den lockeren Schnee, dass es stiebte.

Noch wusste sie nicht, dass der Winter eine harte Zeit war für Menschen und Tiere im Reservat. Viele Lakota, die schon im Sommer Mühe hatten, ihre Familie zu ernähren, hatten im Winter meist kein Geld für Heizöl oder Propangas. Und wenn es den Menschen

schlecht ging, ging es den Tieren noch schlechter. Diese bittere Erfahrung stand dem Fohlen erst noch bevor.
Aber Tom Thunderhawk liebte seine Tiere, und er sorgte auch für sie. Da Della einen festen Job am College hatte, konnte sie die Familie ernähren. Tom hatte vor, seine Pferdeherde nach und nach zu vergrößern und durch Zucht Geld zu verdienen. Im nächsten Jahr wollte er dann auch regelmäßig Reitstunden anbieten. In den Ferien sollte Neil ihm dabei helfen.
Das waren die Pläne, die für den nächsten Sommer geschmiedet wurden, während draußen dicke Schneewolken ihre Last abwarfen. Wenn es am Abend dunkel wurde, kamen die Pferde zur Scheune, wo Tom ihnen unter dem Dach einen Futterplatz eingerichtet hatte. Es war Neils Aufgabe, die Tiere zu füttern, und wenn ich da war, half ich ihm dabei. Wir hoben Heuballen in den Futterkasten, säuberten den Boden von Pferdemist, und ich genoss es, mit Neil zwischen den großen warmen Leibern der Pferde zu stehen, wenn sie fraßen. Die Pferde schienen das Einzige zu sein, was uns noch verband.
Neil erzählte mir ganz beiläufig, dass er mit dem Leopardenschecken im nächsten Winter am Big-Foot-Ritt teilnehmen wollte. Natürlich hatte auch ich von diesem Ritt gehört. Er fand regelmäßig im Dezember statt, um die in Wounded Knee ermordeten Vorfahren zu ehren. Männer, Frauen und von Jahr zu Jahr mehr Jugendliche und Kinder aus allen Lakota-Reservaten ritten mit ihren Pferden von Standing Rock, wo Sitting Bull ermordet worden war, durch das angrenzende Cheyenne-River-Reservat bis nach Pine Ridge, wo der Ritt am 29. Dezember endete, dem Tag des Massakers am Wounded Knee Creek.
Sie ritten denselben Weg – fast 200 Meilen – den damals die Leute von Sitting Bull und Häuptling Big Foot gegangen waren, als sie vor der US-Armee zu fliehen versuchten. Auf diese Weise wollten die Reiter den Geistern ihrer Ahnen Respekt zollen und die Tränen der Trauernden trocknen.

Ich hatte die Berichterstattung über den Ritt immer zusammen mit meinem Vater im Radio verfolgt, und seit ich richtig reiten konnte, wuchs in mir der Wunsch, eines Tages an diesem Gedenkritt teilzunehmen. Ich wollte den Weg gehen, den meine Großmutter Helen Yellow Bird mit ihren Eltern gegangen war, in diesem unheilvollen Dezember des Jahres 1890.

Der Winter, der dann folgte, war noch härter als der vorangegangene. Im Dezember fiel kein Schnee mehr und im Januar auch nicht. Arktischer Wind fegte über die Prärie.
Ihr dichtes Winterfell schützte die Pferde vor Wind und Wetter. Die kleine Herde von Tom Thunderhawk blieb auch in den Wintermonaten tagsüber in den Hügeln, wo die Tiere hier und da ein Fleckchen Grün fanden oder ein paar Zweige, an denen sie knabbern konnten. Aber jeden Abend kamen sie zum Futterplatz neben der Scheune, wo Neil ihnen Heu gab und manchmal Kartoffelschalen und andere Gemüsereste, wenn welche da waren.
In dieser Zeit gab es kaum Jobs für meinen Vater, weil niemand Geld hatte, um seine Arbeit zu bezahlen. So mussten wir mit dem wenigen zurechtkommen, dass er jetzt monatlich an Sozialhilfe bekam. Dad saß meist in der Nähe des gusseisernen Ofens und baute Traumfänger oder schnitzte Figuren aus Stein oder Horn. Die brachte er nach Rapid City in einen großen Souvenirladen. Geld bekam er allerdings dafür erst, wenn eines seiner Stücke auch tatsächlich verkauft worden war. Und im Winter gab es nur wenige Touristen, die sich nach Rapid City verirrten.
Weihnachten verbrachten wir zusammen mit Adena und ihren Eltern. Ein paar von Dads kunsthandwerklichen Stücken waren in der Vorweihnachtszeit verkauft worden, sodass wir wenigstens nicht ohne Geschenke erschienen.
Danach kam kein Extrageld mehr herein. Wir hatten gerade genug, um unsere Mägen zu füllen und für Strom- und Telefonkosten auf-

zukommen, aber für Extratouren mit dem Auto reichte es nicht. Ich bekam die Pferde wochenlang nicht zu sehen.
Einmal – es war Anfang März, war meine Sehnsucht so groß, dass ich nach der Schule meinem Vater einen Zettel schrieb und mich an die Straße stellte. Bald hielt jemand, der auf dem Weg nach Pine Ridge Village war und mich bis Wounded Knee mitnehmen konnte. Als der Mann hörte, wohin ich wollte, brachte er mich bis vor Toms Haustür, obwohl er dafür einen Umweg machen musste. Er war ein ehemaliger Polizist und ließ es sich nicht nehmen, bei Tom zu klopfen, um mich persönlich zu übergeben.
Dass ich getrampt war, gefiel Tom und Della überhaupt nicht. Sie fürchteten, dass ich vielleicht zu einem Betrunkenen hätte ins Auto steigen können oder zu jemandem mit bösen Gedanken. Tom brachte mich später in seinem Pick-up zurück nach Porcupine. Es war erst fünf Uhr nachmittags, aber es wurde schon dunkel.
»Dein Vater hat vorhin angerufen, Tally. Er hat sich große Sorgen um dich gemacht. Ich weiß ja, dass es schwer für dich ist, die Pferde nur so selten zu sehen«, sagte Tom während der Fahrt. »Aber du riskierst dein Leben, wenn du dich einfach an die Straße stellst. Es gibt immer mehr Jugendgangs im Reservat, und sobald es dunkel wird, beginnt ihre Zeit. Diese Kids sind gefährlich, Tally. Es ist schon zu viel passiert, denk an Neil. Versprich mir, dass du nicht mehr versuchst zu trampen.«
Schweren Herzens versprach ich es ihm. Und mir wurde ganz flau im Magen, wenn ich an meinen Vater dachte.
Nachdem Tom mich zu Hause abgeliefert hatte, verschwand ich gleich in meinem Zimmer. Tom und Dad saßen noch eine Weile zusammen, tranken Kaffee und unterhielten sich. Ich wollte nicht lauschen, aber ab und zu hörte ich Marlins Namen fallen.
Mein Vater schimpfte nicht mit mir. Er war mir auch nicht böse. Ich musste ihm lediglich versprechen, dass ich mich nicht wieder an die Straße stellen würde. Und so versprach ich es ein zweites Mal.

12. Kapitel

Nur ein paar Tage später kam Kenny Shortbull in unsere Schule, ein junger Officer von der Stammespolizei, der uns und die Lehrer vor verschiedenen Jugendbanden warnte, die zunehmend das Reservat unsicher machten.

»Allein in Pine Ridge Village gibt es ein Dutzend«, sagte er. »Sie nennen sich Outlaws, Wild Boyz, Nomads, Aimster Gangsta und Wild Girls. Man erkennt sie an ihrer Kleidung, weil bestimmte Farben auf die Zugehörigkeit zu einer Gang hinweisen. Rot und Schwarz zum Beispiel.«

Alle lachten und zeigten auf Mrs Turnbull. Sie trug schwarze Jeans und einen roten Pullover. Unsere Klassenlehrerin wurde erst verlegen, aber dann sagte sie kokett: »Wild Girls.« Und alle lachten noch einmal.

»Genug gelacht«, unterbrach der Officer das Gelächter. »Das alles ist sehr ernst, und deshalb bin ich auch hier. Ihr dürft nicht wegsehen. Ihr müsst den Mut aufbringen, es zu melden, wenn euch jemand verdächtig erscheint.«

Shortbull erzählte, dass es auch an den Schulen Gangmitglieder gab. »Auf dem Pausenhof dealen sie mit Drogen und nutzen die Werkstunden, um sich Waffen zu basteln. Ein Mathelehrer aus der Senior High von Pine Ridge Village, der sich ihnen offen entgegengestellt hat, ist kurz nach Weihnachten erschossen aufgefunden worden. Er hinterließ eine Frau und vier kleine Kinder.«

Ein dumpfes Gemurmel ging durch die Reihen.

Zwei Stunden lang erzählte Officer Kenny Shortbull genau, woran man Gangmitglieder erkennen konnte. An ihrer Kleidung, ihrem Haarschnitt, ihrer Musik, bestimmten Parolen oder Handzeichen. Die meisten von uns verließen an diesem Tag bedrückt das Schulgebäude. Und jeder musterte den anderen voller Misstrauen.

Am Abend berichtete ich meinem Vater, was Officer Stortbull uns erzählt hatte. Dad hörte aufmerksam zu, dann nickte er und sagte: »Seit Neil zusammengeschlagen worden ist, hat Tom eine Auge auf Marlin. Er hat immer mal wieder gesehen, wie dein Cousin von seinen äußerst zwielichtigen Kumpanen abgeholt worden ist. Tom glaubt, dass Marlin sich so einer Gang angeschlossen hat.«

Ich schluckte beklommen. Genau das hatte ich nämlich auch vermutet. Als wir die letzten Male bei Tante Charlene gewesen waren, hatte ich bei Marlin eine gewisse Veränderung bemerkt. Mein Cousin schien auf einmal viel mehr Wert auf sein Äußeres zu legen. Er hatte eine neue Frisur: Die Seiten seines Schädels waren kahl geschoren, das Haupthaar trug er zu einem kleinen Zopf gebunden. Die Farben seiner Kleidung waren stets Rot und Schwarz. Er trug jetzt Baggy-Jeans, die ihm fast herunterrutschten, und hohe Turnschuhe. Marlin hatte ein paar Kilo abgenommen, sodass seine Augen jetzt wieder größer erschienen, und er war noch herablassender geworden. Das äußerte sich darin, dass er mich mehr oder weniger in Ruhe ließ, als ob ich es nicht wert wäre, dass man sich überhaupt mit mir abgab. Noch nicht mal, um mich zu piesacken.

Dad erzählte mir, dass er Marlin hin und wieder während der Schulzeit in Pine Ridge vor dem Sioux-Nation-Supermarkt gesehen hatte. »Die Leute hatten Angst vor ihm und gingen ihm aus dem Weg«, sagte er.

Ich konnte mir das sehr gut vorstellen

»Marlin hätte nach dem Tod seines Vaters einen neuen Halt gebraucht«, sagte mein Vater. »Und statt ihn in unseren alten Traditionen und Zeremonien zu suchen, hat er ihn bei den falschen Leuten gefunden. Ich mache mir Vorwürfe, dass ich mich nicht mehr um ihn gekümmert habe. Wenn es nur nicht so furchtbar schwer wäre, mit seiner Mutter auszukommen. Mit Charlene ist einfach nicht zu reden.«

»Du hast dich doch gekümmert, Dad. Marlin hätte ja auch mal zu uns kommen können, aber er wollte unsere Hilfe überhaupt nicht. Er verachtet uns.«

»Ich glaube, dass er einsam war. Ich werde auf jeden Fall noch mal versuchen, mit Charlene oder mit Marlin zu reden. Vielleicht ist es ja noch nicht zu spät.«

Ich dachte daran, was der Officer noch erzählt hatte. Dass es kein Zurück gab, wenn man erst einmal Mitglied einer Gang geworden war. Wer die Gang verlassen wollte, musste auch das Reservat verlassen und in einen anderen Bundesstaat ziehen.

Nach ein paar Wochen zog endlich der Frühling ins Land und Dad fand Arbeit. Nun war auch wieder Geld für Benzin da, und ich konnte öfter bei den Pferden sein.

Stormy war jetzt ein Jährling und trotz des harten Winters in den letzten Monaten erstaunlich gewachsen. Ihre Brust war breiter geworden und ihr Widerrist nun so hoch wie meine Schultern. Auch ihre Fellfarbe hatte sich verändert. Die Mähne und der Schweif waren dunkler geworden, fast schwarz. Und das Fell an Hals und Kopf war nun dunkelgrau.

Wenn ich Stormy sah, dann kam es mir so vor, als wäre mein Traum in Erfüllung gegangen. Als würde sie mir gehören.

Manchmal konnte ich Stormy eine Weile zusehen, bevor sie mich sah, daher wusste ich einiges über sie. Sie scheuerte sich nicht auf der rechten Seite, wo die wulstige Narbe über ihren Bauch lief, und ich hatte beobachtet, dass sie nervös wurde, wenn sich ihr die anderen Tiere von rechts näherten.

Von den erwachsenen Stuten hatte sie inzwischen gelernt, was sie in der Herde durfte und was sie nicht durfte. Sie wusste nun, dass die Witterung von Kojoten Gefahr bedeutete. Dass das Wasser des kleinen Sees in den Hügeln kühl und köstlich war. Sie hatte gelernt, dass der Boden hart war, wenn man stürzte, und dass das Gras, das dicht am Boden wuchs, besonders gut schmeckte.

Am liebsten spielte Stormy mit den beiden Fohlen, die im Mai zur Welt gekommen waren. Im Spiel maß sie ihre Kräfte mit denen ihrer jüngeren Kameraden, und sie hatte enge Freundschaft geschlossen mit Psitó, der alten Stute. Die beiden beknabberten einander das Fell und tauschten Zärtlichkeiten. Als es wärmer wurde, standen sie oft dicht beieinander und vertrieben sich durch Schweifschlagen gegenseitig die lästigen Fliegen aus dem Gesicht.

Doch nicht nur Stormy, auch Neil war in den letzten Monaten gewachsen. Der Klang seiner Stimme war noch dunkler geworden und er wirkte nicht mehr so mager. Nachdem er Anfang Dezember sechzehn geworden war, gehörte er jetzt offiziell zum Kreis der Erwachsenen. Das zeigte er mir deutlich, indem er sich nur noch mit mir abgab, wenn es notwendig war. Gemeinsame Ausritte waren nicht mehr drin, was mich sehr enttäuschte.

Aber das war noch nicht alles. Zu meinem großen Leidwesen hatte Neil jetzt eine Flamme, ein Mädchen in seinem Alter, das bei seinem Vater Reitstunden nahm. Sie stammte aus Wounded Knee, was nur ein paar Meilen entfernt war, und sie kam sehr oft. Ihre Eltern hatten beide Arbeit und konnten sich Benzingeld und das Geld für die Reitstunden ohne Probleme leisten. Sie hieß Suzy Eagle Bear und war sehr hübsch, das musste ich wohl oder übel eingestehen. Dunkle Haut und schweres glattes Haar. Schwarz wie die Nacht natürlich. Genauso wie ihre Augen. Suzy war eine reinblütige Lakota. Ich konnte sie nicht leiden. Wie auch, wenn Neil nur noch Augen für sie hatte.

Miss Eagle Bear trug gerne enge Jeans und knappe Tops, die die üppigen Rundungen ihres Körpers betonten. Ich beneidete sie um ihre weiblichen Formen, denn ich war immer noch klein und flachbrüstig und wartete sehnsüchtig darauf, dass mein Körper sich veränderte.

Am Abend holte ich die Fotos hervor, die es von meiner Mutter gab und suchte nach Unterschieden und Ähnlichkeiten. Sie war auch

klein und hatte eine sportliche Figur. Das Haar meiner Mutter war blond und lockig, und sie hatte grüne Augen, so wie ich.
Meine Haare waren zum Glück dunkel, auch wenn sie diesen rötlichen Schimmer hatten. Und von meinem Vater hatte ich zwar nicht die Augenfarbe, aber ihre Form geerbt. Große Augen, die sich in den Winkeln leicht verengten.
Als Dad mich über den alten Fotos sah, wusste er, dass ich ein Problem hatte.
»Ist irgendetwas nicht in Ordnung, Tally?«, fragte er besorgt. »Habe ich mich nicht genug um dich gekümmert? Fehlt dir deine Mutter? Hast du Fragen, die du mir nicht zu stellen wagst, weil ich ein Mann bin?«
»Ach Dad«, sagte ich. »Du bist der beste Vater, den ich habe, das weißt du doch. Es ist nur . . .« Ich zögerte. Es gab ein paar Dinge, über die man mit einer Mutter leichter hätte reden können als mit seinem Vater.
»Was ist denn los, Braveheart?«
»Die anderen Mädchen in meinem Alter haben alle schon einen richtigen Busen und ich . . .« Ich seufzte tief.
Dad lachte nicht. Er setzte sich zu mir und nahm mich in die Arme. »Deswegen schaust du dir die Fotos an«, sagte er. »Ja, du hast die Figur deiner Mutter geerbt. Und glaub mir, sie hatte eine tolle Figur. Wenn sie mal 80 ist, wird sie immer noch gut aussehen.« Er lächelte unbeholfen. »Hab doch ein wenig Geduld, Tally. Zum richtigen Zeitpunkt wird aus dir schon noch eine Frau werden. Sei froh, dass du so schlank bist und so hübsch.«
Das war lieb gesagt, aber ich glaubte meinem Vater nicht. Am Abend stellte ich mich vor den Badezimmerspiegel. Skeptisch betrachtete ich meinen kindlichen Körper und das schmale Gesicht mit den großen grünen Augen, meine Stupsnase und das rötlich schimmernde Haar. Und ich wünschte, jemand anderes würde mich aus dem Spiegel anblicken. Jemand, der aussah wie Suzy Eagle Bear.

Mein Groll auf Neil entging Adena natürlich nicht, und sie löcherte mich so lange mit ihren Fragen, dass ich ihr schließlich von Suzy erzählte.
»Ich kenne Suzy«, sagte sie. »Ihre Eltern haben Geld, und sie ist eine eingebildete Kuh. Neil wird nicht lange Freude an ihr haben.«
»Da wäre ich nicht so sicher«, entgegnete ich niedergeschlagen und dachte an Neils verliebte Blicke auf Suzy Eagle Bears runde Brüste.
»Und wenn«, meinte Adena herablassend. »Dann ist er deiner sowieso nicht wert. Jungs«, sagte sie und stieß verächtlich Luft durch die Zähne.
Was sie da sagte, tröstete mich nur wenig. Obwohl ich nicht wollte, dass Adena mich für verzweifelt hielt, seufzte ich: »Ich habe ihn wirklich gern.«
»Aber du darfst ihm nicht zeigen, dass du ihn magst«, riet sie mir ganz aufgebracht.
Sie hatte jetzt einen festen Freund und ließ gerne ihre Erfahrungen durchblicken. Er hieß Randee Shields und war ein zurückhaltender, freundlicher Junge aus der Senior Highschool von Porcupine, in die wir nach den Ferien auch gehen würden.
So lernte ich eine Menge über das Küssen, natürlich rein theoretisch. Zum Beispiel, dass man dabei die Lippen öffnen und die Zunge des Jungen in seinem Mund dulden musste.
»Und das soll schön sein?« Ich zog eine Grimasse.
Adena lachte. »Ja, Tally. Und ob du es glaubst oder nicht: Randee kann das ziemlich gut, und es macht richtigen Spaß.«

In diesem Jahr roch der Sommer nach Steinklee. Im April und Mai hatte es viel geregnet, sodass die Prärie jetzt in den schönsten Farben erblühte. Sogar in den Badlands grünte es. Der gelbe Steinklee wuchs überall.
An einem Nachmittag im Juni fand ich die Pferde nicht, als ich in den Hügeln nach ihnen suchte. Sie kamen auch nicht, als ich sie rief.

Wahrscheinlich waren sie auf der Suche nach süßem Steinklee so weit in ein Tal hineingelaufen, dass sie mich nicht hören konnten. Ich ging ihren Spuren nach, rannte in die Berge hinein, immer weiter nach oben, in der Hoffnung, sie irgendwo grasen zu sehen.
Auf der Spitze des höchsten Berges angekommen, war ich ziemlich außer Atem und ließ mich ins Gras fallen. Von hier oben hatte ich einen guten Blick ins Tal. Ich befand mich unweit der Stelle, an der ich vor einem Jahr mit Neil gestanden hatte, als wir zusammen ausgeritten waren.
Ich sah Tante Charlenes hellblaues Haus, halb verdeckt vom dichten Laub zweier Pappeln. Ein paar hundert Meter davon entfernt das rote Haus der Thunderhawks mit der Scheune nebenan. Bey und April, Neils Schwestern, spielten mit ihren Puppen auf der Wiese.
Ich sah die Straße, die sich wie ein graues Band durch das grüne Tal zog und die Orte Wounded Knee und Manderson miteinander verband. Auch auf der anderen Seite der Fahrbahn standen einzelne Häuser.
Ein gelber Thunderbird kam aus Richtung Manderson die Straße entlang, mit offenen Fenstern und so laut aufgedrehter Musik, dass ich die donnernden Bässe bis hier oben hörte.
Der Wagen hielt am Abzweig und Marlin stieg aus. Ich erkannte ihn an der Farbe seiner Kleidung: Rot und Schwarz. Er beugte sich noch einmal zum Fahrer hinein, dann fuhr der Thunderbird weiter und Marlin lief nach Hause. Ich sah, dass er rauchte. Ob Tante Charlene das wusste? Wahrscheinlich ja, aber offenbar konnte sie nichts dagegen tun. Marlin machte nie, was seine Mutter sagte.
Ein anderer Wagen kam aus Richtung Wounded Knee und fuhr bis vor das rote Haus. Zuerst konnte ich nicht sehen, wer ausstieg, weil mir durch das Haus der Blick versperrt war. Aber kurz darauf erschienen Neil und Suzy Eagle Bear. Sie liefen hinüber zur Scheune.
Ich fragte mich, ob Neil Suzy auch beibringen würde, ohne Sattel zu reiten, so, wie er es mit mir getan hatte. Eine Welle der Eifersucht

überschwemmte mich. Ich legte mich ins Gras und schloss die Augen, um das Bild von Neil und Suzy auszuschließen. Es brannte hinter meinen Lidern, und das kam nicht nur von der Sonne.

Ein leises Schnauben riss mich aus meinen düsteren Gedanken. Ich öffnete die Augen und sah Stormys große gesprenkelte Nüstern über mir. Die Stute pustete mir zärtlich ins Gesicht und kitzelte mich mit ihren Tasthaaren. Das war ihre Begrüßung. Sie hatte mich gefunden; sie fand mich immer.

»Hallo Stormy!«, sagte ich leise und richtete mich auf, um ihre weiche Nase zu streicheln. Das mochte sie. Ihr Atem roch süß nach frischem Grün. Die schwarze Mähne fiel ihr zwischen den Augen herab. Wulstige Hornhaut hatte sich dort gebildet, wo sie im vergangenen Jahr so schlimm verletzt worden war. Sie mochte an dieser Stelle nicht berührt werden, nur ich allein durfte es. Es würde schwierig werden, die Stute an einen Sattel zu gewöhnen, aber ich hoffte, dass sie mich im nächsten Sommer auf ihrem Rücken dulden würde.

Ich holte meinen Zeichenblock hervor, suchte in der Ledermappe nach einem geeigneten Bleistift und begann Stormy zu zeichnen. Ich hatte sie schon so oft gezeichnet, dass ich gar nicht mehr hinsehen musste und doch jeden Fleck ihrer schönen Fellzeichnung an die richtige Stelle setzte.

Nach einer Weile kamen auch die anderen Pferde. Ich zeichnete Stormy, wie sie mit den beiden Fohlen herumtollte, und brauchte dafür nur wenige Striche. Dabei fiel mir auf, wie ungestüm sie war und doch zärtlich. Wenn es ihr in den Sinn kam, trabte sie heran, zupfte an meinem Zopf und knabberte an den weißen Seiten, die ich auf den Knien hatte.

Die beiden Fohlen folgten ihr manchmal ein Stück, drehten aber meist in sicherer Entfernung ab und liefen zurück zu ihren Müttern, wenn sie von diesen gerufen wurden. Das eine Fohlen hatte am ganzen Körper schwarzgraue Flecken, wie Taté. Das andere war braun mit weißen Tupfen und einem dunkel gepunkteten hellen Fleck auf dem Hinterteil. Indianerpferde, dachte ich lächelnd. *Shunka Wakan*.

Leider blieb es nicht aus, dass ich Suzy Eagle Bear hin und wieder über den Weg lief, wenn ich zu den Pferden wollte. Sie grinste dann immer so merkwürdig, und ich machte, dass ich fortkam, weil ich nicht mit ihr reden wollte. Wer weiß, was Neil ihr alles über mich erzählt hatte.

Ich war gleich doppelt eifersüchtig auf Suzy, denn sie hatte mir nicht nur Neil, sondern auch Psitó, mein Reitpferd, genommen. Psitó war nun mal die gutmütigste und gehorsamste Stute in Toms Herde, und sie hatte kein Fohlen. Also lernte auch Suzy auf ihrem Rücken das Reiten. Und wenn Suzy Eagle Bear auf Psitós Rücken saß, konnte ich es nicht tun. Einen Anspruch auf Psitó hatte ich nicht. Sie gehörte Tom Thunderhawk, genauso wie Stormy ihm gehörte.

Ich hätte natürlich auch eine der anderen Stuten satteln können, aber sie waren mir nicht vertraut. Vielmehr reizte es mich, Stormy langsam daran zu gewöhnen, etwas auf dem Rücken zu tragen.

Natürlich war sie noch zu jung, um geritten zu werden. »Im nächsten Sommer vielleicht«, hatte Tom gesagt, »dann ist sie alt genug. Aber du kannst jetzt schon versuchen, sie an Sattel und Gurt zu gewöhnen. Lass dir von Neil dabei helfen.«

Mehr wollte ich gar nicht hören.

Von da an widmete ich Stormy meine ganze Zeit, wenn ich bei den Pferden war. Psitó war sowieso meistens von Suzy Eagle Bear beschlagnahmt und Neil ebenso. Deshalb fragte ich ihn erst gar nicht, ob er mir mit Stormy helfen würde. Ich war froh, wenn Tom nicht da war oder mit anderen Dingen beschäftigt, weil er mich dann nicht dabei beobachten konnte, wie ich mich mit der jungen Stute abmühte.

Zuerst musste sie lernen, stillzustehen. Was das anging, war Stor-

mys größtes Problem ihre Neugier. Sie ließ sich viel zu schnell ablenken. Trotzdem, nach ein paar Tagen hatte ich den Dreh raus, und sie blieb ruhig auf der Stelle stehen, wenn ich das wollte.
Auch das Zaumzeug nahm sie problemlos an. An das Halfter war sie ja schon gewöhnt und das Klirren des Gebissteils war auch kein unbekanntes Geräusch für sie. Als ich ihr die Trense ins Maul schob, kaute sie darauf herum, neugierig, ob man das Ding essen konnte.
Das klappte alles ganz wunderbar, aber ich ahnte, dass es Stormy nicht gefallen würde, einen Sattel zu tragen. Ich wusste, dass die Narbe ihre empfindlichste Stelle war, doch genau dort würde später der Sattelgurt liegen.
Zuerst versuchte ich es mit einer ganz einfachen Satteldecke. Stormy stand still. Ich redete ihr gut zu und legte die Satteldecke auf. Bevor ich jedoch loslassen konnte, ging die Stute ein paar Schritte, und ich stand mit der Satteldecke in den Händen da.
Das ging viele Male so, aber ich gab nicht auf. Und eines Tages – nach mehreren erfolglosen Versuchen – ließ Stormy sich die Satteldecke auflegen. Sie warf sie nicht ab und lief auch nicht davon. Dafür bekam sie eine Karotte und ich schlang dankbar meine Arme um ihren Hals. Dann trat ich ein Stück zurück und betrachtete Stormy zufrieden. Auch sie hob den Kopf und sah mich mit ihren großen Augen an. Ihr Blick sagte: »Wenn dich das so glücklich macht, warum hast du es dann nicht gleich gesagt?«
Ich musste lachen. Ich hatte einen großen Sieg errungen.

Zaumzeug und Satteldecke waren also kein Problem mehr. Ich war mir sicher, dass Stormy sich nun ebenso schnell an einen Sattel gewöhnen würde, aber weit gefehlt. Tom hatte mir einen leichten Westernsattel gegeben, den ich zum Eingewöhnen benutzen sollte. Stormy kannte den Geruch des eingefetteten Leders, und sie wusste sehr genau, dass der Sattel kein Raubtier war, das sie fressen wollte. Trotzdem durchlief ein Zittern ihren Körper, als sie mich damit sah.

Mit beruhigenden Worten hob ich den Sattel auf ihren Rücken. Im selben Augenblick buckelte sie, warf ihr Hinterteil in die Höhe, schleuderte die Hufe in die Luft, und der Sattel flog im hohen Bogen in den Dreck.
Ich hörte ein Kichern hinter mir und drehte mich um. Es war Suzy Eagle Bear, die sich eine Hand auf den Mund presste, um nicht laut loszuprusten. Neben ihr stand Neil, grinste breit und sagte: »Ziemlich temperamentvolles Fräulein, würde ich sagen.«
Ich hob den Sattel vom Boden auf und legte ihn über einen Zaunbalken. »Ich werde es schon schaffen«, sagte ich trotzig.
»Darauf bin ich gespannt«, meinte Neil amüsiert.
Natürlich hatte ich keine Lust, meine Versuche vor den Augen der beiden fortzusetzen und mir noch mehr Gespött einzuhandeln. Ich säuberte den Sattel und brachte ihn in die Scheune zurück. Als ich wieder nach draußen kam, saß Suzy auf Psitó und Neil schwang sich auf den Rücken von Taté. Das Stutfohlen interessierte sie nicht mehr und Talitha Running Horse noch weniger.
Ich wollte etwas sagen, aber die Worte blieben mir im Hals stecken und dort stachen sie und drückten. Es tat so weh. Hätte er nicht wenigstens sagen können »Wenn du das nächste Mal kommst,Tally, helfe ich dir!«? Aber Neil Thunderhawk hatte nur noch Suzy im Kopf, und ich war vollkommen abgeschrieben.

13. Kapitel

An einem brütend heißen Tag mitten im Juli bekam Dad einen Anruf von Tante Charlene. Ihr Ford-Combi sprang mal wieder nicht an, und er sollte vorbeikommen und ihn reparieren. Sie wollte in die Stadt fahren und hatte es eilig.
Dad seufzte. »Wenn sie anruft, muss ich springen. Eigentlich wollte ich heute das Dach unseres Trailers ausbessern.«

»Das kannst du doch auch ein anderes Mal machen«, sagte ich, insgeheim froh darüber, dass er zu Tante Charlene fahren würde und ich mitkonnte.
Ich stellte Miss Lilly noch ein Schüsselchen Wasser in den Trailer, denn sie hatte vor zwei Tagen drei winzige getigerte Kätzchen geboren und ihr Durst war groß. Dann machten wir uns auf den Weg zu Tante Charlene.
Drüben angekommen, machte sich Dad gleich an die Arbeit, und ich lief hinüber zu Toms Scheune. Die Pferde waren hinter dem Haus. Sie kamen ab und zu zur Scheune und hofften auf etwas Heu. Aber das gab es nur am Abend.
Ich holte mir Psitó, die braune Perle, striegelte und sattelte sie. Dann saß ich auf und führte Stormy am Strick hinter mir her. Sie sollte lernen, mit anderen Pferden in Linie zu gehen, ohne sich von dem Tier vor ihr oder hinter ihr verrückt machen zu lassen. Das musste sie können, wenn ich mit ihr am Big-Foot-Gedenkritt teilnehmen wollte.
Oben, auf einem der Hügel, stieg ich ab und ließ die Pferde grasen. Ich legte mich ins Gras, genoss die Wärme des Bodens und blickte in den Himmel. Dicke Wolken türmten sich über mir auf und veränderten ständig ihre Form. In der Ferne hörte ich leises Donnergrollen, dicht neben mir die gemütlichen Kaugeräusche der Pferde, ihre mahlenden Kiefer.
Mit offenen Augen träumte ich, wie ich auf Stormys Rücken über die Hügel flog, leicht wie der Wind. Sie trug mich, und unsere Körper wurden eins – wie unsere Seelen es bereits waren. Die Bewegungen meiner Muskeln übertrugen sich auf ihre und ihre auf meine.
Die Wolken zogen jetzt schneller. Eine wilde Pferdeherde mit fliegenden Mähnen und donnernden Hufen jagte über die dunklen Wipfel der Kiefern. Funken sprühten. *Funken?* Das waren die *Thunderbeings*, die Donnerwesen. Zuckende Blitze in den dunkler werdenden Wolken. Ich sprang auf. Das Gewitter kam näher und zwar

schnell. Schon wurden die Pferde unruhig. Besser, ich machte mich auf den Weg zurück. Seit Stormys Unfall vor einem Jahr hatte ich großen Respekt vor solchen Gewitterwolken.

Als ich jedoch mit den beiden Pferden zur Scheune zurückkam, hatte sich das Gewitter verzogen. Neil und Suzy Eagle Bear standen am offenen Scheunentor. Ich hörte Suzy lachen, als Neil ihr etwas ins Ohr flüsterte. Er schob eine Strähne ihres offenen glatten Haares über ihre Schulter, und ich ertappte ihn dabei, wie er auf ihren Ausschnitt starrte.

Ich schluckte. Wie gern ich an Suzys Stelle gewesen wäre und wie aussichtslos dieser Wunsch war. Ich hasste meinen Körper!

»He Tally«, sagte Neil, als er mich bemerkte. »Wir haben schon auf dich gewartet. Du brauchst Psitó nicht abzusatteln.«

Taté stand an der Scheune. Vermutlich wollte Neil mit Suzy ausreiten, und sie hatten nur darauf gewartet, dass ich mit Psitó zurückkam. Aber Tom hatte mir schließlich erlaubt, die Stute zu reiten, wann immer ich wollte.

Ich stieg ab und band sie an die Koppelstange. »Ich glaube, sie braucht eine kleine Pause«, sagte ich, von Eifersucht geplagt, und wunderte mich, wie selbstsicher meine Stimme klang.

Das Gewitter hatte sich zwar verzogen, aber die Luft war schwül und drückend und Psitós Flanken schweißnass. Neil sah es und zuckte bedauernd die Achseln. Ich befreite die Stute vom Sattel und legte ihn über den Zaunbalken. Dann nahm ich ihr das Zaumzeug ab und rieb mit einem alten Handtuch die schweißigen Stellen trocken, die die Lederriemen an ihrem Kopf hinterlassen hatten.

Neil und Suzy unterhielten sich leise, sodass ich nur Wortfetzen aufschnappen konnte. ». . . hat ja ewig gedauert«, hörte ich Suzy sagen.

». . . reitet immer so lange aus«, erwiderte Neil.

Ich gab Stormy einen Kuss auf die Nase und verabschiedete mich von Psitó.

»*Tóksâ*«, sagte ich zu Neil und Suzy, dann trottete ich den Fahrweg hinüber zu Tante Charlenes Haus.
Marlin war da und spielte mit den Hunden. Er grinste boshaft, als ich an ihm vorbeiging. »Na«, sagte er, »Neil macht sich offensichtlich nichts aus dir. Er steht auf Suzy. Die ist zwar blöd, aber wenigstens ein Vollblut. Und einen ordentlichen Busen hat sie auch.«
Vielleicht hatte sich Marlins Aussehen geändert, aber er war noch derselbe. Ich ging schnell weiter, damit er nicht sah, dass mir die Tränen kamen.
Dad hatte schon auf mich gewartet. Wir stiegen in unseren Pick-up, und er startete den Motor. Wie immer, wenn mich etwas bedrückte, spürte er es sofort.
»Was ist los, Braveheart?«, fragte er. »Möchtest du darüber reden?«
Ich schüttelte den Kopf.
»Hat Marlin wieder etwas Gemeines zu dir gesagt?«
»Nur das Übliche«, antwortete ich.

Kaum waren wir auf der Straße, fing es an zu tröpfeln und ein heftiger Gewitterguss ging nieder. Wir waren nicht mehr weit von Porcupine entfernt, da sah ich eine schwarze Rauchwolke hinter dem Hügel aufsteigen, genau dort, wo unser Trailer und der der White Elks standen. Dad trat aufs Gas. Ich wusste, was er befürchtete, aber es schien mir so absurd, dass sich alles in mir dagegen sperrte.
Der Regen hatte aufgehört, als wir das erreichten, was von unserem Zuhause übrig geblieben war. Der alte Trailer war niedergebrannt bis auf die großen Hohlblocksteine, auf denen er gestanden hatte. In der Mitte ragte der gusseiserne Ofen zwischen den verkohlten Überresten hervor.
Es musste ganz schnell gegangen sein. Ein paar Leute standen herum, unter ihnen Charlie und Nellie White Elk, die als Erste versucht hatten, das Feuer zu löschen. Jason, der von oben bis unten mit Ruß verschmiert war, heulte. Adena kam auf mich zu, blieb jedoch einen

Meter vor mir stehen, als wäre meine Verzweiflung eine unsichtbare Mauer, die mich abschirmte. Auch sie hatte Ruß im Gesicht, und auch sie hatte geweint.

Charlie und Nellie kamen zu uns herüber. Adenas Mutter scherte sich nicht um unsichtbare Mauern, sie nahm mich in die Arme – aber ich sperrte mich. Ich war wie erstarrt. Was ich sah, wollte ich einfach nicht wahrhaben. Das musste ein böser Traum sein, aus dem ich gleich erwachen würde.

Aber der durchdringende Gestank nach verbranntem Plasik belehrte mich eines Besseren.

Wir hatten alles verloren. Alles.

Warum muss ausgerechnet uns das passieren, dachte ich. Warum? Ich spürte ein Brennen in meiner Kehle, aber es kamen keine Tränen.

Ich konnte nicht weinen.

»Miss Lilly«, flüsterte ich. Als wir losgefahren waren, hatten wir unsere Katze mit ihren drei neugeborenen Katzenbabys im Trailer zurückgelassen. Waren sie alle jämmerlich verbrannt? *Wakan Tanka*, fragte ich, warum hast du das zugelassen?

Ich sah meinen Vater, der weitergelaufen war und nun reglos vor den schwelenden Überresten unseres Trailers stand. Ich ging zu ihm und schob meine Hand in seine. Als er sie umfasste und fest drückte, merkte ich, dass er zitterte. Und dann sah ich, dass er weinte. Ich hatte meinen Vater noch nie weinen sehen. Die Angst legte sich wie eine Schlinge um meinen Hals und drückte mir die Kehle zu.

Dad kniete nieder und umarmte mich fest. Diese Umarmungen meines Vaters waren für mich die Rettung aus jeder noch so schlimmen Situation gewesen. In seinen starken Armen hatte ich mich immer sicher und geborgen gefühlt. Aber diesmal, das spürte ich, hielt er sich an mir fest. Mein Vater, der mich gelehrt hatte niemals aufzugeben, wusste nicht mehr weiter.

»Dad«, sagte ich, »wir schaffen das. Wir beide schaffen es.« Das sagte ich, weil ich nicht ertragen konnte, ihn so verzweifelt zu sehen. Aber auch in mir zerbrach etwas. Es waren meine Träume. Sie machten sich davon, und ich hatte nicht die Kraft sie aufzuhalten. Ich sah die schwarzen Überreste unserer Habe und ahnte, dass von nun an in meinem Leben kein Platz mehr für Träume sein würde.
Von überall her redeten aufgeregte Stimmen auf uns ein. Leute, die das Feuer gesehen hatten und gekommen waren, um zu helfen.
Nellie White Elk berührte meinen Vater am Arm. »Natürlich könnt ihr erst einmal bei uns wohnen, Richard«, sagte sie. »Viel Platz ist nicht, aber eine Schlafgelegenheit haben wir für euch. Tally kann ja mit in Adenas Zimmer schlafen.«
»Danke Nellie«, sagte mein Vater, »das ist wirklich lieb von euch. Aber die Frau meines Bruders hat ein großes Haus. Wir werden für eine Weile bei ihr unterkommen.«
Ich schrak zusammen, als er das sagte. Tante Charlene. Wir sollten bei Tante Charlene wohnen? Jeden Tag Marlins überhebliches Gesicht sehen, seinen Spott und seine Boshaftigkeiten ertragen – das würde ich nicht schaffen.
»Dad«, sagte ich und mein Herz hämmerte. »Ich kann nicht bei Tante Charlene wohnen.«
Mein Vater strich mir über den Kopf. »Es bleibt uns nichts anderes übrig, Tally. In Charlenes Haus ist Platz, und sie ist unsere Verwandte. Sie muss uns aufnehmen.«
Alles in mir wehrte sich dagegen, aber ich wusste, dass Dad Recht hatte. Ich musste mich in das Unvermeidliche fügen.
Charlie White Elk kam zu uns, von oben bis unten rußverschmiert. »Ein Blitz hat eingeschlagen«, sagte er. »Nellie und ich sind gleich losgerannt und haben versucht noch was zu retten, aber es ging alles ganz schnell.«
»Miss Lilly«, flüsterte ich wieder. Meine Katze und ihre winzigen Kleinen waren jämmerlich verbrannt. Genauso wie die Fotos von

meiner Mutter und meinem Großvater Emmet. Dads kostbare Powwow-Tanzkleidung mit dem Rückenschmuck aus Adlerfedern. Alles verbrannt. Meine Zeichnungen und meine Bücher. Unsere Kleider, die Möbel, alles. Auch Adenas wunderschöner Traumfänger und das Geld, das ich gespart hatte, um Stormy zu kaufen. 65 Dollar. Ein unermessliches Vermögen für jemanden wie mich.
Mein Zuhause, meine Träume, mein ganzes Leben hatte sich in schwarze, stinkende Rauchschwaden aufgelöst.

Adenas Mutter hatte die Feuerwehr alarmiert, aber als sie nun eintraf, gab es nichts mehr zu tun für die Feuerwehrmänner. Sie sahen müde aus, waren nass und rußverschmiert. Es hatte mehrere Brände gegeben im Reservat. Sie löschten die noch schwelenden Stellen, damit das Feuer sich nicht neu entfachen und auf das Gras übergreifen konnte.
Dad stieg durch die Überreste unseres Trailers, in der Hoffnung, vielleicht doch noch dies oder das zu finden, aber das Feuer hatte nichts verschont. Teller und Tassen waren in der Hitze zersprungen. Einzig ein paar Töpfe und die gusseiserne Pfanne waren noch zu gebrauchen, wenn es gelang, sie vom Ruß zu reinigen.
Adena stand auf einmal hinter mir und berührte mich am Arm. »Was wird denn jetzt aus euch, Tally?«, fragte sie mit belegter Stimme.
»Wir werden bei meiner Tante wohnen«, sagte ich.
Adenas Augen wurden immer größer. »Aber dann musst du ja in eine andere Schule gehen und wir können uns nicht mehr sehen.«
»Nicht jeden Tag«, erwiderte ich. »Aber ich werde kommen und dich besuchen, Adena. Genauso, wie ich Stormy besucht habe.«
»Ich werde dich auch besuchen«, sagte sie und Tränen liefen über ihre Wangen.
Als wir wieder in den Pick-up stiegen, um zurück zu Tante Charlene zu fahren, hörte ich ein klägliches Maunzen aus dem kleinen Bretterverschlag, den Dad für Stormy gebaut hatte. »Miss Lilly«, rief ich

und rannte zum Stall. Da war sie, meine einohrige Katze und die drei Kleinen hingen an ihren Zitzen. Irgendwie war sie aus dem Trailer entkommen und hatte ihren Nachwuchs in Sicherheit gebracht, bevor alles in Flammen aufgegangen war. Wahrscheinlich hatte ich in meinem Zimmer das Fenster offen gelassen. Die Kätzchen maunzten, als ich sie hochnahm und an meine Brust drückte.
Adena lief nach Hause und holte einen alten Karton, in den wir die Kleinen setzten. Dad reichte mir Miss Lilly in den Pick-up, dann verließen wir den Ort, der einmal unser Zuhause gewesen war.

Meine Tante war wie immer wenig erfreut, als sie uns sah. Als Dad ihr erzählte, was vorgefallen war, wurde sie bleich, denn ihr war klar, dass sie uns bei sich aufnehmen musste. Sie konnte dazu nicht Nein sagen. Tante Charlene war unsere einzige Verwandte. Wenn sie uns fortschickte, würden die Leute im Reservat nichts mehr mit ihr zu tun haben wollen. Das wusste sie, und so bekamen wir ein Zimmer im Keller, das Onkel Frank vor drei Jahren ausgebaut hatte, damit er sich gelegentlich zurückziehen konnte.
Tante Charlene hatte das Zimmer seit dem Tod ihres Mannes als Rumpelkammer benutzt, und so mussten wir erst mal gründlich aufräumen und putzen. Das war nun unser neues Zuhause: ein Raum im Keller mit zwei kleinen Fenstern dicht unter der Decke, einem breiten Bett, einem Kleiderschrank, einem Holztisch und zwei Stühlen. Nichts davon gehörte uns. Ein Pick-up-Truck und die Kleider, die wir am Leibe trugen – das war alles, was uns geblieben war.
Irgendwann am Abend kam Marlin nach Hause. Als er hörte, dass wir nun Untermieter in seinem Haus waren, verschlug es ihm erst einmal die Sprache, und er verzog sich sofort in sein Zimmer.
Als ich nach dem Duschen aus dem kleinen Bad kam, das es im Keller gab, hörte ich Dad mit Tante Charlene streiten. »Sie hat alles verloren«, sagte er. »Die Katze und ihre Kleinen werde ich ihr nicht auch noch wegnehmen.«

»Aber ich habe Hunde«, sagte Charlene. »Scooter und Rip werden die Katze jagen und die Kleinen töten.«
Ich wusste, dass sie Recht hatte. Ich ging ins Kellerzimmer, setzte mich aufs Bett und streichelte Miss Lilly, die in ihrem Karton lag und die Kleinen säugte. Was soll nur aus euch werden?, dachte ich. Was soll nur aus uns werden?

Der nächste Tag war ein Samstag. Dad und ich frühstückten gemeinsam in Charlenes Küche, während sie schon nebenan vor dem Fernseher hockte. Marlin erschien ebenfalls und machte sich Toast mit Marmelade zum Frühstück. Mir gefiel der Blick nicht, mit dem er mich ansah, aber er traute sich nicht, dumme Bemerkungen zu machen. Vor meinem Dad hatte er Respekt.
Trotzdem war mir klar, dass schreckliche Zeiten bevorstanden. Marlin würde seine Boshaftigkeit an mir auslassen, sobald er Gelegenheit dazu hatte. Ich würde mir ein dickes Fell zulegen müssen. Ein sehr dickes.
Wir waren mit dem Frühstück fertig, und ich machte mich daran, das Geschirr zu spülen, als draußen ein Auto vorfuhr. Es waren Nellie White Elk und Adena. Nellie zog die Schiebetüren ihres alten Vans auf. Der Laderaum war voller Kisten.
»Ich hab gestern Abend noch ein bisschen herumtelefoniert«, sagte sie und lächelte, als Dad sie fragend ansah. »Da sind ein paar Sachen, die ihr bestimmt gebrauchen könnt. Was ihr nicht braucht, bringt einfach rüber nach Manderson ins Gemeindehaus.«
»Danke, Nellie«, sagte Dad. »Das ist wirklich sehr nett von dir.«
Nellie lud die Kisten aus dem Van, und Adena, Dad und ich trugen sie in den Keller. Die letzte Kiste brachte Nellie selbst herunter.
»Nicht gerade eine Nobelherberge«, stellte sie fest, nachdem sie sich umgesehen hatte. »Aber ihr seid wenigstens nicht obdachlos.«
Mein Vater nickte. »Ja, es ist in Ordnung. Trotzdem werde ich zusehen, dass wir schnell wieder eine eigene Bleibe haben. Mit Charlene

ist kein leichtes Auskommen, und sie wird froh sein, wenn sie uns so bald wie möglich wieder loswird.«

»Ich habe auch einen Job für dich«, sagte Nellie, als die beiden die Kellertreppe hinaufstiegen. »In Kyle in der Schulbibliothek brauchen sie neue Regale. Ich hab gesagt, du kannst welche bauen.«

»Okay, ich melde mich dort«, hörte ich Dad sagen.

Adena streichelte die kleinen Kätzchen und blickte sich um. »Ist ziemlich dunkel hier unten«, sagte sie. »Aber vielleicht gewöhnt man sich ja daran.«

»Mir wird gar nichts anderes übrig bleiben,«, sagte ich.

»Alles in Ordnung mit dir?« Adena sah mich an, mit einem vorsichtigen Blick, als hätte sie Angst, zu hören, wie es mir wirklich ging.

»Es geht mir nicht besonders gut«, sagte ich, »aber ich komme schon klar.«

»Hat Marlin was Blödes gesagt?«

Ich schüttelte den Kopf. »Noch nicht. Aber wahrscheinlich wird es nicht mehr lange dauern, bis er loslegt. Er guckt schon immer so komisch.«

»Ich wünschte, ich könnte dir helfen«, sagte Adena.

Das kam so aus tiefstem Herzen, dass ich zu ihr ging und sie in die Arme nahm. Dann hörten wir Nellie rufen.

»Mom will los.« Adena griff nach einem der Kartons und drückte ihn mir in die Hände. »Der ist von mir.« Dann flitzte sie nach oben.

Dad kam zurück und zusammen packten wir die Kisten aus. In den meisten Kartons waren Kleidungsstücke für meinen Vater und mich.

In einem Karton waren Schuhe, in einem anderen Decken und zwei Kissen. Zuletzt öffnete ich Adenas Karton. Eine nagelneue Schultasche, Stifte, Schreibblöcke und Zeichenpapier waren darin, außerdem ein Kamm, Haargummis und -spangen, eine Zahnbürste und eine Tube Hautcreme. Lipgloss, der nach Erdbeeren schmeckte.

Ganz unten lag ein kleiner Traumfänger, den ich gleich am Kopfende des Bettes befestigte.
Wir würden ihn brauchen, Dad und ich.
Dann probierten wir die Sachen. Das meiste passte. Als ich die Kleider in den Schrank räumte, ging es mir schon besser. Nun hatten wir wenigstens etwas zum Anziehen. Die Sachen, die uns nicht passten, faltete ich sorgfälig zusammen und packte sie in einen leeren Karton. Darüber würden sich andere freuen.
Nachdem alles aufgeräumt war, sagte mein Vater: »Lass uns die Kartons nach oben bringen und auf den Pick-up laden. Tante Charlene wird sauer, wenn sie im Keller herumstehen. Ich bringe die Sachen, die wir nicht brauchen, gleich rüber nach Manderson ins Gemeindehaus. Die freuen sich dort sicher auch über die leeren Kartons.«
Gemeinsam trugen wir die Kartons nach oben und luden sie auf den Pick-up. »Willst du mitkommen?«, fragte Dad.
Ich schüttelte den Kopf. »Ich will mal rüber zu Della gehen und sie fragen, ob sie Miss Lilly zu sich nimmt.«
Mein Vater zögerte einen Augenblick, dann sagte er: »Das ist eine gute Idee, Braveheart. Grüß Della und Tom von mir. Ich werde später bei ihnen reinschauen.«

14. Kapitel

Della Thunderhawk öffnete mir die Tür, noch ehe ich klopfen konnte. Sie nahm mir den Karton mit den Kätzchen ab und drinnen, in der Küche, ließ ich Miss Lilly herunter. Della stellte die Pappkiste auf den Boden und nahm mich in die Arme. Sie hatte schon alles erfahren. Im Reservat sprechen sich die Dinge schnell herum.
»Was wird denn jetzt aus euch werden?«, fragte sie.
Ich hob die Schultern. Was konnte ich darauf antworten? Nicht mal mein Vater wusste, wie es weitergehen sollte.

»Wir wohnen erst einmal bei Tante Charlene«, sagte ich. »Sie hat noch ein Zimmer im Keller, dort können wir bleiben. Ich hoffe, dass Dad bald eine richtige Arbeit findet und wir wieder ein eigenes Zuhause haben werden. Tante Charlene nimmt uns nur auf, weil sie muss. Und wozu mein Cousin Marlin fähig ist, das wisst ihr ja.«

Della streichelte die kleinen Kätzchen, die kläglich maunzten. Miss Lilly strich unruhig um meine Beine.

»Deine Tante will die Katzen nicht haben, stimmt's?«

Ich nickte stumm.

»Das ist kein Problem«, sagte Della. »Deine Kätzchen können bei uns bleiben, bis ihr wieder ein eigenes Zuhause habt. Bey und April werden sich über die Kleinen freuen.«

Mir fiel ein großer Stein vom Herzen. Della stellte die Kiste in eine Ecke hinter der Couch. Miss Lilly folgte ihr und begann die neue Umgebung zu inspizieren. »Sie heißt Miss Lilly«, sagte ich. »Obwohl sie eigentlich keine Miss mehr ist.«

»Du kannst sie jederzeit besuchen«, tröstete mich Della lächelnd.

»Danke. Ich bin froh, dass sie bei euch bleiben kann.«

In diesem Augenblick kamen Bey und April in die Küche gestürmt. April fasste nach meiner Hand. »Wohnst du jetzt bei uns, Tally?«, fragte sie.

Della sagte: »Tally wohnt drüben bei Charlene, aber sie wird von nun an viel öfter hier sein, bei uns. Und sie hat Miss Lilly mitgebracht, ihre Katze. Sie wird mit ihren Babys bei uns wohnen.«

Bey hatte den Karton mit den Kätzchen entdeckt und gleich eins herausgenommen.

»Vorsichtig, Bey«, sagte ich. »Sie sind noch sehr klein. Du musst ganz behutsam sein.« Bey strahlte. Wenigstens Miss Lilly und ihre Kleinen hatten ein schönes Zuhause gefunden. Ich wusste, dass es ihnen bei den Thunderhawks gut gehen würde.

»Wenn ihr etwas braucht«, sagte Della, »dann scheut euch nicht, es zu sagen.«

Ich nickte. »Nellie White Elk hat uns Anziehsachen gebracht. Hausrat brauchen wir ja nicht, solange wir bei Tante Charlene wohnen.«
Della Thunderhawk lächelte. »Du bist verdammt tapfer, Tally, wirklich. Du und dein Dad, ihr seid bei uns jederzeit willkommen. Und nicht nur, wenn ihr etwas braucht.«
Als ich mich von ihr und den Mädchen verabschiedete, sagte sie: »Nun kannst du Stormy jeden Tag sehen, Tally. Bestimmt wird sie sich darüber freuen.«

»Nun kannst du Stormy jeden Tag sehen«, hatte Della gesagt. Dieser Gedanke hielt mich davon ab, gänzlich in dieses schwarze Loch aus Kummer und Verzweiflung zu fallen. Es würde weitergehen. Es musste weitergehen.
Ich lief auf der anderen Seite um das Haus herum, weil ich Neil nicht begegnen wollte. Ich hatte ihn vorhin bei der Scheune gesehen. Doch jetzt kam er mir entgegen. Er führte eine grau gefleckte Stute am Halfterstrick, und mein Herz flatterte, als wir uns schließlich gegenüberstanden. Neil Thunderhawks Blick war voller Mitleid. Ich wusste nicht, wo ich hinsehen sollte. Es war, als ob ich mich für unser Unglück schämte.
»Tut mir Leid, das mit eurem Trailer«, sagte er vorsichtig.
Ich nickte mit zusammengepressten Lippen.
»Hoffentlich findet dein Dad schnell eine neue Bleibe für euch. Ich jedenfalls würde es nicht lange aushalten bei Charlene Running Horse. Von Marlin ganz zu schweigen.«
Was er da sagte, tröstete mich nicht gerade. »Uns bleibt nichts anderes übrig, als es auszuhalten«, sagte ich. »Wir können sonst nirgendwohin.«
Neil trat einen Schritt auf mich zu und legte mir seine Hand auf die Schulter. »Wenn er dich ärgert, dann sag es mir.«
»Ich glaube nicht, dass ich das tun werde«, erwiderte ich finster. »Ich will nicht, dass du dich meinetwegen mit Marlin prügelst. Es reicht,

dass seine Kumpane dich einmal krankenhausreif geschlagen haben.«

»Er ist ein mieses Arschloch«, sagte Neil hasserfüllt.

»Als sein Vater noch lebte, war er nicht so«, bemerkte ich. »Und Tante Charlene auch nicht. Sie haben es einfach nicht verkraftet, dass Onkel Frank tot ist.«

Neil schnaufte ärgerlich. »Wenn alle, die jemanden verloren haben, so unangenehm werden würden wie Marlin und seine Mutter«, sagte er, »wo kämen wir denn da hin? Deine Tante glaubt, sie ist was Besseres, das ist alles. Und Marlin glaubt das auch. Bloß weil er sich mit Leuten abgibt, die anderen mit einer Knarre vor der Nase herumfuchteln und sich dabei auch noch toll vorkommen.«

»Marlin hat eine Waffe?«, fragte ich erschocken.

»Das weiß ich nicht«, erwiderte Neil aufgebracht. »Aber seine Kumpels aus der Gang haben welche, ich hab's gesehen.«

»Du musst es der Polizei melden.« Ich dachte an Officer Shortbull und an den Mathelehrer, der erschossen worden war.

Neil lachte verächtlich. »Der Polizei melden? Die wissen das doch längst und können trotzdem nichts machen. Nimm dich bloß in Acht vor deinem Cousin, Tally, und reiz ihn nicht unnötig.«

Ich nickte beklommen.

Die Stute hatte vom gelben Steinklee am Wegesrand gezupft und zog nun ungeduldig am Strick. »Schon gut«, sagte Neil zu ihr. »Ich komme ja.«

»Willst du sie reiten?«, fragte ich.

Neil schüttelte verlegen den Kopf. »Suzy kommt gleich«, sagte er, »sie wird sie reiten. Psitó lahmt. Hat mein Vater dir das noch nicht gesagt?«

»Ist es schlimm?«

»Keine Ahnung. Dr. Morgan kommt erst heute Abend.«

»Na dann«, murmelte ich.

»Tóksâ«, sagte Neil. »Wir sehen uns.«

Ich lief weiter, stolperte weiter, blind vor Kummer. Warum war nichts, aber auch gar nichts so, wie ich es mir in meinem Leben wünschte? Warum wurde alles immer schlechter und niemals besser?

In den Tagen, die dann folgten, kam ich mir vor, als würde ich das Leben eines anderen Menschen leben und nicht mein eigenes. Adena fehlte mir sehr und das Gefühl, von Charlene geduldet, aber nicht willkommen zu sein, war schrecklich. Ich würde mich nie an das Leben im Haus meiner Tante gewöhnen, schon gar nicht an dieses Kellerzimmer. Durch die beiden kleinen Fenster unter der Decke kam tagsüber kaum Licht herein, und in der Nacht herrschte hier unten eine Dunkelheit, die mir das Gefühl gab, in einer Höhle zu hausen. Meine Tante saß den lieben langen Tag vor dem Fernseher, trank süße Limonade und futterte Chips in sich hinein. Von freundlichen Worten schien sie nicht viel zu halten. Charlene sprach nur mit Dad und mir, wenn sie etwas von uns wollte oder wenn ihr irgendetwas nicht passte.
Das Chaos im Haus meiner Tante machte mir arg zu schaffen. Ich hatte mich schon unwohl gefühlt, wenn wir nur zu Besuch gewesen waren – aber jetzt musste ich hier leben ... Ich gab mir Mühe, wenigstens die Küche und den Eingangsbereich sauber zu halten. Im Wohnzimmer hielten wir uns nie auf, zumindest ich nicht. Auch das obere Badezimmer benutzten Dad und ich nicht.
Wir hatten im Keller ein separates Bad mit Dusche, das ich peinlich sauber hielt. Doch um mich zu ärgern, benutzte Marlin manchmal die Toilette im Keller und pinkelte alles voll.
Als ich ihn deswegen ansprach, zuckte er nur die Achseln und sagte: »Das ist mein Haus. Ich kann pinkeln, wo und wie ich will. Und wenn es ins Waschbecken ist.«
Es war ihm zuzutrauen, dass er das tat. Also scheuerte ich auch jeden Tag das Waschbecken, bevor ich es benutzte.

Tante Charlene begann sehr schnell Gefallen zu finden an ihrer sauberen Küche. Und das, was ich bisher freiwillig getan hatte, wurde nach und nach Pflicht. Ständig hatte meine Tante neue Aufgaben für mich: Hast du die Hunde schon gefüttert, Talitha? Der Abwasch muss noch gemacht werden! Hast du den Boden schon gewischt? Bring mir doch mal eine Limo aus dem Kühlschrank. Talitha, die Wäsche muss gelegt werden . . . Manchmal blieb mir kaum noch Zeit, um mit Stormy zu arbeiten.

Ich war nicht faul, wirklich nicht. Es machte mir nichts aus, Dinge zu tun, die getan werden mussten. Aber Tante Charlene behandelte mich wie ihr Hausmädchen. Sie konnte es nicht sehen, wenn ich ein Buch las, wenn ich zeichnete oder einfach nur vor mich hin träumte. Doch wenn sie völlig vertieft auf die Mattscheibe ihres Fernsehers starrte, konnte ich mich unbemerkt davonstehlen. Eines Nachmittags lief ich am Haus der Thunderhawks vorbei, froh, niemandem zu begegnen. Ich rief nach Stormy, und sie wieherte zur Begrüßung. Sie freute sich mich zu sehen, und ihre kleinen Liebkosungen gaben mir Trost.

Die Narbe auf der rechten Bauchseite sah jetzt wie ein geheimnisvolles Zeichen aus. Die Muskeln darunter zuckten. Dieser warme Pferdekörper war voller Kraft. Stormy wollte laufen, das spürte ich. Und ich wollte auf ihr reiten: Ihre schnellen Beine sollten meine Flügel sein, die mich davontrugen.

Stormy schnupperte an meinen Händen und beknabberte die Taschen an meinem Hemd. »Ich habe nichts für dich«, sagte ich traurig. »Das nächste Mal bringe ich wieder etwas mit, ganz bestimmt.« Es war schwierig geworden, Leckerbissen für Stormy zu besorgen, denn Charlene kochte selten. Meistens ernährten sie und Marlin sich von Fastfood. Karotten kamen auf ihrem Speiseplan nicht vor. Obwohl ich wusste, dass es eigentlich noch zu früh war, legte ich mich an diesem Tag über Stormys Rücken, um sie an mein Gewicht zu gewöhnen. Ich versuchte es von der linken Seite, wo ich mit ihrer

Narbe nicht in Berührung kommen würde. Und die Stute ließ es zu. Sie duldete meinen Körper auf ihrem. Sie tänzelte zwar aufgeregt, machte aber keine Anstalten, mich abzuwerfen.
Von nun an legte ich mich jeden Tag für eine Weile auf ihren Rücken, immer von der linken Seite. Es funktionierte wunderbar, und irgendwann versuchte ich ihr den Westernsattel aufzulegen.
Doch Stormy buckelte, kaum dass sie den Sattel auf ihrem Rücken spürte. Sie schlug aus, und der Sattel flog im hohen Bogen ins Gras. Stormy wieherte und schüttelte ihre Mähne.
Mir war klar, was sie damit sagen wollte: »Du kannst alles mit mir machen, aber einen Sattel werde ich niemals tragen.«
Vermutlich betrachtete sie die Sache mit dem Sattel als Spiel. Manchmal sah sie mich tatsächlich so an, als ob sie eine Belohnung erwartete, wenn er wieder auf dem Boden lag. Da ich wusste, dass die Stute wegen ihrer Narbe so empfindlich war, und es im Grunde kein Problem für mich darstellte, ohne Sattel zu reiten, gab ich die Sache irgendwann auf.

Nach und nach passte ich mich dem Tagesablauf in Tante Charlenes Haus an. Dad war kaum da. Er war jetzt viel auf Ämtern unterwegs, um die Papiere neu zu besorgen, die beim Brand unseres Trailers vernichtet worden waren: unsere Geburtsurkunden, die Besitzurkunde über das Land, sein Abschlusszeugnis vom College. Außerdem nahm er jeden Job an, den er kriegen konnte, und wenn er noch so schlecht bezahlt war. Wir frühstückten zusammen, dann fuhr er los. Meistens sahen wir uns erst am Abend wieder.
Tante Charlene kam irgendwann gegen 9 Uhr aus dem Bett, trank viel Kaffee und aß etwas, dann fuhr sie entweder mit dem Auto irgendwohin oder sie setzte sich vor den Fernseher. Am Sonntag fuhr sie regelmäßig nach Manderson in die Kirche, wo ein weißer Priester predigte.
Marlin schlief bis in die Mittagszeit, dann schaufelte er Toast oder

Pizza in sich hinein und verschwand meistens für den Rest des Tages. Manchmal sah ich ihn an der Straße stehen und warten. Dann hielt der gelbe Thunderbird mit fehlenden Fensterscheiben, aus dem laute Rapmusik dröhnte, und er stieg ein. Oft kam er erst spät in der Nacht wieder und manchmal war er betrunken.

Wenn Tante Charlene es mitbekam, dann schrie sie ihn an, aber Marlin schien sie nicht zu hören. Er schenkte seiner Mutter keine Beachtung, nicht einmal dann, wenn sie versuchte vernünftig mit ihm zu reden.

»Ich glaube, dass Marlin unglücklich ist«, sagte Dad einmal zu ihr. »Versuch einfach Geduld mit ihm zu haben und sei da, wenn er dich braucht.«

»Du willst mir etwas über Erziehung erzählen«, erwiderte sie ärgerlich. »Marlin braucht einen Vater, aber sein Vater ist tot.«

»Er braucht dich«, sagte Dad, und da wurde sie noch wütender.

»Glaubst du, dass es einfach ist, so allein zurechtzukommen? Ich versuche mein Bestes, aber Marlin treibt sich den ganzen Tag mit irgendwelchen zwielichtigen Leuten herum. Er beklaut mich, wo er kann, und schwänzt die Schule. Er wird seinen Abschluss nicht schaffen.«

»Du bist ja jetzt nicht mehr allein, Charlene«, sagte mein Vater ruhig. »Soll ich mal mit Marlin reden? Ich bin sein Onkel.«

»Mit Marlin kann man nicht reden, Rich«, erwiderte Charlene. »Seine neuen Freunde haben ihn endgültig verdorben.«

Später, als ich noch einmal in die Küche ging, um mir einen Becher Wasser zu holen, hörte ich meine Tante in ihrem Zimmer weinen.

Meine Mutter war nie gut mit Tante Charlene ausgekommen. Ich hatte sie streiten hören, wann immer sie aufeinander trafen. Onkel Frank hatte meine Mutter respektiert, aber Tante Charlene hatte nie einen Hehl daraus gemacht, dass sie die weiße Frau ihres Schwagers nicht mochte.

Als meine Mom uns dann verlassen hatte, erzählte Charlene überall: »Ich habe ja gleich gesagt, dass die es nicht lange im Reservat aushalten wird. Geht weg und lässt ihr Kind hier. Was ist das für eine Mutter?«

Großvater Emmet hatte Charlene manchmal *Wiya Nupa*, die Frau mit den zwei Gesichtern, genannt. Eine *Wiya Nupa* gilt als liederlich und zänkisch. Ich fand, der Name passte ganz gut auf meine Tante.

Obwohl meine Mutter schon so lange fort war, ließ Charlene mich nicht damit in Ruhe. Eines Abends fragte sie mich, ob ich tatsächlich nie wieder etwas von meiner Mutter gehört hätte.

Diese Frage musste ich ihr mit Nein beantworten.

Da schüttelte sie mitleidig den Kopf und sagte: »Vielleicht würde sie euch helfen, wenn sie wüsste, was passiert ist. Aber dein Vater ist ja so furchtbar stolz.«

Später, als Dad und ich in unserem Bett im Kellerzimmer lagen, fragte ich ihn nach meiner Mutter, und ob er wüsste, wo sie heute lebte.

»Du hast mich immer nur gefragt, ob deine Mom sich gemeldet hat, Tally«, sagte er. »Und ich habe dir die Wahrheit gesagt: Sie hat sich nie gemeldet.«

»Aber du weißt, wo sie lebt?«

»Ihre Eltern besaßen ein Weingut in Kalifornien. Die Adresse ist mit all unseren anderen Sachen verbrannt. Aber ich könnte sie herausbekommen, wenn du das möchtest.« Er schwieg eine Weile, dann fragte er: »Möchtest du, dass ich mit deiner Mutter Kontakt aufnehme?«

Ich dachte darüber nach. Wollte ich das? Mit Sicherheit würde es mein Leben noch mehr durcheinander bringen. Wo es doch schon vollkommen durcheinander war. Und es würde auch für meinen Vater eine schwierige Angelegenheit werden. Ich ahnte, dass er Angst hatte. Angst, mich zu verlieren.

»Nein«, sagte ich. »Vielleicht später einmal. Aber erzähl mir von ihr. Warum hast du dich in sie verliebt?«

Er dachte eine Weile nach, dann sagte er: »Deine Mom war ein unbeschwerter, fröhlicher Mensch, und ihre Art imponierte mir. Außerdem war sie sehr hübsch und hatte ein ansteckendes Lachen. Sie kam nach Pine Ridge, weil sie hoffte, auf Indianerland etwas über den Sinn des Lebens zu erfahren. Obwohl ich damals erst 22 war, glaubte sie, ich würde ihr diesen Sinn geben können. Deine Mutter hat mich für jemanden gehalten, der ich nicht war, Tally.«
Dad seufzte. »Deine Mutter war ein Mensch, der es gewohnt war, das Leben von der leichten Seite zu sehen. Aber das Leben im Reservat war niemals leicht und für Holly schon gar nicht. Sie konnte nicht hier leben. Sie wurde immer trauriger und unglücklicher, deswegen hat sie sich entschieden fortzugehen. Ich weiß, dass sie dich sehr geliebt hat, Braveheart. Das musst du mir glauben.«
Für einen kurzen Augenblick versuchte ich mir vorzustellen, wie mein Leben jetzt aussehen würde, wenn meine Mutter mich damals nicht an dieser Tankstelle abgesetzt, sondern mitgenommen hätte. Vielleicht hätte ich jetzt ein schönes helles Zimmer, eine Menge Freunde in der Schule und vielleicht sogar ein eigenes Pferd. Vielleicht hatte meine Mom einen reichen Mann geheiratet und lebte auf einer großen Farm mit vielen Tieren.
Ich schluckte. Wie mies kam ich mir vor, wenn ich solche Dinge dachte. Wo ich doch wusste, dass mein Dad sich Tag und Nacht den Kopf zerbrach, wie er uns aus dieser schrecklichen Situation herausholen konnte.
Ich schob meine Hand zu ihm hinüber, und er nahm sie. »Ich hab dich lieb, Dad«, sagte ich.
»Ich dich auch, Braveheart«, flüsterte er mit belegter Stimme. Es war so dunkel hier unten, dass ich ihn nicht sehen konnte. Aber ich hörte, dass er weinte.

Natürlich war ich immer froh, wenn Marlin nicht da war, denn dann hatte ich meine Ruhe. Ich spülte Geschirr, wischte Böden, putzte

Fenster und legte Wäsche, während Tante Charlene vor dem Fernseher saß und immer dicker wurde.

Die Hunde Scooter und Rip waren meine Freunde geworden, weil ich es war, die sie regelmäßig fütterte und ihnen frisches Wasser gab. Ich nahm mir auch hin und wieder Zeit, ihnen die Zecken von der Haut zu zupfen, die sie sich beim Herumstromern einsammelten.

Wenn meine Tante eingekauft hatte, kochte ich, aber wir aßen nie gemeinsam. Jeder nahm sich, was er wollte, und aß, wann er Hunger hatte. Charlene nahm sich ihren Teller meist mit auf die Couch im Wohnzimmer. Wenn Marlin zu Hause war, fläzte er sich neben seine Mutter.

Ich aß oft alleine am Küchentisch, denn mein Vater tauchte selten rechtzeitig zum Abendessen auf. Er arbeitete wie ein Besessener. Doch meine Tante erwartete natürlich, dass wir uns an den Strom-, Gas- und Wasserkosten beteiligten, und so blieb nie viel von seinem Lohn übrig.

Anfang August ging unser Truck mal wieder kaputt, und diesmal war es keine Kleinigkeit. Die Reparatur verschlang alles, was mein Vater zusammengespart hatte. Als er es mir schweren Herzens erzählte, wurde mir plötzlich ganz kalt. Dad sah erschöpft aus, er wirkte mutlos. Die Angst vor der Zukunft stach in meinem Nacken wie Nadelspitzen.

Es hatte keinen Sinn, sich etwas vorzumachen. Dad würde nie genug Geld verdienen, um uns ein Haus zu bauen. Ich war den Tränen nahe, aber ich kämpfte sie zurück, um ihn nicht noch unglücklicher zu machen. Ich konnte es kaum ertragen, ihn so verzweifelt zu sehen.

Die Arme um seinen Hals geschlungen, sagte ich: »Wir schaffen das schon, Dad.«

Er drückte mich an sich. »Ja, Braveheart«, sagte er. »Irgendwie schaffen wir es.«

Es hörte sich nicht sehr überzeugend an.
An diesem Abend, als wir in unseren Betten lagen, offenbarte mir mein Vater, dass er sich entschlossen hatte, am alljährlichen Sonnentanz von Bernhard White Elk im Hells Canyon in den Black Hills teilzunehmen, in der Hoffnung, dass *Wakan Tanka* ihm einen Weg aus dieser misslichen Situation weisen würde.
Zum ersten Mal seit dem Brand unseres Trailers gab es wieder etwas, worauf ich mich freuen konnte. Ein Sonnentanz war ein großes traditionelles Ereignis, und ich hoffte, dass auch Adena mit ihrer Familie dort sein würde, denn Bernhard White Elk, der Medizinmann, war ihr Großvater.
Vorbereitungszeit und Aufräumarbeiten eingerechnet, würde der Sonnentanz eine Woche dauern. Eine ganze Woche, die ich fern von Marlin und Tante Charlene verbringen konnte. Eine ganze Woche zusammen mit Adena, die ich in den vergangenen Tagen nur zweimal gesehen hatte. Und die winzige Hoffnung, dass *Wakan Tanka* die Bitten meines Vaters erhören würde, wenn er tanzte und betete.

15. Kapitel

Es war Mitte August, als wir Onkel Franks Zelt und zwei Schlafsäcke in den Pick-up-Truck packten und uns auf den Weg in die Black Hills machten.
Charlene hatte nur den Kopf geschüttelt, als Dad ihr erzählte, dass er am Sonnentanz teilnehmen und ich ihn begleiten würde. »Wenn du es nicht lassen kannst, bei diesem Unsinn mitzumachen«, sagte sie, »dann lass wenigstens deine Tochter aus dem Spiel. Was soll sie denn dort?«
»Am Höhepunkt unseres traditionellen Lebens teilnehmen«, antwortete mein Vater. »Etwas, das dir und Marlin auch nicht schaden könnte. Wir sind Lakota, Charlene. Hast du das vergessen?«

Ich erschrak, als er das sagte, weil ich befürchtete, Charlene und Marlin könnten uns nun doch begleiten.
Aber meine Tante winkte ab. »Hör mir doch auf damit, Rich. Dein Bruder war Sonnentänzer, hat *Wakan Tanka* verehrt und einmal die Woche in der Schwitzhütte gesessen. Aber das hat ihm das Leben nicht retten können.«
»Und du meinst, Jesus hätte es gekonnt?«
Tante Charlene hatte nur mit den Achseln gezuckt und wieder auf ihre Mattscheibe gestarrt.

Ich freute mich sehr auf die Tage in den Black Hills. Nicht nur Adena würde ich dort endlich wieder sehen – auch Tom Thunderhawk und Neil wollten am Sonnentanz teilnehmen.
Die Fahrt dauerte knapp zwei Stunden, dann tauchten die Schwarzen Berge vor uns auf. Adena hatte mir erzählt, dass der Sonnentanz auf einem Gelände stattfand, das schon seit mehr als hundert Jahren für diese Zeremonie genutzt wurde. Alte Siedlungsplätze gab es dort und prähistorische Felszeichnungen. Das Land um den Hells Canyon war jetzt allerdings im Besitz eines Weißen. Er stellte es den Lakota einmal ihm Jahr für den Sonnentanz zur Verfügung.
Es war unglaublich: Um das Land zu betreten, das den Lakota seit dem Beginn ihrer Geschichte gehört hatte, brauchten wir heute eine Genehmigung ...
Irgendwann bog Dad überraschend von der Hauptstraße auf eine Schotterpiste ab. »Wildpferdreservat« stand auf einem großen Schild am Wegrand. Mein Vater lächelte geheimnisvoll, und ich ahnte, dass noch eine Überraschung auf mich wartete, von der Adena mir nichts erzählt hatte.
Ich musste einmal aussteigen und ein großes Eisentor öffnen, dann waren wir da. In einiger Entfernung sah ich drei Tipis und den blätterlosen Sonnentanzbaum vom vergangenen Jahr, in dem noch Tabakbeutelchen und bunte Stoffstreifen hingen. Aber wir bogen erst

einmal nach links, in ein kleines Tal, wo das Lager für die Helfer und die Gäste errichtet werden sollte.
Es war ein schöner Lagerplatz, um den sich ein kleiner Bach schlängelte, der im Augenblick allerdings fast völlig ausgetrocknet war. Ein Tipi stand schon dort und zwei kleinere Zelte. Adena und ihre Eltern waren noch nicht da, das sah ich sofort. Zwei Männer und eine Frau waren dabei, ein Küchenzelt aufzustellen. Wir begrüßten sie, und Dad fasste gleich mit an. Bei den Vorbereitungen für einen Sonnentanz wurde jede helfende Hand gebraucht. Deshalb waren wir auch so früh angereist; die eigentliche Zeremonie würde erst in zwei Tagen mit dem *Tree Day* beginnen, dem Aufstellen des neuen Baumes.
Ich lud unsere Sachen vom Pick-up und mühte mich mit Onkel Franks Zelt. Es aufzubauen, war komplizierter, als ich erwartet hatte. Ich war schnell dem Verzweifeln nahe, da tauchte plötzlich ein junger Mann auf und half mir. Er hieß Leo Little Moon und kam aus Manderson. Ich kannte ihn aus Bernies Laden. Er war einer von Bernie Little Moons vielen Söhnen, die ihrem Vater manchmal im Geschäft halfen.
Leo hatte schulterlanges Haar und ein hübsches Gesicht mit hohen Wangenknochen und weit auseinander stehenden Augen. Er sah aus wie 22, aber ich wusste, dass er erst 18 war. Leo Little Moon flirtete mit mir. In den wenigen Minuten, die wir brauchten, um das Zelt aufzubauen, hatte er mich fünf Mal zum Lachen gebracht. Dann verschwand er so plötzlich, wie er gekommen war.
»Nun können wir gleich hoch zum Sonnentanzplatz fahren«, sagte mein Vater, als er endlich kam und das fertig aufgebaute Zelt sah. »Vielleicht wird dort unsere Hilfe gebraucht.«
Wir fuhren zu der Stelle, wo die Tipis für die Tänzer standen. Männer waren dabei, Dixieklos von einem Lastwagen zu laden und aufzustellen. Einige Frauen säuberten den Arbor, den kreisrunden Tanzplatz, von Steinen, Zweigen und Abfällen.

»Geh und frag, ob sie Hilfe brauchen«, sagte mein Vater.

Ich gesellte mich zu den Frauen, und Dad half den Männern beim Aufstellen der Klohäuschen. Als es für mich nichts mehr zu tun gab, fragte ich meinen Vater, ob ich mir ein wenig die Gegend ansehen dürfe.

Dad nickte. »Geh nur«, sagte er. »Wenn du mich hier auf dem Platz nicht findest, bin ich unten im Camp.«

Ich lief los. Zuerst am Rand des Hells Canyon entlang, über graue Felsen, die mit verschiedenfarbigen Moosen bewachsen waren. Irgendwann kam ich an einen Felsvorsprung und wagte mich bis an den Rand, von wo aus ich gut in den Canyon hineinblicken konnte. Im Tal erstreckte sich eine weite grüne Ebene, begrenzt vom Cheyenne River und den hinter ihm aufsteigenden Felsen.

Als ich meinen Blick nach rechts richtete, entdeckte ich eine Reihe kleiner dunkler Blockhäuser. Dad hatte mir erzählt, dass im Hells Canyon manchmal Filme gedreht wurden, und ich nahm an, dass die Hütten als Filmkulisse gedient hatten. In unserem Trailer hatten wir keinen Fernseher gehabt, aber zwei- oder dreimal im Jahr fuhr Dad mit mir nach Rapid City ins Kino. Es war komisch, sich Filme anzusehen, die über das Leben der Indianer erzählten und die doch so wenig mit unserem wirklichen Leben gemein hatten. Das wahre Leben fand im Reservat statt, in den klapprigen Trailern ohne Wasser, in den Armenküchen, auf dem Powwow-Platz.

Ich verließ den Felsrand und lief in den Wald aus Kiefern und Birken. Da wuchsen Pflanzen, die es im Reservat nicht gab. Violette und weiße Orchideen und feinblättrige, hellgrüne Farne. Der Boden war nicht so vertrocknet, denn hier, in den Bergen, regnete es öfter als im Reservat, und alles wuchs und grünte viel üppiger.

Ein leises Wiehern schreckte mich aus meinen Gedanken. Überrascht horchte ich auf. Sollten die Pferde tatsächlich hier oben sein, so nah am Sonnentanzplatz? Ich spähte durch die Bäume und Sträucher des Waldes und entdeckte eine Stute mit ihrem Fohlen. Vor-

sichtig ging ich näher heran. Die Stute war fast weiß, mit einem dunklen Hinterteil, schwarzen Beinen und schwarzer Mähne. Sie hatte weiße Wimpern, was sehr ungewöhnlich aussah. Das Fohlen lag am Boden. Es war von einem schönen Graubraun und hatte eine Blesse auf der Stirn, die sich bis zu den Nüstern zog.
Die beiden schienen überhaupt keine Angst vor mir zu haben. Ich ging noch ein Stück näher an das Fohlen heran, da stand es auf und folgte seiner Mutter. Langsam lief ich den beiden nach. Nach ein paar Schritten kam ich auf eine große Lichtung – und mochte meinen Augen nicht trauen: Da stand eine riesige Herde von Pferden. Es mussten über hundert Tiere sein.
Ich war völlig überwältigt von diesem Anblick und wagte kaum zu atmen, aus Angst, die Herde würde davonlaufen, wenn sie mich erst entdeckte. Schließlich fasste ich mir doch ein Herz und lief auf die Lichtung.
Einige der Tiere hoben ihre Köpfe und sahen mich an. Ich redete mit ihnen und mein Erscheinen beunruhigte sie kaum. So konnte ich mitten durch die grasende Herde laufen. Mein Herz klopfte laut vor Aufregung. Da hörte ich das Wiehern eines Hengstes. Die Herde setzte sich in Bewegung. Fohlen standen auf und folgten ihren Müttern. Zuerst liefen die Pferde langsam, dann immer schneller und jagten schließlich mit wehenden Mähnen davon. Das dumpfe Trommeln ihrer Hufe klang wie Gewittergrollen.

Als ich später auf den Sonnentanzplatz zurückkehrte, konnte ich meinen Vater nicht finden, also machte ich mich auf den Weg hinunter ins Camp. Es war schon Abend, und bald würde es dunkel werden. Nach ein paar hundert Metern hörte ich einen Wagen hinter mir und trat zur Seite, um ihn vorbeizulassen. Der zerbeulte weiße Jeep hielt neben mir. Hinter dem Steuer saß Leo Little Moon.
»Willst du runter ins Camp?«, fragte er.

Ich nickte und stieg ein. Leo kannte meinen Vater gut, deshalb wusste er, dass unser Trailer abgebrannt war und dass wir bei Charlene wohnten. Ich erzählte ihm, wie schlimm die Situation für mich war.

»Deine Tante ist eine unglückliche Frau«, sagte er. »Und dein Cousin hat sich mit gefährlichen Leuten eingelassen.«

»Was weißt du denn davon?« Verwundert sah ich ihn an.

»Ich habe Augen im Kopf«, erwiderte Leo, »und zuhören kann ich auch. Deine Tante kauft oft bei uns ein oder kommt in den Waschsalon. Sie redet viel.«

»Zu Hause sagt sie kaum etwas«, bemerkte ich.

»Na ja«, er lachte, »sei froh. Sie erzählt nämlich eine Menge Unsinn. Sie glaubt, der weiße Christengott kann uns allen Erlösung bringen.« Er warf mir einen kurzen Seitenblick zu. »Ich nehme an, sie hält nicht viel davon, dass du mit deinem Vater zum Sonnentanz gefahren bist.«

»Stimmt«, sagte ich, und dann mussten wir beide lachen.

Leo hatte eine nette Art, und es gefiel mir, wie er mit mir redete. Er bemitleidete mich nicht.

Als wir zurück ins Camp kamen, standen zwei weitere Tipis und vier neue Zelte. Ein Feuer brannte, darüber köchelte Suppe in einem großen Topf. Im Küchenzelt wurden Fry Bread* und Wassermelone ausgeteilt.

Ich suchte nach Adena und ihren Eltern, aber sie waren immer noch nicht da. Der Gedanke, dass sie am nächsten Tag mit Sicherheit im Camp auftauchen würden, tröstete mich jedoch ein wenig.

Den Abend verbrachten alle gemeinsam an einem großen Lagerfeuer. Der alte White Elk erzählte Geschichten über den Hells Canyon, über unsere Vorfahren, die hier gelebt hatten. Noch weit nach Mitternacht, als ich schon längst im Zelt in meinem Schlafsack lag, hörte ich die Stimmen und das Gelächter der anderen.

---

* in Fett gebackenes Fladenbrot

Am nächsten Morgen gingen die Arbeiten im Camp und auf dem Sonnentanzplatz weiter. Immer mehr Leute kamen und bauten Zelte auf. Essen und Wasservorräte wurden herangebracht. Das Camp wuchs zu einem richtigen Sommerlager, und ich bekam eine Vorstellung davon, wie es früher gewesen sein musste, als wir Lakota noch in Tipis lebten und den großen Büffelherden hinterherzogen. Großvater Emmet hatte mir oft von den alten Zeiten erzählt, Geschichten, die er von seiner Großmutter kannte. Es war kein einfaches Leben gewesen, wirklich nicht. Aber ich stellte es mir wunderbar vor, und ich hätte es sofort gegen das Leben im Reservat eingetauscht. Ohne einen Augenblick zu zögern.

Als Adena am Nachmittag immer noch nicht aufgetaucht war, fasste ich mir schließlich ein Herz und ging zum alten Bernhard White Elk, um ihn nach seiner Enkelin zu fragen.

»Charlie hat mich gerade auf dem Handy angerufen«, sagte er, »sein Van ist kaputt. Er kommt später mit dem Pick-up.«

»Und Adena?«, stammelte ich. In den Pick-up-Truck passten bloß drei Leute und außerhalb des Reservats durfte auch niemand auf der Ladefläche sitzen.

»Von Adena hat er nichts gesagt. Ich weiß nicht, ob sie mitkommt.«

Mit hängendem Kopf stolperte ich davon. Wie sehr hatte ich mich auf Adena gefreut, darauf, mit ihr in einem Zelt zu schlafen, wenn unsere Väter mit den anderen Sonnentänzern in den Tipis beim Arbor nächtigten.

Ich vermisste Adena. Ich sehnte mich nach ihrem Lachen und sogar nach ihren Unkenrufen. Warum musste ausgerechnet heute der Van der White Elks kaputtgehen? Warum, warum, warum?

So niedergeschlagen fand mich Leo Little Moon.

»Hey«, sagte er.

Weil außer mir niemand dastand, war vermutlich ich gemeint.

»Was ist denn los? Du siehst aus wie ein trauriger Vogel und nicht wie ein rennendes Pferd.«

»Meine Freundin Adena kann vielleicht nicht mitkommen, weil das Auto ihres Vaters kaputt ist«, erzählte ich ihm. »Seit ich bei Charlene wohne, können wir uns nur noch selten sehen, und ich hatte mich so auf die Zeit mit ihr gefreut.«

»Vielleicht kommt sie ja doch.«

»Vielleicht aber auch nicht«, sagte ich traurig.

»Dann brauchst du dringend Ablenkung«, stellte Leo fest. »Ich habe eine lange Einkaufsliste und könnte jemanden brauchen, der mir hilft. Kommst du mit nach Hot Springs?«

»Ich muss erst meinen Dad fragen«, sagte ich mit wenig Begeisterung.

»Dann tu das.«

Mein Vater hatte nichts dagegen, dass ich Leo in die Stadt begleitete. Also stiegen wir in seinen alten Jeep und fuhren los. Nach einer Meile entdeckte ich die Pferdeherde, und Leo stellte für einen Augenblick den Motor aus, damit wir die Tiere beobachten konnten.

»Ein herrlicher Ort, nicht wahr?«, sagte er.

»Ja«, erwiderte ich. »Ich wünschte, ich könnte für immer hier bleiben.«

Keine Ahnung, warum, aber ich öffnete Leo Little Moon mein Herz und erzählte ihm von meinem Alltag im Haus von Tante Charlene und wie traurig mein Leben aussehen würde, wenn ich Stormy nicht hätte, die Appaloosastute.

»Stormy gehört Tom Thunderhawk«, sagte ich. »Und ich werde sie niemals kaufen können. Alles, was ich gespart hatte, ist in unserem Trailer verbrannt.«

Leo war nicht taubstumm, auch wenn es mir im Augenblick so vorkam: Er war nur ein ausgezeichneter Zuhörer. Abgesehen von Dad und Adena, hatte ich noch nie jemandem meinen Kummer anvertraut, und als ich es jetzt tat, erschreckte es mich selbst. Würde Leo Little Moon sich über mich lustig machen?

Er tat es nicht. Leo nahm mich ernst und er interessierte sich für mich.

Als wir an einer Tankstelle hielten, fragte er: »Brauchst du eine Umarmung, Tally?«
Überrascht sah ich ihn an, aber da hatte er sich schon zu mir gebeugt und mich in die Arme genommen. »Umarmungen können heilen«, sagte er lächelnd.
Als er ausstieg, um zu tanken, sah ich ihm nach. Leo Little Moon war ein gut aussehender junger Mann mit freundlichen braunen Augen, und an diesem Nachmittag verliebte ich mich ein bisschen in ihn.
Noch knapp drei Wochen waren es bis zu meinem 15. Geburtstag. Ich fühlte mich wie eine Raupe in ihrer Puppenhülle. Konnte es kaum erwarten, dass mein Körper sich verwandelte und aus mir endlich eine Frau wurde.
Was fand Leo bloß an mir? Vielleicht tat ich ihm Leid, aber das wollte ich nicht. Ich war verlegen, als er sich wieder hinter das Lenkrad setzte. Er tat so, als würde er es nicht merken. Wir fuhren zum Walmart und kauften ein. Leo schob den großen Wagen durch die Regalreihen und machte dauernd irgendwelchen Unsinn, der mich zum Lachen brachte.
Die Leute guckten schon, aber das störte mich nicht.
Als alles erledigt war, fragte er: »Wie sieht es aus Tally, hast du Hunger? Ich hab welchen, und zwar mächtigen. Ab morgen ist Fasten angesagt, da will ich mich heute noch mal richtig satt essen.«
Die Sonnentänzer fasteten während der Tänze, einige von ihnen versuchten sogar, ohne Wasser auszukommen. Das war eine ziemliche Tortur, besonders in dieser Hitze.
Leo wartete meine Antwort nicht ab und lud mich zum Mexikaner ein. Es kam selten vor, dass ich in einem Restaurant aß, und ich genoss es in vollen Zügen. Das Essen schmeckte gut, und Leo unterhielt mich mit lustigen Geschichten und Witzen aus dem Reservat.
»Kommt ein Tourist nach Pine Ridge, um Indianer zu sehen. Er hält vor einem Haus und fragt die Bewohner, ob sie richtige Indianer wären. Ja, sagen die. Wir alle hier sind richtige Indianer.

Aber ich würde gerne Indianer mit Federn sehen, sagt der Tourist. Na ja, sagen die Indianer, in dieser Jahreszeit sind wir in der Mauser.«

Leo lachte schon, als er den letzten Satz noch gar nicht ausgesprochen hatte. Es war ein uralter Witz, aber ich lachte, dass mir die Luft wegblieb.

Auf der Fahrt zurück ins Wildpferdreservat fragte ich Leo: »Wieso hast du mich mitgenommen? Du hättest jede fragen können, wieso ich?«

»Weil du so traurig ausgesehen hast und ich wissen wollte, warum.«

»Jetzt weißt du es. Und nun?«

»Ich weiß jetzt, warum du traurig bist, und ich weiß, wie ich dich zum Lachen bringen kann. Niemand sollte einen ganzen Tag lang traurig sein. Deshalb habe ich dich mitgenommen, Talitha Running Horse.«

16. Kapitel

Der nächste Tag war *Tree Day*. Der Tag, an dem der Sonnentanzbaum vom vorigen Jahr aus dem Arbor geholt und der neue aufgestellt werden würde.

Charlie White Elk kam mit seinem weißen Pick-up den Weg ins Camp heruntergeholpert und brachte Adena mit. Wir fielen uns in die Arme und sie zog gleich mit ihren Sachen in mein Zelt. Ich war froh, dass sie da war, und dankte den *Spirits*, dass sie die Dinge so gefügt hatten.

Bis in die Mittagszeit saßen wir im Camp vor unserem Zelt und schnürten kleine Tabakbeutelchen aus rotem, weißem, gelbem und schwarzem Baumwollstoff. Dazu wurden kleine Quadrate aus dem Stoff geschnitten und eine Prise Tabak hineingestreut, der mit Salbei beräuchert wurde. In jedes Beutelchen kamen außerdem ein von Herzen kommendes Gebet und ein guter Gedanke mit hinein. Dann wurden sie mit einem dünnen Baumwollstrick zugebunden und an einer Schnur befestigt wie Perlen auf einer Kette. Diese Tabakschnüre würden wir später in den heiligen Sonnentanzbaum binden, bevor er aufgestellt wurde.

Leo setzte sich eine Weile zu uns und band auch ein paar Beutelchen. Adena machte ihm schöne Augen, das merkte ich sofort. Doch auch wenn ich ein bisschen eifersüchtig war: Meine Freude darüber, dass Adena doch noch gekommen war, wurde dadurch nicht getrübt.

Am frühen Nachmittag trafen dann auch Tom Thunderhawk und Neil im Camp ein. Neil kam zu uns, um uns zu begrüßen, und an seinen Augen sah ich, dass er sich freute mich zu sehen. Ich freute mich auch. Gleichzeitig plagte mich das schlechte Gewissen. Wegen Leo. Weil ich Leo Little Moon mochte. Weil er mir zuhörte und mich zum Lachen brachte. Weil ein Teil meines Herzens jetzt ihm gehörte.

Einige Zeit später war es dann so weit. Eine lange Reihe von Fahrzeugen setzte sich in Bewegung, um zu jener Stelle zu fahren, wo der auserwählte Sonnentanzbaum stand. Jeder wollte dabei sein, wenn er gefällt wurde.

Es wurde Abend, bis es endlich so weit war. Die Sonnentänzer trugen den Stamm feierlich durch das Osttor des Arbors, den heiligen Tanzkreis, der von einem Wetterschutz aus Holz und Kiefernzweigen umgeben war. Der gefällte Baum durfte die Erde nicht berühren, bevor er in der dafür vorgesehenen Grube aufgestellt wurde.

Auf bloßen Füßen versammelten sich alle Helfer um den Baum und banden ihre Tabakbeutelchen in die Zweige oder umwickelten den Stamm damit. Einige hatten Schnüre, die länger als drei Meter waren.

Auch Adena und ich schlüpften auf nackten Füßen in das Sonnentanzrund und knüpften unsere Tabakbeutel in den Baum. Außer

den Tabakbeutelchen wurden noch eine große Adlerfeder, einige Wildkirschenzweige, eine kleine Menschenfigur und ein Büffelchen aus Leder in die Äste gebunden.
Dann schlugen die Trommeln, und Bernhard White Elk begann die Grube zu segnen, wo der Baum aufgestellt werden sollte. Er versenkte ein blutiges Büffelherz darin und einige Speisen – für die *Spirits*, für *Wakan Tanka* und für *Tunkashila,* den Heiligen Großvater.
Schließlich wurde der Stamm in die Grube gelassen und der Baum aufgestellt. Adena, die neben mir stand, war auf einmal so blass geworden, dass ich es sogar im Dämmerlicht des Abends sah.
»Was ist denn los mit dir?«, fragte ich. »Geht es dir nicht gut?«
»Ich habe Bauchweh«, sagte sie. »Ich glaube, ich muss mich übergeben.«
Sie verschwand auf einer der Toiletten, und als sie wiederkam, sah sie noch verstörter aus. »Ich muss den Platz verlassen, Tally«, sagte sie mit trauriger Stimme.
»Aber was . . . wieso?« Ich verstand nicht, was sie meinte.
»Meine Monatsblutung hat begonnen.« Sie verzog missmutig das Gesicht. »Viel früher, als ich sie erwartet habe. Ich muss den Sonnentanzplatz verlassen und in die *Moonlodge* gehen, zusammen mit den anderen Frauen, die ihre Regel haben. Ich kann auch nicht mit dir im Zelt schlafen. Wäre schön, wenn du jemandem meine Sachen mitgeben würdest.«
Natürlich wusste ich, dass Frauen mit Monatsblutung sich vom Tanzplatz und den Tänzern fern halten mussten. In dieser Zeit war ihre Macht so stark, dass sie die Mächte, die auf dem Tanzplatz wirkten, beeinflussen konnten.
»Sei nicht traurig«, sagte Adena. »Es ist schon in Ordnung für mich. Ist ja schließlich nicht mein erster Sonnentanz. Und du hast ja Neil und Leo und über hundert Pferde.« Sie lachte.
Mir war gar nicht zum Lachen zu Mute. Adena verschwand in der

Dämmerung. Sie ging zu einem großen Tipi, das abseits am Waldrand stand. Dort würden all jene Frauen, die ihre *Moontime* hatten, von älteren Frauen versorgt werden.
Nun würde ich doch allein in meinem Zelt schlafen müssen, denn alle Sonnentänzer blieben in den nächsten vier Tagen und Nächten in den speziell dafür aufgestellten Tipis hinter dem Arbor.
Mein Vater kam und wünschte mir eine gute Nacht. »Gräm dich nicht, Tally«, sagte er, als ich ihm von Adena erzählte. »Du bist schon wieder verärgert, weil nicht alles so ist, wie du es dir ausgemalt hast. Aber es ist nicht gut, wenn du schlechte Gedanken hegst. Die Tänzer merken es. Sei froh, dass du hier bist, ergib dich der Kraft auf diesem Platz.« Dad legte seine Hand an mein Gesicht. »Ich tanze nicht, weil ich von *Wakan Tanka* etwas erbitte, Tally. Ich tanze aus Dankbarkeit. Aus Dankbarkeit dafür, dass du bei mir sein darfst.« Er umarmte mich und verschwand zwischen den Tipis.

Auch Leo kam, um sich zu verabschieden. Als er neben mir stand, hörte ich seinen Magen knurren. Er lachte verlegen.
»Ich glaube, ich habe ein Loch im Bauch.«
»Du hast schon den ganzen Tag gefastet?«, fragte ich, voller Anteilnahme.
»Ja. Das Fasten gehört dazu. Genauso wie das *Inipi*.«
Das Feuer auf dem Platz, in dem die Steine für die Schwitzhütte zum Glühen gebracht wurden, brannte schon. Nicht mehr lange, und die Sonnentänzer würden sich in einem Schwitzbad reinigen. Das würden sie dann immer wieder tun zwischen den Tänzen.
»Wie oft hat du schon getanzt?«, fragte ich ihn.
»Seit ich sechzehn bin«, antwortete er. »Es ist das dritte Mal für mich. Im nächsten Jahr werde ich wieder dabei sein. Ich tanze für Becky, meine Schwester.«
Ich wusste zwar, dass Leo Little Moon viele Brüder hatte, aber von einer Schwester wusste ich nichts. »Ist sie krank?«, fragte ich ihn.

Denn es war durchaus üblich, dass man während eines Sonnentanzes *Wakan Tanka* um Heilung für einen Kranken bat.

»Sie ist tot«, sagte er leise.

Erschrocken sah ich ihn an. »Was ist denn passiert?«

Leo brauchte lange, bis er antwortete, so lange, dass ich dachte, ich hätte ihn vielleicht nicht fragen sollen. Aber die Worte waren mir einfach entschlüpft, bevor ich sie zurückhalten konnte.

Doch dann redetet er. »Becky wurde umgebracht, da war sie so alt wie du. Jemand hat ihr Gewalt angetan und sie getötet. Wer das war, wissen wir bis heute nicht. Sie fehlt mir, meine kleine Schwester«, sagte er. »Sie fehlt uns allen seit vier langen Jahren.«

Ein dicker Kloß würgte in meiner Kehle. »Es tut mir so Leid, Leo«, brachte ich schließlich heraus.

»Ja. Sie war ein mutiges Mädchen und genauso hübsch wie du.«

Verlegen blickte ich auf meine nackten Füße. Außer meinem Vater hatte das noch nie jemand zu mir gesagt und normalerweise hätte ich mich darüber gefreut. Doch jetzt machte Leos Kompliment mich noch trauriger.

»Tut mir Leid, Tally«, sagte er. »Ich wollte dich nicht traurig machen. Aber du hast gefragt.«

»Ich werde in Gedanken bei dir sein, wenn du tanzt«, sagte ich. »Ich werde auch an Becky denken.«

»Danke, Tally. Das wird mir helfen.«

Wir standen einander unschlüssig gegenüber, und ich versuchte ein Lächeln. »Brauchst du eine Umarmung?«, fragte ich.

Leo nickte. »Unbedingt.«

Ich stellte mich auf die Zehenspitzen und drückte ihn an mich. Dann verabschiedete ich mich von ihm. Als ich Leo nachsah, wie er in einem der Tipis verschwand, spürte ich, dass ich beobachtet wurde, und drehte mich um.

Neil Thunderhawk stand am Rand des Arbors, und mein Blick traf seinen.

Langsam wurde es dunkel, und ein voller Mond stieg aus den schwarzen Wipfeln der Pinien. Ich machte mich auf den Weg ins Camp, in der Hoffnung, dass mich irgendjemand in seinem Wagen mitnehmen würde.

Als ich Schritte hörte, blieb ich stehen und wandte mich um. Es war Neil. Mit seinen langen Beinen und kraftvollen Schritten hatte er mich bald eingeholt. Kurz sah ich sein Gesicht im hellen Licht des Mondes. Es war verschlossen, und er sagte auch nichts.

Sollte sein mürrisches Verhalten etwas mit Leos Umarmung zu tun haben? Das konnte ich mir nicht vorstellen. Neil hatte doch bisher nicht das geringste Interesse an mir gezeigt. Er war verrückt nach Suzy, und ich war ihm gleichgültig. Was konnte ihn also daran stören, dass ich Leo Little Moon umarmte?

»Bist du sauer auf mich?«, fragte ich schließlich, während ich versuchte mich seinem Tempo anzupassen.

»Warum sollte ich?«, antwortete er unwirsch.

»Ich weiß nicht . . . Du sprichst ja nicht mit mir.«

»Muss man denn immer reden? Das Mundwerk von euch Frauen steht niemals still. Euer endloses Geplapper geht mir mächtig auf die Nerven.«

Ich schnaufte beleidigt, wagte aber nicht, noch irgendein Wort zu sagen. Nach einer Weile verlangsamte Neil seinen Schritt, sodass ich mithalten konnte, ohne außer Atem zu geraten.

Plötzlich blieb er stehen. »Hörst du die Pferde?«, flüsterte er.

Ich lauschte. Tatsächlich hörte ich das leise Schnauben der Pferde. Und dann sah ich sie auch: dunkle Schatten auf der vom Mondlicht silbern erleuchteten Wiese, wie Geisterwesen in der Nacht. *Shunka Wakan*. Es war ein unglaublicher Anblick, der uns beide vollkommen in Bann zog.

Noch eine ganze Weile standen wir schweigend in der Dunkelheit. Neil fasste irgendwann nach meiner Hand und zog mich weiter. »Na komm! Bis zu den Zelten ist es noch ein ganzes Stück zu laufen, und es ist schon spät.«

Im Camp saßen noch einige am Lagerfeuer, aber die meisten hatten sich bereits schlafen gelegt. Der Sonnentanz würde in aller Frühe beginnen, und alle wollten munter sein, um dem Einzug der Tänzer zuzusehen.

Ich fragte herum und machte eine ältere Frau ausfindig, die bereit war, Adenas Schlafsack und ihre Sachen mit dem Auto noch zur *Moonlodge* zu bringen.

Vor dem Zelt wünschte ich Neil eine gute Nacht.

»Ja«, sagte er. »Schlaf du auch gut!«

Aber Neil ging nicht. Er stand einfach nur da, schob die Hände in die Hintertaschen seiner Jeans und sah mich an.

»Hast du jemanden, der dich morgen früh mit auf den Platz nimmt?«, fragte er schließlich.

Ich schüttelte den Kopf.

»Soll ich dich mitnehmen?«

»Du?«

»Ja. Ich fahre mit Dads Pick-up.«

»Okay«, sagte ich.

»Soll ich dich wecken?«

»Ja.« Ich bückte mich, um ins Zelt zu kriechen.

»Talitha?«

Ich sah fragend zu Neil auf. »Ja?«

Aber dann sagte er nur: »Ach nichts«, und ging davon.

In der Nacht hörte ich die donnernden Hufe der Pferde, wie sie beim Laufen den Boden unter sich zum Vibrieren brachten. Als mich der Ruf einer Trommel im Morgengrauen weckte, wusste ich nicht mehr, ob es Wirklichkeit gewesen war oder Traum. Ich schlug die Augen auf. Leise Stimmen aus den Nachbarzelten drangen an meine Ohren. So mochte es früher gewesen sein, in den Tipilagern unserer Vorfahren. Fehlte nur das leise Schnauben der Pferde.

Der Gesang einer Männerstimme setzte ein, die auf Lakota den Tag begrüßte und dazu aufrief, sich auf den Weg zum Sonnentanzplatz zu begeben, um beim Einzug der Tänzer in den Heiligen Kreis dabei zu sein.

Ich schlüpfte in meine Sachen und kroch nach draußen, um auf die Toilette zu gehen. Die ersten waren schon auf den Beinen und der Duft von frischem Kaffee zog mir in die Nase.

Auf der Ladefläche des Pick-ups stand unser Wasserkanister. Ich trank ein paar Schlucke, dann wusch ich mich und putzte meine Zähne. Vor dem Seitenspiegel bürstete ich mein Haar und flocht es zu einem Zopf, als ich hörte, wie jemand undeutlich meinen Namen rief.

Suchend blickte ich mich um. Es war Neil, der auch gerade dabei war, sich die Zähne zu putzen. Mit einer Hand hielt er seine Zöpfe fest, damit sie ihm nicht vor der Nase herumbaumelten. Weißer Schaum tropfte ihm von den Mundwinkeln. Ich musste lächeln über seinen Anblick.

Er spuckte auf die Erde und spülte seinen Mund mit Wasser sauber.

»Bist du fertig?«, fragte er. »Können wir losfahren?«

»Ja«, erwiderte ich. »Ich bin gleich so weit.«

Ich kroch noch einmal ins Zelt, holte meinen kleinen Rucksack heraus und schloss hinter mir den Eingang. Am Kanister füllte ich meine Wasserflasche, verstaute sie im Rucksack und lief hinüber zu Neil.

Mit dem Pick-up-Truck seines Vaters fuhren wir hinauf zum Sonnentanzplatz. Vor uns und nach uns noch andere, die den Einzug der Tänzer nicht verpassen wollten. Neil war sechzehn und konnte seinen Führerschein noch nicht lange haben. Aber er fuhr gut, das musste ich ihm lassen. Ruhig und sicher lenkte er den Pick-up über die holprige Piste.

Oben, auf dem Plateau, sah ich in der Morgendämmerung die Pferde grasen. Es war ein Moment des Glücks. Der Anblick der Pferdeherde, das wunderbare Gefühl, neben Neil Thunderhawk im Pick-up zu sitzen, und die geheimnisvolle Anspannung, die der Beginn des Sonnentanzes mit sich brachte.

Neil parkte neben den anderen Fahrzeugen und wir liefen zum Arbor. Ich hatte mich extra hübsch angezogen für diesen Tag: ein rotes T-Shirt und einen bunten Wickelrock – beides aus den Kartons, die Nellie White Elk uns gebracht hatte.

Fast alle Frauen, die am Arbor standen, trugen Röcke, das war selbstverständlich. »Als die Frauen anfingen Hosen zu tragen wie Männer«, hatte Dad mir erzählt, »hat sich *Wakan Tanka* beschwert, weil er nun nicht mehr unterscheiden konnte, wer ein Mann und wer eine Frau war. Und schließlich wollen wir *Wakan Tanka* ehren beim Sonnentanz und ihn nicht verwirren.« Dabei hatte er mir zugezwinkert und gelacht.

Wir zogen unsere Schuhe aus, denn unter das Schattendach rund um den Arbor herum durfte man nur barfuß treten. Auch die Tänzer würden vier Tage lang auf bloßen Füßen tanzen. Indem sie ihre Schuhe ablegten, zeigten die Zuschauer ihre Solidarität.

»Ist dein Vater zum ersten Mal dabei?«, fragte Neil. Dabei sah er mich an, und ich presste eine Hand auf den Mund, um nicht loszuprusten.

»Ist irgendwas?«, fragte er verunsichert.

»Du hast Zahnpasta am Kinn.«

Neil rieb sich sein Kinn sauber. »Weg?«

Ich nickte. Dann sagte ich: »Dad hat vor Jahren schon einmal am Sonnentanz teilgenommen. Damals, als meine Mutter fortging.«

»Warst du dabei?«

»Ja.«

»Na, dann weißt du ja Bescheid.«

In die plötzliche Stille drang kurz darauf der Klang der Trommel. Im selben Moment zeigten sich die ersten Strahlen der Sonne am Horizont, und ein aufgeregtes Gemurmel entstand.

Die Eingangsklappe des großen Tipis wurde zurückgeschlagen und einer nach dem anderen verließen die Sonnentänzer das Zelt. Die

Frauen kamen aus einem anderen Tipi und schlossen sich den Männern an. In kleinen Schritten, begleitet vom Klang der Trommel und der lauten Stimme des Sängers, liefen die Sonnentänzer auf den Osteingang des Tanzkreises zu.
White Elk, der Medizinmann, beräucherte den Sonnentanzbaum und jeden einzelnen Tänzer, bevor sie den Arbor betraten. Der Rhythmus der Trommel hatte längst von mir Besitz ergriffen und ich tanzte auf der Stelle, während ich nach meinem Vater Ausschau hielt, nach Leo Little Moon und Tom Thunderhawk.
Endlich sah ich sie. Wie die meisten anderen Männer trugen sie lange Wickelröcke aus rotem Tuch um die Hüften. Auf dem Kopf, an den Armen und an den Fußgelenken waren Salbeikränze befestigt. Jeder von ihnen hatte eine Adlerknochenflöte im Mund, deren hohe Töne mir durch Mark und Bein gingen.
Dad entdeckte mich und grüßte mich mit den Augen. Auf seiner nackten Brust hüpfte sein perlenbestickter Medizinbeutel, den er immer um den Hals trug. Ich sah Tom Thunderhawk und gleich dahinter Leo Little Moon. Leo nickte mir zu, als er mich entdeckte, und ich winkte ihm verstohlen. Dabei tat ich so, als würde ich nicht merken, dass Neil mich beobachtete.
Leo hatte nicht nur ein hübsches Gesicht, sondern auch einen schönen Körper – glatt und muskulös, mit breiten Schultern und schmalen Hüften. Ich ertappte mich dabei, wie ich ihn bewundernd anstarrte, und spürte, wie der Anblick seines Körpers etwas in mir weckte: Neue Wünsche. Neue, unerreichbare Träume.

17. Kapitel

Die Tänzer bewegten sich im Kreis, begrüßten einzeln den Heiligen Baum und schickten in regelmäßigen Abständen ein Gebet zur Sonne. Die war inzwischen aufgegangen und begann sofort zu wärmen.

Die Tänzer würden mit nur kurzen Unterbrechungen bis in die Abendstunden tanzen, ohne Essen und ohne Wasser. Sie tanzten den Sonnentanz, um zu danken und um zur Heilung der Erde beizutragen. Der Tanz war ein Opfer für das ganze Volk.

Immer wieder streckten die Tänzer unter kraftvoll anschwellendem Gesang ihre Arme betend zur Sonne. In den Mittagsstunden war es so heiß, dass es selbst unter dem Schattendach des Arbors kaum noch auszuhalten war.

Eine Weile saßen Neil und ich etwas abseits zwischen duftenden Salbeibüschen, um auszuruhen und etwas zu trinken. Mit meinem ganzen Körper, mit ganzer Seele war ich bei den Tänzern: Ich fühlte ihren Durst, ihre Erschöpfung, als würde ich sie am eigenen Leib erfahren. Und Neil erging es ebenso.

Eine lange Zeit sprach keiner von uns beiden. Von dort, wo wir saßen, konnte man weit ins Land blicken, hinunter ins Camp und über den Creek hinweg in eine weite Ebene. Das Land der Pferde. Unser Land. Und als ob ich sie gerufen hätte, jagte auf einmal die Herde über die trockene Ebene hinter dem Camp. Hunderte Pferdehufe in einer mächtigen Staubwolke. Kraftvoll und frei liefen sie dahin.

Ich stieß einen Seufzer aus. »Sie haben es gut«, sagte ich leise.

Neil schüttelte den Kopf. »Ihnen geht es wie uns. In den Grenzen ihres Reservats dürfen sie sich frei bewegen. Aber eben doch nur bis zu den Grenzen. Es ist nur eine Illusion von Freiheit, Tally. Sie sind keine wilden Pferde. Sie werden vom Besitzer des Wildpferdreservats gefüttert. Genauso, wie die meisten von uns ihre Wohlfahrtsschecks von der Regierung bekommen.«

Ich wusste, dass er Recht hatte, und doch wollte ich das nicht hören. Nicht jetzt, in diesem wunderbaren Moment.

»Aber die Pferde wissen es nicht«, behauptete ich. »Sie wissen nicht, dass sie nicht frei sind.«

»Sei dir da mal nicht so sicher«, erwiderte Neil, legte sich zurück ins Gras und stützte sich auf die Ellenbogen. »Sie haben das Gedächtnis ihrer Ahnen geerbt. In ihnen stecken die Gene der Urpferde, die vor tausenden von Jahren in Amerika gelebt haben. Man hat herausgefunden, dass unsere Vorfahren sie gejagt und verspeist haben. Dann sind sie verschwunden.«

»Warum erzählst du mir das?«, fragte ich.

»Weil es die Wahrheit ist, Tally Running Horse. Weil du eine Träumerin bist.« Er erhob sich, klopfte den Staub von seinen Jeans und ging zurück zum Arbor. Ich blieb noch eine Weile allein zwischen den Salbeisträuchern sitzen.

Am nächsten Morgen waren wir wieder früh auf den Beinen, um rechtzeitig beim Einzug der Tänzer auf dem Platz zu sein. Heute würden die ersten, die sich dazu entschlossen hatten, ein Fleischopfer zu bringen, am Sonnentanzbaum hängen oder die Büffelschädel ziehen. Keiner der Tänzer war dazu gezwungen, es war die Entscheidung eines jeden einzelnen.

Als ich meinen Vater sah und Leo, entdeckte ich in ihren Augen eine merkwürdige Entschlossenheit, und da wusste ich, dass sie beide am Piercing teilnehmen würden.

Jetzt breiteten der alte White Elk und sein Sohn Charlie das große Büffelfell aus, das neben dem Sonnentanzbaum lag. Der Gesang wurde lauter. Mein Vater löste sich aus der Reihe der Tänzer und legte sich auf das Büffelfell. Auf seinem Rücken leuchteten zwei rote Farbkreise.

Mein Herz klopfte wild. Dad hatte sich offenbar entschlossen, die Büffelschädel zu ziehen. Der Medizinmann und Adenas Vater knieten neben meinem Dad nieder und zogen ihm dort, wo sein Rücken rot markiert war, zwei Holzsplinte durch die Haut. Die Männer trugen Gummihandschuhe und benutzten ein Skalpell, das war seit einigen Jahren Vorschrift.

Alles ging sehr schnell, und ehe ich mich versah, war mein Vater wieder auf den Beinen. Die Büffelschädel wurden mit Lederseilen an

die Holzsplinte in seinem Rücken geknüpft. White Elk beräucherte Dad mit Salbei. Die Menge spornte ihn mit Rufen und lautem Trällern an, dann ließen ihn die Männer los. Er stemmte sich nach vorn, die Seile strafften sich und so lief mein Vater im Kreis, die vier Büffelschädel an seiner Haut hinter sich herziehend.
Ich wünschte ihm, dass es schnell gehen möge, obwohl ich doch wusste, dass er Zeit brauchte, um Zwiesprache mit *Wakan Tanka* und *Tunkashila*, dem Heiligen Großvater, zu halten.
Als Dad dicht an mir vorüberkam, sah ich die Schweißbäche, die von seiner Stirn flossen. Er sah mich nicht, denn seine Augen waren fast geschlossen. Den Blick hatte er vollkommen nach innen gerichtet. Ganz deutlich spürte ich seine große Liebe, die bereit war, ein Opfer zu bringen, und den Wunsch, anderen mit diesem Opfer zu helfen. Mein Vater, das wurde mir in diesem Augenblick klar, zog die Büffelschädel auch für mich.
Eine ganze Runde war er nun schon im Arbor gelaufen. Manchmal riss die Haut eines Tänzers lange nicht. Auch nach der zweiten Runde zog Dad die schweren Schädel immer noch hinter sich her. Wenn seine Haut nicht riss, würden sich Kinder auf die Büffelschädel setzen, damit sie schwerer wurden.
Aber plötzlich ging ein erleichterter Aufschrei durch die Menge, der aus einer Kehle zu kommen schien. Die Haut war gerissen, mein Vater war frei. Bernhard White Elk und sein Sohn Charlie hoben die Hände meines Vaters in die Höhe. Die blutenden Wunden in seinem Rücken wurden mit Salbei abgerieben, dann reihte er sich wieder in die Gruppe der Tänzer.

Wenig später begann das Piercing für all jene, die beschlossen hatten, mit ihrer Haut am Sonnentanzbaum zu hängen. Mein Vater war wieder dabei und diesmal auch Tom Thunderhawk und Leo Little Moon. Ich sah auch einen weißen Mann mit blondem kurzem Haar, dessen helle Haut verbrannt war von der Sonne. Und fragte mich,

was ihn bewegte, Schmerzen auf sich zu nehmen für etwas, das nicht einmal seiner Kultur entstammte.
»Wer ist denn das?«, fragte ich Neil, der neben mir stand.
Er beugte seinen Kopf zu mir herüber. »Das ist Arnold Colder, ein Rechtsanwalt aus Kalifornien. Er ist schon zum dritten Mal dabei. Er vertritt Indianer vor Gericht, ohne Honorar zu verlangen.«
»Dass er hilft, finde ich gut«, sagte ich. »Aber warum muss er beim Sonnentanz mitmachen? Schließlich ist er ein *Wasicun*.«
Neil nickte finster. »Ich finde es auch nicht gut. Aber ohne seine Spenden könnte der Sonnentanz vielleicht nicht mehr stattfinden . . .«
Ich schwieg betroffen.
Die Tänzer waren durch lange Seile, die mit Holzsplinten in ihrer Brusthaut befestigt waren, mit dem Sonnentanzbaum verbunden. Sie tanzten zum Baum, verharrten dort im Gebet und entfernten sich wieder, so weit, bis das Seil sich spannte. Sie tanzten so lange, bis ihre Haut riss und sie frei waren.
Meine Gedanken waren bei Leo, der lange brauchte, um sich loszureißen. Ich dachte an seine Schwester Becky und die Trauer, die in seinem Blick gelegen hatte, als er von ihr sprach. Und ich wünschte ihm, dass seine Trauer aufgefangen wurde von der starken Kraft, die uns alle auf diesem Platz umgab.
»Nächstes Jahr werde ich auch tanzen«, sagte Neil. Ich schrak aus meiner Versunkenheit hoch und sah ihn überrascht an. Aber er hatte seinen Blick auf die Tänzer gerichtet und sprach nicht weiter.

Am letzten, dem vierten Tag der Zeremonie, erschien Adena am Morgen auf dem Platz und strahlte mich an. Ihre *Moontime* war vorbei und so konnten wir den letzten Tag gemeinsam verbringen. Wir sahen den Tänzern zu, liefen um die Mittagszeit ins Camp, um etwas zu essen, und suchten nach der Wildpferdherde. Die letzte Nacht verbrachten wir gemeinsam in Onkel Franks kleinem Zelt.

Ich erzählte Adena von den beunruhigenden Gedanken, die der Anblick von Leos Körper in mir weckte. Und sie schilderte, was passierte, wenn Randee Shields sie küsste.

»Ich kann gar nicht glauben, dass Leo keine Freundin hat«, sagte sie.

»Vielleicht hat er ja eine.«

»Dann hör auf an ihn zu denken.«

»Aber träumen ist doch nicht verboten«, protestierte ich.

»Von wem träumst du denn nun eigentlich, Tally? Von Leo Little Moon oder Neil Thunderhawk?«

Das war eine durchaus berechtigte Frage. »Ich liebe Neil«, sagte ich. »Aber gegen Suzy Eagle Bear habe ich keine Chance. Leo flirtet mit mir und bringt mich zum Lachen. Ich kann beide nicht haben, Adena. Aber ich kann von beiden träumen.«

Wir redeten bis in den Morgen.

Am nächsten Tag wurde das Camp abgebrochen und aufgeräumt. Wie gerne wäre ich noch geblieben!

In den folgenden Tagen wurde mein Vater immer wortkarger. Ich spürte, dass ihn etwas bedrückte. Ob es mit dem Sonnentanz zu tun hatte und der Erfahrung, die er während der Zeremonie gemacht hatte?

Auch mich plagten Sorgen. Nun, da wir bei Tante Charlene wohnten, würde ich nach Manderson zur Schule gehen müssen. Und das bedeutete: neue Lehrer, neue Klassenkameraden. Außerdem würde ich jeden Morgen mit Marlin und Neil auf den Schulbus warten müssen.

Am ersten Tag war ich überpünktlich und stand beinahe eine Viertelstunde allein an der Straße, bis ein verschlafener Neil erschien und »Guten Morgen« brummte.

»Wo ist Marlin?«, fragte er.

Ich hob die Schultern. »Als ich losgegangen bin, war Tante Charlene noch dabei, ihn zu wecken.«

»Vielleicht kommt er ja gar nicht«, meinte Neil. »Er schwänzt dauernd. Wenn es in diesem Jahr weiter so läuft wie im vergangenen, wird er die Schule nicht schaffen.«
Der Schulbus kam und wir stiegen ein. Von Marlin keine Spur. Suzy Eagle Bear war im Bus und Neil setzte sich zu ihr. Ich blieb stehen, wo ich war. Die beiden legten auf meine Gesellschaft mit Sicherheit keinen Wert.

Im Schulgebäude machte ich meine neue Klasse ausfindig und stellte mich der Klassenlehrerin vor. Sie hieß Dana Mesteth und unterrichtete bei uns Englisch, Stammessprache und Mathematik. Ich hatte auch eine Banknachbarin: ein pummeliges Mädchen, das Lisa hieß und mich freundlich anlächelte.
Nach der ersten Mathematikstunde wusste ich, dass meine Klassenlehrerin in Ordnung war. So lief – entgegen meinen Erwartungen – alles ganz gut am ersten Tag. Abgesehen davon, dass ich Adena in jeder Minute schrecklich vermisste und dass ich zusehen musste, wie Neil Suzy Eagle Bear auf dem Schulhof küsste.

Am Abend, ich lag schon im Bett und hatte noch gelesen, setzte sich Dad zu mir.
»Ich muss mit dir reden, Tally«, sagte er, »aber ich weiß nicht, wie ich anfangen soll.«
Ich erschrak. Mein Vater würde mir wehtun, das wurde mir in diesem Augenblick klar. Und weil er sich davor fürchtete, lief er seit Tagen so bedrückt herum.
»Du musst es mir sagen, Dad.«
»Ja, ich weiß, Braveheart.«
Er erzählte mir, dass während des Sonnentanzes *Wakan Tanka* ihm zur Einsicht verholfen hatte. »Ich habe begriffen, dass nichts ohne Grund geschieht und dass ich nach der Lehre suchen muss, die in den Ereignissen enthalten ist. Ich weiß jetzt, Tally, dass Weggehen

und Wiederkommen besser ist als Bleiben.« Dad nahm mich in die Arme. »Es ist für uns beide unerträglich, in diesem Kellerzimmer zu hausen«, sagte er. »Ich dachte, ich würde eine Lösung finden, aber bald kommt der Herbst, und im Winter gibt es keine Arbeit für mich im Reservat. Was wir an Sozialhilfe bekommen, reicht nicht zum Leben. Es wird nicht besser, Tally. Nicht auf diese Weise.«

»Du willst weggehen?« Tränen stiegen mir in die Augen. Er hatte mir doch versprochen, dass er mich nie allein lassen würde.

»Ich muss, Braveheart. Ich werde nach Kalifornien gehen, dort finde ich mit Sicherheit einen Job. Ich werde jeden Tag viele Stunden arbeiten, so lange, bis ich das Geld für ein Haus zusammenhabe. Dann komme ich wieder. Ich hoffe, es wird nicht für lange sein.« Dads Stimme klang fremd und seine Worte schienen aus weiter Ferne zu kommen.

»Aber . . .« Ich schluckte.

»Ich weiß. Ich weiß, dass Charlene und Marlin furchtbar sind, und es bricht mir das Herz, dich bei ihnen zurücklassen zu müssen. Aber es geht nicht anders, Tally. Ich muss versuchen woanders Arbeit zu finden, sonst kommen wir nie aus diesem Keller heraus.«

Das musste ich einsehen. Ich versuchte tapfer zu sein und meinem Vater die Entscheidung nicht noch schwerer zu machen.

»Wann wirst du gehen?«, fragte ich und sah ihn an.

»Nach deinem Geburtstag. Je eher ich weg bin, umso schneller bin ich wieder da.«

Mein Magen krampfte sich zusammen. Das war schon in drei Tagen.

»Du wirst das schaffen, Tally, weil du stark bist. Ich werde mit Tom und Della reden, dass sie ein Auge auf dich haben. Wenn du Probleme mit Tante Charlene hast, dann wende dich an sie. Ich werde dich natürlich so oft wie möglich anrufen.«

Ich nickte geistesabwesend. Keine Ahnung, wie ich ohne meinen Vater auskommen sollte. Er war immer da gewesen, solange ich denken konnte. Mit wem sollte ich reden, wenn er hunderte Meilen weit weg war? Wer würde meine Fragen beantworten? Wer würde mich umarmen, wenn ich traurig war?

Mein 15. Geburtstag kam heran, und am Nachmittag besuchte uns Adena mit ihren Eltern und ihrem Bruder, um mir zu gratulieren. Adena hatte mir ein Zeichenset mitgebracht, das ihr Mrs Hunter, meine ehemalige Zeichenlehrerin aus der Porcupine-Schule, für mich mitgegeben hatte.

Tatsächlich hatte ich den zweiten Preis in diesem Wettbewerb gewonnen, zu dem Mrs Hunter meine Zeichnungen von Stormy eingereicht hatte. Nun besaß ich verschiedene Bleistifte, harte und weiche, Zeichenkohle, Tusche und Federn. Ich freute mich riesig.

»Wie ist die Manderson High?«, fragte Adena, als wir im Kellerzimmer allein waren.

»Ganz okay.«

»Kommst du zurecht?«

»Du fehlst mir«, antwortete ich.

»Du mir auch, Tally.« Adena hatte Tränen in den Augen. Ich nahm sie in die Arme.

»Randee hat eine Neue«, offenbarte sie mir.

»Neil küsst Suzy«, sagte ich daraufhin.

Einen Moment lang sah es so aus, als würden wir beide jeden Augenblick in Tränen ausbrechen, aber dann hielten wir uns an den Händen und lachten. Ich hatte Adena nicht verloren, nur weil ich sie nicht mehr jeden Tag sehen konnte.

Wir setzten uns auf mein Bett, und während Adena mir Randees Nachteile aufzählte, widersprach sie sich mit jeder Bewegung, jeder Geste. Ich wusste nur zu gut, wie sie sich fühlte. Wir einigten uns darauf, dass es besser war, sich nicht zu verlieben . . .

Später erzählte ich Adena von Lisa, die in der Schule neben mir saß.

»Wirst du dir eine neue Freundin suchen?«, fragte sie.

»Nein«, erwiderte ich. »Und du?«
»Niemals.«

Am nächsten Tag verbrachte ich die Hofpause eingeschlossen auf der Mädchentoilette. Ich dachte nur an Dad. Ich wollte ihn wiederhaben.
Nach der Schule erledigte ich meine Hausaufgaben und schlich mich aus dem Haus, ehe Tante Charlene mir irgendwelche Aufträge erteilen konnte. Nun hatte ich nur noch Stormy. Stormy, die sich geduldig von mir umarmen ließ.
Ich erzählte ihr, dass mein Vater nach Kalifornien unterwegs war. Dass er Geld verdienen wollte, damit wir uns ein Haus bauen konnten.
»Dann kaufe ich dich«, flüsterte ich ihr ins Ohr. »Dann kann uns keiner mehr trennen.«
Stormy legte den Kopf auf meine Schulter. Verstand sie, was ich ihr erzählte? Ich glaube, sie merkte, wie traurig ich war. Mit ihren weichen Lippen zupfte sie an meiner Umhängetasche mit den Zeichenutensilien. Ja, ich würde zeichnen! Wenn ich zeichnete, ging es mir besser.
»Du bist ein kluges Pferd, Stormy«, sagte ich. »Deshalb habe ich dich auch ausgesucht. Oder hast du mich ausgesucht?«
Ich zeichnete Stormy beim Grasen und sah den Truthahngeiern bei ihren Flugmanövern zu.
Psitó lahmte immer noch. Dr. Morgan konnte die Ursache dafür allerdings nicht finden. Mit ihrem Bein war alles in Ordung und auch der Huf war okay. Ich bürstete die Stute, weil sie das mochte.
Am Abend belegte ich ein paar Sandwiches für Tante Charlene und mich und machte den Abwasch. Marlin hörte ich erst zurückkommen, als ich schon im Bett lag, und ich fragte mich, wo er sich wieder den ganzen Tag herumgetrieben hatte.
Einige Tage später rief Dad mich aus San Francisco an. Er erzählte,

dass er ein Zimmer bei einem netten alten Mann gefunden hatte, der allein lebte, und dass er nun auf der Suche nach Arbeit war.
»Hier gibt es eine Menge schnelle Autos«, sagte er. »Und über der ganzen Stadt liegt der Geruch nach Seetang und Fisch.«
»Warst du am Meer?«, fragte ich.
»Ja. Ich wünschte, du könntest es sehen.«
Ich seufzte. Das wünschte ich auch.
»Ist alles in Ordnung Tally? Geht es dir gut?«
»Ja, Dad. Alles bestens. Es geht mir gut.«

18. Kapitel

Nun, da mein Vater nicht mehr da war, um seine Hand schützend über mich zu halten, war ich Tante Charlenes Launen ausgeliefert wie ein einzelner Baum dem Wind in der offenen Prärie. Meine Tante hasste ihr Leben, sie war unzufrieden mit allem, und deshalb hatte sie auch kein Mitleid mit anderen.
Die Tage wurden kürzer, die Luft kühler. Es regnete viel, und Marlin war wieder öfter zu Hause. Als ich zum ersten Mal merkte, dass jemand in meinem Zimmer gewesen war und in meinen Sachen gestöbert hatte, beschwerte ich mich bei Tante Charlene.
»Marlin schnüffelt in meinen Sachen herum«, sagte ich wütend.
»Warum schließt du nicht ab?«
»Das tue ich. Er muss einen Schlüssel haben.«
Meine Tante zuckte die Achseln. Es würde Marlin wenig interessieren, wenn sie ihm Vorhaltungen machte. Er hatte schon lange keine Angst mehr vor Strafe.
Einmal hörte ich, wie sie ihn bat, nicht im Haus zu rauchen. »Alles stinkt, und ich bekomme keine Luft. Ich möchte nicht, dass du im Haus rauchst.«
»Und?«, meinte er verächtlich. »Was willst du dagegen tun?«

Tante Charlene konnte nichts dagegen tun. Genauso wenig, wie ich etwas dagegen tun konnte, dass Marlin in meinem Zimmer herumwühlte oder die Toilette im Keller benutzte.
In solchen Momenten hasste ich ihn.
Als Dad das nächste Mal anrief, hatte er einen guten Job als Zimmermann bei einer Baufirma gefunden und schickte Tante Charlene von nun an regelmäßig Geld, wovon mir ein Teil als Taschengeld zustand – für Kleidung und Schulsachen und kleine Wünsche.
Der November neigte sich dem Ende zu und kalte Winde aus dem Norden hatten die warme Herbstluft weggefegt. Es waren graue Tage, und ohne meinen Vater erschienen sie mir noch dunkler und trüber als sonst zu dieser Jahreszeit.
Die Alten im Reservat waren besorgt, denn es gab Anzeichen, dass ein besonders harter Winter bevorstand. Ich würde nicht frieren und auch nicht hungern im Haus meiner Tante – aber um die Pferde machte ich mir Sorgen.
Ich half Neil jetzt jeden Abend beim Füttern der Tiere. Wir trafen uns an der Scheune und warfen den Pferden Heuballen in die Futterkrippe. Sie tauchten sofort ihre Köpfe hinein und ließen ihre zufriedenen Kaugeräusche hören. Für Taté und Grey hielt Neil eine besondere Futtermischung in einem Futtersack bereit.
»Warum bekommen sie extra Futter?«, fragte ich. »Weil sie Männer sind?«
Er lachte kopfschüttelnd. »Nein. Weil mein Vater und ich mit Grey und Taté im Dezember am Big-Foot-Ritt teilnehmen werden. Sie müssen knapp 200 Meilen bei eisiger Kälte durchhalten, und damit sie etwas auf den Rippen haben, wenn es losgeht, bekommen sie eine Extraration.«
Ich schluckte. Neil würde also tatsächlich am Big-Foot-Ritt teilnehmen – etwas, wovon ich nur träumen konnte.
»Du reitest den Hengst?«, fragte ich voller Bewunderung.

»Ja. Taté ist jetzt mein Pferd. Pa hat ihn mir zum Geburtstag geschenkt.«

Neil war jetzt 17. Ernst und stark wie ein junger Krieger. Ich hätte ihm gerne gezeigt, wie sehr ich ihn mochte, aber dann hätte er sich vielleicht wieder zurückgezogen und das wollte ich nicht. Im Augenblick kamen wir ganz gut miteinander aus, wobei ich immer darauf bedacht war, ihm nicht auf die Nerven zu gehen.

»Ich würde auch gerne mitmachen bei diesem Ritt«, sagte ich sehnsüchtig. »Davon träume ich schon lange.«

»Na ja«, meinte Neil trocken, »reiten kannst du ja. Aber für den Ritt brauchst du ein gutes Pferd, eines, das kräftig genug ist, um die Kälte auszuhalten. Aber das Wichtigste ist, dass du deinem Pferd vertrauen kannst und dass das Pferd dir vertraut. Sonst kannst du die Sache gleich vergessen. Außerdem brauchst du einen Transporter, der dein Pferd nach Eagle Butte bringt, ins Standing-Rock-Reservat, wo der Ritt startet. In unseren Pferdeanhänger passen aber nur zwei Pferde.«

Ich senkte traurig den Kopf. Ich hatte kein Pferd und schon gar kein Geld für einen Transporter. An diesem Ritt teilzunehmen, war einer meiner vielen Träume, die zu den unerfüllbaren gehörten. Aber ich würde weiterträumen, um die Realität wenigstens hin und wieder zum Schweigen zu bringen.

Neil stupste mich mit der Faust unters Kinn und sagte: »Nun lass mal den Kopf nicht hängen, Tally. Vielleicht lässt sich ja im nächsten Jahr was machen.«

Ich nickte, war aber davon überzeugt, dass er mich bloß trösten wollte.

Stormy zog ihre Nase aus dem Heu und kam zu mir herüber. Sie knabberte an den Knöpfen meiner Jacke, und ich musste lachen, weil ihre Mähne voller Moos und Grashalme war.

Neil hielt mir den Futtersack hin, und ich nahm eine Hand voll Körner für Stormy heraus. Ich schlang meine Arme um ihren Hals, vergrub meine Nase in ihrem dichten Winterfell und flüsterte: »Eines Tages werde ich mit dir auf den Spuren meiner Vorfahren reiten, hörst du?«

Mitte Dezember brachen Tom und Neil nach Norden auf, um mit vielen anderen Reitern am Big-Foot-Ritt teilzunehmen.
Beinahe jeden Tag lief ich zu Della hinüber. Während ich mit Bey und April und Miss Lillys Kätzchen spielte, ließ ich mir von Neils Mutter erzählen, wo die Reiter gerade waren und wie es ihnen in der eisigen Prärie auf den Rücken ihrer Pferde erging.
Bei Della war es gemütlich, und ich bekam fast immer einen Becher heiße Schokolade. Manchmal half ich ihr Stoffreste zuzuschneiden, denn Della Thunderhawk konnte wunderschöne Quilts nähen. Das Rattern ihrer Nähmaschine wurde zu einem vertrauten Geräusch, und manchmal nahm sie sich sogar die Zeit, mir etwas zu zeigen.
Ich hatte das Lachen wiedergefunden, und das Leben in Tante Charlenes Haus war zu einer Art Alltag geworden. Dad rief nun nicht mehr so oft an. Er wollte das Geld lieber sparen. Ich versuchte nicht mehr rund um die Uhr an ihn zu denken, und es gab Tage, wo mir das tatsächlich gelang.
In einer Nacht, es war eine Woche vor Weihnachten, erwachte ich von einem merkwürdigen Schmerz, einem unangenehmen Ziehen im Bauch. Als ich Licht anmachte und aufstand, entdeckte ich einen kleinen Blutfleck auf dem Laken. Ich hatte meine Periode bekommen. Schon so lange hatte ich dieses Ereignis herbeigesehnt, und nun war es auf einmal eingetreten. Zum Glück hatte ich vorgesorgt und schon seit einiger Zeit ein Päckchen Monatsbinden im Schrank aufbewahrt.
Ich wechselte das Laken und mein Nachthemd, und als ich wieder im Bett lag, im Dunkel meines Kellerzimmers, fühlte ich mich so allein wie noch nie zuvor. Ganz still und leise hatte mein Körper begonnen sich zu verändern. Aber niemand war da, dem ich es erzählen konnte, niemand, der mich in den Arm nehmen würde.

Was diese Dinge anging, war Dad immer unkompliziert und offen gewesen, und nun vermisste ich ihn mit der ganzen Kraft meiner Sehnsucht.
Als er das nächste Mal anrief aus San Francisco, überlegte ich, ob ich es ihm erzählen sollte. Doch sosehr ich mich freute, seine Stimme zu hören, ich spürte auf einmal, dass die alte Vertrautheit, die immer zwischen uns bestanden hatte, nicht mehr da war. Dad war meilenweit von mir und meinen Sorgen entfernt, darüber täuschte auch die Nähe seiner Stimme nicht hinweg.
Es ging ihm gut. Er arbeitete viele Stunden am Tag und sparte, soviel er konnte. Es war sonnig und warm am Pazifik, und er hatte ein paar Freunde gefunden. Indianer wie er, mit denen er seine Sehnsucht nach der Familie und dem heimatlichen Boden teilen konnte.
Mein Vater war mir fremd geworden.

Weihnachten kam heran, und ich freute mich darauf, denn Charlie und Nellie White Elk hatten mich eingeladen, ein paar Tage bei ihnen zu verbringen. In vielen Familien, die die indianischen Traditionen bewahrten, wurde Weihnachten gefeiert – wenn auch ohne Weihnachtsbaum. Es gab kleine Geschenke und etwas Besonderes zu essen. Ich war froh, aus meinem Kellerzimmer herauszukommen und endlich wieder eine längere Zeit mit Adena verbringen zu können.
Am Tag vor Weihnachten machte ich das Haus sauber und buk Erdnussbutterplätzchen. Tante Charlene rührte sich nicht von ihrer Couch, und es sah so aus, als wollte sie Weihnachten ausfallen lassen. Ihre Trägheit wog schwerer als ihr neuer Glaube. Aber das war mir egal, ich würde schließlich nicht da sein. Am nächsten Vormittag wollte Charlie White Elk mich abholen und mit nach Porcupine nehmen.
Gegen Abend hielt ein Auto vor dem Haus. Zuerst dachte ich, Marlin

käme zurück, aber seine Kumpanen brachten ihn nie bis vor die Tür. Sie setzten ihn immer unten an der Straße ab.
Auf den Stufen vor der Tür stand Leo Little Moon und brachte ein Paket von meinem Vater. Lächelnd überreichte er es mir. »Dein Dad hat es an unsere Adresse geschickt und darum gebeten, dass du es noch vor Weihnachten bekommst, Tally.«
Ich freute mich riesig, Leo zu sehen. Und obwohl ich wusste, dass meiner Tante neben vielen anderen Lakota-Traditionen auch die Regeln der Gastfreundschaft abhanden gekommen waren, bat ich Leo herein. »Möchtest du einen Kaffee?«, fragte ich ihn.
»Tee wäre mir lieber«, sagte er.
Ich brühte uns einen Tee und machte einen Teller mit Erdnussbutterplätzchen zurecht. Leo sah mir dabei zu, und in seinem Blick lag etwas, dass ich nicht zu deuten wusste.
Als der Tee fertig war, brachten wir alles nach unten, in mein Kellerzimmer. Leo sah sich um und sagte: »Ist doch ganz gemütlich hier.«
Ich wusste, dass er Recht hatte. Die Wohnungssituation im Reservat war desolat, und im Winter, wenn überall das Geld für Heizmaterial fehlte, hausten oft zwei oder drei Familien in einem Haus, und mehrere Personen teilten sich Zimmer, die so groß waren wie dieses.
»Für einige Zeit ist es in Ordnung«, sagte ich. »Es kommt eben nie Licht herein.«
»Na ja, ich hoffe, dein Dad kommt bald zurück und holt dich hier raus.«
»Ja, das hoffe ich auch.«
Leo zeigte auf die Zeichnungen von Stormy und den anderen Pferden, die ich an die Wände gepinnt hatte. »Sind die von dir?«
Ich nickte.
»Die sind schön. Du bist ja eine richtige Künstlerin.«
Er nahm ein Plätzchen. »Auch von dir?«
Ich nickte noch einmal.
Leo kaute genüsslich. »Mmm, die sind köstlich. Mir wird wohl nichts

anderes übrig bleiben, als dir einen Heiratsantrag zu machen, Talitha Running Horse. Du bist eine gute Partie, sehr vielseitig begabt.« Er lächelte.

Röte stieg mir ins Gesicht, und ich senkte verlegen den Kopf.

Leo wurde auf einmal ernst. »Du hast dich verändert, Tally. Bist erwachsen geworden.«

In meinem Hals kratzte es es, als ich sagte: »Ich bin erst fünfzehn, Leo.«

»Na ja, dann muss ich wohl noch warten mit dem Heiratsantrag.« Das klang richtig enttäuscht, und ich musste lachen.

Ich erzählte Leo von meinem Vater und dass er jetzt Geld verdiente, von dem er uns ein Haus bauen wollte. »Vielleicht kommt er im Mai zurück«, sagte ich.

»Na, das klingt doch toll. Nur noch fünf Monate. Die vergehen wie im Fluge, Tally. Glaub mir.«

Leo Little Moon trank seinen Tee und futterte Plätzchen. Ich bekam die neuesten Geschichten und ein paar alte Witze zu hören. Seine fröhliche Art steckte mich an. Als Leo aufbrach, um nach Hause zu fahren, brachte ich ihn bis zur Tür. Im Flur zog er etwas aus der Tasche seines Parkas. »Ach, ehe ich es vergesse: Ich habe auch ein kleines Geschenk für dich.« Er übergab mir ein in Weihnachtspapier gewickeltes Päckchen. »Fröhliche Weihnachten, Tally.«

»Danke Leo«, sagte ich überrascht. »Aber ich habe gar nichts für dich.«

»Oh«, meinte er. »Deine Erdnussbutterplätzchen sind die besten, die ich je gegessen habe. Aber eine Umarmung würde ich auch nicht abschlagen.«

Ich umarmte ihn und spürte seine Lippen an meiner Stirn.

»Danke Leo, dass du gekommen bist«, sagte ich. »Das war eine richtig schöne Überraschung.«

»Ich habe mich auch gefreut, dich zu sehen.« Er öffnete die Tür und vor uns stand Marlin.

Mein Cousin war so überrascht, Leo Little Moon vor sich zu haben, dass er ihn mit offenem Mund anstarrte. Marlin fror, dass sah ich an seinen roten Ohren. Sein Atem, der uns entgegenschlug, roch nach Alkohol.

»Hallo Marlin«, sagte Leo ziemlich locker.

Aber Marlin ging an ihm vorbei ins Haus, ohne ihn oder mich zu grüßen.

Leo zuckte die Achseln. »Lass dich von seinem Gehabe nicht beeindrucken.«

»Das versuche ich schon seit Jahren«, sagte ich und mühte mich um ein Lächeln.

Er stieg in seinen Jeep, und ich rieb mir fröstelnd die Arme. Es war bitterkalt, und mein Atem wurde zu einer weißen Wolke in der Dunkelheit. Ich winkte Leo, als er davonfuhr.

Leo Little Moons Geschenk war ein Eau de Toilette, das nach Maiglöckchen duftete. Im Paket meines Vaters fand ich eine Ananas, mehrere Tafeln Schokolade und vier in Weihnachtspapier gewickelte Päckchen, von denen zwei für mich waren und jeweils eins für Marlin und Tante Charlene. Den übrig gebliebenen Platz im Karton hatte Dad mit Nüssen verschiedener Sorten aufgefüllt.

Ich packte meine beiden Päckchen gleich aus, weil ich es nicht erwarten konnte. In einem waren zwei T-Shirts, eins mit einem stilisierten Orca darauf, und das andere zierte ein Bild der Navajo-Rockgruppe Blackfire, die ich so gerne hörte. Im zweiten Paket waren drei Bücher, die Dad für mich ausgesucht hatte. Damit waren einige lange Winterabende im Kellerzimmer gerettet.

Am nächsten Vormittag kam Charlie White Elk und holte mich nach Porcupine. Fern von Marlin und Charlene ging es mir so richtig gut. Adena und ich halfen Nellie ab und zu in der Küche, aber die Pflichten hielten sich in Grenzen. Wir hatten den ganzen Tag Zeit, um über Dinge zu reden, die uns beschäftigten.

Auch in der Nacht. Ich schlief mit in Adenas Bett, und in den dunklen Stunden vertrauten wir einander an, was wir bei Tageslicht nicht auszusprechen wagten. Das meiste davon hatte mit unserem Körper zu tun und der Grenze, die wir längst überschritten hatten.

Als Adena erfuhr, dass ich nun auch meine Regelblutung hatte, fühlte sie sich verpflichtet mich darauf hinzuweisen, was ich von nun an zu beachten hatte.

»Du darfst nie über eine Person hinwegtreten, die am Boden sitzt oder liegt«, sagte sie, »das würde dir sonst als Respektlosigkeit ausgelegt werden. Auch über Kleidungsstücke oder Schuhe einer anderen Person darfst du nicht hinwegsteigen.«

Ich musste lachen, aber Adena stieß mir ihren Ellenbogen in die Seite. »Das ist nicht witzig, Tally. Du darfst jetzt deine Haare, die sich auf der Bürste sammeln, nicht mehr in den Mülleimer schmeißen, das wäre sonst ein Zeichen von mangelnder Selbstachtung.«

»Was mache ich denn damit?«, fragte ich neugierig und konnte ein Kichern kaum verbergen.

»Du musst sie verbrennen.«

»Auch das noch«, sagte ich.

Nun lachte Adena.

Im Flüsterton erzählten wir von unseren beunruhigenden Wünschen, die auf einmal da waren und die mit jenen jungen Männern zu tun hatten, denen unser Herz gehörte.

In meinem Fall war es immer noch Neil Thunderhawk, auch wenn Leo Little Moon jetzt wieder öfter meine Gedanken beschäftigte. Adena hatte sich in einen Jungen verliebt, der Silas Bell hieß. Er ging in ihre Klasse, war aber schon sechzehn. Silas mochte Adena auch.

»Willst du mir damit sagen, dass Silas Bell seine Zunge in deinen Mund stecken darf?«, fragte ich und unterdrückte ein Kichern.

»Das darf er«, sagte Adena. »Und du wirst es nicht glauben, aber er kann es viel besser als Randee!«

Es war eine herrliche Zeit, die fünf Tage gingen viel zu schnell vorbei. Die Heimkehr war ernüchternd. Tante Charlene lag reglos auf der Couch. Fünf Tage lang hatte sich niemand um den Haushalt gekümmert, und es sah so aus, als ob es fünf Wochen gewesen wären. Aus Plastikeimern quoll Müll, und auf Bergen von Geschirr gammelten Essensreste.

Ich machte mich gleich daran, das schmutzige Geschirr zu spülen, die angesammelten Abfälle nach draußen zu bringen und die Fußböden zu wischen. Marlin hatte sich einfach die Nüsse aus meinem Zimmer geholt und überall lagen Nussschalen herum.

Ich setzte Teewasser auf und brachte meiner Tante einen Becher Hagebuttentee, zusammen mit den Zimtplätzchen, die Nellie mir eingepackt hatte. Charlene war dankbar dafür und fragte mich sogar, wie ich die Tage bei den White Elks verlebt hatte. Für sie und Marlin war Weihnachten ausgefallen, wie ich es vermutet hatte.

»Für wen soll ich kochen und backen?«, fragte sie resigniert. »Marlin ist nie zu Hause, und wenn, dann kommt er nur, weil er Hunger hat oder Geld braucht. Gebe ich ihm welches, setzt er es in Zigaretten oder Alkohol um. Ich habe das Gefühl, in letzter Zeit nimmt er auch Drogen.« Sie weinte, und ich versuchte sie zu trösten. Helfen konnte ich ihr nicht.

Irgendwann verschwand sie in ihrem Zimmer. Ich schlüpfte in meine Winterjacke und machte mich auf den Weg zum Haus der Thunderhawks. Della und die Mädchen waren allein zu Hause. Neil und sein Vater waren immer noch mit ihren Pferden auf dem Big-Foot-Ritt unterwegs und würden mit den anderen Reitern am nächsten Tag in Wounded Knee eintreffen. Della fuhr bestimmt hin, und ich hoffte mitfahren zu können.

Doch als sie mich hereinbat, zerschlugen sich meine Hoffnungen. Bey und April lagen mit glühenden Gesichtern auf der Couch im Wohnzimmer.

»Geh nicht zu nah an sie ran, sie haben Fieber«, sagte Della. »Der Arzt war schon da und hat Medikamente dagelassen. Vielleicht geht es ihnen morgen besser.«

Die Mädchen winkten mir, und ich ging zu ihnen, um sie zu begrüßen. Mit glasigen Augen lächelten sie mich an. Es ging ihnen wirklich schlecht, das merkte ich daran, wie reglos und still sie waren, wo sie doch sonst keine Minute still sitzen konnten und meist pausenlos plapperten.

Ich hatte für jede ein kleines Geschenk, eine bunte Haarspange aus Glasperlen, die sie mit matten Bewegungen auspackten.

Della brachte ihren Töchtern zwei Becher mit einem Tee, den sie aus der inneren Rinde der Traubenkirsche gebrüht hatte. »Gut, dass du gekommen bist, Tally«, sagte sie. »Ich hatte den ganzen Tag mit den Mädchen zu tun und bin noch nicht dazugekommen, die Pferde zu füttern. Wäre schön, wenn du mir helfen würdest.«

Als wir zur Scheune kamen, waren die Tiere schon da. Sie hatten Hunger. Ihre warmen Leiber drängten zum Futterkasten, und ihr weißer Atem bildete gespenstische Wolken. Ich begrüßte Stormy und half Della, die Heuballen in den Futterkasten zu bringen.

Die Tiere fraßen sofort. Nur Psitó stand mit hängendem Kopf etwas abseits und fraß nicht.

»Was ist mit ihr?«, fragte ich Della.

»Ich weiß auch nicht. Sie lahmt immer noch und scheint krank zu sein. Psitó ist schon alt, Tally. Vielleicht ist sie einfach müde.«

Ich wollte nicht wissen, was das für ein Pferd bedeutete: alt und müde zu sein. Ich streichelte Psitó, und sie schob ihre feuchten Nüstern in meine Hand.

»Werde wieder gesund, meine Perle«, flüsterte ich in ihr Ohr und legte meine Wange an ihren Kopf.

19. Kapitel

Am nächsten Tag, es war der 29. Dezember, trafen die Reiter des Big-Foot-Gedenkrittes am Nachmittag auf dem Hügel von Wounded Knee ein. Ich saß drüben bei Della, und gemeinsam mit den Mädchen, die immer noch leichtes Fieber hatten, hörten wir KILI Radio, den Reservatssender.

Wie gebannt lauschten wir auf die Stimme des Radiosprechers, der von der Ankunft der Reiter berichtete. Es hatte keine Zwischenfälle gegeben. Alle, die sich vor zwei Wochen im Standing-Rock-Reservat mit ihren Pferden auf den Weg gemacht hatten, und all jene, die unterwegs zu ihnen gestoßen waren, hatten sich wohlbehalten auf dem Hügel am Gedenkstein eingefunden, wo im Augenblick die Abschlusszeremonie gehalten wurde.

Ich merkte, dass Della genauso gerne dabei gewesen wäre wie ich. Gemeinsam warteten wir auf die Heimkehrer, aber es wurde immer später, und irgendwann rief Tom an, dass er und Neil erst am nächsten Morgen nach Hause kommen würden, weil sie noch an einem Abschlussfest teilnehmen wollten.

Es war schon Nacht, als ich nach Hause lief. Die Sterne funkelten vom Himmel – winzige pulsierende Lichtpunkte, die wie lebendige Wesen wirkten. Ich dachte an die Geschichte von *Fallen Star* und daran, dass ich meine Träume nicht verlieren durfte, auch wenn ich das Gefühl hatte, dass sie mir unaufhaltsam entglitten.

Harscher Schnee knirschte unter meinen Füßen, und die eisige Luft biss in meine Lungen. Ich hatte mich so sehr auf Neil gefreut! Und nun berichtete er ganz bestimmt Suzy Eagle Bear von seinen Erlebnissen auf dem Ritt.

Ich machte mir nichts vor. Er würde sie küssen, ihr Dinge ins Ohr flüstern, sie im Arm halten. Das tat weh, und ich beschloss an diesem Abend mir Neil Thunderhawk aus dem Kopf zu schlagen.

Als ich Charlenes Haus betrat, sah ich, dass im Wohnzimmer noch Licht brannte. Wahrscheinlich schlief meine Tante vor dem Fernseher, das passierte oft. Aber als ich die Tür öffnete, erschrak ich, denn es war Marlin, der auf der Couch fläzte, jede Menge Bierdosen vor sich auf dem Tisch.

Es war bei Androhung von Gefängnisstrafe verboten, im Reservat Alkohol zu trinken oder zu besitzen, aber Marlin hielt sich ja schon lange nicht mehr an irgendwelche Regeln.

»Ach du bist's«, sagte ich und wollte mich so schnell wie möglich verdrücken. Aber Marlin winkte mich zu sich.

»Komm her!«, sagte er.

»Ich bin müde.« Ich blickte zu Boden, aus Angst, ihm in die Augen zu sehen.

»Ich sagte: Komm her!« Sein Ton machte deutlich, dass er mich nicht gehen lassen würde, und ich wollte Ärger vermeiden.

Also machte ich ein paar Schritte in den Raum hinein, in dem der Geruch von ranzigem Frittierfett und Marlins Bieratem hing. Vor dem Couchtisch blieb ich stehen. »Was willst du?«

»Setz dich.« Er klopfte mit der Hand auf den Platz neben sich.

»Ich bin müde«, sagte ich noch einmal.

»Nun stell dich nicht so an, Tally.«

Ich konnte mich nicht mehr daran erinnern, dass er mich jemals bei meinem richtigen Namen genannt hatte, und nun verblüffte er mich damit so sehr, dass ich mich tatsächlich neben ihn setzte – mit steifem Rücken, die Knie zusammengepresst.

Marlin starrte mich mit geröteten Augen an. In meinem Nacken kribbelte und stach es, dass ich es kaum noch aushielt. Was wollte er auf einmal von mir?

»Warum rennst du dauernd zu denen rüber?«, fragte er. In seiner Stimme war nichts Abfälliges, nur Neugier.

»Weil sie nett zu mir sind und ich die Pferde mag«, antwortete ich.

»Bist du verknallt in Neil Thunderhawk?«

Ich sah Marlin überrascht an. Ganz bestimmt würde ich mit ihm nicht über meine Gefühle zu Neil reden. Aber seine Frage verwirrte mich. In den vergangenen Jahren hatten Marlin und ich kein einziges vernünftiges Wort miteinander gewechselt. Er hatte jede Gelegenheit wahrgenommen, mich zu demütigen, und meistens war ihm das auch gelungen. Ich war auf der Hut.

»Ich war es mal«, sagte ich, erstaunlich gelassen.

»Aber er wollte dich nicht.« Seiner Stimme fehlte auch jetzt der gehässige Unterton, den sie sonst immer hatte, wenn er solche Worte aussprach. Das verunsicherte mich noch mehr.

»Nein.«

»Nun weißt du, wie es ist, wenn man zurückgewiesen wird«, sagte er. Inzwischen hörte sich Marlin so an, als würde er jeden Moment in Tränen ausbrechen, und ich begann mir Sorgen zu machen, dass etwas passiert war. Irgendetwas Furchtbares, von dem ich keine Ahnung hatte. Ich hatte gesehen, wie mein Cousin auf dem Schulhof Drogen verkaufte, und er hatte es mitbekommen. Er hatte mich in die Mangel genommen und gesagt: »Ein Wort zu irgendjemanden, und du wirst mich kennen lernen.«

Als er das gesagt hatte, war mir klar geworden, dass ich tatsächlich überhaupt nichts über ihn wusste. Ich nahm seine Drohung sehr ernst und verlor zu niemandem ein Wort, nicht einmal Adena hatte ich von seinen Drogengeschäften erzählt. Ich wusste schließlich, wozu Marlin und seine Freunde fähig waren.

»Ich weiß, wie sich Zurückweisung anfühlt, Marlin. Ich bin ein Halbblut, hast du das vergessen?«

Er lachte, und sein Lachen klang wie Schluchzen.

»Kann ich jetzt schlafen gehen?«, fragte ich.

»Ich will nur ein bisschen mit dir reden, Tally. Ist das so schwer zu verstehen?«

»Allerdings. Du hast mich jahrelang fertig gemacht. Warum solltest du auf einmal mit mir reden wollen?«

»Weil ich niemanden sonst zum Reden habe.«
»Was ist mit deinen Freunden?«
»Die stehn nicht auf Reden«, sagte er und schwieg.
Ich dachte daran, ihn nach seiner Mutter zu fragen, ahnte aber, dass ihn das wütend gemacht hätte.
»Ist irgendetwas passiert?«, fragte ich sanft. Als er nicht reagierte, sagte ich: »Dann gehe ich jetzt schlafen.«
Ich erhob mich und Marlin hinderte mich nicht daran. Aber als ich den Raum verließ, hörte ich, wie er leise sagte: »Noch nicht, Tally. Noch nicht.«

Am nächsten Tag gegen Mittag sah ich Toms Pick-up mit dem Pferdeanhänger den Weg zur Scheune hinauffahren. Obwohl ich wusste, dass ich mich wie ein ungeduldiges Kind benahm, rannte ich auf der Stelle zu ihnen.
Tom kuppelte den Anhänger ab und ließ die Rampe herunter. Neil führte Taté und Grey aus dem Hänger.
»Hallo Tally«, sagte Tom lächelnd, und weiße Atemwolken stiegen aus seinem Mund. »Wie geht es dir? Alles in Ordnung drüben?« Er nickte in die Richtung von Charlenes Haus.
»Ja«, sagte ich. »Und wie ist es euch ergangen?«
Toms Lächeln wurde zu einem breiten Lachen. »Nun lass uns erst einmal die Pferde ausladen, dann gehen wir alle zusammen ins Warme, und Neil und ich werden erzählen. Della hat bestimmt was Gutes gekocht.«
Ich warf einen verstohlenen Blick auf Neil. Ich hatte ihn nur zwei Wochen lang nicht gesehen, aber in diesen Tagen schien er endgültig erwachsen geworden zu sein. Er nickte mir nur zu, als hätte er es nicht nötig, zu sprechen. In seinen Augen war ein dunkles Leuchten, eine Art Gewissheit. Es musste an den Erfahrungen liegen, die er gemacht hatte, als er mit seinem Hengst über die schneebedeckten Weiten der Prärie geritten war.

Ich hatte keine Ahnung, *was genau* ihn so verändert haben konnte, aber ich beneidete ihn um seine Erfahrung. Dabei fragte ich mich, ob diese Erfahrungen ihn mir näher bringen oder noch mehr von mir entfernen würden. Wenn er mich auch nicht lieben konnte, so wollte ich doch wenigstens seine Freundschaft.

Als die Pferde versorgt waren und wir zum Haus gingen, lief Neil schweigend neben mir her. Als hätte er auf dem Ritt die Sprache verloren. Auch ich konnte nichts sagen, wartete immer noch auf ein Wort von ihm.

Drinnen verschwand er in seinem Zimmer. Er wollte duschen und sich umziehen. Della hatte gekocht, es gab Hirschsteaks mit Bohnengemüse und Kartoffelbrei. Ich war eingeladen und half Neils Mutter bei den letzten Handgriffen in der Küche.

Während des Essens erzählte Tom, wie sie auf den Spuren der Vorfahren geritten waren. Ich bekam eine Ahnung von Kälte, Schnee und Wind. Hörte von unzähligen Hindernissen wie einem kaputten Motor, einem gebrochenen und einem ausgerenkten Arm, erschöpften Tieren und Menschen. Hörte von Abenden voller Wärme und einem wunderbaren Gefühl von Gemeinschaft.

Tom selbst war noch ganz erfüllt von den Eindrücken und von der Stärke, die ihm auf diesem Ritt geschenkt worden war. Und langsam begann ich zu erahnen, was Neils Veränderung bewirkt hatte.

Nur ein paar Tage später, es war Abend und ich half Neil beim Füttern der Pferde, stellten wir fest, dass Psitó fehlte.

»Wir müssen sie suchen«, sagte ich, während ich Stormy ihre Streicheleinheiten zukommen ließ.

»Es ist dunkel«, erinnerte mich Neil.

»Das sehe ich. Aber wenn sie krank ist und irgendwo liegt?« Bestürzt sah ich ihn an.

»Dann können wir ihr auch nicht helfen.«

Ich wollte davon nichts hören und schnappte mir die Taschenlam-

pe. »Ich geh sie suchen«, sagte ich fest entschlossen, machte kehrt und lief los.
Kurz darauf hörte ich, wie Neil mit seinen langen Schritten hinter mir herkam. »Tally, nun warte doch mal.«
Ich blieb stehen. Neil nahm mir die Taschenlampe ab und lief voran. Der Schnee reflektierte das helle Licht des vollen Mondes, was uns die Suche erleichtern würde.
»Psitó ist alt und krank«, sagte er, als wollte er mich schonend auf etwas vorbereiten, das ich augenscheinlich nicht wahrhaben wollte.
»Warum behandelst du mich immer noch wie ein Kind, Neil?«, fragte ich gekränkt. »Ich weiß, dass Psitó vielleicht sterben wird. Aber warum muss sie allein sterben, in dieser furchtbaren Dunkelheit?« Ich dachte an die Kojoten, die es in den Hügel gab, und dass sie mit Sicherheit sehr hungrig waren.
Neil fasste nach meinem Arm und zwang mich stehen zu bleiben. »Weil Tiere nun mal lieber allein sterben, Tally. Wenn ein Pferd spürt, dass es sterben muss, zieht es sich von den anderen zurück.«
Ich machte mich von ihm los und lief weiter. Neil leuchtete mit der Taschenlampe die Baumgruppen und Sträucher ab, und wir folgten den Spuren der Pferdehufe im Schnee.
Obwohl Neil den Strahl der Taschenlampe in eine ganz andere Richtung lenkte, war ich die Erste, die den dunklen Körper im Schnee liegen sah. Psitó lag neben dem Stamm der alten Holzbirne, an dem sie sich so gerne das Fell gerieben hatte. Ich kniete neben ihr nieder und streichelte ihren Hals. Das dichte Fell war feucht. Doch auch wenn sich der Körper der Stute noch warm anfühlte: Ich spürte das Blut nicht mehr pulsieren.
Neil richtete den Strahl der Taschenlampe auf Psitós Augen, und in diesem Moment wussten wir beide, dass sie tot war. Ich legte mein Gesicht an den Hals der Stute und dachte daran, wie oft ich auf ihrem Rücken in diese Hügel geritten war. Psitó war mein erstes Reitpferd gewesen, geduldig und ohne jede Launen. Ich hatte ihr viel zu verdanken.

Als ich Neils Hand auf meiner Schulter spürte, richtete ich mich auf und sah ihn fragend an.
»Komm«, sagte er, »wir müssen zurück. Meine Eltern werden sich sicher schon fragen, wo ich bin.«
Schweigend machten wir uns auf den Rückweg. Psitó war in einer mondhellen Winternacht unter ihrem Lieblingsbaum gestorben. Sie war alt und krank gewesen. Es war in Ordnung so.
»Was wäre gewesen, wenn sie dagelegen und noch gelebt hätte?«, fragte ich.
»Dann hätte ich Pa holen müssen, damit er sie erschießt«, sagte Neil. Ich war froh, dass Psitó schon tot war, als wir sie fanden. Und nun wusste ich auch, warum Neil nicht gewollt hatte, dass wir nach ihr suchen.

Am nächsten Tag sah ich die Truthahngeier am Himmel kreisen, über der Stelle, wo Psitó lag. Ich wollte nicht sehen, wie sie sich über den Körper der toten Stute hermachten, aber es zog mich doch magisch in die Hügel. Schon aus der Ferne sah ich Stormy neben dem Stamm der Holzbirne stehen. Die schwarzen Vögel kreisten, aber noch hatte keiner gewagt, seinen Hunger am Fleisch des Pferdes zu stillen. Stormy bewachte den Körper ihrer toten Freundin.
Ich rief Stormy, aber es dauerte lange, bis sie endlich kam. Mit hängendem Kopf trottete sie heran, und ich gab ihr ein paar Körner, die ich in der Tasche hatte. Lustlos kaute Stormy darauf herum.
Ich schlang die Arme um ihren Hals und sagte: »Ich weiß ja, dass du traurig bist. Sie war deine beste Freundin. Aber auch Freunde sterben manchmal.«
Ein leises Wiehern ließ Stormy aufhorchen. Taté hatte sie gerufen. Die Herde war dabei, weiter hinein in die Hügel zu ziehen. Vielleicht wusste der Hengst dort eine Stelle, wo der Schnee nicht so hoch lag oder wo Sträucher wuchsen, die keine Dornen hatten und an denen man knabbern konnte.

Stormy blies mir ihren Atem ins Gesicht, dann schüttelte sie ihre Mähne und folgte der Herde.

In der darauf folgenden Nacht fand ich mich in einem merkwürdigen Traum wieder, der so lebendig war wie keiner, den ich zuvor geträumt hatte. Ich ritt ohne Sattel auf Stormy. Es war kalt, so kalt, dass der Atem vor ihrem Maul fror und sich Eiskristalle in ihren gesprenkelten Nüstern bildeten. In Stormys Mähne waren bemalte Federn geknotet, und die Punkte auf ihrer Hinterhand mit roter Farbe umrandet. Die Stute gehorchte mir, und sie gehörte mir, das spürte ich sogar im Traum.
Es war Nacht, und wir waren ganz allein inmitten der endlosen weiß verschneiten Prärie. Ich wusste nicht, in welche Richtung wir gehen sollten. Aber Stormy schien es zu wissen. Angezogen wie von einem Magnet, bewegte sie sich auf ein unbekanntes Ziel zu.
Auf einmal sah ich sie, die anderen. Sie waren zu Fuß oder auf müden Pferden unterwegs, die so mager waren, dass man ihre Rippen erkennen konnte. Eingewickelt in Decken und zerlumpte Felle, steuerten sie auf denselben Ort zu, zu dem es auch mich zog. Ein Säugling schrie vor Hunger und ein Kind weinte. Die Mutter tröstete es auf Lakota.
Und dann hörte ich die Trommel. Dumpfe, gleichmäßige Töne, die über die im Mondlicht glitzernde Prärie wanderten wie ein Ruf. Und diese Menschen folgten dem Ruf. Auch ich folgte ihm.
Wir kamen über einen Hügel. Im Tal wand sich ein Fluss durch die verschneite Ebene wie eine schwarz glänzende Schlange. Seine Biegung hatte die Form eines umgedrehten S. Ich sah erleuchtete Tipis stehen und dahinter einen kahlen schwarzen Stamm, der seine verkrüppelten Zweige in die Höhe streckten wie Geisterarme.
Ein großes Feuer brannte, und seine hellen Flammen loderten weit in den Himmel, als wollten sie eins werden mit den Sternen. Menschen in bemalten Lederhemden tanzten nach dem Rhythmus der

Trommel am Feuer. Sie tanzen auf der Stelle, die Gesichter erleuchtet von den Flammen.
Als die Ankömmlinge das Feuer erreicht hatten, begannen sie, sich den Tanzenden anzuschließen. Sie waren hungrig und müde, aber abgesehen von den Kindern tanzten sie alle. Auch ich fühlte mich angezogen vom Klang der Trommel. Sie rief mich.
Doch als ich ihrem Ruf folgen wollte, wachte ich auf.

20. Kapitel

Ende April war der Winter immer noch nicht vorbei. Auch wenn die Sonne tagsüber schon wärmte, die Nächte waren noch empfindlich kalt. In den Senken und Tälern lagen Reste von schmutzig grauem Schnee.
Nie war mir ein Winter so lang vorgekommen wie in jenem Jahr. Mehrmals am Tag blickte ich sehnsüchtig in den Himmel und hielt Ausschau nach einem Kranich, der nach Norden flog und damit das Ende des Winters ankündigte.
Ich wartete darauf, dass die Wärme der Sonne die Prärie zu neuem Leben erweckte. Ich wartete darauf, dass mein Vater endlich zurückkehrte.
Mai, hatte er geschrieben. Ich zählte die Tage, ohne zu wissen, bis wohin ich zählen sollte. Aber lange konnte es nun nicht mehr dauern.
An einem Nachmittag beschloss Tante Charlene mit mir nach Manderson zu fahren, um in Bernies Laden Lebensmittel einzukaufen und die Wäsche zu waschen, die sich bergeweise angesammelt hatte. Ich half ihr, die beiden vollen Wäschekörbe ins Auto zu tragen, dann fuhren wir los.
Nachdem zwei Waschmaschinen beladen und mit Vierteldollarmünzen bestückt waren, schickte Charlene mich auf das Postamt gegenüber, um die Post zu holen.

»Hallo Tally«, sagte Norma, die Postbeamtin, als sie mir vier Briefe aushändigte. Ich freute mich, als ich sah, dass einer von meinem Vater war.
»Alles okay mit deinem Dad?«, fragte sie und hatte auf einmal einen mitleidigen Ausdruck im Gesicht.
»Ich hoffe es«, sagte ich. »Bestimmt schreibt er, wann er nach Hause kommt.«
»Na dann viel Glück«, sagte Norma.
Ich lief zurück zum Laden und brachte Tante Charlene die übrige Post. Dann setzte ich mich draußen auf das Holzgeländer. Erst als ich Dads Brief öffnen wollte, sah ich den roten Stempel auf der Vorderseite. Ich las den Aufdruck und wäre vor Schreck beinahe vom Balken gefallen. Dads Brief kam aus einer Haftanstalt in Kalifornien, einem Staatsgefängnis.
Mit zitternden Fingern riss ich ihn auf und las.

Meine liebe Talitha,
du wirst einen furchtbaren Schock bekommen haben, als du den Absender meines Briefes gelesen hast. Leider kann ich dich nicht beruhigen, denn es ist wahr: Dein Vater sitzt im Gefängnis.
Ich werde beschuldigt, meinem Chef 20 000 Dollar gestohlen zu haben. Das alles ist ein großes Missverständns. Ich würde nie jemanden bestehlen. Ich bin sicher, du weißt das. Das Geld ist verschwunden, jemand hat es genommen, aber ich war es nicht. Ich hoffe, dass sich die ganze Sache schnell aufklärt und ich zu dir nach Pine Ridge zurückkommen kann.
Tante Charlene wird vermutlich nicht an meine Unschuld glauben. Hör einfach nicht hin, wenn sie mich oder dich schlecht macht. Ich will versuchen, im Gefängnis zu arbeiten und euch weiter Geld zu schicken. Aber es wird nicht mehr so viel sein.
Sei tapfer, Braveheart, ich komme bald. Das ist ein Versprechen.
In Liebe, dein Dad

Tränen liefen unaufhörlich über meine Wangen, während ich den Brief wieder und wieder las.
Das war nicht möglich. Es konnte einfach nicht wahr sein. Mein Vater, der ehrlichste Mensch, den ich kannte, saß im Gefängnis, weil er ein Dieb sein sollte.
Nun war ich wirklich allein. Diese neue Erkenntnis schien mir unerträglich. Als ich den Kopf hob, sah ich durch den Schleier meiner Tränen eine Gestalt vor mir stehen. Ich wischte mit dem Jackenärmel über meine Augen. Es war Leo Little Moon. Wahrscheinlich hatte er mich durch die Scheibe des Ladens beobachtet und sich Sorgen gemacht.
»Was ist denn los, Tally?«, fragte er bestürzt, als er mein tränenüberströmtes Gesicht sah.
Ich wollte etwas sagen, konnte aber nicht sprechen. Es war, als würde jemand eine Schlinge um meinen Hals legen und langsam immer fester zuziehen. Deshalb reichte ich ihm den Brief.
Leo las. Als er fertig war, nahm er mich wortlos in die Arme und hielt mich eine lange Zeit. So lange, bis mein Körper nicht mehr von Schluchzern geschüttelt wurde.
»Das wird sich sicher schnell aufklären«, sagte er zuversichtlich. »Du musst ganz fest an deinen Vater glauben, Tally. Richard ist Sonnentänzer, er würde niemals stehlen.«
Leos Trost tat mir gut. Trotzdem wäre ich jetzt lieber allein gewesen, eingeschlossen in meinem dunklen Kellerzimmer. Stattdessen stand ich vor Bernies Laden auf offener Straße und heulte. Alle würden sich fragen, was mit mir los war. Norma von der Post hatte den roten Stempel auf dem Umschlag gesehen und sofort gewusst, was los war. Schon morgen würde jeder in Manderson wissen, dass mein Vater im Gefängnis saß, und im Reservat würden die wildesten Gerüchte die Runde machen.
»Ich muss es Tante Charlene erzählen«, sagte ich. »Aber ich weiß nicht, ob ich das jetzt kann.«

»Na komm«, sagte Leo. »Komm mit rein, ich spendier dir erst einmal eine heiße Schokolade. Du bist ja ganz kalt.«
Er schob mich in einen kleinen abgetrennten Raum neben dem Laden und drückte mich auf einen Stuhl. »Schön sitzen bleiben«, sagte er. »Ich bin gleich wieder da.«

In den vergangenen Monaten war ich felsenfest davon überzeugt gewesen, dass der Brand unseres Trailers das Schlimmste war, was ich bisher erlebt hatte. Ich hatte Tante Charlene und meinen Cousin Marlin ertragen, weil ich mir sicher war, dass es bald nur noch besser werden konnte. Schon seit Anfang April wartete ich sehnsüchtig darauf, dass mein Vater endlich wiederkam, um uns ein neues Zuhause zu bauen. Nun, wo ich gehofft hatte, den genauen Tag seiner Ankunft zu erfahren, hielt ich stattdessen einen Brief in den Händen, in dem stand, dass alles noch schlimmer werden würde. Dass mein Vater nicht kommen würde, weil er in einem Gefängnis saß. Verzweifelt kämpfte ich gegen die Mutlosigkeit, die mit voller Wucht über mich hereinbrach. Ich fragte mich, woher ich die Kraft zum Weitermachen nehmen sollte.
Ich verschränkte die Arme auf dem Tisch, legte meinen Kopf darauf und weinte bitterlich. Meine Angst vor der Zukunft, die Sehnsucht nach meinem Vater, die ganze verdammte Hoffnungslosigkeit brach sich Bahn und strömte in heißen Tränen aus mir heraus.
Erst als ich mich wieder ein wenig beruhigt hatte, spürte ich die Hand auf meiner Schulter. Ich hob den Kopf und sah einen Becher mit dampfender Schokolade vor mir stehen.
»Danke, Leo«, schluchzte ich.
»Ich habe es deiner Tante erzählt«, sagte er und setzte sich zu mir. »Sie war natürlich außer sich. Ich dachte, dass es dir gut tun würde, wenn du noch eine kleine Pause von ihr hast. Ich fahre dich dann später nach Hause.«
Ich nickte erleichtert.

Leo reichte mir ein Kleenex, und ich trocknete meine Tränen. Tränen lindern den Schmerz, aber sie ändern nichts.
Ein weiteres Mal musste ich mit einer unerträglich scheinenden Situation fertig werden. *Nach vorn sehen und nicht zurück,* dachte ich. Doch im Augenblick erschien mir das unmöglich.
»Nun wird es erst richtig schlimm werden«, sagte ich und erschrak über den Ton in meiner Stimme. Ich ahnte, dass ich total verzweifelt klang. »Tante Charlene wird jetzt erst recht auf mir herumhacken, und Marlin hat noch einen Grund mehr, mich zu quälen. Wie soll ich das bloß aushalten?«
»Es tut mir so Leid, was du da durchmachen musst«, sagte Leo. »Ich würde dich ja bei mir wohnen lassen, aber wir sind schon zwanzig Personen im Haus, und ich teile das Zimmer mit zwei meiner Brüder. Bei uns ist wirklich kein Platz. Ich weiß nicht, wie ich dir helfen kann, Tally.«
»Du hilfst mir doch, Leo«, erwiderte ich leise. »Ich bin so froh, jetzt nicht bei meiner Tante sein zu müssen.«

Ich blieb bei Leo im Laden, bis er Feierabend hatte. Es dämmerte schon, als er mich nach Hause brachte. Von Manderson bis zum Haus meiner Tante waren es nur ein paar Meilen, doch ich wünschte, die Fahrt würde ewig dauern.
Scooter und Rip bellten freudig, als ich aus Leos Jeep stieg. Sie sprangen an mir hoch, um mich zu begrüßen. Leo stieg auch aus und umarmte mich noch einmal. Dann drückte er mir einen Kuss auf die Stirn und verabschiedete sich.
»Halt dich tapfer, Tally«, sagte er. »Dein Vater ist bestimmt schnell wieder draußen. Und wenn du Hilfe brauchst, dann ruf mich an. Die Nummer hast du ja.«
Tante Charlene schimpfte wie eine alte Rohrdrossel, als sie endlich über mich herfallen konnte. Sie glaubte natürlich nicht im Geringsten daran, dass Dads Verhaftung nur ein Missverständnis war. Char-

lene war fest davon überzeugt, mein Vater hätte das Geld genommen, weil er endlich ein Haus kaufen wollte.

»Ehrliche Arbeit war ihm wahrscheinlich zu mühsam«, zeterte sie. »Er wollte schneller ans Ziel kommen, auf seine Art. Nun muss er dafür büßen.«

»Dad ist kein Dieb«, sagte ich. »Niemals. Er ist ein Sonnentänzer.«

Charlene lachte bitter und machte eine wegwerfende Handbewegung. »Du glaubst auch noch an solche Märchen, Kind. Das ist doch alles bloß Getue. Sonnentanz, tapfere Krieger, schnelle Reiter. Diese Zeiten sind ein für alle Mal vorbei. Und bloß weil einer ein Sonnentänzer ist, heißt das noch lange nicht, dass er nicht stehlen würde, wenn die Not groß ist. Dein Vater hat es nicht mehr ausgehalten, von dir getrennt zu sein. Deshalb hat er es getan.«

Nun machte sie auch noch mich für alles verantwortlich, das war typisch für Tante Charlene. Dad war schuldig in ihren Augen, und ich war es auch.

Später, in der Abgeschiedenheit meines Kellerzimmers, nahm ich eine Schere und schnitt meinen langen Zopf ab. Unsere Vorfahren taten das, wenn jemand, den sie liebten, gestorben war. Ich tat es, weil ich das Gefühl hatte, dass an diesem Tag meine Träume gestorben waren.

Den Zopf steckte ich in eine Tüte, weil ich ihn am nächsten Tag verbrennen wollte. Meine Haare reichten jetzt nur noch bis auf die Schultern – und wellten sich mehr als zuvor.

In dieser Nacht konnte ich nicht schlafen. Ich lag im Bett und dachte über die Möglichkeiten nach, die mir blieben. Nach Kalifornien trampen vielleicht, wie ich es schon einige Male vorgehabt hatte, wenn das Leben in Charlenes Haus mir unerträglich erschienen war. Mir eine Stellung als Hausmädchen suchen (dann würde ich wenigstens für meine Arbeit bezahlt werden), und Dad sooft es ging im Gefängnis besuchen.

Ob Stormy mich vermissen würde, wenn ich nicht mehr kam?

Ich trug mich mit dem Gedanken, meinem Vater einen Rechtsbeistand zu besorgen. Dabei dachte ich an Arnold Colder, den jungen Anwalt aus Kalifornien, der Weiße, der beim Sonnentanz im Hells Canyon unter den Tänzern gewesen war. Ob er bereit sein würde, einen Mann zu verteidigen, der keinen Cent für seine Verteidigung bezahlen konnte?

Ich rollte das Kissen unter meinem Kopf zusammen und verschob es ein wenig, weil es schon ganz feucht war von meinen Tränen. Und plötzlich wusste ich: Ich würde nicht davonlaufen, nein. Das war keine Lösung. Ich glaubte immer noch daran, dass eines Tages alles besser werden würde. Und auch wenn ich dazu verdammt war, unter einem Dach mit Tante Charlene und meinem Cousin Marlin zu leben, so hatte ich doch Leo, der sich um mich sorgte. Ich hatte Della, Tom, Neil und die Mädchen. Ich hatte Adena. Und Stormy natürlich.

Am nächsten Tag beschäftigte mich Tante Charlene wie gewohnt den ganzen Vormittag im Haus. Ich wusch ab, wischte das Badezimmer, legte die Wäsche, leerte die Abfalleimer und fütterte die Hunde, die auch noch ein paar Streicheleinheiten bekamen.

Die Tüte mit meinem Zopf hatte ich schon in der Jackentasche, aber ich kam nicht dazu, sie zu verbrennen.

Gegen Mittag kam Marlin aus seinem Zimmer geschlichen. Er sah blass und verquollen aus, als hätte er geweint. Vermutlich hatte er Drogen genommen. Tante Charlene ignorierte das Aussehen ihres Sohnes, genauso, wie sie seine zwielichtigen Freunde ignorierte. Stattdessen erzählte sie ihm sofort, dass sein Onkel im Gefängnis saß, weil er Geld von seinem Chef gestohlen hatte.

»Dann kann er also nichts mehr schicken«, war alles, was Marlin dazu sagte.

»Im Knast bekommen die auch Geld«, erwiderte Charlene. »Dann muss er eben alles schicken, was er hat.«

Marlin schlang einen Teller Spagetti mit Tomatensoße hinein, dann machte er sich auf den Weg zur Straße, wo ihn seine Kumpels abholen und wer weiß wohin mit ihm fahren würden. Wenn ich seine Mutter wäre, ich würde wissen wollen, wo mein Sohn sich herumtreibt und vor allem, mit wem, dachte ich. Aber Tante Charlene schien froh zu sein, dass Marlin weg war, und verzog sich wie gewohnt auf ihre Couch.

Seit jener Nacht im Dezember, als wir auf so ungewohnte Weise miteinander geredet hatten, ließ Marlin mich in Ruhe. Er schnüffelte nicht mehr in meinem Zimmer herum, benutzte die Toilette im Keller nicht mehr, und es schien, als hätte er den Spaß daran verloren, mich zu ärgern. Wir redeten nie wieder über persönliche Dinge. Aber wenn wir einander etwas zu sagen hatten, geschah es in einem ganz normalen Ton.

Nur manchmal, da bedachte mein Cousin mich mit einem Blick, der mir kalte Schauer über den Rücken jagte. Es war ein Blick voller Kummer und Resignation. Ein Hilferuf – doch ich wusste nicht, wie ich helfen sollte.

Nachdem Marlin gegangen war, machte ich zum zweiten Mal den Abwasch und räumte die Küche auf. Tante Charlene saß im Wohnzimmer, in ihre Seifenoper vertieft. Sie würde auch den Nachmittag und den Abend auf diese Weise verbringen.

Ich zog mich warm an und schlüpfte nach draußen. Scooter und Rip hatte ich beigebracht, dass sie nicht bellen sollten, wenn ich das Haus betrat oder verließ. Dafür bekamen sie hin und wieder einen kleinen Leckerbissen von mir.

Schnell eilte ich davon, bevor meine Tante etwas bemerkte, mich zurückrufen und mir noch mehr Hausarbeiten aufbrummen konnte. Ich schlüpfte unter den Drahtzäunen hindurch und sah in der Ferne die Pferde grasen. Sie hatten ein Stück Wiese gefunden, auf dem die Sonne das erste frische Grün hervorgebracht hatte, und zupften dort an den Halmen.

Stormy wieherte freudig, als sie mich kommen sah, und auch die anderen Tiere hoben ihre Köpfe. Der gefleckte Hengst war nicht bei ihnen, also musste Neil mit ihm ausgeritten sein. Seit Psitós Tod im Winter hatte ich auf keinem Pferderücken mehr gesessen, und jetzt spürte ich, wie ich mich danach sehnte. Seit Neils Bericht vom Big-Foot-Ritt wünschte ich mir so sehr mit Stormy im nächsten Winter daran teilzunehmen. Sie war nun groß und kräftig genug, um eingeritten zu werden.
Stormy leckte vom Salz, dass ich ihr gab, und sie folgte mir, als ich weiterlief. Mit leiser Stimme erzählte ich ihr von meinen Plänen. Wie immer erwies sich Stormy als gute Zuhörerin. Manchmal schnaubte sie leise, vielleicht vor Empörung oder aus Mitleid mit mir. Sie zupfte an meinem Ärmel, und ich gab ihr noch ein paar Krümelchen Salz, die sie lecken konnte.
»Ich werde dich reiten, Stormy«, sagte ich. »In diesem Sommer werde ich auf deinen Rücken steigen und du wirst mich durch die Hügel tragen. Und im Winter werden du und ich am Big-Foot-Ritt teilnehmen. Es muss klappen, ich werde schon eine Möglichkeit finden.«
Stormy blieb stehen und scharrte mit einem Huf im Gras.
»Was ist denn?«, fragte ich. »Heißt das: Ja, Tally, du wirst mich reiten, und ich werde dir gehorchen? Oder bedeutet es: Nein Tally, auf mir wird nie jemand reiten, auch du nicht?«
Die Stute hob den Kopf und wieherte. Dann nickte sie mehrmals.
»Ach Stormy«, sagte ich, »du lässt mich nicht im Stich, wie mein Dad es getan hat.« Als ich das sagte, liefen mir erneut Tränen über die Wangen. Ich hatte das Gefühl, in einem Strom zu stehen und fortgerissen zu werden, haltlos umhergeschleudert von Kräften, die so viel stärker waren als ich.

21. Kapitel

Auf einmal hörte ich dumpfe Hufschläge und blickte auf. Es war Neil, der mit Taté auf mich zugeritten kam. Mit dem Handrücken wischte ich mir die Tränen aus dem Gesicht. Aber er sah natürlich, dass etwas nicht stimmte, als er bei mir und Stormy angelangt war.

»Was ist denn los?«, fragte er und ließ sich vom Rücken des Hengstes gleiten. »Was hast du denn mit deinen Haaren gemacht, Tally?«

Hätte ich versucht, auch nur ein Wort zu sagen, wäre ich erneut in Tränen augebrochen. Ich schämte mich natürlich, ihm zu erzählen, dass mein Vater im Gefängnis war. Aber Neil kannte mich zu gut. Er wusste, dass ich nicht ohne Grund Tränen vergoss oder gar auf die Idee kam, mir die Haare abzuschneiden. Er merkte, dass er vorsichtig sein musste, aber er ließ auch nicht locker.

»Kannst du oder willst du es mir nicht erzählen, Tally?«

Ich blickte in seine wachsamen schwarzen Augen und sah, dass er es ehrlich meinte. Neil wollte wissen, warum ich weinte und warum ich meine Haare abgeschnitten hatte. Er wusste nur zu gut, aus welchem Grund Lakota-Frauen sich ihr Haar abschnitten.

»Ist was mit deinem Vater?«, fragte er und fasste mich am Arm.

Seine Berührung, die Wärme seiner Hand, löste etwas in mir aus. Und da mir klar war, dass er es ja irgendwann sowieso erfahren würde, gab ich mir einen Ruck. »Mein Dad wird nun doch nicht nach Hause kommen«, sagte ich, erstaunlich sachlich. »Er sitzt in San Francisco im Gefängnis und wird beschuldigt, seinem Chef Geld gestohlen zu haben.«

Neils Augen verengten sich zu schmalen Schlitzen. Er schien eine Weile zu brauchen, bis er das Gesagte verdaut hatte. »Aber er hat es nicht getan, oder?«, fragte er schließlich.

»Nein, natürlich nicht«, stieß ich hervor.

Neil trat wütend gegen den Erdhügel eines Wühlhörnchens, dass die Dreckklumpen spritzten. Stormy machte einen erschrockenen Satz zur Seite, und Taté hob wachsam den Kopf.

»Das passiert immer und immer wieder«, sagte Neil voller Zorn in der Stimme. »Dass Indianer da draußen in der Welt der Weißen für Dinge ins Gefängnis gesperrt werden, die sie nicht getan haben.«

Wie viele andere im Reservat war auch Neil Thunderhawk auf Weiße nicht gut zu sprechen. Ich konnte das verstehen, hatte doch jedes Indianervolk in Amerika seine eigene Geschichte von der Grausamkeit und Gleichgültigkeit der Weißen zu erzählen. Nun hatte auch ich meine ganz persönliche Geschichte und hätte einen Grund gehabt, die Weißen zu hassen. Aber ich tat es nicht, weil ich wusste, dass mein Vater das nicht gewollt hätte. Er hatte mich gelehrt, dass man nie jemanden nach seiner Rasse, Herkunft oder Religion beurteilen sollte.

Auf jeden Fall tat es gut zu wissen, dass Neil nicht an der Unschuld meines Vaters zweifelte.

»Ich hoffe, alles klärt sich schnell auf, und dein Dad ist bald wieder draußen«, sagte er. »Wenn du jemanden brauchst, mit dem du reden willst: Du weißt ja, wo ich wohne.«

Dem Mitgefühl in seiner Stimme war ich nicht gewachsen. Ich nickte und kämpfte gegen die Tränen. Doch die Trauer, die von mir Besitz ergriffen hatte, stieg in tiefen Schluchzern in mir auf. Ich wollte nicht, dass Neil mich so sah, aber ich konnte es auch nicht verhindern.

»Hey Braveheart«, sagte er erschrocken, und ich zuckte zusammen, weil er den Kosenamen meines Vaters benutzte. Neil machte einen Schritt auf mich zu, und sein Blick drang in mein Inneres, viel tiefer, als ein anderer es jemals getan hatte. Dieser Blick suchte nach meiner Seele, und als ich plötzlich ein warmes Pulsieren in meinem Körper spürte, wusste ich, dass er sie gefunden hatte.

Neil zog mich an sich heran und nahm mich in die Arme. Meine Tränenbäche versickerten im Stoff seines wattierten Hemdes. Ich hörte sein Herz schlagen und spürte, wie sich mein Magen zusammenkrampfte vor Aufregung, Kummer und Freude. Das hatte Neil noch nie getan: mich in den Arm genommen.

Er ließ mich los und strich mir eine Haarsträhne aus dem Gesicht. »Na komm, gehen wir erst einmal zu meinen Eltern, und dann erzählst du ihnen alles. Vielleicht können sie deinem Vater helfen, schließlich ist er ihr Freund.«

Ich stand da, mit hängenden Schultern, wie ein trauriger Rabe.

»Na los«, sagte er, »hoch mit dir!« Er verschränkte seine Finger vor dem Bauch des Hengstes, und ich sah ihn ungläubig an.

»Na was ist? Hast du etwa Angst?«

Ich stieg in seine Hände und saß auf. Mit einem Satz war Neil hinter mir. So ritten wir langsam zurück zum Haus.

»Du bist mutig«, sagte er nach einer Weile, und ich wusste, dass er lächelte. »Taté duldet eigentlich nur mich und meinen Pa auf seinem Rücken.«

»Und warum hat er mich dann nicht abgeworfen?«, fragte ich.

»Weil ich ihm gesagt habe, dass ich dich mag.«

Ich spürte Neils warmen Atem in meinem Nacken, wenn er redete. Die Wärme seines Körpers und seine beruhigende Stimme lösten ein Gefühl des Glücks in mir aus. Das verwirrte mich vollends: dass ich glücklich war – und todunglücklich zugleich.

War das normal? Funktionierte das Leben auf diese Weise? Ich wollte es nicht glauben, obwohl es für mich keine andere Erklärung gab.

Mit bestürzten Gesichtern hörten sich Tom und Della an, was ich von meinem Vater zu berichten hatte. Ich saß in der Nähe des warmen Ofens und hatte Miss Lilly auf dem Schoß. Diesmal konnte ich alles ganz ruhig erzählen, ohne dabei gleich in Tränen auszubrechen. Neil hatte mir die Kraft dazu gegeben.

»Hast du schon mit deinem Vater sprechen können?«, fragte Tom Thunderhawk.

»Nein. Ich habe bisher nur diesen Brief von ihm bekommen. Aber er wird mich sicher anrufen, wenn er kann.«

»Warum bist du nicht gleich zu uns gekommen und hast es uns erzählt?«, fragte Della voller Mitgefühl.

Ich zuckte die Achseln. »Wahrscheinlich brauchte ich erst mal Zeit, um es selbst zu begreifen.«

»Hat dein Vater einen Anwalt?«, fragte Tom.

Wieder ein Achselzucken. »Ich weiß gar nichts.«

»Wahrscheinlich haben sie ihm irgend so einen Pflichtanwalt gestellt«, bemerkte Della wütend. »Einen, dem Richards Schicksal vollkommen gleichgültig ist.«

»Kennt ihr die Adresse von diesem Arnold Colder?«, fragte ich. »Dad hat mir von ihm erzählt nach dem Sonnentanz. Colder müsste sich an meinen Vater erinnern. Vielleicht übernimmt er seine Verteidigung. Dad hat gesagt, Colder ist in den Stamm adoptiert worden und er nimmt kein Geld für die Verteidigung seiner Stammesbrüder.«

Tom kratzte sich am Kinn. »Das ist nur zur Hälfte wahr, Tally. Colder würde sonst das ganze Jahr über unentgeltlich arbeiten müssen.« Er lachte bitter. »Aber du hast Recht. Immerhin ist es eine Möglichkeit, und wir sollten nichts unversucht lassen. Colder ist schließlich Sonnentänzer, auch wenn mir die Gründe für seine Beteiligung an der Zeremonie nicht ganz klar sind. Ich werde versuchen, ihn ausfindig zu machen.«

»Danke Tom«, sagte ich. Miss Lilly räkelte sich auf meinem Schoß und genoss die Streicheleinheiten. Ihr ging es gut. Zwei der kleinen Kätzchen hatte Della an Verwandte weitergegeben und eines für Bey und April behalten. Es war jetzt bei den Mädchen im Zimmer, die mit ihren Puppen spielten.

»Was sagt eigentlich Charlene zu dem Ganzen?«, fragte Della und brachte mir einen Becher Tee, den sie mit Honig gesüßt hatte. Miss Lilly sprang von meinem Schoß und lief nach draußen.

»Sie macht sich nur Sorgen darum, dass mein Vater jetzt kein Geld mehr schicken kann«, antwortete ich. »Sie glaubt nicht, dass Dad unschuldig ist.«

»Na ja«, meinte Tom. »Etwas anderes war ja von ihr auch nicht zu erwarten.«

Auf dem Weg zum Haus meiner Tante fiel mir mein Zopf ein. Ich suchte in meiner Jackentasche, aber die Tüte war nicht mehr da, obwohl ich sicher war, dass ich sie eingesteckt hatte. Ich musste sie verloren haben und würde danach suchen müssen.

Aber dann vergaß ich den Zopf.

Am selben Abend rief mein Vater aus dem Gefängnis an und erzählte mir, wie die Dinge standen.

»Es sieht nicht gut aus, Tally«, sagte er. »Das Geld ist verschwunden, und alles weist darauf hin, dass ich es genommen habe. Denn nur ich habe gewusst, dass an jenem Tag so viel Geld in der Kasse war. Es ist wie verhext, als ob jemand drauf aus ist, mir zu schaden. Ich habe versucht, mit meinem Chef zu reden. Er ist ein guter, ein gerechter Mann, und er würde mir gerne glauben. Aber wie kann er das, wenn alles gegen mich spricht.«

Tränen liefen unaufhörlich über mein Gesicht, während ich den Worten meines Vaters lauschte. »Wie geht es dir, Dad?«, fragte ich. »Ist es schlimm dort, wo du jetzt bist?«

»Es geht mir nicht gut, Tally, das kannst du dir sicher denken. So ein Gefängnis ist die Hölle. Aber ich komme schon klar. Am wichtigsten ist, dass du den Mut jetzt nicht verlierst und den Glauben an mich. Das könnte ich nicht ertragen.«

»Ich weiß, dass du es nicht getan hast«, sagte ich. »Ich liebe dich, Dad.«

»Ich liebe dich auch, Braveheart.«

Dann war das Gespräch unterbrochen.

Mein Vater schickte weiterhin regelmäßig Geld, wenn auch weniger und in größeren Abständen. Er schrieb mir Briefe, und ich antwortete ihm. Natürlich vermisste ich meinen Dad. Wenn ich am Morgen mit Tränen in den Augen aufwachte, dann wusste ich, dass ich von ihm geträumt hatte. Meine ersten Gedanken galten ihm, ebenso wie die letzten vor dem Einschlafen. Aber mit der Zeit gewöhnte ich mich daran, ihn zu vermissen.

Tom Thunderhawk hatte unterdessen Arnold Colder ausfindig machen können und ihm den Namen meines Vaters und die Adresse des Gefängnisses übergeben, in dem Dad saß. Nun hofften wir auf eine Nachricht von dem weißen Anwalt.

Der Sommer begann und in diesem Jahr duftete er nach Wacholder und wilder Bergamotte, einer Krautpflanze, aus der Della Thunderhawk köstlichen Tee bereiten konnte. Toms Appaloosaherde hatte Zuwachs bekommen – wieder zwei Fohlen, deren Vater allerdings nicht Taté war, sondern ein Hengst aus einer anderen Herde im Reservat, zu dem die beiden Stuten eine Weile auf die Koppel gestellt worden waren.

Tante Charlene hielt mich mit der Hausarbeit ziemlich auf Trab. Aber ich wurde dabei immer geschickter und schneller, sodass ich noch genügend Zeit fand, um mit Stormy zu arbeiten.

Eines Abends begegnete mir Tom Thunderhawk auf halbem Wege, als ich von den Pferden kam, und ich fasste mir endlich ein Herz.

»Ich möchte Stormy reiten, Tom«, sagte ich. »Ich möchte im Dezember mit der Stute am Big-Foot-Ritt teilnehmen.«

Tom, der ahnte, wie wichtig mir mein Anliegen war, sagte nicht sofort Nein. Aber ich merkte, dass er Bedenken hatte.

»Bitte, Tom. Stormy ist groß und kräftig geworden, und ich bin nicht schwer. Ich kann es schaffen, das weiß ich. Stormy und ich, wir können es schaffen. Ich hatte letzten Winter einen Traum und . . .«

»Was für einen Traum?« Tom horchte auf.

Ich erzählte ihm von meinem Traum, in dem ich mit Stormy über die verschneite Prärie geritten war, an einen Ort, von dem ich wusste, dass ich ihn finden musste, weil er etwas mit meinen Vorfahren zu tun hatte. Als ich ihm von den Tänzern erzählte, sah Tom mich ganz merkwürdig an.

»Das war kein normaler Traum, Tally«, sagte er mit belegter Stimme. »Du hattest eine Vision.« Er musterte mich eindringlich. »Wenn sie bemalte Hemden trugen und auf der Stelle tanzten, dann hast du die Geistertänzer gesehen.« Er schwieg eine Weile und schien nachzudenken.

»Ich möchte auch für meinen Vater reiten«, sagte ich. »Es ist alles, was ich für ihn tun kann.«

»Na gut«, sagte Thunderhawk nach einigem Zögern. »Dann versuch es mit Stormy. Aber lass dir von Neil helfen, er hat Erfahrung.«

»Danke«, sagte ich vollkommen ruhig, aber mein Herz hüpfte vor Freude.

Tom nickte lächelnd.

Suzy Eagle Bear tauchte wieder auf und brachte ihr eigenes Pferd mit, eine fast weiße Appaloosastute mit grauen Sprenkeln, die nun bei Toms Herde bleiben sollte. Suzys Vater würde für Futter und Betreuung zahlen.

Obwohl ich mir fest vorgenommen hatte, Neil nur noch als Freund zu betrachten und nicht mehr auf seine Zuneigung zu hoffen, fiel mir das unendlich schwer. Merkte ich doch, dass sich das Verhältnis zwischen ihm und Suzy merklich abgekühlt hatte, was mir wieder neue Hoffnung machte.

Neil und ich arbeiteten nun täglich mit Stormy. Sein Ehrgeiz, die Stute zu satteln, war noch größer als meiner. Bisher war es nie ein Problem für ihn gewesen, ein Pferd an den Sattel zu gewöhnen und es einzureiten. Er hatte jedes noch so eigensinnige Tier dazu gebracht, das zu tun, was er wollte.

Aber bei Stormy war nichts zu machen. Sobald sie den Sattel auf ihrem Rücken spürte, warf sie ihn ab.
Natürlich musste ich lachen, wenn Neil versuchte, Stormy den Sattel aufzulegen, und sie so lange buckelte und sprang, bis er samt Decke auf dem Boden lag. Stormy hatte einen Mordsspaß dabei und Neil war sauer, das wusste ich. Aber ich konnte das Glucksen nicht unterdrücken, das in mir aufstieg.
Schließlich gaben wir es auf. Vielleicht würde Stormy mich ohne Sattel tragen. Ich hatte ja zuvor schon des Öfteren über ihrem Rücken gelegen und sie war an mein Gewicht genauso gewöhnt wie an meine Stimme.
Neil war skeptisch, als ich das erste Mal selbst auf die Stute steigen wollte. »Was, wenn sie dich abwirft?«, fragte er.
»Dann falle ich eben«, erwiderte ich. »Es wäre schließlich nicht das erste Mal. Dein Pa hat mir gezeigt, wie man es macht.«
Neil zuckte die Achseln. Er wusste, dass Stormy und ich eine besondere Beziehung hatten, und er vertraute auf meine Reitkünste. »Na gut«, sagte er. »Versuchen wir es.«
Stormy trat unruhig auf der Stelle, und er versuchte, sie am Halfter festzuhalten. Sie schnaubte nervös, stand aber schließlich still, als ich meine linke Hand auf ihren Widerrist legte, der inzwischen höher war als meine Schultern. Ich schwang mich auf ihren Rücken und passte auf, dass mein rechtes Bein die Narbe der Stute nicht berührte.
Neil führte sie am Strick, den er dicht am Halfter festhielt. Stormys Schritte waren ungelenk, weil ihr Gleichgewicht durch mein Körpergewicht gestört war. Wir mussten uns beide erst ausbalancieren.
»Nicht mit den Beinen festklammern«, sagte Neil. »Du musst deine eigene Mitte finden, dann weiß auch Stormy, was sie tun soll.«
Nach einer Weile funktionierte es überraschend gut. Trotzdem gefiel der Stute das ganze Spiel plötzlich nicht mehr. Ihre Ohren

spielten nervös und lagen schließlich flach. Sie stemmte die Vorderbeine in den Boden, blähte ihre Nüstern und schlug mit dem Schweif. Ein Zittern durchlief ihren Körper. Neil gab mir ein Zeichen, und ich ließ mich von ihrem Rücken gleiten, bevor sie mich abwerfen konnte.

Ich legte mein Gesicht an Stormys Hals und konnte das Pochen unter ihrer Haut spüren. »Schon gut«, sagte ich, »das hast du ganz wunderbar gemacht.«

Ich führte sie eine Weile herum und sprach lobend auf sie ein. Meine Stimme beruhigte sie schließlich und sie spitzte die Ohren.

»Gleich noch mal«, sagte Neil und nickte mir aufmunternd zu.

Ich ließ Stormy anhalten, und als sie stillstand, griff ich in ihre Mähne über dem Widerrist und stieg auf. Neil führte die Stute am Strick und diesmal fanden wir beide das Gleichgewicht schon schneller. Sie lief ganz ruhig, und ich beugte mich nach vorn, um ihren Hals zu tätscheln.

Neil übergab mir den Strick, und ich ritt Stormy ein Stück ohne Führung. Bis eine dicke Erdkröte vor ihrer Nase einen Hopser machte. Die Stute scheute zurück. Dann blieb sie stehen und wieherte. Sie legte den Kopf zwischen die Vorderbeine, buckelte und ich flog in hohem Bogen ins Gras. Neil war sofort bei Stormy, um sie festzuhalten. Ich rappelte mich auf.

»Alles in Ordnung?« Neil grinste breit.

Ich verzog das Gesicht und nickte.

»Dann steig sofort wieder auf, bevor Stormy sich als Sieger fühlt.«

Ich tat, was er sagte, auch wenn es mir schon nicht mehr so leicht fiel.

Die Kröte war in einem Erdloch verschwunden, und die Stute lief noch ein paar Runden mit mir, geführt von Neil. »Konzentrier dich voll auf Stormy«, sagte er. »Auf das, was sie dir durch ihren Körper sagen will. Denk nicht an die Ergebnisse, die du von ihr erhoffst.«

Diesmal ging alles gut, und ich stieg ab. Ich streichelte Stormy und sie bekam eine Karotte, die sie aus meiner Hand fraß. Wir werden schon klarkommen mit der Zeit, wollte sie mir sagen. Hab nur ein wenig Geduld.

Ich flog noch einige Male ins Gras, bevor wir beide irgendwann den Dreh raushatten und verstanden, was der andere wollte. Doch als Tom sah, dass ich Stormy ohne Sattel ritt, war er nicht sonderlich glücklich darüber.

»Wenn du mit ihr am Big-Foot-Ritt teilnehmen willst, wäre es besser, du würdest im Sattel sitzen«, sagte er. »Stormy ist noch nicht vollkommen ausgewachsen. Ihre Knochen, Sehnen und Bänder brauchen noch Zeit, um mit der Belastung durch dein Gewicht fertig zu werden. Der Sattel würde ihren Rücken entlasten.«

»Aber sie lässt sich nicht satteln«, sagte ich. »Wahrscheinlich hat es etwas mit ihrer Narbe zu tun.«

»Ja. Neil hat es mir erzählt.« Tom rieb sich das Kinn. »Vielleicht sollte ich es noch mal versuchen.«

Stormy blieb Sieger, was den Sattel anging. Und insgeheim war ich froh darum. Mir selbst machte es nichts aus, sie ohne Sattel zu reiten. Im Gegenteil: Seit Neil es mir beigebracht hatte, fand ich es viel schöner, als fest im Sattel zu sitzen. Und außerdem drückte die Tatsache, dass Stormy keinen Sattel duldete, ihren Preis enorm. So einfach würde Tom Thunderhawk die gepunktete Stute nicht verkaufen können.

22. Kapitel

Mitte August fand dann wieder der alljährliche Sonnentanz in den Black Hills statt und diesmal machte sich die komplette Familie Thunderhawk auf den Weg, um dabei zu sein. Neil hatte mir erzählt, dass er sich als Tänzer für vier Jahre verpflichtet hatte. In den vergangenen Wochen waren wir einander vertrauter geworden, einfach dadurch, dass wir viel Zeit miteinander verbrachten. Aber warum er tanzen wollte, und ob er vorhatte, ein Fleischopfer zu bringen, das erzählte er mir nicht.

Wie gerne wäre ich dabei gewesen, zumal auch Leo und Adena wieder im Hells Canyon sein würden. Aber Della und die Mädchen konnten nur mitfahren, weil ich Tom versprochen hatte, ein Auge auf die Pferde zu haben und mich um sie zu kümmern. Er hatte mir seine Handynummer gegeben und mich gebeten, ihn anzurufen, wenn etwas sein sollte.

Ich war stolz darauf, dass Tom mir die Tiere anvertraute, und es tröstete mich darüber hinweg, dass ich Neil und Leo nicht beistehen konnte, während sie tanzten.

Natürlich dachte ich auch an meinen Vater und daran, dass er nicht tanzen konnte, obwohl er sich verpflichtet hatte. Es würde eine schwere Zeit für ihn sein.

Die Thunderhawks waren schon seit drei Tagen fort, als ich mit Stormy eines Nachmittags in die Hügel ritt. Später verbrachten wir einige Zeit am See; ich zeichnete Stormy, wie sie trank und graste, und träumte vor mich hin. Stellte mir vor, das Haus, das Dad für uns beide bauen wollte, würde hier stehen, am Ufer des Sees. Ich wollte gerne hier leben, am Rande des Kiefernwäldchens, umgeben von grasbewachsenen Bergen.

Aber es führte kein Weg zum See. Der Fahrweg endete an der alten Hütte, in einem Tal, das eine halbe Meile entfernt lag. Solange der Boden trocken war, war das kein Problem, aber wenn es geregnet hatte, dann verwandelte sich der Lehm auf der Fahrspur in »Gumbo«, und man kam nicht mal mit Allradantrieb voran. Und im Winter, wenn hoher Schnee lag, war es vollkommen aussichtslos.

Das Wasser des Sees war zu warm, um erfrischend zu sein. Aber bevor ich wieder aufbrach, ging ich doch hinein, schwamm ein paar

Züge und ließ mich treiben. Über mir, im wolkenlosen blauen Himmel kreisten die großen schwarzen Vögel. Vielleicht hatte ein Kojote das Kalb eines Gabelbocks gerissen, und nun warteten sie darauf, dass sie etwas von seinem Mahl abbekamen.
Stormy stand am Ufer mit wachsam erhobenen Kopf, irgendetwas schien sie zu beunruhigen. Vielleicht waren es die schwarzen Vögel, die ihr unheimlich waren.
Ich schwamm ans Ufer und stieg aus dem Wasser. Stormy schnaubte und scharrte mit den Hufen im Schlamm, schlug aufgeregt mit dem Schweif.
»Schon gut«, beruhigte ich sie, »die alten Aasfresser tun uns nichts. Keine Sorge.«
Als ich zu meinen Sachen wollte, die weiter oben im Gras lagen, versperrte mir Stormy immer wieder den Weg. »Was hast du denn?«, fragte ich sie lachend. »Ich will mich doch nur anziehen.«
Ich bückte mich nach meinem T-Shirt, wollte es aufheben – da fuhr eine Klapperschlange darunter hervor. Stormy gab mir im selben Augenblick mit dem Kopf einen kräftigen Stoß gegen die Schulter, sodass ich rückwärts ins Gras fiel. Dann prüfte sie witternd, ob die Schlange noch da war – und in diesem Augenblick schnellte das Reptil hoch.

Ich schrie. Stormy wieherte und stieg. Ihre Vorderhufe trafen die Klapperschlange, die sich davonmachen wollte. Immer wieder bäumte Stormy sich auf, ließ ihre Hufe auf die Schlange fallen und stampfte die Überreste ihres Körpers ins Gras.
Nach dem ersten Schrecken rappelte ich mich auf und versuchte, Stormy am Zaumzeug zu erwischen, um sie festhalten und beruhigen zu können. Ich sah, dass sie an den Nüstern blutete. Die Klapperschlange hatte sie gebissen.
Stormy schrie vor Schmerz, und ich geriet in Panik. Wenn ein Pferd ins Maul gebissen wird, schwellen seine Nüstern sehr schnell zu,

und dann besteht die Gefahr des Erstickens. Das wusste ich von Tom.
Bis zu Tante Charlenes Haus waren es ungefähr drei Meilen. Ich bräuchte zu Fuß mindestens eine Stunde, selbst wenn ich rennen würde. Und dann war ja keineswegs sicher, dass der Tierarzt gleich kommen konnte. Stormys Nüstern würden zuschwellen und sie müsste ersticken – denn Pferde können nicht durch ihr Maul atmen.
Die Stute strebte in den See und steckte das Maul ins Wasser, was ihr etwas Linderung verschaffte. Oben, am strahlend blauen Himmel, kreisten immer noch die Truthahngeier, die großen Aasvögel.
Ich schlüpfte in meine Kleider und überlegte fieberhaft, wie ich Stormy vor dem Ersticken retten konnte.
Die Stute kam ans Ufer und ich sah, dass ihre Beine zitterten. Ihr Maul war bereits stark angeschwollen und mir wurde klar, dass sie jämmerlich sterben würde, wenn ich jetzt nicht handelte.
Von Tom hatte ich gehört, dass man ein Pferd, das von einer Klapperschlange in die Nase gebissen worden war, retten konnte, indem man ihm die Möglichkeit verschaffte zu atmen. Auf langen Ritten ins Hinterland hatten Rancher meist zwei Stücke eines dünnen Gartenschlauches bei sich, die sie dem Pferd – wenn es gebissen worden war – dann in die Nüstern schoben, bevor sie zuschwellen konnten.
Ich hatte natürlich keinen Gartenschlauch. Aber was konnte ich stattdessen nehmen? Den hohlen Stängel einer Pflanze vielleicht. Aber nach dergleichen zu suchen würde viel zu lange dauern. Dann fielen mir die beiden dicken Druckbleistifte ein, die ich bei diesem Zeichenwettbewerb gewonnen hatte und die ich mit den anderen Zeichensachen bei mir trug.
Ich kramte in meiner Federmappe, zerlegte die Bleistifte in ihre Einzelteile und förderte tatsächlich zwei einfache Metallröhren zu Tage. Ich hoffte, dass sie lang genug waren und Stormy durch sie genügend Luft bekommen würde. Nun musste ich nur noch zusehen,

wie ich die Stute ruhig halten und ihr die Röhren in die Nüstern schieben konnte, ohne sie zu verletzen.
Als ich Stormy am Halfter nach unten zog, knickten ihre Beine wie von selbst ein, und sie legte sich. Speichel floss aus ihrem Maul, und sie rollte mit den Augen. Ich setzte mich ins Gras, legte ihren Kopf in meinen Schoß und nahm ihr das Zaumzeug ab, bevor es nicht mehr möglich war. Dann schob ich ihr vorsichtig die beiden Röhrchen in die Nüstern.
Ihre Versuche, sich dagegen zu wehren, waren kläglich. Die Bisswunden waren offensichtlich sehr schmerzhaft – und nun quälte ich sie noch zusätzlich. Aber vielleicht ahnte sie auch, dass ich es gut mit ihr meinte.
Dann saß ich da, streichelte Stormys Kopf und sprach beruhigend auf sie ein. Das Atmen fiel ihr immer schwerer, aber sie atmete. Nach einer Weile versuchte ich die Metallhülsen zu bewegen, aber sie steckten fest – so sehr waren Stormys Atemwege zugeschwollen. Ihre Beine und ihre Körper zuckten unkontrolliert und ab und zu kam ein mattes Grollen aus ihrer Kehle. Doch durch die Röhren bekam sie genügend Luft.
»Du darfst nicht sterben«, flüsterte ich. »Du darfst mich nicht allein lassen, Stormy. Du musst mich doch zu diesem Ort führen, von dem ich geträumt habe. Stormy . . .«
Sie war gebissen worden, weil sie mich vor der Gefahr hatte warnen wollen. Stormy hatte mir vermutlich das Leben gerettet, und nun kämpfte sie um ihr eigenes.
Die Truthahngeier kreisten jetzt über uns. Ich dachte an Psitós Skelett, ihre Knochen, die neben dem Stamm der Holzbirne in der Sonne bleichten.
»Du darfst hier nicht liegen bleiben, Stormy«, sagte ich. »Nur ein bisschen ausruhen, aber nicht einschlafen.«
Ich stand auf und packte meine Sachen zusammen. Dann versuchte ich Stormy wieder auf die Beine zu bringen. Erst sah es so aus, als

wäre sie zu schwach. Aber sie war jung und hatte gesundes Blut, und schließlich stand sie. Ich warf noch einen Blick auf die zertretenen Reste der Klapperschlange, dann lief ich los, und Stormy trottete auf wackligen Beinen neben mir her.

Es war schon spät, als ich mit der schweißüberströmten Stute bei Tante Charlenes Haus anlangte. Die Hunde winselten, als sie mich und Stormy kommen sahen, und ich scheuchte sie zurück, damit Stormy sich nicht vor ihrem Bellen erschreckte.

Tante Charlene saß vor dem Fernseher und ich fragte sie, ob ich das Telefon benutzen dürfe. »Stormy ist von einer Klapperschlange gebissen worden«, sagte ich. »Ich muss den Tierarzt anrufen.«

»Tu das«, sagte sie. »Aber sag ihm gleich, dass du ihn nicht bezahlen kannst.«

Ihre Gleichgültigkeit war unglaublich.

Ich wählte Dr. Morgans Nummer, aber nur der Anrufbeantworter meldete sich. Mit knappen Sätzen schilderte ich, was vorgefallen war, und nannte Tante Charlenes Telefonnummer. Große Hoffnungen, dass Dr. Morgan noch am Abend vorbeikommen könnte, machte ich mir nicht. Von seiner Praxis in Allen bis zum Haus meiner Tante waren es knapp 80 Meilen.

Ich musste es mehrmals versuchen, ehe ich Della endlich auf dem Handy erreichte. Sie sagte mir, dass ich alles richtig gemacht hätte und dass ich den Schlangenbiss mit Wasser und Seife säubern sollte.

Also wusch ich Stormys Wunde mit Wasser und Seife und brachte ihr eine Karotte aus Charlenes Speisekammer, die sie jedoch verschmähte. Sie trank auch nicht, obwohl der lange Weg sie durstig gemacht haben musste. Ihr Fell war schweißnass, und ich rieb sie sorgfältig trocken. Mehr konnte ich nicht für Stormy tun. Sie suchte meine Nähe, und ihr Speichel troff in meine Hand. Als sich die Stute niederlegte, um sich auszuruhen, setzte ich mich neben sie.

Ich blieb bei ihr und wartete auf den Tierarzt. Als es dunkel wurde und ich die Hoffnung schon beinahe aufgegeben hatte, kam ein Wagen den staubigen Weg zum Haus gefahren. Das Licht der Scheinwerfer blendete mich, und die Hunde begannen zu bellen. Ich scheuchte sie zurück in ihre Hütte.
Es war ein roter Jeep Cherokee und ein Mann mit Wuschelkopf stieg aus. Dr. Morgan. Mir fiel ein riesiger Stein vom Herzen.
Er holte seinen Koffer und eine große Taschenlampe aus dem Wagen und spritzte Stormy sofort eine Dosis Antivenin. »Das Serum wird aus dem Blut gesunder Pferde gewonnen«, sagte er. »Es enthält Substanzen, die das Schlangengift neutralisieren, wenn es innerhalb von 24 Stunden nach dem Biss verabreicht wird.«
»Wird Stormy überleben?«, fragte ich beklommen.
»Die wenigsten Pferde sterben an einem Klapperschlangenbiss«, antwortete er. »Für die Schlange ist es ein ziemlich großer körperlicher Aufwand, das Gift zu produzieren, und sie entscheidet sehr genau, wie viel davon sie einsetzt, um sich zu verteidigen. Pferde sind groß, und meist soll der Biss nur abschreckende Wirkung haben. Also: wenig Gift vermutlich. Der Schock, den das Gift verursacht, ist meist das größte Problem.«
Er untersuchte den Schlangenbiss an Stormys Maul und entdeckte dabei die beiden Metallröhren in ihren Nüstern. »Hast du das gemacht?«, fragte er, mit deutlichem Erstaunen in der Stimme.
Ich nickte. »Ja. Die Röhrchen sind von meinen Bleistiften.«
Verblüfft schüttelte Dr Morgan den Kopf. »Es scheint funktioniert zu haben. Vermutlich hast du der Stute damit das Leben gerettet. Schon ein zweites Mal.« Er lächelte. »Aber ich habe ja damals schon gesagt, dass sie ein ganz besonderes Pferd ist. Und du bist mit Sicherheit ein ganz besonderes Mädchen. Ihr beide passt gut zusammen.«
Stormy bekam noch Penizillin, dann holte der Tierarzt sie auf die Beine. »Sie darf nicht zu viel liegen«, bemerkte er, »das bekommt ih-

rem Kreislauf nicht. Vielleicht kannst du ja ab und zu mal nach ihr sehen, auch in der Nacht. Aber ich denke, sie wird es überstehen.«

»Ich habe den Biss mit Wasser und Seife gereinigt«, sagte ich.

»Das ist gut. Du hast alles richtig gemacht.«

»Wann wird die Schwellung ihrer Nüstern zurückgehen?«, fragte ich ihn.

»Das Gegengift wirkt recht schnell. Morgen kannst du die Metallhülsen herausziehen, dann dürfte sie wieder normal atmen können. Sie wird in den nächsten Tagen kaum fressen, weil ihr das Schwierigkeiten bereitet. Sieh zu, dass sie wenigstens ab und zu trinkt. Und wenn etwas ist, dann ruf mich an.«

»Danke, dass Sie noch den weiten Weg hierher gekommen sind«, sagte ich. »Allerdings weiß ich nicht, wie ich Sie bezahlen soll.«

»Das Tier gehört doch Tom Thunderhawk, oder?«

»Ja. Aber die ganze Familie ist beim Sonnentanz, und ich bin verantwortlich für die Pferde.«

»Na ja. Dafür, dass die Stute von einer Klapperschlange gebissen wurde, kannst du ja nichts.«

»Ich bin mit ihr ausgeritten. Sie wollte mich vor der Schlange warnen, und ich habe es nicht begriffen.«

»Mach dir mal keine Gedanken. Tom wird die Rechnung schon bezahlen. Für die Fahrt berechne ich nichts, ich hatte sowieso in Manderson zu tun.« Dr. Morgan packte zusammen und brachte seinen Koffer in den Jeep. Als er sich verabschiedete, sagte er: »Das Gift konnte sich einige Zeit im Körper ausbreiten. Wo, das wirst du daran sehen, dass die Stute dort ihre Haut verliert. Sie löst sich nach einiger Zeit großflächig ab. Das sieht schlimmer aus, als es ist. Das Fell wird nachwachsen.« Damit schlug er die Tür zu und fuhr davon.

Ich blieb noch so lange bei Stormy, bis mir die Augen zufielen. Dann ging ich ins Haus, duschte und stellte mir den Wecker auf zwei Stunden später. Vollkommen erschöpft schlief ich auf der Stelle ein.

Als der Wecker piepte, wusste ich zuerst nicht, wo ich mich befand und was überhaupt los war. Aber dann fiel es mir wieder ein. Stormy. Ich wollte nach ihr sehen. Verschlafen schlüpfte ich in meine Sandalen und stieg die Kellerstufen nach oben. Vor dem offenen Kellerfenster hörte ich plötzlich eine Stimme und blieb erschrocken stehen.

Stormy wieherte leise. Dann wieder die Stimme. Ich erkannte sie. Es war Marlin, er musste eben erst nach Hause gekommen sein. Sofort war ich hellwach. Ich hoffte, dass er die Stute nicht beachten würde und einfach nur so schnell wie möglich in seinem Zimmer verschwand. Aber mein Cousin hatte mit jemandem geredet, und wenn einer seiner Kumpel bei ihm war, dann würden sie vielleicht ihre Dummheit an Stormy auslassen.

Doch auf einmal wurde mir klar, dass Marlin mit der Stute sprach.

»Dich hat es aber ganz schön erwischt«, sagte er. »Du siehst ja furchtbar aus.« Seine Stimme war voller Mitgefühl, etwas, das ich von meinem Cousin nicht erwartet hätte.

Ich ging nach oben und trat aus der Haustür. Sah, wie Marlin neben der liegenden Stute kauerte und sie streichelte. Als er den Kopf hob und mich im Licht der Außenbeleuchtung stehen sah, stand er auf.

»War das eine Klapperschlange?«

»Ja. Sie hat Stormy in die Nüstern gebissen. Der Tierarzt war da und hat ihr ein Gegengift gespritzt. Er hat gesagt, sie soll nicht so lange liegen.«

Ich ging zu Stormy, kniete mich hinter sie und versuchte sie zum Aufstehen zu bewegen. Scooter und Rip winselten leise, blieben aber in ihrer Hütte. Marlin stand eine Weile unschlüssig herum und sah zu, wie ich mich abmühte.

»Na los«, sagte ich verzweifelt. »Hilf mir!«

Als ob er auf diese Aufforderung gewartet hätte, kniete er sich neben mich, und zusammen brachten wir Stormy so weit in Bewe-

gung, dass sie auf die Beine kam. Ich holte einen Eimer mit Wasser, und sie senkte ihren Kopf hinein.
Marlin musterte mich mit einem seltsamen Blick. Mir wurde bewusst, dass ich nur kurze Hosen und ein ärmelloses T-Shirt trug. Marlin starrte auf meine Brüste, die in den letzten Monaten voll und rund geworden waren und sich deutlich unter dem dünnen Hemd abzeichneten.
Unangenehm berührt, verschränkte ich die Arme vor meiner Brust.
»Danke fürs Helfen«, sagte ich und klang wenig dankbar.
»Schon gut. Ich gehe jetzt schlafen.«
»Okay. Ich bleibe noch einen Moment bei Stormy.«

Am nächsten Morgen ging es Stormy deutlich besser: ihr geschwollenes Maul sah allerdings ziemlich schlimm aus. Die Metallröhren waren von selbst herausgerutscht, also war die Schwellung zurückgegangen. Stormy konnte wieder leichter atmen. Ihre Nüstern waren mit getrocknetem Schleim verklebt, den ich ihr vorsichtig abwusch. Zwei kleine schwarze Punkte auf der empfindlichen Stelle zwischen beiden Nasenlöchern waren die Abdrücke der Giftzähne. Ab und zu steckte Stormy den Kopf in den Wassereimer, nicht nur, um zu trinken, sondern auch um die Schmerzen zu lindern, die das Gift verursachte.
Della rief an und erkundigte sich nach Stormys Befinden. Ich erzählte ihr, dass der Tierarzt da gewesen war und ihr ein Gegengift geimpft hatte. Als die Familie Thunderhawk drei Tage später vom Sonnentanz zurückkehrte, sah Stormy erbarmungswürdig aus. Dort, wo das Gift sich ausgebreitete hatte, löste sich die Haut in großen Fetzen ab. Außerdem war Stormy sichtlich mager geworden. Sie hatte fast überhaupt nichts mehr gefressen in den letzten drei Tagen.
Della, die Mädchen und auch Neil sahen ziemlich erschrocken aus, als sie die gepunktete Stute sahen. Tom Thunderhawk ging um das

Pferd herum und sah es sich genau an. »Sieht so aus, als hätte sie das Schlimmste überstanden«, sagte er erleichtert.

»Alles war meine Schuld.« Ich wagte kaum, ihm in die Augen zu schauen. »Stormy wollte mich warnen vor der Klapperschlange, und ich habe es nicht begriffen.«

Tom schüttelte den Kopf. »Du musst nicht immer alle Schuld auf dich nehmen wollen, Tally. Wenn Stormy sich von einer Klapperschlange beißen lässt, kannst du doch nichts dafür. Ich nehme mal an, dass ihr das nicht so schnell wieder passieren wird.« Er lächelte. »Sie sieht wirklich schrecklich aus, aber in ein paar Wochen wird man nichts mehr davon sehen.«

»Der Tierarzt war da«, sagte ich geknickt. »Er schickt eine Rechnung.«

Tom legte mir lächelnd seine Hand auf die Schulter. »Das ist schon in Ordnung, Tally. Mach dir darum mal keine Gedanken.«

23. Kapitel

Ich schrieb meinem Vater von Stormys Kampf mit der Klapperschlange und dass seit einer Woche die Schule wieder begonnen hatte. Diesmal fühlte ich mich nicht mehr fremd. Meine Klassenkameraden waren in Ordnung, und ich saß wieder neben Lisa, die zwar nicht meine Freundin war, aber jemand, den ich mochte.

Als Dad mir antwortete, stand in seinem Brief, dass Arnold Colder, der Anwalt aus Kalifornien, seine Verteidigung übernommen hatte. Ich war so froh darüber, dass ich in meinem Zimmer umhersprang. Nun würde alles gut werden, davon war ich fest überzeugt.

Ich lief sofort zum Haus der Thunderhawks und erzählte Tom und Della die gute Neuigkeit.

Della umarmte mich, aber Tom dämpfte meine Freude. »Auch wenn Colder die Verteidigung übernommen hat, Tally, erwarte nicht, dass dein Dad schon übermorgen wieder zu Hause ist. Es wird dauern. Du musst Geduld haben.«

Mein 16. Geburtstag war ein Dienstag, und ich wusste, es würde ein trauriger Tag werden. Der erste Geburtstag in meinem Leben, den ich ohne meinen Vater verbringen musste.

Am Tag zuvor hatte ich das Haus sauber gemacht und einen Kuchen gebacken, denn am Nachmittag erwartete ich Adenas Besuch. Sie war schon im August 16 geworden und hatte seit zwei Wochen einen Führerschein. Ihr Vater ließ sie mit dem alten Pick-up fahren. Wir hatten verabredet, dass sie sich gleich nach der Schule auf den Weg machen würde.

Als ich am Morgen in die Küche kam, duftete es bereits nach frischem Kaffee und auf dem Tisch stand ein kleiner Strauß Blumen. Tante Charlene hatte meinen Geburstag diesmal nicht vergessen und war sogar früh aufgestanden, um mir zu gratulieren. Ihr Geschenk bestand aus buntem Briefpapier und einigen Briefmarken.

»Damit du deinem Vater immer schreiben kannst«, sagte sie.

Ich freute mich darüber. »Danke«, sagte ich, »das kann ich gut gebrauchen. Und die Blumen sind wirklich hübsch.«

Charlene lächelte. Sie weckte Marlin und wir frühstückten zu dritt. Das war in der ganzen Zeit, die ich nun schon hier wohnte, noch nicht einmal vorgekommen.

Nach dem Frühstück fuhr meine Tante Marlin und mich in ihrem Ford-Combi nach Manderson. Ich hätte lieber mit Neil den Schulbus genommen, aber das konnte ich Charlene nicht sagen.

Der Himmel war grau, und als wir vor der Schule ausstiegen, begann es zu regnen.

Ein Schultag ist lang, wenn man den Nachmittag so sehr herbeisehnt wie ich an jenem Tag. Ich freute mich auf Adena und konnte es kaum erwarten, nach Hause zu kommen.

Während ich nach dem Unterricht mit Neil im Regen auf den Schulbus wartete, hielt auf einmal ein weißer verbeulter Jeep am Straßenrand. Es war Leo Little Moon. Er sah umwerfend aus – in seinem weißen T-Shirt und den Jeans, seiner sonnenbraunen Haut und den langen Haaren, die ihm offen über die Schultern fielen.

Leo winkte mich zu sich, und als ich vor ihm stand, breitete er lächelnd die Arme aus. Mir blieb nichts anderes übrig, als mich von ihm umarmen zu lassen. Er duftete gut, ganz frisch nach Seife. »Alles Gute zum Geburtstag, Tally.«

Ich war ganz durcheinander. Wir wurden nass, aber das störte mich nicht. Es war mein Lieblingsregen – ohne Blitz und Donner.

»Ich fahr dich nach Hause, okay?«

Ich sah mich nach Neil um, der dastand und finster dreinblickte.

»Er kann natürlich mitkommen«, sagte Leo. Er gab Neil ein Zeichen, und zuerst sah es so aus, als würde Neil Leos Angebot ignorieren. Aber dann kam er lässig herüber, begrüßte Leo wortlos und stieg in den Jeep.

Ich lud Neil zum Kaffee ein, aber er behauptete, noch Wichtiges erledigen zu müssen und wir würden uns ja sowieso am Abend sehen.

»Meine Mutter lädt dich zum Abendessen ein«, sagte er zu mir, als Leo ihn vor seiner Haustür absetzte. »Gegen sieben, okay?«

»Okay«, sagte ich.

In Charlenes Küche bot ich Leo einen Kaffee an, und er übergab mir ein Päckchen meines Vaters und eine längliche, in buntes Geschenkpapier verpackte Schachtel.

»Das ist von mir«, sagte er.

Ich packte es gleich aus. Es war eine Kette aus kleinen Türkisen, an der eine Schildkröte aus rotem Stein hing.

»Danke, Leo«, sagte ich. »Die ist wunderschön.«

»Navajo-Schmuck«, sagte er. »Ich habe sie unten in Arizona gekauft.«

Den Sommer über hatte ich Leo öfter im Laden getroffen, und da Charlene es meistens nicht eilig hatte, war immer Zeit für ein

Schwätzchen geblieben. So hatte ich einiges über seine Brüder und seine Eltern erfahren, was er so machte, wenn er nicht im Laden stand, und wovon er träumte. Leo hatte sich auch jedes Mal nach meinem Vater erkundigt: wie es ihm ging und ob er bald nach Hause käme.

Inzwischen hatten wir uns jedoch fast drei Wochen nicht gesehen, und es gab viel zu erzählen. Stormys Klapperschlangenbiss und meine Rettungsaktion mit den Bleistiften. Die Neuigkeit, dass der weiße Anwalt die Verteidigung meines Vaters übernommen hatte, und und und.

Leo hörte aufmerksam zu, dann sprach er von seinen Zukunftsplänen. Er wollte ein Jahr lang auf einer Büffelranch in Montana arbeiten und später auf dem Land seiner Familie selber Büffel züchten. »Das ist die Zukunft, glaub mir«, schwärmte er voller Begeisterung. »Die Büffel können auf unserem kargen Land auskommen, genau so, wie wir es können. Das Fleisch ist mager und gesund. Wir müssen wieder anfangen unsere Ernährungsgewohnheiten zu ändern. Was wir essen, ist fett und süß und macht viele von uns krank.«

Ich lauschte seinen Worten, und seine Entschlossenheit faszinierte mich. Als ich den Kuchen aufschnitt, hielt ein Auto vor dem Haus. Ich dachte erst, es wäre meine Tante, aber es war Adena. Sie und Leo waren sich auf dem Sonnentanz vor drei Wochen über den Weg gelaufen und freuten sich nun über das unerwartete Wiedersehen. Von Adena bekam ich einen neuen Traumfänger. Einen, der noch größer und noch schöner war als der, der mit den anderen Dingen im Trailer verbrannt war. Wir aßen Kuchen, erzählten und lachten. Irgendwann tauchte Marlin auf. Er ging kurz in sein Zimmer, holte etwas und verschwand gleich darauf wieder.

Als wir die Haustür klappen hörten, herrschte erst einmal Schweigen, das von bedeutungsvollen Blicken begleitet war. Schließlich sagte Leo: »Rot und Schwarz. Das sind die Farben der Outlaws.«

»Outlaws?« Stirnrunzelnd sah ich ihn an.

Adena verdrehte die Augen. »Die Outlaws sind eine Gang, Tally. Erinnerst du dich nicht mehr, was der Officer uns erzählt hat?«
»Doch.« Ich nickte. »Und du behauptest, *mein* Cousin Marlin gehört zu den Outlaws?«
»Sieht zumindest danach aus«, sagte Leo. »Er trägt ihre Farben. Ihr Anführer Harold ist ein ziemlich übler Kerl aus Wounded Knee. Er nennt sich selbst *The Rat* und sieht auch so aus. Hat schon mehrmals im Jugendgefängnis gesessen wegen schwerer Körperverletzung. Es ist besser, ihr geht ihm und seinen Leuten aus dem Weg, wenn ihr ihnen begegnet.«
»Wie soll ich Marlin aus dem Weg gehen, wenn ich in seinem Haus wohne?«, fragte ich entgeistert. »Außerdem hat er sich verändert. Er lässt mich in Ruhe. Ist beinahe . . .«, ich suchte nach dem passenden Wort, ». . . freundlich geworden.«
»Freundlich?«, fragte Leo stirnrunzelnd. »Na, gerade eben war er ja nicht besonders freundlich. Tut so, als wären wir gar nicht da.« Er schwieg nachdenklich. Dann sagte er: »Ich bin mir sicher, dass Marlin zu den Outlaws gehört. Und das schon seit ein paar Monaten. Wenn er den Aufnahmetest bestanden hat, müsste er ein Brandzeichen tragen.«
»*Brandzeichen?*«, riefen Adena und ich wie aus einem Mund.
»Ja, ich habe das mal bei einem von den Jungs gesehen. Ein Kreis mit einem W darin. O und W für Outlaws, eingebrannt in die Haut auf der Brust.«
Adena schüttelte sich und ich bekam eine Gänsehaut. »Das ist ja schrecklich«, sagte ich. »Das muss doch furchtbar wehtun.«
»Tut es auch. Aber das musst du eben aushalten, wenn du dazugehören willst.«
»Keine Ahnung, ob Marlin so ein Brandzeichen hat.« Ich hob die Schultern. Ich hatte meinen Cousin noch nie mit freiem Oberkörper gesehen. Ich traute ihm so etwas auch gar nicht zu. Dafür war er viel zu feige, fand ich.

»Was ist mit seinen Freunden?«, fragte Leo.
Ich hob die Schultern. »Ich kenne seine Freunde nicht. Er bringt sie nie ins Haus. Sie holen ihn immer mit einem gelben Thunderbird unten an der Straße ab.«
»Sei froh«, sagte Adena und Leo stimmte ihr kopfnickend zu.

Irgendwann rief mein Vater an, um mir zu gratulieren. Wir sprachen zehn Minuten miteinander, dann musste er auflegen, weil so viele hinter ihm standen, die auch noch telefonieren wollten. Tante Charlene kam wieder, sie war in Rapid City gewesen und hatte eingekauft.
Ich sagte ihr, dass Della mich zum Essen eingeladen hatte, und sie verschwand in ihrem Wohnzimmer hinter dem Fernseher. Leo fuhr zurück nach Manderson, um im Laden zu arbeiten. Adena und ich gingen nach unten in mein Zimmer, wo wir ungestört reden konnten.
Sie erzählte mir, dass sie und Silas miteinander geschlafen hatten und nun ihre Regel ausgeblieben war.
»Aber . . .« Entsetzt starrte ich sie an.
»Es ist einfach passiert, Tally.«
»Hast du es ihm schon gesagt?«
Sie schüttelte den Kopf. »Zuerst will ich es mit Sicherheit wissen. Nächste Woche habe ich einen Termin beim Arzt.«
»Wenn du schwanger bist, wirst du das Kind behalten?«
»Natürlich«, sagte sie und sah mich befremdet an.
Ich fragte meine beste Freundin, ob sie Silas Bell so sehr liebte, dass sie eine Familie mit ihm gründen wollte.
»Ich weiß es nicht, Tally«, antwortete Adena. »Ich wollte aufs College gehen und Lehrerin werden. Aber nun ist alles anders. Vielleicht werde ich bald Mutter sein.«
»Und deine Eltern?«
Sie zuckte mutlos die Achseln. »Sie mögen Silas nicht besonders. Er

will studieren und Anwalt werden, das gefällt ihnen nicht. Silas Bell ist meinen Eltern nicht traditionell genug.«

»Wie ist es, Adena?«, fragte ich zögerlich. »Wie ist es, wenn man . . .«

». . . Sex hat?«

»Ja.« Ich sah sie verlegen an.

Adena seufzte. »Ich würde dir ja gerne etwas anderes erzählen, aber so toll war es nicht. Wahrscheinlich ist es ein Fehler, sich irgendwelche schönen Vorstellungen zu machen, die dann doch nicht eintreffen.«

Das klang nicht sehr ermutigend.

Als Adena fort war, wurde mir klar, dass sie vielleicht zum ersten Mal in ihrem Leben ein wirkliches Problem hatte.

Ich duschte und zog eines von den T-Shirts an, die in Dads Geburtstagspäckchen gewesen waren. Es hatte lange Ärmel, war hauteng und in den Farben Grün und Blau gebatikt.

Dann zog ich meine Jacke über und lief zum Haus der Thunderhawks. Alle gratulierten mir freudestrahlend. Della hatte mein Lieblingsessen gekocht: Gemüseeintopf mit Timpsila, Mais und Hirschklößchen. Bey hatte ein Bild für mich gemalt, eines, auf dem ich Stormy ritt, und April schenkte mir einen Kristallstein, den sie im Hells Canyon gefunden hatte. Ich umarmte die Mädchen und bedankte mich bei ihnen.

Auch Neil hatte etwas für mich, das er mir wortlos überreichte. Am Nachmittag war mir für kurze Zeit der Verdacht gekommen, dass er eifersüchtig sein könnte auf Leo Little Moon. Aber es war besser, sich nichts vorzumachen, deshalb nahm ich an, dass er aus einem anderen Grund so mürrisch war. Neil Thunderhawk konnte ab und zu sehr merkwürdig sein.

Verlegen nahm ich das Geschenk von ihm entgegen und wickelte es aus dem Papier. Es war ein blaues Pferd mit weißer Kruppe und zehn schwarzen Punkten darauf. Seine Mähne bestand aus dunklem

Pferdehaar, und um seinen Hals hingen Lederbänder mit Perlen. Das Pferdchen roch nach frischer Farbe. War es das gewesen, was Neil noch so dringend zu erledigen gehabt hatte?
»Hast du das selbst gemacht?«, fragte ich verblüfft.
Neil nickte brummig.
Ich strahlte ihn an. »Es sieht aus wie Stormy, und es ist wunderschön. Danke, Neil.«
Endlich erschien ein Lächeln auf seinem Gesicht.
»Es *ist* Stormy«, sagte Tom Thunderhawk und trat näher. »Du bist ein tapferes Mädchen, Talitha Running Horse, und wir haben dich alle sehr gern. Auch wenn wir deine innigsten Träume nicht kennen, von einem wissen wir mit Sicherheit. Und weil Träume manchmal auch in Erfüllung gehen müssen, damit man den Mut nicht verliert, haben wir beschlossen dir Stormy zu schenken.« Tom umarmte mich kurz, dann sagte er: »Im Augenblick macht dein Geschenk noch einen etwas lädierten Eindruck, aber ich denke, das wird deiner Liebe keinen Abbruch tun. Stormys Fell beginnt schon wieder nachzuwachsen.«
Ich stand starr und konnte mich nicht rühren, aus Furcht, alles falsch verstanden zu haben. Toms und Dellas Augen leuchteten. Bey und April zappelten vor Aufregung, und Neil grinste mich schief an. Ich konnte fühlen, was es ihnen für eine große Freude machte, mir diesen Traum zu erfüllen.
»Danke«, stammelte ich. »Danke.« Ich konnte es immer noch nicht glauben. Ich fiel erst Tom um den Hals und dann Della.
»Du weißt doch, was man sagt«, meinte sie gerührt. »Ein Pferd gehört demjenigen, der es am meisten liebt. Und niemand liebt Stormy so wie du, Tally.«
Nun stand ich vor Neil und wollte auch ihn umarmen, aber etwas, das in seinem Blick war, hielt mich zurück. Als ich merkte, dass er enttäuscht war über mein Zögern, tat ich es schließlich. Er nahm mich ganz fest in die Arme und seine Lippen streiften meine Wange.

Neil roch gut. Es war der süße Duft von frischem Heu. Und ich spürte, wie im Dunkel meiner Verlassenheit ein Licht zu flackern begann. Eins, das mich von innen wärmte und die Zukunft ein bisschen heller erscheinen ließ.

Später brachte Neil mich zurück zum Haus. »Wird Leo dich jetzt öfter von der Schule abholen?«, fragte er beiläufig.

»Nein. Das war eine Geburtstagsüberraschung.«

»Er scheint dich ja sehr zu mögen«, sagte er, und seine Stimme klang unsicher dabei.

»Ich mag ihn auch, Neil. Er ist sehr nett.«

»*Nett?*« Das hörte sich beinahe verzweifelt an.

»Hast du was gegen Leo?«, fragte ich.

»Unsinn. Er ist in Ordnung. Leo Little Moon ist wirklich nett. Ich weiß auch nicht, was heute mit mir los ist.«

Wir waren vor dem Haus meiner Tante angekommen, und ich öffnete den Mund, um mich von Neil zu verabschieden, als er sich vorbeugte, um mich auf die Wange zu küssen. Überrascht drehte ich meinen Kopf zur Seite und seine Lippen streiften meinen Mund.

Ich holte tief Luft.

»Dann bis morgen am Schulbus, Tally«, sagte Neil schnell und trabte davon.

Noch eine ganze Weile stand ich allein vor dem Haus, berührte mit den Fingerkuppen meine Lippen. Stormy war mein schönstes Geburtstagsgeschenk, aber dieser »Beinahe-Kuss« von Neil brachte mein Inneres vollkommen durcheinander.

Obwohl ich sterbensmüde war, konnte ich an diesem Abend lange nicht einschlafen. Wie auch, wenn ich mir plötzlich eingestehen musste, dass Träume, die monatelang unerreichbar schienen, auf einmal in Erfüllung gingen.

Ich besaß nicht einmal ein eigenes Bett, aber nun hatte ich ein Pferd. Es war ein ganz besonderes Pferd, eines, das *Wakan Tanka* ge-

zeichnet und nie im Stich gelassen hatte. Dieses schöne Pferd gehörte wirklich mir. Nun konnte uns niemand mehr trennen. Auf dem nächsten Big-Foot-Gedenkritt würde ich mit Stormy dabei sein. Tom hatte es mir versprochen. Für die Stute und Taté war Platz in seinem Pferdeanhänger. Er selbst würde nicht mitreiten, sonden sich als Helfer zur Verfügung stellen. Das tat er für mich.
Mir war ganz schwindelig vor Glück, wie sollte ich da schlafen?

Eine Woche später rief Adena mich an und sagte mir, dass es nun sicher sei.
»Ich bin schwanger, Tally.« Ihre Stimme klang müde und leer.
»Hast du es Silas gesagt?«
»Ja. Wir sind nicht mehr zusammen. Er will kein Kind. Er will studieren.«
»Das tut mir so Leid, Adena.«
Ich hörte meine Freundin leise weinen.
»Was ist mit deinen Eltern?«, fragte ich.
»Meine Mutter sagt, sie wird sich um das Kind kümmern, wenn ich aufs College will.«
»Aber dann ist doch alles gut.«
»Ja«, sagte Adena und legte auf.
Nichts war gut. Gar nichts war gut, und das wusste ich auch.

Ich erzählte Neil von Adenas Schwangerschaft. Wobei ich aus meiner Wut auf Silas Bell im Speziellen und auf Jungen, die ihre schwangeren Freundinnen sitzen ließen, im Allgemeinen, keinen Hehl machte.
Neil war daraufhin sehr wortkarg und blickte verunsichert drein. Vielleicht hatte ich es falsch angestellt, denn er versuchte nicht mehr, mich zu küssen. Und dabei wartete ich doch jeden Tag sehnsüchtig darauf, dass er es endlich tat.

24. Kapitel

In der dritten Septemberwoche wurde es noch einmal sommerlich warm, und Stormy war nach ihrem Klapperschlangenabenteuer so weit wieder hergestellt, dass ich sie reiten konnte. Dr. Morgan hatte sie sich noch einmal angesehen und festgestellt, dass keine bleibenden Schäden durch das Schlangengift zurückgeblieben waren. Stormys sonst so glattes Fell mit der schönen Zeichnung war immer noch lädiert, aber die Stute spürte davon nichts, außer dass es manchmal juckte und sie sich deshalb gerne und ausdauernd von mir bürsten ließ.

An ihren nach vorn gestellten Ohren erkannte ich, dass sie gute Laune hatte, und sie ließ sich problemlos die Trense ins Maul schieben und das Zaumzeug überziehen. Ich ließ sie laufen und den Weg in die Hügel selbst suchen. Auf dem Plateau ließ ich sie erst traben, dann galoppieren. Stormys Freude, dass sie endlich wieder rennen durfte, pulsierte durch meinen Körper. Meine Haare, die langsam wieder länger wurden, flogen wie Stormys Mähne im warmen Wind. Ich lebte meinen Traum. Einen, den ich so viele Jahre hindurch geträumt hatte. Doch nun, da er endlich in Erfüllung ging, war ich längst von anderen, von neuen Träumen erfüllt,

Ich zog die Knie ein Stück nach oben, lehnte mich leicht zurück, wobei sich die Zügel ganz automatisch ein wenig strafften. Die Stute verlangsamte sofort das Tempo. Sie wusste, was ich wollte, noch ehe ich etwas sagte oder sie einen Widerstand auf der Trense in ihrem Maul spürte. Auf dem Weg zum See ließ ich Stormy in leichtem Galopp laufen.

Das Wasser war nicht mehr so warm wie noch vor zwei Wochen, weil die Nächte jetzt manchmal schon empfindlich kalt waren. Trotzdem entschloss ich mich spontan zu einem Bad im See. Wahrscheinlich war es die letzte Gelegenheit in diesem Jahr.

Stormy trank, dann graste sie am Ufer, wo das Gras grün und saftig war. Ihr furchtbares Erlebnis mit der Klapperschlange schien sie vergessen zu haben, was mich wunderte. Denn Tom hatte mal zu mir gesagt: »Pferde vergessen nichts und vergeben alles.«

Schon bald schlief die Stute im Stehen.

Als ich in der Ferne ein Motorengeräusch und laute Musik hörte, schwamm ich schnell ans Ufer. Ich pellte mich aus meiner nassen Unterwäsche, trocknete mich ab und schlüpfte in Hose und T-Shirt.

Aber ich war zu langsam.

Ein verbeulter Thunderbird mit offenen Fenstern donnerte aus dem Wald auf die Wiese und ich erkannte den Wagen, in den Marlin immer stieg, wenn er unten an der Straße wartete. Die aufgedrehten Bässe dröhnten.

Mit einem Satz war ich auf Stormys Rücken. Doch der Thunderbird kam direkt auf die Stute zugebraust und umkreiste uns. Stormy hatte furchtbare Angst. Sie wieherte aufgeregt und stieg. Es ging so schnell, dass ich mich nicht halten konnte.

Für Tom Thunderhawks geniale Falltechnik war keine Zeit gewesen, aber ich fiel ins weiche Ufergras und war sofort wieder auf den Beinen. Als der Thunderbird abrupt bremste und sich gleichzeitig alle vier Türen öffneten, riss Stormy ihren Kopf herum und jagte davon.

Ich versuchte nicht, sie zurückzuhalten. Besser, sie war nicht hier, denn die Jungs, die aus dem Wagen stiegen, waren Marlin und seine zwielichtigen Freunde. Alle vier in Rot und Schwarz gekleidet. Die anderen waren älter als Marlin; ich hatte sie alle drei schon gesehen.

»Na, wen haben wir denn da?«, sagte der Älteste von ihnen, ein verschlagenes Grinsen im Gesicht. Das musste Harold Walker aus Wounded Knee sein. *The Rat* prangte in großen schwarzen Lettern auf seinem T-Shirt. Ein Name, dem er alle Ehre machte – mit seinem spitzen Gesicht und den kleinen schwarzen Augen, denen nichts entging. Sein Haar war kurz geschoren, aber an der Seite trug er einen dünnen, geflochtenen Zopf. Schwarze Hosen, rotes T-Shirt. Rot und Schwarz, die Farben der Outlaws. Leo Little Moon hatte mir erzählt, wie skrupellos sie waren. Und mir geraten, ihnen aus dem Weg zu gehen. Aber das konnte ich nicht.

Marlin und die anderen beiden lachten. Ein großer Dünner, dem die Vorderzähne fehlten, und ein kleiner Kompakter mit einer schwarzen Baseballkappe. Ihre dunklen Gesichter waren von Dummheit und Prügeleien gezeichnet.

Harold kam auf mich zu, und ich wich immer weiter zurück, bis ich mit dem Rücken zum Wasser stand. Er grinste bösartig. Das Herz schlug mir in der Kehle, und das schrille Gefühl der Angst wurde immer stärker. Was hatte er vor?

»Na, warst du baden, Tally?«, fragte Harold.

Ich zuckte zusammen. Woher kannte er meinen Namen?

»Willst du gleich noch mal baden?«

»Was willst du?«, fragte ich und musste mich zwingen, langsam und ruhig zu sprechen, während ich innerlich zitterte.

»Dich baden sehen«, sagte Harold. Die anderen lachten. Es war ein irres, ein anzügliches Lachen. Eines, das mich Schlimmes ahnen ließ. Wahrscheinlich waren alle vier bekifft und vollkommen unberechenbar. Dass Marlin nicht mehr lachte, bemerkte ich gar nicht.

The Rat zog sich sein T-Shirt über den Kopf und warf es ins Gras. Wie benommen starrte ich auf seinen drahtigen Brustkorb, auf dem ein handtellergroßes Brandzeichen prangte. Ein O mit einem W drin. Meine Angst wandelte sich in Entsetzen.

»Lass sie in Ruhe«, hörte ich Marlin plötzlich sagen.

Mein Blick flog zu meinem Cousin. Sein Gesicht war verschlossen, aber in seinen Augen entdeckte ich eine merkwürdige Unruhe. Er hatte Angst, und ich sah es ihm an.

»Warum hältst du nicht die Klappe, Marlin?«, fauchte Harold ihn an. »Ich dachte, du bist scharf auf sie. Jetzt kannst du sie haben. Wir werden dafür sorgen, dass sie nicht abhaut.« Harold packte mich und zerrte mich vom Wasser weg. Sein Griff war der einer eisernen Klammer, und ich schrie erschrocken auf, als er mir den Arm umdrehte. Sein muskulöser Oberkörper trug Narben von Messerstechereien, und ich ahnte, dass er zu denen gehörte, die vor nichts zurückschreckten, nicht mal vor ihrem eigenen Blut.

Verzweifelt versuchte ich, mich aus seinem Griff zu winden, aber er packte mich fester und stieß mich vor sich her.

»O-ho, sie wehrt sich, das kleine Biest. Wahrscheinlich ist sie noch Jungfrau, Marlin. Das wird ein besonderes Vergnügen.«

Marlin kam auf Harold zu, eine Art Entschlossenheit im Blick, die ich noch nie zuvor bei ihm gesehen hatte. Er war größer als Harold und massiger, auch wenn die Ratte sehniger und beweglicher war. Knotige Muskelpakte spielten unter Harolds narbiger Haut.

Marlin packte Harold mit seinen großen Händen und sagte langsam und deutlich: »Lass die Finger von ihr, Harold! Klar?«

In Harolds stechenden Augen blitzte die Wut. »Du willst mir sagen, was ich zu tun habe, Fettsack? Willst du hier herumkommandieren?«

»Fettsack, Fettsack«, grölten die anderen beiden. Ihre grinsenden Gesichter, die gierigen Augen werde ich nie vergessen. Diesen Jungen bereitete es Vergnügen, anderen Schmerzen zuzufügen. Und sie würden nicht eher ruhen, bis sie ihren Spaß gehabt hatten.

Noch nie in meinem Leben hatte mich die Angst so beherrscht wie in diesem Augenblick. Sie war wie eine zähe schwarze Masse, die sich in meinem ganzen Körper auszubreiten drohte und mich lähmte. Ich hatte das Gefühl, kaum noch atmen zu können, geschweige denn ein Wort hervorzubringen.

Marlin und Harold rangen miteinander. Ich wusste, dass Marlin keine Chance hatte, obwohl er der größere war. Die anderen beiden würden nicht zulassen, dass er ihren Anführer besiegte. Verzweifelt fragte ich mich, ob Marlin das nicht klar war.

Als mein Blick wieder hinüber zu den Jungs wanderte, die in ein paar Meter Entfernung standen, erschrak ich zu Tode. Der große

Dünne mit den ausgeschlagenen Vorderzähnen hielt plötzlich eine Waffe in der Hand. Es war so ein selbst gebautes Ding, wie Officer Shortbull es uns beschrieben hatte. Keine Ahnung, was für Munition da drinsteckte und was für Schaden sie anrichten konnte, wenn sie abgefeuert wurde.

Die Waffe war auf Marlin und Harold gerichtet, die am Boden miteinander rangen.

Plötzlich fühlte ich mich so schwach, dass ich fürchtete in Ohnmacht zu fallen. Aber das durfte nicht passieren. Ich musste bei klarem Verstand bleiben, sonst hatte ich keine Chance. Und Marlin auch nicht.

»Lass auf der Stelle den Boss los, Fettsack«, brüllte der Junge mit der Waffe in der Hand. Seine Stimme überschlug sich.

Marlin hielt inne und drückte Harold mit dem Gewicht seines Körpers zu Boden. Nervös flackerte sein Blick nach links. »Mach keinen Quatsch, Jesse«, sagte er. »Das Ding könnte losgehen.«

»Das wird es auch, wenn du den Boss nicht sofort loslässt«, brüllte Jesse.

Marlin wälzte sich von *The Rat* herunter. Harold stand auf und klopfte sich siegessicher den Staub von den Kleidern. »Du bist ein Nichts, Marlin, eine Null«, sagte er mit wutverzerrtem Gesicht. »Du hast es nicht drauf, das kleine Halbblut zu vögeln, du Schwachkopf. Dann werde ich es eben tun, und du wirst dabei zusehen.«

The Rat griff nach mir und riss an meinem T-Shirt. Mit einem lauten Brüllen stürzte Marlin sich auf Harold, als plötzlich ein Schuss die Luft zerriss, dessen Echo in den Bergen widerhallte.

Ich schrie. Marlin sackte über Harold zusammen, der brüllte und wand sich wie ein Wurm, um unter Marlins Gewicht hervorzukommen. Auf einmal hörte ich schrilles Wiehern und dumpfes Hufeschlagen. Es war Stormy, die hinter Jesse aus dem Tal auftauchte und direkt auf uns zugejagt kam, als wolle sie angreifen. Doch es war die pure Panik, das erkannte ich sofort.

Jesse, der einen Augenblick wie versteinert dagestanden hatte, riss das Gewehr herum und legte auf die Stute an.
»Nein«, schrie ich, aber da krachte auch schon ein zweiter Schuss. Stormy jagte an Jesse vorbei und kam vor mir zum Stehen, so abrupt, dass Grasfetzen flogen und ich ein paar Schritte zurücktaumelte. Ich dachte, sie wäre getroffen, aber als ich nach ihren Zügeln griff, um sie zu beruhigen, konnte ich nirgendwo Blut entdecken. In diesem Augenblick der Verwirrung sah ich, dass es Jesse war, der blutete. Er hielt sich die Hand und stieß nuschelnd wilde Flüche und Beschimpfungen aus. Die Waffe lag vor ihm im Gras. Er ging in die Knie, um sie aufzuheben, da riss Stormy sich erneut von mir los und jagte mit einem wütenden Wiehern auf Jesse zu, der sich nur noch mit einem Hechtsprung vor den harten Hufen der Stute retten konnte.
»Nichts wie weg hier«, schrie der Kurze. Er riss Jesse vom Boden hoch und flüchtete mit ihm in den Thunderbird. Harold, die Ratte, hatte sich von Marlins Gewicht befreit. Er war voller Blut und einen Augenblick lang schien ihn die Möglichkeit, dass es von ihm selbst stammen könnte, zu verunsichern. Dann rappelte er sich blitzschnell auf. Noch bevor er sich davonmachte, trat er Marlin mit dem Stiefel in die Seite. Ich hörte meinen verletzten Cousin stöhnen.
Türen schlugen zu und der Motor des Thunderbird heulte auf. Die Reifen drehten durch, aber dann griffen die Räder und der Wagen fuhr davon. Als er auf den Schotterweg krachte, streifte der Auspuff mit einem schrecklichen Knirschen über die Steine. Dann verschwand das Auto aus meinem Blickfeld. Der Knoten in meiner Brust, der mir den Atem geraubt hatte, löste sich langsam.
Ich blickte mich nach Stormy um. Da stand Tom Thunderhawk in einiger Entfernung, das Jagdgewehr noch in der Hand. In der anderen sein Handy, mit dem er die Polizei und den Notarzt verständigte.

Ich kniete neben meinem verletzten Cousin, als Neil herangeritten kam. Er sprang ab und nahm mich fest an den Schultern.
»Bist du verletzt, Tally?«, fragte er. Ich sah ein Flackern in seinen Augen, eine Wut, die gleichzeitig auch Angst war.
»Nein«, sagte ich ruhig. »Mir ist nichts passiert.«
Neil ging in die Knie und beugte sich nun ebenfalls über Marlin. Die Kugel aus Jesses Gewehr hatte ihn in den Rücken getroffen, ein Stück unter dem rechten Schulterblatt. Tom half Neil, Marlin umzudrehen. Auf seiner Brust hatte sich ein nasser Fleck gebildet.
Tom zog Marlins T-Shirt nach oben und für einen Augenblick starrten wir alle drei mit entsetzten Blicken auf Marlins Brust. Nicht auf die Wunde, sondern auf ein kreisrundes Brandzeichen mit einem W in der Mitte, das Marlin über dem Herzen trug.
Tom fasste sich als Erster und untersuchte die Wunde. Sie blutete stark. »Ich hoffe, der Rettungshubschrauber wird schnell hier sein«, sagte er. »Ich habe ihnen die Lage der Hütte und des Sees so gut beschrieben, wie ich konnte.«
Marlin stöhnte, langsam schien er das Bewusstsein wieder zu erlangen. Er hob den Kopf und starrte auf das Loch in seiner Brust. Tom drückte ihn sanft zurück. »Sieh nicht hin, Junge«, sagte er. Er zog sein eigenes T-Shirt über den Kopf und presste es auf die Wunde.
Marlins Zähne schlugen aufeinander, obwohl es warm war. Zum ersten Mal in meinem Leben tat mir mein Cousin Leid. Er hatte mich jahrelang gepiesackt und gequält, mich bestohlen und mir das Leben schwer gemacht. Aber als es wirklich darauf ankam, da hatte er mich verteidigt. Meine Verwirrung darüber hätte nicht größer sein können.
»Halte durch«, sagte Tom, »der Hubschrauber ist gleich da.«
Marlin wollte etwas sagen, aber aus seinem Mund kam nur ein Blubbern. Ich merkte, dass er zu mir sprechen wollte, und beugte meinen Kopf an seinen Mund.

»Es ... tut mir ... Leid, Tally«, sagte er stockend, und ich spürte, wie viel Kraft es ihn kostete, zu sprechen.
»Schon gut, Marlin«, sagte ich. »Streng dich jetzt nicht so an.«
Aber Marlin nahm noch einmal all seine Kraft zusammen. »Sag ... auch meiner... Mutter, dass ... es ... mir Leid tut.«
»Das wirst du ihr selber sagen, okay?«
Sein Atem wurde zu einem Röcheln, und ich hatte auf einmal Angst, dass er sterben könnte. Ich sah Tom an, der immer noch sein zusammengeknülltes T-Shirt auf Marlins Brust presste.
Dann traf mein Blick auf Neils Gesicht. Voller Entsetzen kniete er da, unfähig sich zu rühren oder auch nur ein Wort herauszubringen. Ich wusste, dass er meinen Cousin hasste; vielleicht hatte er ihm sogar den Tod gewünscht. Ich sah, dass er in seinem Inneren einen Kampf mit seinen Gefühlen austrug.

»Sie wollten, dass Marlin ... er sollte ...«, ich stockte, weil ich jetzt erst begriff, dass ich davongekommen war. Dass ich das auch Marlin zu verdanken hatte, und Tom. Und Stormy natürlich. Ich holte Luft und sagte: »Marlin sollte mich vergewaltigen, vor ihren Augen. Als er es nicht tat, wollte es ihr Anführer tun. Marlin hat ihn davon abgehalten. Er hat gekämpft, obwohl eine Waffe auf ihn gerichtet war. Dann fiel ein Schuss.«
Tom nickte. »Wir waren ganz in der Nähe.«
Wir hörten das Knattern des Hubschraubers, der hinter den Hügeln auftauchte. Tom und Neil sprangen auf. Tom, um dem Piloten Zeichen zu geben, und Neil, um Taté festzuhalten, der beim ohrenbetäubenden Knattern der Rotoren sofort in Panik ausbrach und sich wiehernd auf die Hinterbeine stellte.
Ich hielt Marlins Hand. »Der Hubschrauber ist da«, sagte ich mit einer großen Portion Zuversicht in der Stimme. »Du schaffst es.«
Marlin sah mich an, und mit letzter Kraft versuchte er ein Lächeln. Dann ging alles ganz schnell. Er wurde auf eine Trage gehoben und

in den Hubschrauber gebracht. Drinnen legte der Notarzt sofort eine Infusion und begann mit der Erstversorgung der Schussverletzung.
Nur Minuten später war der Helikopter wieder in der Luft, und das Knattern der Rotoren wurde schnell leiser. Neil hatte Taté hindern können, in Panik davonzulaufen. Aber Stormy und Toms Wallach waren verschwunden.

Neil reichte seinem Vater Tatés Zügel. Dann kam er auf mich zu und nahm mich fest in die Arme. Sein Kinn lag auf meinem Kopf. Ich begann am ganzen Körper zu zittern.
Schließlich sagte Tom zu seinem Sohn: »Reite mit Tally nach Hause und erzähle Ma, was passiert ist. Sie soll zu Charlene gehen. Der Hubschrauber bringt Marlin ins Krankenhaus nach Rapid City. Charlene wird sicher gleich hinfahren wollen. Vielleicht braucht sie jemanden, der sie begleitet.«
Neil löste sich von mir und nickte. Er half mir, auf den Hengst zu steigen, und sprang selbst auf.
»Ich will sehen, ob ich Grey und Stormy finden kann«, sagte Tom. »Dann komme ich nach.« Er gab Taté einen leichten Klaps und der Hengst lief los.
Taté war immer noch unruhig und nervös und Neil hatte Mühe, ihn sicher zu führen. »Keine Angst«, sagte er. »Ich habe ihn im Griff.«
Ich hatte keine Angst. Das, was ich vor einer halben Stunde empfunden hatte, war Angst gewesen. Im Augenblick fühlte ich mich wunderbar sicher und geborgen.
Neil erzählte mir, dass er und sein Vater einen verletzten Gabelbock verfolgt hatten, als Stormy plötzlich in Panik auf sie zugestürzt war. »Zuerst dachten wir, Stormy wäre durchgegangen und hätte dich abgeworfen. Als Pa versucht hat, die Stute aufzuhalten, ist sie in die Richtung zurückgelaufen, aus der sie gekommen war. Wir wollten schon nach dir rufen, aber dann fiel ein Schuss. Wir waren ganz in

der Nähe und Pa ist losgerannt. Ich habe ihn schon lange nicht mehr so schnell rennen sehen.«

»Wenn er nicht gewesen wäre, hätte dieser Jesse Stormy erschossen«, sagte ich.

Taté schien sich wieder beruhigt zu haben und lief ruhig. Neil hielt die Zügel locker in der Rechten, seinen linken Arm hatte er um meinen Bauch geschlungen. Er hielt mich so fest, als hätte er Angst, dass ich ihm davonlaufen könnte. Ich spürte seinen Atem an meinem Ohr, den Schlag seines Herzens in meinem Rücken.

»Es war ziemlich leichtsinnig von dir, dort alleine zu baden«, sagte Neil vorwurfsvoll.

»Woher weißt du, dass ich baden war?«

Eine ganze Weile sagte er nichts und mir kam der Verdacht, dass er mir manchmal heimlich gefolgt war und mir zugesehen hatte. Normalerweise hätte mir der Gedanke die Schamesröte ins Gesicht getrieben, aber im Augenblick war es mir egal, was Neil Thunderhawk vielleicht gesehen haben könnte oder nicht. Ich war einfach nur froh, mit heiler Haut davongekommen zu sein.

»Deine Haare sind noch nass«, sagte er schließlich.

Das stimmte.

»Ich hab solche Angst gehabt, Neil.«

Seine Umarmung wurde noch fester. »Wie viele waren es denn?«

»Mit Marlin vier. Ihr Anführer ist *The Rat*. Er hat versucht . . . er wollte . . .«

»Schon gut«, unterbrach er mich. »Ich weiß, wie du dich gefühlt hast. Ich weiß es sehr gut.«

»Waren sie es, die dich vor einem Jahr so zugerichtet haben?«

»War so ein Langer dabei, ohne Vorderzähne?«

»Ja. Er heißt Jesse. Er hat geschossen.«

»Ich hab ihm die Zähne ausgeschlagen.«

»Du?«

»Ja. Ich hab mich gewehrt. Jedenfalls am Anfang. Aber dann packten

sie mich und schlugen abwechselnd auf mich ein.« Neil erzählte mir stockend, wie sie ihn angespuckt und getreten hatten, wobei sie sorgfältig zielten. Als ihm das Blut aus Mund und Nase lief, verlangten sie, dass er um Gnade bettelte.
Neil schwieg eine lange Zeit, und ich ahnte, wie schwer es ihm fiel, weiterzusprechen. »Ich hab's getan«, sagte er schließlich. »Ich habe um Gnade gebettelt. Von da an haben sie mich in Ruhe gelassen.«
»Du hast ihnen den Tod gewünscht, nicht wahr?«
»Ja, Tally.«
»Wenn sie es getan hätten«, sagte ich, »wenn sie mich wirklich vergewaltigt hätten, dann hätte ich genauso gefühlt wie du.«
»Denk nicht mehr dran«, sagte Neil. »Ich will versuchen, in Zukunft besser auf dich aufzupassen.«
Was immer das auch bedeuten mochte, es hörte sich einfach wunderbar an.

25. Kapitel

Della war mit den Mädchen einkaufen gefahren, als wir beim Haus der Thunderhawks ankamen. So war es Neil, der mich zu Tante Charlene begleitete und der meine Hand hielt, als ich ihr erzählen musste, was passiert war.
Die nun folgenden Stunden erlebte ich wie hinter einer dicken Wand aus Glas. Tante Charlene brach in Tränen aus. Sie wollte sofort zu ihrem Sohn nach Rapid City ins Krankenhaus, war aber außer Stande, selbst zu fahren.
Neil erklärte sich bereit sie zu chauffieren, und zwei Stunden später saßen wir zu dritt auf dem Flur vor dem OP, in dem sich die Ärzte immer noch um Marlins Leben mühten.
Irgendwann kam der erschöpfte Chirurg heraus und sagte meiner

Tante, dass sie Marlin wieder zusammengeflickt hatten. Doch er war in ein Koma gefallen.
»Wird er durchkommen?«, fragte sie.
»Mit etwas Glück: ja.«
»Und wird er wieder aufwachen?«, fragte Neil.
Der weiße Arzt hob die Schultern. »Wann und ob er überhaupt wieder aufwacht, kann niemand vorhersagen.«
»Kann ich meinen Sohn sehen?« Die Stimme meiner Tante zitterte.
Der Chirurg nickte und führte uns auf die Intensivstation. Marlins Körper war mit unzähligen Schläuchen verbunden, und Charlene sah zum ersten Mal das grauenvolle Brandzeichen auf seiner Brust.
Am liebsten wäre meine Tante bei ihrem Sohn im Krankenhaus geblieben. Aber man legte ihr nahe, nach Hause zu fahren und sich auszuruhen. Wenn Marlin aufwachte, würde man sie anrufen.

Zu Hause sahen wir, dass ein schwarzer Jeep der Stammespolizei vor dem Haus der Thunderhawks stand. Wir stiegen aus, und ich beruhigte die Hunde, die uns anbellten, weil sie Hunger hatten.
»Schon gut, Scooter und Rip«, sagte ich. »Ihr bekommt ja gleich was.«
»Danke, dass du gefahren bist«, sagte Charlene zu Neil. »Ich wünschte, ich hätte einen Sohn wie dich.« Sie seufzte und war schon wieder den Tränen nahe.
Neil wusste vor Verlegenheit nicht, wo er hinsehen sollte. »Schon okay«, sagte er. »Ich hoffe, Marlin wacht bald wieder auf.«
Er meinte es aufrichtig, und Charlene nickte.
Neil trottete davon, und ich ging mit meiner Tante ins Haus.
Wenig später – ich war gerade dabei, die Hunde zu füttern – hielt der Jeep der Stammespolizei vor unserer Tür. Zwei Officer in Uniform stiegen aus und in dem jüngeren von beiden erkannte ich Kenny Shortbull wieder, der uns damals in der Schule über Jugendgangs aufgeklärt hatte. Der andere, ein älterer Mann mit schütterem grauem Haar, stellte sich als George Horn Cloud vor.

Tom und Neil waren auch mitgekommen.

Ich bat die Männer herein. Während ich Kaffee machte, erkundigte sich Officer Horn Cloud bei Charlene nach dem Zustand ihres Sohnes. Als sie ihm sagte, dass Marlin überlebt hatte, jedoch im Koma lag, meinte er: »Wäre Ihr Sohn nicht angeschossen worden, Mrs Running Horse, sondern mit seinen Kumpanen ins Auto gestiegen, dann wäre er jetzt tot.«

Horn Cloud berichtete, dass der Thunderbird, in dem die übrigen drei nach dem Zwischenfall geflüchtet waren, von der Straße abgekommen war und sich überschlagen hatte. »Der Wagen ist sofort in Flammen aufgegangen. Es war nichts mehr zu machen, alle drei sind tot.«

Als ich Neils Blick suchte, sah ich, dass er es schon wusste. Während der Fahrt ins Krankenhaus hatte ich mir Gedanken darüber gemacht, was es bedeuten mochte, den Zorn von jemandem wie *The Rat* auf sich geladen zu haben. Aber alles war so schnell gegangen, war so aufwühlend gewesen, dass ich meine Angst verdrängt hatte. Nun, bevor sie wiederkommen konnte, erfuhr ich, dass es niemanden mehr gab, vor dem ich Angst haben musste.

Die beiden Polizisten forderten mich auf, ihnen alles, wirklich alles zu erzählen. Und das, während Neil dabeisaß. Hin und wieder warf ich ihm einen verstohlenen Blick zu, sah, wie sein Gesichtsausdruck sich ständig änderte. Von Zorn zu Angst, von Angst zu Ungläubigkeit, von Ungläubigkeit zu Hass und von Hass zu etwas, das ich nicht zu deuten vermochte, das aber auf irgendeine Weise mit ihm und mir zu tun hatte.

»Haben Sie gewusst, dass Ihr Sohn Mitglied einer der übelsten Jugendgangs im Reservat war?«, fragte Shortbull Tante Charlene.

Ihre Hände wanderten unruhig auf dem Tisch umher.

»Ich wusste, dass er sich mit den falschen Leuten eingelassen hatte«, antwortete sie, »aber ich konnte nichts dagegen tun. Er hat nicht ge-

hört auf mich. Er hat mich bestohlen und belogen und die Schule geschwänzt. Ich war machtlos.«
»Es gibt eine Selbsthilfegruppe im Reservat. Eltern, deren Kinder in Jugendgangs sind«, sagte George Horn Cloud. »Sie treffen sich regelmäßig, um sich gegenseitig zu unterstützen und zu raten.«
Shortbull nickte. »Sie hätten sich an uns wenden können, Mrs Running Horse.«
»Was ist mit dem Vater des Jungen?«, fragte Horn Cloud. Er drehte unablässig seine Dienstmütze in den Händen.
»Frank ist im Irak gefallen«, sagte Charlene.
»Frank Running Horse?« Horn Cloud blickte fragend auf.
»Ja.«
»Ich kannte Frank«, erzählte der Polizist. »Er war ein guter Mann.«
Charlene nickte und Tränen standen in ihren Augen. »Wenn Frank noch leben würde, dann wäre aus Marlin ein anständiger Junge geworden. Aber ich allein hatte nicht die Kraft.«
»Sie hätten sich Hilfe holen können. Soweit ich weiß, hatte Frank einen Bruder, der hier im Reservat lebt.«
Ich zuckte erschrocken zusammen. Dieser Bruder war niemand anderes als mein Vater. Was würde Charlene sagen? Dass Franks feiner Bruder einen Weißen um sein Geld gebracht hatte und dafür im Gefängnis schmorte, was gewiss kein gutes Beispiel für einen orientierungslosen Halbwüchsigen war?
»Mein Schwager ist in Kalifornien«, sagte Charlene. »Sein Trailer ist letzten Sommer abgebrannt, und er versucht dort Geld zu verdienen, damit er sich und seiner Tochter wieder ein Zuhause bauen kann.« Sie schwieg eine Weile und niemand sagte etwas. »Richard hat sich um Marlin gekümmert, als er noch da war«, fuhr sie schließlich fort, »aber Marlin wollte nicht auf diejenigen hören, die es gut mit ihm meinten. Er hat sich für ein gefährliches Leben entschieden, und das ist ihm nun zum Verhängnis geworden.«
Ein eisiger Schauer rann über meinen Rücken, als wäre mir jemand

mit einem Eiswürfel über die Haut gefahren. Tante Charlene redete ja beinahe so, als wäre Marlin schon tot – und sie der Überzeugung, dass er nichts anderes verdient hätte.
»Die Jungs wollten sich an Talitha vergreifen«, sagte Tom zu meiner Tante, und ich sah ihn überrascht an. »Marlin hat seine Cousine beschützt, obwohl er die Konsequenzen gekannt hat. Tief in seinem Inneren hat er sich seine Anständigkeit bewahrt.«
Ich sah, wie gut seine Worte meiner Tante taten. Tränen standen in ihren Augen, und ihr unglücklicher Blick rührte etwas in mir. Sie brauchte mich jetzt. Als ich sie gebraucht hatte, war sie nicht für mich da gewesen. Mit ihren unbedachten, verbitterten Äußerungen hatte sie alles nur noch schlimmer gemacht. Aber wie sie dasaß, zusammengesunken und blass vor Kummer, konnte ich nicht anders als mit ihr fühlen.
»Dieses schreckliche Brandzeichen auf seiner Brust«, sagte sie kopfschüttelnd, »ich verstehe nicht, warum er so etwas tun konnte.«
Officer Shortbull nickte. »Ja. Kaum zu glauben, was diese Kids auf sich nehmen, um dazuzugehören. Jede Gang hat ihre eigenen Symbole, ihre eigenen Tätowierungen und Kleiderfarben. Aber diese Brandzeichen, die sind typisch für Gangs aus dem Reservat.«
»Ich verstehe nicht«, sagte Neil, »warum es unbedingt eine Gang sein musste. Wir Lakota sind doch eine Gemeinschaft mit eigenen Farben, Symbolen und einer eigenen Sprache. Warum hat ihm das nicht genügt? Und wenn er unbedingt seine Tapferkeit zeigen wollte, warum hat er sich dann nicht für den Sonnentanz verpflichtet und ein Fleischopfer gebracht? Sein Vater wäre sicher stolz auf ihn gewesen.«
Für einen Augenblick sagte niemand etwas.
»Alles ist meine Schuld«, bekannte Tante Charlene nach einer Weile. Wir sahen sie fragend an.
»Alles ist meine Schuld«, wiederholte sie mit belegter Stimme. »Wir waren eine gute Familie, solange Frank noch lebte. Aber dann kam

er im Zinksarg aus dem Irak zurück und nichts war mehr wie zuvor. Ich war wütend auf Frank, weil er uns im Stich gelassen hatte. Ich war nicht für Marlin da, der den Tod seines Vaters nicht verkraftete. Anstatt Halt im Glauben unseres Volkes zu suchen, wandte ich mich von ihm ab. Ich habe meinen Schmerz zu betäuben versucht, indem ich die Wirklichkeit nicht mehr an mich herangelassen habe.« Sie seufzte, sprach aber gleich weiter.

»Marlin, der von seinem Vater traditionell erzogen worden war, wusste nicht mehr, was er glauben sollte. Indem ich mich lustig machte über die Wirksamkeit unserer Zeremonien und unseren spirituellen Glauben, nahm ich ihm den letzten Strohhalm, an den er sich klammern konnte. Er hatte keine Familie mehr, keinen Glauben. Also suchte er sich eine neue Familie und einen neuen Gott.«

»Wenn Marlin aus dem Krankenhaus kommt«, sagte Tom, »dann könnt ihr ja noch mal versuchen, einen gemeinsamen Weg zu finden.«

Die beiden Polizisten erhoben sich und Officer Kenny Shortbull sagte: »Wir würden jetzt gerne noch das Zimmer Ihres Sohnes sehen, Mrs Running Horse.«

Ich war seit Jahren nicht mehr im Zimmer meines Cousins gewesen, er hatte es immer abgeschlossen. Auch jetzt standen Charlene, die Polizisten, Tom, Neil und ich vor verschlossener Tür.

»Haben Sie keinen Schlüssel«, fragte Shortbull stirnrunzelnd.

Meine Tante schüttelte den Kopf. »Nein. Nur er hat einen.«

Officer Horn Cloud holte einen großen Schlüsselbund aus dem Wagen, und schon bald hatten sich die Polizisten Zugang zu Marlins Zimmer verschafft. Ich blieb mit Tom und Neil in der Tür stehen, während sie Marlins Sachen durchsuchten. Staunte darüber, wie ordentlich das Zimmer meines Cousins war. Es lag nichts herum, er hatte sogar sein Bett gemacht. Das brachte nicht einmal ich jeden Tag fertig.

An der Wand über seinem Bett hing ein Poster von Sitting Bull und ein Druck von einem Gemälde, das ein bekannter Lakota-Künstler gemalt hatte. Daneben ein paar Fotos von indianischen Rockstars, die er aus alten Zeitschriften ausgeschnitten hatte. Darunter auch eins von John Trudell und Blackfire, meiner Lieblingsrockband.
Die Polizisten waren sichtlich irritiert, genau so wie Tante Charlene und ich natürlich. Aber sie brauchten nicht lange suchen, um auf ein ganzes Arsenal Handfeuerwaffen samt Munition zu stoßen und eine Messerkollektion, die mir die Knie weich werden ließ. Kenny Shortbull schien Erfahrung zu haben, was Verstecke betraf, denn er fand auch ziemlich schnell Marlins Marihuanadepot.
Und sie fanden noch etwas. Es war mein Zopf, von dem ich geglaubt hatte, dass ich ihn verloren hätte. Marlin musste ihn gefunden und an sich genommen haben. Mit größerer Wahrscheinlichkeit hatte er ihn jedoch aus meiner Jackentasche gestohlen.
Tante Charlene weinte lautlos. Neil griff nach meiner Hand, die ich dankbar drückte.

Marlin überlebte die kommende Nacht, er hatte Glück. Aber die Zeit verging, und er wachte nicht wieder auf. Ich begleitete Tante Charlene manchmal ins Krankenhaus, wo sie an seinem Bett saß, auf ihn einsprach und für ihn betete.
Es ging ziemlich schnell, dass Marlin, der durch eine Magensonde künstlich ernährt wurde, an Gewicht verlor. Sein Gesicht wurde schmaler und die Augen größer. Er sah auf merkwürdige Weise zufrieden aus. Beinahe so, als würde es ihm gut gehen in diesem dunklen Zwischenreich, in dem er sich nun befand. Endlich hatte er Frieden, musste keine Mutproben mehr bestehen, sich keine Brandzeichen machen lassen, als wäre er ein Stück Vieh. Wahrscheinlich war er sogar froh, dass er nicht mehr den überheblichen Marlin mimen musste, der er in Wahrheit gar nicht war.
Ich tröstete meine Tante, umarmte sie sogar manchmal, etwas, das

ich nie für möglich gehalten hatte. Zu Hause saß sie auf der Couch vor dem Fernseher, hatte aber neuerdings oft den Ton abgestellt. Es war ein beunruhigender, ein gespenstischer Anblick, wie sie stumm auf den flimmernden Bildschirm starrte.
Ich tat mein Bestes, um sie abzulenken. Kochte für sie, aber sie aß nicht. Ich hielt das Haus sauber, fütterte die Hunde und kümmerte mich um die Wäsche, wenn ich nach der Schule nach Hause kam. Tante Charlene kommandierte mich nicht mehr herum und manchmal bedankte sie sich sogar bei mir für das, was ich tat. Doch meist hatte ich das Gefühl, als wäre sie gar nicht richtig wach.
Als ich mit Della darüber redete, sagte sie, dass meine Tante nun vieles hatte, worüber sie nachdenken musste. Ich sollte ihr einfach Zeit lassen.

26. Kapitel

Der Dezember kam, und Winterwolken zogen über die Hügel. Ich roch den Schneewind, wenn ich mit Stormy unterwegs war. Ihr Winterfell war dicht geworden, und nichts zeugte mehr davon, dass sie noch vor ein paar Wochen ganze Hautflächen verloren hatte.
Der Wind blies durch die kahlen Zweige der Pappeln, und noch fehlte der Schnee, der alles zudeckte und schützte. Der Big-Foot-Ritt rückte immer näher, und vor Aufregung konnte ich nachts kaum noch schlafen. Jeden Tag besuchte ich Stormy, um mich zu vergewissern, dass es ihr gut ging. Neil hatte Taté und Stormy seit Beginn des Monats besonderes Futter gegeben, damit sie für den Ritt auch genügend Reserven auf den Rippen hatten.
Della war in der Schule gewesen und hatte für Neil und mich eine Unterrichtsbefreiung erwirkt, denn der Ritt startete schon am 15. Dezember, ein paar Tage bevor die Weihnachtsferien begannen.
Am 14. Dezember war es dann endlich so weit. Tom hatte den Pfer-

detransporter bereitgestellt, und am Morgen liefen Neil und ich in die Hügel, um Stormy und den Hengst zu holen. Es war ein klarer, sonniger Tag mit Temperaturen knapp über dem Gefrierpunkt. Ein milder Winter bisher und das ideale Wetter für den Ritt.

Seit seinem Geburtstag – er war jetzt achtzehn – kam Neil mir noch erwachsener vor, und ich versuchte mich genauso ernsthaft zu geben wie er. Es kostete mich große Mühe, vor Freude und Aufregung über die bevorstehende Reise nicht zu hüpfen oder zu singen. Der Ritt war eine ernsthafte Angelegenheit, und ich schwor mir, mich würdig zu erweisen.

Taté und Stormy kamen, als wir sie riefen. Wir streiften den Tieren nur Halfter über, schwangen uns auf die Pferderücken und ritten zurück zur Scheune.

Stormy ließ sich nur durch sanften Druck davon überzeugen, in den Hänger zu steigen. Es beruhigte mich, als ich merkte, dass auch Taté sich bockbeinig zeigte. Er kam erst, als Stormy ihn mit einem aufmunternden Wiehern rief. Ich musste lachen, aber Neil fand das überhaupt nicht lustig.

Della hatte uns gut mit Proviant versorgt und zwei Thermoskannen mit heißem Tee eingepackt. Wir luden unser Gepäck auf die Ladefläche des Trucks. Unsere Schlafsäcke, die Ersatzkleidung, die warmen Stiefel. Einer nach dem anderen umarmten wir Della, Bey und April.

»Mach dir um deine Tante keine Sorgen, Tally«, sagte Della Thunderhawk. »Ich werde mich um sie kümmern und sie Weihnachten zu uns rüberholen.«

»Danke«, sagte ich.

»Pass gut auf meine beiden Männer auf«, flüsterte sie mir ins Ohr.

»Mach ich«, flüsterte ich zurück.

Wir stiegen in den Pick-up und Tom startete den Motor. Stormy wieherte. Della und die Mädchen winkten. Neil und ich winkten zurück.

Nach einer mehrstündigen Fahrt über schnurgerade Straßen trafen wir am Nachmittag auf John Knifes Ranch im Standing-Rock-Reservat ein. Es war ein Gebäudekomplex aus zwei Wohnhäusern und mehreren Scheunen und Ställen. Die Ranch lag eingebettet zwischen Hügeln, die von einer dünnen Schneeschicht bedeckt waren. Knife, auch ein Lakota, begrüßte uns freundlich und half uns, Taté und Stormy aus dem Hänger zu holen und in einen Korral zu bringen. Er zeigte Neil, wo wir Wasser holen konnten und Heu für die Pferde. Ganz offensichtlich waren der Hengst und die Stute froh, dem engen Pferdehänger entkommen zu sein, wo jeder Huftritt ein donnerndes Geräusch verursachte.

Wir versorgten die Pferde und gingen dann ins Haus, wo eine Truppe von fast dreißig Leuten zusammensaß und auf das lauschte, was John zu erzählen hatte. Er hatte Papiere mit seinem Stammbaum in der Hand und konnte uns nachweisen, dass einer seiner Vorfahren ein Überlebender von Wounded Knee war. Das war ein Grund für ihn gewesen, sich als Organisator für den diesjährigen Ritt zur Verfügung zu stellen.

Ich sagte kaum ein Wort an diesem Abend, so aufgeregt war ich. Stumm vor Glück, dass ich dabei sein durfte. Immer wieder musterte ich die Gesichter der Anwesenden, lächelte ihnen zu, wenn unsere Blicke sich trafen. Die meiste Zeit hielt ich mich in Neils Nähe auf. Und auch wenn es ihm kindisch vorkommen musste, dass ich ihn verfolgte wie ein kleines Hündchen – es schien ihm nichts auszumachen. Die Nacht verbrachten wir in unseren Schlafsäcken auf dem Boden von Johns Wohnzimmer. In dieser Nacht schlief ich wenig, aber nicht nur, weil meine Unterlage hart war. Es lag an Neils Nähe. Und daran, dass er nicht zu atmen schien. Wenn jemand wirklich schläft, hört man seine gleichmäßigen Atemzüge. Ich wusste das.

Alle anderen, die mit uns im Raum waren, gaben im Schlaf Geräusche von sich. Am anderen Ende des Raumes furzte jemand. Einer begann zu schnarchen, wurde von seinem Nachbarn angestoßen

und fing nach einer Weile wieder an zu schnarchen. Ein anderer redete im Schlaf.
Nur Neil war so still wie ein Toter. Ich konnte seinen Atem nicht hören. Er bewegte sich auch nicht. Es war so, als wäre er gar nicht da. Lag er vielleicht wach, so wie ich? Ich konnte seinetwegen nicht schlafen. Weil ich noch nie neben ihm gelegen hatte. Aber warum schlief er nicht? Ich wünschte, er würde an mich heranrücken und seinen Arm um mich legen. Ich wünschte, er würde mich noch einmal küssen, so wie an meinem Geburtstag. Mir war nicht klar gewesen, dass man sich etwas so sehr wünschen kann ...

Wir starteten am Morgen des 15. Dezember nach einem guten Frühstück auf John Knifes Ranch. Die meisten Pferde waren gesattelt, aber einige Teilnehmer ritten ohne Sattel, so wie Neil und ich. Zu Anfang herrschte noch großes Durcheinander unter den Reitern, aber dann formierte sich der Trupp wie von Geisterhand geführt. Graue Wolken bedeckten den Himmel, und kurze Zeit nachdem unsere Reitergruppe sich in Bewegung gesetzt hatte, begann es, in dicken Flocken zu schneien.
Die Temperatur lag jetzt ein paar Grad unter dem Gefrierpunkt. Es war also kälter geworden in der vergangenen Nacht, aber nicht sonderlich kalt für Dezember. Jedenfalls, wenn kein Wind wehte.
Ich war dick eingemummelt in meine Daunenjacke mit der fellumrandeten Kapuze. Unter der gefütterten Hose, die Della mir extra für den Ritt genäht hatte, trug ich Leggings. Meine Füße steckten in Fellstiefeln und die Hände in dicken Handschuhen. Neil war auch warm angezogen, sah aber nicht ganz so verpackt aus wie ich.
Die Pick-ups mit den Pferdeanhängern und die Wagen der Helfer fuhren voraus, wir folgten ihnen. Rund vierzig Reiter auf einer einsamen, grauen Straße, die ins Nichts zu führen schien. Unser Ziel war jener Ort, an dem Häuptling Sitting Bull vor 114 Jahren ermordet worden war.

Ganz zu Beginn hatte ich Mühe, Stormy ruhig zu halten. Sie tänzelte aufgeregt umher, wenn ein anderer Reiter auf ihrer rechten Seite erschien, als hätte sie Angst, er könne ihrer Narbe zu nahe kommen. Den Umgang mit fremden Pferden war sie nicht gewohnt, die anderen Tiere verunsicherten sie.
Neil merkte, dass ich Schwierigkeiten mit meiner Stute hatte, und lenkte Taté zu uns herüber. An der Seite des vertrauten Hengstes beruhigte sich Stormy schnell. Bald folgte sie ihm und den anderen ohne Probleme.
Einige Meilen ritten wir und ließen die Pferde gelegentlich im Trab laufen. Ich beobachtete die anderen Reiter, versuchte mir ihre Gesichter einzuprägen. Die Hälfte von ihnen waren Kinder und Jugendliche, und ihre Selbstsicherheit ließ mich ahnen, dass nur wenige von ihnen zum ersten Mal dabei waren, so wie ich.
Nach ungefähr zwei Stunden erreichten wir das Denkmal, das zur Erinnerung an Sitting Bull hier errichtet worden war. Ein einfacher weißer Stein in der Nähe eines dunklen Wäldchens aus kahlem Holz. An dieser Stelle, unweit des Grand River, hatte Sitting Bulls Blockhütte gestanden, in der er von Indianerpolizisten erschossen worden war.
Das Denkmal war eingezäunt, und angeleint am Zaun stand ein großes, mit geheimnisvollen Zeichen bemaltes Pferd. Sein rechtes Auge war mit einem Kreis aus roter Farbe umrandet, und ein roter Blitz führte von der Flanke über das rechte Hinterbein. Eine Adlerfeder steckte in der dichten schwarzen Mähne. Unsere Vorfahren waren der Überzeugung, Adlerfedern würden dem Pferd Schnelligkeit und Geschicklichkeit verleihen.
Das Pferd gehörte Lone Bullhead, einem Ältesten aus dem Standing-Rock-Reservat, der auf uns gewartet hatte. In der ausgestreckten Hand hielt er einen *Staff*, einen langen Holzstab mit gebogenem Ende, der mit Bisonhaut umwickelt war und den ebenfalls eine Adlerfeder zierte. Wer von nun an die Reiter anführte, würde einen sol-

chen Staff tragen. Es waren heilige Stäbe, die die Gebete vieler Menschen verkörperten.
Wir Reiter stellten uns mit unseren Pferden in einem Halbkreis um Lone Bullhead herum. Aus den Nüstern der Tiere stieg weißer Atem, und nur ihr leises Scharren und Schnauben war noch zu hören. Bullhead begann zu erzählen, was sich hier an dieser Stelle vor langer Zeit zugetragen hatte.
Der alte Mann erzählte vom Erstarken der Geistertanzbewegung, einer neuen Religion, die der Paiute-Indianer Wovoka auf einer Vision begründet hatte und die sich damals rasch vom Süden des Landes herauf auszubreiten begann. »Vertreter dieser Religion glaubten, dass sie mit ihren Tänzen den Indianern die weiten Prärien zurückbringen konnten, befreit von allen Weißen, dafür besiedelt von großen Bisonherden und starken Pferden«, sagte er. »Jemand hatte Sitting Bull von der neuen Bewegung berichtet. Und auch wenn der Lakota-Häuptling zuerst skeptisch war, begann er doch zunehmend Hoffnung zu schöpfen aus dieser Religion. Wenn er zu seinen Leuten sprach, dann schwang neuer Mut in seinen Worten mit.
Aus Angst, der Häuptling könne sich der Geistertanzbewegung anschließen und einen neuen Aufstand der Lakota anführen«, fuhr Bullhead fort, »erteilte der weiße Indianeragent von Standing Rock im Dezember 1890 den Befehl, Sitting Bull zu verhaften. Am 15. Dezember wurde die Hütte des Häuptlings von Indianerpolizisten umstellt. Es kam zu einem Tumult, und in der folgenden Schießerei zwischen Anhängern des Häuptlings und den Polizisten brach Sitting Bull von mehreren Kugeln getroffen zusammen. Er war unbewaffnet gewesen.«
Bullhead senkte seine Stimme und schwieg eine Weile. Dann sagte er: »Außer ihm starben noch einige seiner Leute durch die Kugeln der Indianerpolizisten, aber auch sie selbst hatten Tote zu beklagen.«
Stormy bewegte sich unter mir und schüttelte ihren Kopf, dass der

Schnee stiebte. Ich hieß sie stillstehen. In meinen Gedanken war ich bei Häuptling Sitting Bull und seinen Leuten. Männer seines eigenen Volkes waren zum Handlanger des Todes geworden. Wie musste er sich gefühlt haben, als er es begriff, so kurz bevor er selbst von den Kugeln getroffen wurde?

»Man erzählt sich«, sagte Bullhead, »die Indianerpolizisten wären in Tränen ausgebrochen, als sie den Häuptling tot am Boden liegen sahen und ihnen klar wurde, was sie angerichtet hatten. ›Wir haben unseren Häuptling ermordet‹, soll einer von ihnen voller Entsetzen gesagt haben.«

Ein leises Raunen und Gemurmel ging durch die Reihe der Reiter.

»Dieser Ritt ist auch eine Suche nach Versöhnung«, sagte Bullhead. »Es muss nach mehr als 100 Jahren endlich Versöhnung geben zwischen den Nachfahren der Indianerpolizisten und den Nachfahren Sitting Bulls.« Er hob den Stab mit der Adlerfeder in die Höhe. »Dieser Staff ist Träger von vielen Gebeten, die uns begleiten werden. Ich werde euch ein Stück eures Weges führen und den Stab dann an einen würdigen Träger weitergeben, der ihn nach Wounded Knee bringt.«

Nach diesen Worten sprach er noch ein Gebet auf Lakota und sagte, dass dieser Tag des Rittes der Zukunft unseres Volkes gewidmet war. Dann stieg er auf sein bemaltes Pferd, hielt den Gebetsstab in die Höhe und ritt voran.

Ein Reiter nach dem anderen setzte sich in Bewegung und folgte Lone Bullhead nach, schon überquerten die ersten den gefrorenen Fluss. Für Stormy war es das erste Mal, dass sie Eis betreten sollte, und zu meinem großen Schreck weigerte sie sich. Sie ging zuerst seitwärts, dann rückwärts und rührte sich schließlich nicht mehr von der Stelle. Ich lehnte mich nach vorn, tätschelte ihren Hals und versuchte sie zu beruhigen. Aber Stormy wieherte vor Aufregung und Angst.

Schließlich half mir Neil. Er nahm Stormys Zügel und ließ sie neben

Taté gehen. Unsicher machte sie Schritt für Schritt – aber sie lief. Wir mussten lachen. Ich beugte mich zu ihren Ohren vor und flüsterte: »Sei nicht böse Stormy, wir lachen dich nicht aus. Du machst das ganz wunderbar, und ich bin so stolz auf dich.«

Am Nachmittag trafen wir wieder auf die Helfer, die heißen Tee und Sandwichs für uns bereithielten. Neils Vater begutachtete unsere Pferde. Sie bekamen Heu und Wasser, und er überprüfte ihre Hufe. Taté und Stormy waren in gutem Zustand und würden auch den Rest der heutigen Strecke problemlos bewältigen.
Neil nahm mich auf einmal am Arm und zog mich ein Stück zur Seite. Mit dem Kopf nickte er in Lone Bullheads Richtung. »Kein Wunder, dass er von Versöhnung redet. Es war nämlich einer seiner Vorfahren, der Sitting Bull eine Kugel in den Kopf schoss«, sagte er angriffslustig.
»Woher weißt du das?«, fragte ich und sah ihn verwundert an.
»Letztes Jahr hat es mir einer aus dem Standing-Rock-Reservat erzählt. Einer der Indianerpolizisten hieß Bullhead.«
»Na ja, dann war er vielleicht Lone Bullheads Urgroßvater. Aber dafür kann der Mann doch nichts. Sollen wir weiter Groll gegen ihn hegen, nur weil sein Urgroßvater einen unserer Häuptlinge getötet hat?«
»Nicht irgendeinen«, brummte Neil gereizt. »Es war Sitting Bull, Tally. Sie sollten ihn bloß gefangen nehmen und nicht erschießen. Vielleicht wäre einiges anders gelaufen, wenn sie ihn nicht umgebracht hätten.«
»Vielleicht«, sagte ich. »Wahrscheinlich aber nicht. Wenn du Lone Bullhead die Tat seines Urgroßvaters vorwirfst, dann bist du nicht besser als die, die dich und deine Familie als *Treaty Signers* und *Blanket Indians* beschimpfen. Eben jemand mit einer Menge Vorurteile.«
Neil warf mir einen verärgerten Blick zu und ich hatte das Gefühl, als wollte er etwas erwidern. Aber dann zuckte er nur die Achseln und trollte sich.

Später am Nachmittag, als der Weg uns eine Schotterstraße entlangführte, waren einige der kleineren Ponys so erschöpft, dass sie den Rest der Strecke im Pferdetrailer zurücklegen mussten. Auch Stormy war müde, obwohl ich sie die meiste Zeit in einem schaukelnden, Kraft sparenden Trab hatte laufen lassen.

Wir hatten mehr als zwanzig Meilen hinter uns gebracht, als wir in der Abenddämmerung durch die Straßen von Timber Lake im Cheyenne-River-Reservat ritten, wo wir bereits erwartet wurden. Am Rande des Ortes gab es neben dem Gemeindehaus eine große Koppel, auf der wir die Pferde über Nacht unterbringen konnten. Wir gaben ihnen Wasser und fütterten sie mit frischem Heu, das ein indianischer Rancher gespendet hatte.

Das hatte John Knife uns schon am Vorabend eingebläut: Zuerst kamen immer die Pferde, die uns während der langen Strecke durch drei Reservate tragen würden. Wenn sie gut aufgehoben und versorgt waren, dann durften wir uns um unsere eigenen Bedürfnisse kümmern.

Ich befreite Stormy von ihrem Zaumzeug und rieb ihr Fell so gut es ging trocken. Neil war schon ins Gemeindehaus gegangen, wo die Helfer aus dem Ort uns mit einem köstlichen Abendessen empfingen. Nachdem wir unsere Mägen mit Fleisch, Nudeln und Gemüse gefüllt hatten, schienen bei vielen Reitern die Lebensgeister wieder zu erwachen. Ich selbst war so müde wie die meisten der kleineren Kinder, die den ganzen Tag tapfer auf dem Pferderücken durchgehalten hatten.

Neil schien mir immer noch böse zu sein, weil ich ihn als jemanden mit Vorurteilen bezeichnet hatte. Ich sah, dass er die meiste Zeit missmutig vor sich hin starrte. Vielleicht dachte er darüber nach, was er gesagt hatte.

Obwohl ich außer Tom und Neil niemanden weiter kannte, fühlte ich mich nicht allein. Wir waren eine große Familie, zu der auch die Pferde gehörten. Eine Familie, die ein gemeinsames Ziel hatte.

Nachdem ich mich gewaschen und umgezogen hatte, suchte ich mir ein ruhiges Plätzchen und rollte mich in meinen Schlafsack. Probleme mit dem Einschlafen hatte ich diesmal nicht. Ein paar Leute saßen noch zusammen und erzählten leise. Das Gemurmel ihrer Stimmen wiegte mich in den Schlaf.

Am nächsten Morgen weckte mich kicherndes Gelächter – und zwar dicht neben mir. Ich schlug die Augen auf und stellte fest, dass noch andere mein ruhiges Plätzchen gefunden hatten. Zwei jüngere Mädchen, die auf ihren Schlafsäcken hockten und sich gegenseitig ihre langen Zöpfe flochten.

Als ich mich zur anderen Seite drehte, lag da noch Neils Matte mit seinem Schlafsack. Er hatte wieder neben mir geschlafen. Würde er mir immer noch grollen, hätte er das sicher nicht getan.

Während des Frühstücks im Speisesaal der Gemeinderäume, erzählte Lone Bullhead, dass nach Sitting Bulls Tod einige seiner Anhänger, eine Gruppe von rund vierzig Hunkpapa-Lakota, Hals über Kopf aus dem Lager geflohen waren und sich auf den Weg nach Süden gemacht hatten, wo sie in einem Indianerdorf in der Nähe von Cherry Creek Aufnahme zu finden hofften.

»Der Tag heute wird ihnen gewidmet sein«, sagte Bullhead. »Wir werden uns auf den Spuren von Sitting Bulls Leuten nach Süden bewegen und ihre Geister werden bei uns sein und über uns wachen. Aho.«

Draußen war es 10 Grad unter null, ein ganzes Stück kälter als am gestrigen Morgen. Und durch den kalten Wind, der in der Nacht aufgekommen war, fühlte es sich wie minus 40 Grad an.

John Knife, Lone Bullhead, Neils Vater und einige der anderen verantwortlichen Männer und Frauen diskutierten darüber, ob man besser abwarten sollte, bis sich die Luft ein wenig erwärmt hatte, und erst am Nachmittag starten sollte. Aber dann stiegen immer mehr Reiter in ihre dicken Stepphosen, zogen ihre bunten Daunenjacken an und machten sich auf den Weg zum Korral, wo die Pferde standen.

Kaum jemand wollte bis zum Nachmittag warten, und wer Zweifel hatte, schloss sich nach einigem Zögern doch den anderen an. Wir wollten nicht kneifen, nicht kapitulieren vor dem Wetter. Unsere Vorfahren hatten vor mehr als hundert Jahren nicht nur mit dem kalten Wind zu kämpfen gehabt, sondern auch mit dem Hunger und der Angst.

So wurden die Ponys, Quarterhorses und Appaloosas gezäumt und gesattelt, um zur nächsten Etappe aufzubrechen.

Nachdem John Knife jedes Pferd und jeden Reiter mit Salbei beräuchert hatte, sagte er: »Ich sehe, dass der kalte Wind euch zu schaffen macht und dass einige von euch Bedenken haben, ob wir bei dieser Witterung reiten sollen. Denkt einfach daran, dass die fliehenden Menschen damals nur Decken hatten, um sich vor Wind und eisiger Kälte zu schützen, und keine dicken Daunenjacken. Einige von ihnen besaßen nicht mal ein Pferd und mussten den Weg zu Fuß bewältigen.«

Nachdem Knife noch ein Gebet auf Lakota gesprochen hatte, machten wir uns am späten Vormittag auf den Weg von Timber Lake zur Bill Opp Ranch, die sich rund zwanzig Meilen weiter südlich befand. Auf der Ranch würden Reiter und Pferde Aufnahme für die kommende Nacht finden.

Nach den ersten Meilen wusste ich, wovon John Knife gesprochen hatte. Eisiger Wind peitschte meine Wangen, und ich zog meine Kapuze so fest zu, dass nur meine Nase herausschaute und ich kaum noch etwas sehen konnte. Einige der Reiter trugen wollene Gesichtsmasken, mit Öffnungen für Augen und Nase, die sie vor Erfrierungen schützen sollten.

Um die Mittagszeit ließ der Wind etwas nach, aber nicht das taube Gefühl, dass ich in meinen Fingern und Zehen hatte. Endlich sah ich in der Ferne die Pferdewagen, Trucks und Wohnmobile der Helfer. Sie hatten ein Feuer entfacht, an dem wir unsere halb erfrorenen Gliedmaßen wärmen konnten. Es gab heiße Suppe und Pfefferminztee, der unsere müden Lebensgeister weckte.

Neil, der bisher nur das Nötigste mit mir gesprochen hatte, trat neben mich ans Feuer und rieb seine Hände. »Ich habe nachgedacht«, sagte er. »Du hast Recht. Es ist dumm, jemanden dafür verantwortlich zu machen, was sein Urgroßvater getan hat.«

Das klang ziemlich zerknirscht.

Ich nickte. »Ich denke, Lone Bullhead meint es wirklich ernst mit der Versöhnung. Wie sollen wir unsere Kultur gegen die der Weißen behaupten, wenn wir untereinander nicht einmal einig sind und uns Dinge vorwerfen, die unsere Vorfahren getan haben. Wir waren nicht dabei, Neil«, sagte ich. »Was in den Geschichtsbüchern steht, haben Weiße aufgeschrieben. Wir wissen nicht, wie es wirklich war.«

Neil hob die Schultern. Ich merkte, dass er nicht streiten wollte, aber klein beigeben mochte er auch nicht.

»Überlebende haben es ihren Kindern erzählt«, sagte er.

»Die es dann ausschmückten und zurechtbogen. Du weißt doch, wie so was funktioniert.«

»Aber wenn ich reite«, sagte Neil und seine Stimme bekam einen rauen Klang, »dann ist es, als wäre ich dabei gewesen. Ich brauche keine Geschichtsbücher und keine Berichte von Überlebenden. Ich kann am eigenen Leib spüren, wie sie hungerten und froren, wie sie sich um ihre Kinder sorgten und auf einen Ort hofften, an dem sie bleiben und den Winter verbringen konnten.«

»Ja«, sagte ich. »Mir geht es genauso.«

»Sie haben auch Träume gehabt«, sagte Neil leise. »So wie du und ich, Tally.«

27. Kapitel

Am sechsten Tag des Rittes, es war der 21. Dezember, erreichten wir Cherry Creek unweit des Cheyenne River. Es dämmerte schon, als wir hungrig und müde auf unseren erschöpften Pferden den Hügel herunterkamen. Ich sah die erleuchteten Holzhäuser und drei Tipis, die man für uns errichtet hatte. Mehrere Feuer brannten, und der Klang einer Trommel hieß uns willkommen.

Ein ungläubiger Schreck durchzuckte mich, als ich den Ort wieder erkannte. Den Lauf des Baches im Tal, der die Form eines umgedrehten S hatte. Die Tipis und den verkrüppelten Stamm des toten Baumes, der seine kahlen Äste wie Geisterfinger in die Höhe streckte.

Das war der Ort, den ich letzten Winter in meinem Traum gesehen hatte. Jenem Traum, den Tom Thunderhawk als Vision beszeichnet hatte. Konnte es so etwas geben? Ich dachte daran, was Tom mir von den Geistertänzern erzählt hatte, und wäre kaum verwundert gewesen, wenn ich sie am Feuer hätte tanzen sehen.

Diesmal gab es kein großes Farmhaus und keine warmen Gemeinderäume mit sanitären Anlagen. Die Schlafplätze waren auf einige der Häuser, auf die Tipis und die Wohnanhänger verteilt. Ein paar ganz Hartgesottene erklärten sich bereit, in den Pferdetrailern zu übernachten.

Nach dem Abendessen, das aus Büffelgulasch, Kartoffeln und Wackelpudding zum Nachtisch bestand, gingen viele der jüngeren Kinder schlafen, denn es war ein harter Tag gewesen. Einige hatten sich kleinere Verletzungen zugezogen: gequetschte Finger, aufgerissene Lippen und aufgeriebene Schenkel vom langen Reiten. Die Verletzten wurden von einer netten Frau aus Cherry Creek versorgt, die als Krankenschwester in einem Hospital arbeitete.

Obwohl es eine sternenklare Nacht war und ich wusste, dass es sehr kalt werden würde, beschloss ich, in einem der Tipis zu schlafen, denn auch in meinem Traum hatte ich mich in einem Tipi befunden. Und nun hoffte ich, herauszufinden, was er bedeutete.

»Heute Nacht werden es bestimmt 15 Grad unter null«, sagte Neil und sah mich skeptisch an. »Bist du dir sicher, dass du im Tipi schlafen willst, Tally? In einem der Häuser ist noch Platz. Ich habe mich eben dort gewaschen und es gesehen.«

Ich schüttelte den Kopf. »Nein. Ich will im Tipi schlafen. Es ist wichtig für mich.«

»Ich glaube, die Geister deiner Vorfahren werden es dir verübeln, wenn du erfrierst, nur um ihnen nahe zu sein«, bemerkte Neil spöttisch.

Was wusste er denn über die Geister meiner Vorfahren. Ich zuckte die Achseln. »Ich erfriere schon nicht. Im Tipi brennt schließlich ein Feuer.«

»Aber am Feuer wird kein Platz mehr sein.«

»Du kannst ja ins Haus gehen«, sagte ich und ließ ihn stehen.

Als ich mit meinem Schlafsack ins Tipi stieg, sah ich, dass Neil für uns doch noch ein Plätzchen am Feuer ergattert hatte.

»Zufrieden?«, fragte er lächelnd, als ich mich neben ihn legte.

»Ja«, sagte ich. »Danke.«

Einige schliefen schon, aber ein paar Erwachsene unterhielten sich noch, und ab und zu legte jemand einen Holzscheit ins Feuer. Während ich, die leise murmelnden Stimmen im Ohr, in den Schlaf hinüberdämmerte, fand ich mich auf einmal in meinem Traum wieder. Ich sah den Lauf des Baches, wie er als schwarzes, umgedrehtes S die mondbeschienene, verschneite Landschaft durchschnitt. Ich sah erleuchtete Tipis und ein großes Feuer, das hoch in den Nachthimmel loderte und Funken zu den Sternen schickte. Um das Feuer, zum Klang einer großen Trommel, tanzten Männer und Frauen in Lederhemden, die mit wunderschönen Motiven bemalt waren.

Im Schein der Flammen erkannte ich die Gesichter der Tanzenden, sah ihre Entschlossenheit, ihren Mut, ihre Hoffnung. Und plötzlich

sah ich sie. Eine junge Frau im Hirschlederkleid, auf dessen blau gefärbtem Brustteil gelbe Sterne prangten. Sie hatte lange Zöpfe, die hüpften, wenn sie tanzte.
Und als ich in ihr Gesicht sah, erkannte ich – mich.
Ich schreckte auf und stieß einen ungläubigen Laut aus. Das Feuer war heruntergebrannt, und es war kalt im Zelt. Alle schliefen, auch Neil – ganz dicht neben mir. Ich war jetzt eindeutig wach, hörte aber immer noch die Trommel und den leisen Gesang. Es musste weit nach Mitternacht sein, und ich fragte mich, wer um diese Zeit noch auf war. Leise schlüpfte ich aus meinem Schlafsack, arbeitete mich vorsichtig an zwei Schlafenden vorbei, die vor dem Eingang lagen und stieg nach draußen.
Die Nacht war sternenklar und bitterkalt. Im Licht des Mondes sah ich meinen gefrorenen Atem. Nirgendwo brannte mehr ein Feuer, alle schliefen. Von der Koppel hörte ich das Schnauben der Pferde. Noch immer drangen Trommelklänge und Gesang an meine Ohren. Doch sosehr ich auch suchte und lauschte: Es war niemand da. Ich stand allein in der frostkalten Nacht.
»Was ist denn los, Tally?«, fragte auf einmal jemand hinter mir. Es war Neil.
»Ich weiß nicht«, stammelte ich und spürte tief in meinem Inneren, dass es besser war, zu flüstern. »Ich habe jemanden singen hören.«
»Du hast jemanden singen hören?«, fragte er und sah mich ganz seltsam an.
»Ja. Ich hörte eine Trommel, und jemand sang dazu. Vielleicht haben wir Gäste.«
Neil breitete seine Arme aus. »Aber hier ist niemand. Alle schlafen.«
Das stimmte. Doch die Tatsache, dass ich niemanden sah, konnte mich nicht davon überzeugen, dass da auch niemand war. Ich hatte die Trommel gehört, da war ich mir sicher. Großvater Emmet hatte mir von dieser Art Dunkelheit erzählt, in der man Dinge sah, die gar nicht da waren.

Ich schluckte. »Ich habe mich im Traum gesehen, Neil. Ich trug ein blau gefärbtes Hemd mit gelben Sternen und tanzte auf der Stelle an einem großen Feuer. Es war hier, an diesem Ort. Und ich habe diesen Traum nicht zum ersten Mal geträumt. Er war der Grund, warum ich unbedingt dabei sein wollte auf dem Ritt.«
Neil schwieg. Ich wartete, und die Kälte begann mir unter die Kleider zu kriechen. Auf einmal redete er. »Cherry Creek ist ein alter Geistertanzplatz, Tally. Und genau hier trafen die Flüchtenden aus Standing Rock auf Häuptling Big Foot und seine Leute. Sie waren auf dem Weg nach Fort Bennett, um dort ihre Nahrungsrationen abzuholen und Decken für den Winter.
Als Big Foot von Sitting Bulls Tod hörte, glaubte er die Familien, für die er verantwortlich war, in Gefahr vor den Soldaten. Er entschied, nicht ins Fort zu gehen, sondern den Weg nach Pine Ridge zu nehmen und Häuptling Red Cloud um Aufnahme in seiner Agentur zu bitten.
Du hast mir doch erzählt, deine Urgroßmutter wäre mit ihren Eltern unter Big Foots Leuten gewesen.«
»Ja. Ihre Eltern starben in Wounded Knee, aber meine Urgroßmutter Helen Yellow Bird überlebte.«
»Vielleicht war sie hier gewesen«, sagte er. »Vielleicht wollte sie dir etwas sagen.« Wir standen nebeneinander in der Nacht, und er legte seinen Arm um mich. »Du musst keine Angst haben. Viele von uns haben auf dem Ritt merkwürdige Begegnungen, Tally. Es sind die Geister unserer Vorfahren, die uns begleiten. Es ist in Ordnung.«
Ja, vielleicht war es das. Mein Traum hatte mich hierher geführt. Es war ein machtvoller Ort, und vielleicht war ich hier den Geistern meiner Vorfahren begegnet. Vielleicht hatte ich sie singen gehört.
»Lass uns wieder schlafen gehen«, sagte Neil. »Es ist kalt.«
Wir gingen zurück zum Zelt, und bei jedem Atemzug spürte ich die kalte Luft in meinen Lungen.

In Gedanken war ich bei meinem Traum am nächsten Morgen, während um mich herum Schlafsäcke zusammengepackt und Schlafmatten eingerollt wurden. Draußen hörte ich aufgeregte Stimmen, die durcheinander schrien.
»Ich gehe mal nachsehen, was los ist«, sagte Neil, der seine Sachen schon zusammengepackt hatte.
Ich zog mich an und verließ nach ihm das Tipi. Draußen herrschte heilloses Durcheinander. Vermutlich hatte am Abend jemand die Koppel nicht richtig verschlossen und die Pferde waren davongelaufen. Sie waren überall verstreut und mussten nun erst mühsam wieder eingefangen werden.
Neil war einer der Ersten, der wieder auf seinem Pferd saß. Auf seinen Ruf hin war Taté sofort zu ihm gekommen, gefolgt von Stormy. Ich legte ihr das Zaumzeug an und band sie an den Koppelzaun, damit sie nicht auf die Idee kam, noch einmal davonzulaufen.
Dann sah ich zu, wie Neil und einige andere, die schon wieder auf ihren Pferden saßen, mit Lassos die weniger gehorsamen Tiere einfingen. Tom Thunderhawk kam zu mir und brachte mir einen Becher mit heißem Tee und ein frisches Fry Bread, das mit Staubzucker bestreut war.
»Schöne Bescherung«, sagte er kopfschüttelnd. Er lachte über ein Pony, dass sich partout nicht einfangen lassen wollte.
»Wer war denn zuletzt bei den Pferden?«, fragte ich.
Tom hob die Schultern. »Ich glaube nicht, dass jemand von uns vergessen hat, den Zaun zu schließen. Ich denke, die *Spirits* haben uns einen Streich gespielt. Sie hatten lange nichts zu lachen und nun haben sie sich eben mal einen richtigen Spaß gegönnt.«

Nachdem alle Pferde wieder eingefangen waren, wurde das Lager abgebrochen. Wir verließen Cherry Creek um die Mittagsstunde des siebten Tages und überquerten den zugefrorenen Cheyenne River. Dieser Abschnitt des Rittes war den Brüdern und Schwestern gewidmet, die in Gefängnissen ihre Haftstrafen absaßen – ob nun schuldig oder unschuldig. Ich ritt für meinen Vater, dachte viel an ihn. Wie es ihm jetzt wohl ging? Zuletzt hatte er mir geschrieben, dass das Fenster seiner Zelle nicht dicht war und er oft fror. Ich wünschte ihm Gesundheit und Durchhaltevermögen.

Den ganzen Nachmittag folgten wir dem Lauf des Flusses und erreichten am Abend Bridger, wo man das Gemeindehaus für unser Kommen hergerichtet hatte.

Als wir ankamen, glich der Platz neben dem flachen Gebäude einem Winterlager, wie es früher ausgesehen haben mochte: Pferde auf der Koppel, mehrere Tipis und riesige Lagerfeuer. Überall vermummte Menschen. Es waren rund hundert Oglala aus Pine Ridge, die hier zu uns stießen, um mit uns gemeinsam am nächsten Tag über den Big-Foot-Pass in den Badlands und dann weiter nach Wounded Knee zu reiten.

Schüsseln klapperten. Ich hörte die Schläge einer Axt, als jemand Holz für ein Feuer hackte. Fröhliches Gelächter hallte durch die Nacht, und im Hintergrund waren die Pferde zu hören, ihr Hufescharren im Schnee, ihr Grummeln und Wiehern.

Die Pferde von morgens bis abends um mich zu haben – manchmal auch in der Nacht – war ein wunderbares Gefühl, eines, das mir das Leben meiner Vorfahren näher brachte. Für sie waren Pferde wie Brüder und Schwestern, und so behandelten sie die Tiere auch.

Für Stormy und mich brachte dieser Ritt eine noch engere Verbundenheit. Ich wusste nun alles von ihr, kannte ihre Launen, ihre Ängste und merkte, wann sie sich über mich lustig machte.

Stormy und die anderen Pferde waren die wirklichen Helden dieses Rittes. Sie waren es, die uns über die endlos scheinenden Weiten der Prärie trugen, über zugefrorene Flüsse, durch Wind und Schneegestöber, während der Atem in ihren Nüstern zu Eis wurde und eine dünne Eisschicht ihre Körper bedeckte.

Nachdem ich gegessen hatte, ging ich noch einmal zur Koppel, um nach Stormy zu sehen. Unglaublich, wie viele Pferde dort standen – es mussten über 200 sein. Ich rief nach meiner Stute, und sie kam, gefolgt von Taté, ihrem Beschützer.
»Na ihr beiden, geht es euch gut?«, fragte ich und rieb Stormy das Eis aus der Mähne.
Sie wieherte dumpf, und ich wusste, dass alles in Ordnung war.
Die Scheinwerfer eines ankommenden Fahrzeuges erleuchteten die Koppel, und die Pferde liefen davon. Es war ein gespenstisches Bild, die weißen Wolken ihres warmen Pferdeatems, die erhobenen Köpfe mit ihren flatternden Mähnen, die schlagenden Schweife. Ihre Pferdeleiber waren eine lebendige, dampfende Masse.
Jemand stand hinter mir und hielt mir mit kalten Händen die Augen zu. Ich drehte mich um, und vor mir stand Leo Little Moon. Er strahlte über das ganze Gesicht. Wir umarmten uns.
»Was machst du denn hier?«, fragte ich in der ersten Überraschung.
Leo lachte, und eine weiße Atemwolke stieg von seinem Mund auf.
»Was alle machen, die hier sind, Tally: reiten. Ich musste bis gestern Abend noch bei meinem Vater im Laden stehen, deshalb konnte ich nicht schon von Anfang an dabei sein. Aber jetzt will ich das letzte Stück mit euch reiten. Es ist das erste Mal für mich.«
Ich nickte und umarmte Leo noch einmal, so sehr freute ich mich, ihn zu sehen.
»Hallo Leo«, hörte ich plötzlich eine raue Stimme. Ich wandte mich um und entdeckte Neil am Koppelzaun.
»Hi Neil«, sagte Leo. »Alles okay mit den Pferden?«
Neil antwortete nicht gleich, und ich sah ihn fragend an.
»Es war zwar nur ein kurzes Stück heute«, sagte er schließlich, »aber der kalte Wind hat Pferden und Reitern ziemlich zu schaffen gemacht.«
»Aber jetzt sind sie satt und zufrieden«, sagte ich. »So wie wir.«
»Wo wir einmal davon sprechen«, sagte Leo und rieb sich die kalten

Hände. »Ich habe einen Mordshunger. Ob es noch irgendwo etwas zu essen gibt?«

»Na klar!« Ich schnappte seine Hand. »Komm, ich zeige dir, wo.«

Ich zog Leo hinter mir her und führte ihn in die Küche des Gemeindezentrums, wo verschiedene Speisen auf dem Herd warm gehalten wurden. Er ließ sich eine Pappschüsssel mit Suppe füllen, und wir setzten uns in eine Ecke. Leo fragte, wie es uns bisher ergangen war, und ich erzählte.

Er lachte, als ich ihm vom heutigen Morgen berichtete, als die Pferde erst wieder eingefangen werden mussten, bevor wir losreiten konnten.

»Geht es dir gut, Tally?«, fragte er mich irgendwann.

Ich strahlte ihn an. »Ja, Leo, es geht mir gut. Hast du vielleicht irgendetwas von meinem Vater gehört?«

Er schüttelte bedauernd den Kopf. »Nein, nichts. Tut mir Leid.«

Später versammelte sich ein Großteil der Reiter, vor allem die Kinder, im Gemeinderaum. Arlo Big Foot, ein Enkel des in Wounded Knee ermordeten Häuptlings, schlug die Trommel und erzählte die Geschichte seines Großvaters weiter.

»Red Cloud lebte bei der Agentur in Pine Ridge und er hatte einen Friedensvertrag mit den Weißen geschlossen. Also entschied mein Großvater, mit seinen Leuten nach Pine Ridge zugehen, um beim Häuptling der Oglala Schutz zu suchen. Rasch wurde das Notwendigste zusammengepackt und der Trupp von rund vierhundert Männern, Frauen und Kindern, unter denen auch die Flüchtenden aus Standing Rock waren, setzte sich in Richtung Badlands in Bewegung. Man hatte ein paar Tipis stehen lassen, damit es so aussah, als wäre das Lager noch bewohnt.

Einige Leute fanden den Entschluss meines Großvaters, nach Pine Ridge zu gehen, nicht gut. Sie trennten sich von der Gruppe und gingen nach Cherry Creek zurück.« Arlo schwieg eine Weile. »Noch heute gibt es Familien, die hier in der Gegend um Bridger leben, in denen nie über Wounded Knee gesprochen wird. Big-Foot-Entscheidung hat Familien auseinander gerissen und gespalten. Wer mit dem Häuptling ging, lief in den Tod. Aber das konnte damals niemand wissen. Mein Großvater war der Überzeugung, die richtige Entscheidung getroffen zu haben.«

Ein paar andere erzählten noch Geschichten, die sie von ihren Großvätern und Großmüttern gehört hatten. Wenn mein Blick Leos Blick traf, lächelte er. Und ich musste einfach zurücklächeln. Ich suchte nach Neil, konnte ihn jedoch nirgendwo entdecken.

Irgendwann war ich so müde, dass ich meine Augen nicht mehr offen halten konnte. Zeit, schlafen zu gehen.

Ich suchte mir ein Schlafplätzchen und rollte meine Matte aus. Mit einem Handtuch unter dem Arm suchte ich nach den Waschräumen. Endlich mal wieder warmes Wasser, vielleicht sogar eine Dusche, das wäre nicht schlecht.

In den Waschräumen herrschte großer Betrieb, alle Duschen waren besetzt, und so wartete ich, bis eine frei war. Ich duschte lange. Meine verkrampften Muskeln lösten sich unter dem heißen Wasser und ich wusste, dass ich in dieser Nacht wunderbar schlafen würde.

Als ich unter der Dusche wieder hervorkam, war ich ganz allein im Waschraum. Ich hörte die Trommel, die alle zum abendlichen Gebet zusammenrief. Schnell rubbelte ich mich trocken und schlüpfte in meine Leggings, die ich zum Schlafen trug. Als ich nach meinem T-Shirt griff, fiel es zu Boden. Auf einmal spürte ich einen Schatten in meinem Rücken. Ich dachte, dass eines der Mädchen vielleicht etwas in der Dusche vergessen hatte, und drehte mich um.

In der Tür stand Neil Thunderhawk und starrte auf mich und meine bloßen Brüste. Erschrocken kreuzte ich die Arme vor der Brust und wartete darauf, dass er sich entschuldigen und weggehen würde. Aber nichts dergleichen passierte.

Wie vom Blitz getroffen stand er da.
»Geh weg, Neil«, sagte ich, als ich meine Sprache wiedergefunden hatte.
»Ich kann nicht.« Er machte eine hilflose Bewegung mit den Händen.
»Was?«
»Ich kann nicht, Tally. Meine Beine gehorchen mir nicht.« Er schluckte.
Ich bückte mich nach meinem T-Shirt, drehte mich um und zog es über. Dann nahm ich mein Handtuch und schlang es mir um die nassen Haare, hängte den Waschbeutel über meine Schulter und versuchte, an Neil vorbeizukommen, der sich immer noch nicht von der Stelle gerührt hatte.
Er hielt mich fest. »Tally«, sagte er. Seine Stimme klang auf einmal fremd und das Schwarz seiner Augen leuchtete noch dunkler als sonst. In seinem Blick lagen Erwartungen und Wünsche, denen ich mich nicht gewachsen fühlte.
In meinem Nacken begann es zu kribbeln.
Als Neil merkte, dass ich Angst vor ihm hatte, ließ er mich los und senkte voller Scham den Kopf. Ich lief zurück in die Gemeindehalle, wo Arlo Big Foot gerade sein Gebet beendete, und verkroch mich in meinem Schlafsack.

In dieser Nacht lagen Männer, Frauen und Kinder dicht an dicht auf dem Linoleumboden des Gemeindezentrums. Es war die erste Nacht, in der nicht Neil neben mir lag, sondern Leo Little Moon. Wir redeten noch eine Weile, aber während ich etwas sagte oder ihm zuhörte, musste ich ständig an Neil denken. Wie er mich angesehen hatte, dort im Waschraum. An den eindringlichen Ton, mit dem er meinen Namen ausgesprochen hatte. Und dieser Blick ...
Ich ahnte, was er bedeutete. In Neil Thunderhawks Augen hatte Begehren gelegen. Etwas, das ich mir schon so lange wünschte. Endlich hatte Neil in mir etwas anderes gesehen als ein Kind, aber ich hatte mich wie eines benommen.

28. Kapitel

Am nächsten Tag stand uns das schwierigste und längste Stück des Rittes bevor, die Überquerung der Badlands über den Big-Foot-Pass. Während des Frühstücks konnte ich Neil nirgendwo entdecken. Erst als Leo und ich die Pferde von der Koppel holten, sah ich ihn neben Taté stehen. Er gab dem gefleckten Hengst Getreidefutter aus einem Eimer und strich ihm den Raureif aus der Mähne.

Als unsere Blicke sich trafen, sah er mich hoffnungsvoll an, aber dann entdeckte er Leo neben mir und wandte sich ab.

Bob White Bull, ein Nachfahre Sitting Bulls, übernahm an diesem Tag die Führung mit einem Staff, an dem mehrere Adlerfedern befestigt waren. White Bull war es, der uns über den steilen Big-Foot-Pass durch die Badlands führen würde, bis nach Quinn, eine kleine Ortschaft, in der wir den 24. Dezember verbringen wollten.

Es war ein klarer, sonniger Tag, und das Thermometer zeigte 20 Grad unter null. Alle Reiter waren in ihre dicken Daunenjacken gehüllt, und die Mützen und Masken ließen von den Gesichtern nur so viel frei, wie unbedingt nötig war. Es war eine trockene Kälte, die einem die Haut verbrannte, wenn man sich nicht schützte.

Der Atem der Pferde dampfte in der kalten Luft, das Leder der Sättel knackte. Als der nun knapp 250 vermummte Reiter umfassende Trupp sich in Bewegungs setzte, klirrte der gefrorene Boden unter den Pferdehufen.

Meine Lunge füllte sich mit Schneeluft, und jeder Atemzug brannte in meiner Kehle.

Im Winter, von Schnee bedeckt, sahen die Badlands noch faltiger und menschenfeindlicher aus als sonst. Ein eisiges, gespenstisches Schweigen lag über der Landschaft, das jeden von uns erfasste und ebenso schweigen ließ.

Bob White Bull ritt voran, den Gebetsstab in der rechten Hand. Es ging steil bergab, aber White Bulls schwarzer Wallach, dessen Fell jetzt grau war von Raureif, schien den Weg gut zu kennen. Die anderen vier Staffträger, danach alle übrigen Reiter, folgten ihm nach. Auf einen Erwachsenen folgten immer ein oder zwei Kinder. Es war erstaunlich, wie die Pferde den schwierigen Pass meisterten. Beinahe am Ende der Formation begann auch für Stormy und mich der Abstieg durch die Badlands.

Ich reihte mich mit der Stute hinter Leo und seinen braunen Wallach ein. Als ich hinter mich blickte, sah ich Neil Thunderhawk auf seinem Leopardenschecken und nach ihm noch sieben weitere Reiter.

Leo ritt vor mir und Neil hinter mir. Ich spürte seine Blicke in meinem Rücken, dass mir heiß wurde, trotz der Minusgrade.

Leos Wallach stieg in ruhigem Gang den Pass nach unten. Ich merkte, dass Stormy der steile Pfad unheimlich war, denn manchmal schnaufte sie ängstlich. Aber ich brauchte mich nur über ihren Hals zu beugen und ihr gut zuzureden, um sie zu beruhigen. Stormy war wunderbar und ich mächtig stolz auf meine Stute. Schließlich hatte sie noch nicht viel Erfahrung.

Als der Pfad wieder eben wurde, richtete ich mich auf und ließ meinen Blick über die Weiten der Badlands streifen. Über die schneebedeckten Felslabyrinthe, die jetzt bläulich schimmerten, wie von kaltem Mondlicht beschienen. Es war ein Licht, das blind machte. Und mittendrin die Schlange der Reiter, wie schwarze Perlen auf einer Schnur.

In diesen Schluchten wehten Winde, die töten konnten. Finger und Zehen erforen in wenigen Minuten, wenn man sie nicht schützte. Ich war froh über meine dicke Kleidung, die warmen Stiefel und die gefütterten Handschuhe und musste an Big Foot und seine Leute denken, unter denen auch meine Vorfahren gewesen waren.

Arlo Big Foot, der Enkelsohn des getöteten Häuptlings, hatte erzählt, dass damals viele der Flüchtenden keine Pferde hatten und zu

Fuß den steilen Pass absteigen mussten. Es war ein geheimer Pfad, den sie mit ihren in Decken gewickelten Babys hinabschlichen, weil die Soldaten diesen Weg nicht kannten. Wind und eisige Kälte setzte den erschöpften Menschen zu, die nicht viel mehr als ein paar Decken oder alte Büffelfelle auf dem Leib hatten. Sie trugen ihren Hausrat mit sich, Kochtöpfe und andere Dinge, die sie nicht entbehren konnten. Es waren Familien, die irgendwo ein sicheres Zuhause suchten, einen Ort, wo sie ihre Tipis aufstellen konnten, die sie auf der Flucht mit sich schleppten.

Häuptling Big Foot war schwer krank, er hatte eine Lungenentzündung und war zu schwach, um auf einem Pferd sitzen zu können. Man hatte ihn auf einen Wagen gebettet. Ich versuchte mir vorzustellen, wie ein paar Männer den Wagen, auf dem der kranke Häuptling lag, diesen schmalen Pfad herunterbrachten.

Was wir taten, war nicht zu vergleichen mit dem, was sich vor 114 Jahren hier abgespielt hatte. Aber ich spürte, dass die Geister unserer Ahnen uns begleiteten. Sie heulten mit dem Wind, tanzten im Schnee, der von den Pferdehufen aufgewirbelt wurde. Sie dankten uns, dass wir sie nicht vergessen hatten.

Der Pfad führte nun einen Hohlweg entlang und wurde wieder steiler. Stormy folgte brav Leos Wallach und Neil war mit seinem Hengst hinter mir.

Ich blickte über das Meer aus graublauen Hügeln, mit meinen Gedanken völlig in der alten Zeit versunken, als Stormy plötzlich ein erschrockenes Wiehern ausstieß und unter mir wegrutschte. Ehe ich mich versah, schlugen wir auf dem frostharten Boden auf und ein greller Schmerz fuhr durch meinen Körper. Mein linkes Bein war unter Stormy eingeklemmt, und mein Knie drückte auf einen spitzen Stein. Ich versuchte mich zu befreien, schaffte es aber nicht alleine.

Auf einmal war Neil über mir. »Wo zum Teufel hast du reiten gelernt, Talitha Running Horse?«, herrschte er mich aufgebracht an.

Tränen schossen mir in die Augen. Ich konnte nichts sagen. Schreck, Angst und Schmerz nahmen mir den Atem. Mühsam versuchte ich die Tränen wegzublinzeln.

»Wo hast du bloß deine Augen gehabt, Tally? Du sollst auf den Weg schauen und nicht Löcher in die Luft gucken«, schimpfte Neil unbarmherzig weiter.

Leo war inzwischen vom Pferd gesprungen und zu uns zurückgelaufen. »Nun halt aber mal die Luft an«, sagte er zu Neil.

Er kniete neben Stormy. Sie wieherte und hob den Kopf, dass ihre Mähne Schnee aufwirbelte.

Neil Thunderhawk schnaufte wütend. Er sah so aus, als würde er überlegen, ob er Leo gleich eins auf die Nase geben oder ihn erst vorwarnen sollte.

Sie warfen sich funkelnde Blicke zu, während mir ein furchtbarer Gedanke nach dem anderen durch den Kopf schoss: Hatte Stormy sich verletzt? War mein Bein gebrochen? War dies das Ende des Rittes für uns beide?

Inzwischen waren die Männer, die nach uns kamen, von ihren Pferden gestiegen. Vier von ihnen schafften es, Stormy so weit zu drehen, dass Neil mich unter der Stute hervorziehen konnte. Während Leo mein Bein abtastete, kam Stormy mit Hilfe der Männer wieder auf die Beine. Etwas taumelig stand sie da, und ein Mann in leuchtend roter Jacke prüfte, ob sie sich etwas gebrochen hatte.

»Au«, fluchte ich, als Leo mein Knie abtastete. Mein Blick streifte Neil, und ich sah die Angst in seinem Gesicht. Dennoch, bei all meinem Schmerz: Er hatte mich angeschrien und tief gekränkt mit seinen Worten.

Stormy trat auf der Stelle, schüttelte den Kopf und schnaubte. Es schien ihr gut zu gehen. Der Mann in der roten Jacke führte sie ein Stück an den Zügeln, um zu überprüfen, ob sie lahmte.

»Das Pferd ist okay«, sagte er. »Aber was ist mit der jungen Dame?«

Inzwischen standen mindestens fünfzehn Leute um mich herum, was mir sehr unangenehm war. Leo nahm meine Hand, stützte mich und half mir aufzustehen. Mein Knie schmerzte, der Boden war hart gewesen, und ich hatte genau auf diesem dämlichen Stein gelegen. Nun sah ich auch das Eis unter dem Schnee, auf dem Stormy ausgeglitten war. Ich hätte es vorher sehen müssen, den Blick immer auf den Boden gerichtet und nicht in die Ferne. Neil hatte Recht. Er hatte allen Grund, wütend zu sein. Und trotzdem hätte er mich nicht so anschreien brauchen vor allen anderen.

»Ich glaube, ihr Bein ist nicht gebrochen«, sagte Leo. »Aber heute Abend sollte ein Arzt danach schauen.«

»Kannst du weiterreiten?«, fragte mich der Mann in der roten Jacke.

Ich nickte mit zusammengebissenen Zähnen.

Mein linkes Knie gab auf einmal nach, aber Leo hielt mich fest. Dann hob er mich auf Stormys Rücken. Neil beruhigte die Stute. Als sich unsere Blicke erneut trafen, war der Ärger aus seinen Augen verschwunden und hatte etwas anderem Platz gemacht. Enttäuschung vielleicht. Eine Anklage oder eine Frage – ich wusste es nicht.

Er gab mir die Zügel. Die Männer saßen auf, und wir setzten den Abstieg ins Tal fort.

Gegen Mittag rasteten wir am Red Water Creek, wo wir etwas zu essen bekamen und die Pferde getränkt werden sollten. Aber bei Temperaturen von minus 25° Celsius in der Nacht war der Fluss dick zugefroren und es mussten zuerst Löcher ins Eis gehackt werden, damit die Tiere trinken konnten.

Am Abend, es war schon lange dunkel, sahen wir in der Ferne die Lichter der kleinen Ortschaft Quinn, wo unser Nachtlager für den Weihnachtsabend sein sollte. Der Pfad war hart gefroren und uneben, und wir mussten uns auf die Pferde verlassen, die im Dunkeln besser sehen konnten als wir Menschen.

Ich dachte daran, dass uns zwar Kälte und Dunkelheit zu schaffen

machten, die Fliehenden von damals aber den Tod im Nacken hatten. Mein Knie schmerzte furchtbar, doch ich schwor mir, keinen Laut der Klage zu verlieren, schon gar nicht vor Neil Thunderhawk.
Alle waren froh, als wir ohne Zwischenfälle die Ranch von Arnold McDonald am Rande des Ortes erreichten, wo die Pferde auf eine Koppel gebracht und versorgt wurden.
Ich sah Neil, der mit seinem Vater sprach. Er gestikulierte wild mit den Händen. Wahrscheinlich berichtete er ihm den Vorfall vom Vormittag. Erzählte von meiner Unachtsamkeit.
Tom Thunderhawk kümmerte sich um Stormy. Er tastete mit kundigen Griffen ihre Beine ab, überprüfte die Gelenke. Dann gab er Neil ein Zeichen, dass er die Stute zu den anderen Pferden auf die Koppel bringen konnte.
Tom kam zu mir herüber. »Bist du auch wirklich okay, Tally?« Besorgt sah er mich an.
Ach, wenn das doch Neils erste Worte gewesen wären, als ich unter Stormy begraben auf der gefrorenen Erde gelegen hatte. Ich kämpfte die Tränen des Selbstmitleids zurück, die in mir aufstiegen.
»Ja, es geht mir gut. Mein Knie tut ein bisschen weh, aber es ist nicht so schlimm.« Das war gelogen. Mein Knie tat furchtbar weh, und ich fühlte mich am ganzen Körper wie zerschlagen. Jeder Knochen schmerzte. Ich war hungrig, halb erfroren und todmüde. Um ehrlich zu sein: Ich fürchtete, jeden Augenblick zusammenzubrechen.
»Wir sollten dich zu einem Arzt bringen.«
»Das ist nicht nötig«, erwiderte ich schnell. »Wirklich. Es tut nicht sehr weh.«
Ich war nicht gut im Lügen und sah Tom an, dass er mir nicht glaubte. Aber er sagte nichts.
McDonalds Koppel grenzte an das flache Gemeindegebäude von Quinn, wo man angefangen hatte Essen auszuteilen.
Vor dem Gebäude wurde das Lager aufgebaut. Drei Tipis und nun noch ein großes Armeezelt. Campinganhänger, die Pferdetrailer

und die Fahrzeuge der Unterstützer. Die ersten Lagerfeuer brannten schon.
Leo kam auf mich zu und sagte: »Da bist du ja, Tally. Ich habe dich schon überall gesucht.« Er stützte mich. So humpelte ich an seiner Seite in die warmen Gemeinderäume.
Drinnen auf dem Gang wurden wir von einem Mann mit Pferdeschwanz angehalten, der fragte: »Bist du das Mädchen, das mit seinem Pferd gestürzt ist?«
Ich nickte.
»Hast du schlimme Schmerzen in deinem Bein?«
»Das Knie tut ein bisschen weh«, sagte ich.
»Ein *bisschen?«,* wiederholte er stirnrunzelnd. »Sieht so aus, als könntest du nicht alleine laufen.«
»Es geht schon«, sagte ich und wunderte mich über die Fürsorge des Mannes.
»Ich heiße Mark Blue Bird und bin Arzt«, sagte der Fremde. »Ein junger Mann mit Zöpfen ist vorhin zu mir gekommen und hat mir von deinem Sturz erzählt. Er hat mich gebeten, mir dein Knie mal anzusehen.«
Neil, dachte ich und wollte protestieren. Aber Leo schob mich schon weiter, dem Arzt mit dem Pferdeschwanz hinterher. Blue Bird sprach kurz mit jemandem von der Gemeinde, dann führte er Leo und mich in ein kleines Büro und schloss die Tür.
»Na dann«, sagte der Arzt und nickte mir aufmunternd zu.
Ich öffnete den Mund, weil ich versuchen wollte, mich doch noch zu drücken, aber Leo sagte: »Nun hab dich nicht so, Tally. Runter mit der Hose!«
Ich musste mich erst aus meiner dicken Daunenjacke pellen und dann aus der gefütterten Latzhose, die Della mir genäht hatte. Darunter trug ich meine schwarzen Leggins.
Es war mir unangenehm, mich vor den beiden Männern auszuziehen. Aber mir blieb gar nichts anderes übrig. Ich schob die Leggins

von den Hüften und streckte Dr. Blue Bird mein linkes Bein entgegen. Dabei erschrak ich selbst. Das Knie war geschwollen und mein Bein an mehreren Stellen blau.
Dr. Blue Bird hatte kräftige Hände, aber als er mein Bein und schließlich das Knie abtastete, war er sehr vorsichtig. Ich merkte sofort, dass er etwas von dem verstand, was er da tat. Trotzdem zuckte ich zusammen, als er mit dem Daumen gegen die Kniescheibe drückte. Ich hatte Angst, dass der Arzt mir das Weiterreiten verbieten würde. So kurz vor dem Ziel. Das durfte nicht sein.
Dr. Blue Bird bewegte mein Kniegelenk, und ich biss die Zähne zusammen. Dann setzte er meinen Fuß auf den Boden und erhob sich.
»Es ist nur geprellt«, sagte er schließlich. »Die dick gefütterte Hose hat wahrscheinlich Schlimmeres verhindert.«
»Ich darf also weiterreiten?«, fragte ich.
»Das musst du wissen«, sagte Blue Bird. »Ich nehme an, es tut sehr weh, und das wird auch noch eine Weile so bleiben.«
»Ich werde es aushalten.«
Er nickte lächelnd. »Ich habe eine Salbe gegen die Schwellung im Auto. Bin in fünf Minuten wieder da.«
Dr. Blue Bird verschwand, um die Salbe zu holen, und ließ mich mit Leo Little Moon allein im Büro zurück. Eine verlegene Stille entstand. Bis Leo sagte: »Zum Glück ist nichts Schlimmes passiert. Dir nicht und deiner Stute auch nicht.«
»Ja.« Ich seufzte. »Wenn Stormy sich ein Bein gebrochen hätte, hätte ich mir das nie verzeihen können. Neil hat Recht«, bemerkte ich zerknirscht. »Ich hätte die vereiste Stelle sehen müssen. Ich hätte vorsichtiger sein müssen.«
Leo schüttelte den Kopf. »Mach dir keine Vorwürfe, Tally. Man kann nicht immer auf alles gefasst sein. Solche Dinge passieren eben.«
Ich rief mir den Augenblick vor dem Sturz ins Gedächtnis und sagte: »Es war merkwürdig, aber ich hatte das Gefühl, die Geister der Toten würden dort durch die Badlands irren.«

»Sie waren da, Tally«, sagte Leo bestimmt. »Aber sie irren nicht herum, sie sind dort zu Hause. Die Geister freuen sich, wenn wir kommen. Dann sind sie nicht mehr so allein.«
Dr. Blue Bird kam zurück. Er rieb mein Knie mit einer stinkenden Salbe ein und legte einen leichten Verband an. »Nicht mehr so viel herumlaufen heute«, sagte er. »Am besten du setzt dich in eine Ecke und legst das Bein hoch.«
Ich bedankte mich bei ihm, und er ging, um sich um andere zu kümmern, die seine Hilfe brauchten.

Leo wartete geduldig, bis ich meine Hosen wieder hochgezogen hatte, dann humpelte ich an seiner Seite in den Gemeinderaum zurück. Jedes Mal, wenn ich mein linkes Bein aufsetzte, jagte ein Stich vom Knie bis in mein Hirn. Aber ich ballte den Schmerz zusammen zu einer faustgroßen Kugel, umschloss ihn fest mit meinem Willen und ließ keinen Laut über meine Lippen kommen.
Neil stand dicht neben einem mit elektrischen Kerzen geschmückten Weihnachtsbaum, als wir in die Halle traten. Es war ein merkwürdiger Anblick: Neil Thunderhawks ernstes Gesicht, von den Lichtern eines Weihnachtsbaumes beleuchtet. Leo erzählte mir, dass ein Weißer aus dem Ort, der viel Geld für Futter gegeben hatte, auch den Weihnachtsbaum gespendet hatte. Und weil niemand ihn kränken wollte, hatte man den Baum aufgestellt, obwohl auf diesem Ritt sicher niemand Wert darauf gelegt hätte.
Ich war immer noch sauer auf Neil und sah schnell weg, als er mir sein Gesicht zuwandte.
Leo organisierte mir einen Stuhl und einen weiteren, auf den ich mein linkes Bein legen konnte. Dr. Blue Birds Salbe wärmte das Knie. Ich spürte, wie der Schmerz langsam nachließ und in ein erträgliches Pochen überging.
»Lauf nicht weg«, sagte Leo grinsend. »Ich werde uns mal was zu essen besorgen.«

Ich lauschte Bob White Bulls Bericht über den Abstieg am Big-Foot-Pass vor 114 Jahren und wollte gerade auf meinem Stuhl einschlafen, als Leo mit einer Schüssel voll Fleisch, Gemüse und Kartoffeln kam. Inzwischen hatte ich meinen Hunger übergangen, aber da ich Leo nicht enttäuschen wollte, aß ich fast alles, was er mich gebracht hatte.

Die meisten saßen noch lange um den Weihnachtsbaum zusammen, machten Späße und erzählten Geschichten. Aber ich ließ mich von Leo zu den Waschräumen bringen und suchte mir dann einen Schlafplatz in einer ruhigen Ecke. Kaum hatte ich mich in die Wärme meines Schlafsackes verkrochen, war ich auch schon eingeschlafen.

29. Kapitel

Der pochende Schmerz in meinem Knie weckte mich am frühen Morgen. Alles war noch still, nur die Schlafgeräusche der anderen waren zu hören. Leo Little Moon lag neben mir und schlief noch. Er lag mir zugewandt, und ich betrachtete sein Gesicht. Ich mochte Leo. Ich mochte ihn, wenn er lustig war und Geschichten erzählte. Es tat mir gut, wie er sich um mich kümmerte. Aber ich wünschte, es wäre Neil, der hier neben mir liegen und schlafen würde. Dann hätte ich jetzt meinen Arm ausstrecken und ihn berühren können.

Ich drehte mich zur anderen Seite und versuchte noch ein bisschen zu schlafen.

Irgendwann, diesmal später als sonst, krochen die Leute aus ihren Schlafsäcken und begannen, sich zu unterhalten. Der Duft von frischem Kaffee zog vom Gang her durch den Raum. Als ich mich umwandte, kam Leo gerade vom Waschen zurück. Er sah beneidenswert frisch und munter aus.

»Guten Morgen, Tally«, sagte er. »Was macht das Knie?«

»Es sticht und pocht«, sagte ich. »Aber es ist auszuhalten.«

Leo half mir zu den Waschräumen, wartete geduldig, bis ich wieder erschien, und brachte mich nach draußen, wo es Frühstück gab. Heute würde uns der Weg bis nach Interior führen, einer Ortschaft am Rande des Pine-Ridge-Reservates. Dort sollten wir in einer Schule unterkommen und würden auch am nächsten Tag dort bleiben, um Reitern und Pferden eine Pause zu gönnen.
Leo war schon zur Koppel gegangen, um seinen braunen Wallach zu satteln und Stormy zu holen, da stand auf einmal Neil neben mir. Er sagte: »Ich muss mit dir reden, Tally. Bitte.«
Ich war immer noch gekränkt und verletzt und nahe dran, ihm aus Trotz die Bitte abzuschlagen. Aber er sah mich so flehend an, dass ich es nicht übers Herz brachte.
»Na gut«, sagte ich. »Was willst du?«
Neil blickte sich um. Er sah unglücklich aus, keine Spur mehr von seiner Selbstsicherheit. Als ob ihn etwas quälte. Ihm blieb nicht viel Zeit, die anderen rüsteten bereits zum Aufbruch. Leo würde gleich wiederkommen, um mich zu Stormy zu bringen und mir aufzuhelfen.
»Tally«, stieß Neil hervor, »ich weiß nicht mehr weiter. Es geht mir schlecht.«
Überrascht sah ich ihn an. »Was ist denn los, Neil?«
Er senkte den Kopf, aber dann gab er sich einen Ruck und sah mir in die Augen. »Es tut mir Leid, dass ich dich gestern auf dem Pass so angeschrien habe. Das war nicht fair. Du bist eine gute Reiterin, eine sehr gute sogar. Ich war nur so furchtbar erschrocken, als ich dich eingeklemmt unter Stormy liegen sah. Ihr hättet euch beide die Knochen brechen können. Für Stormy hätte das bedeutet, dass . . .«
»Schon gut, Neil«, unterbrach ich ihn. »Ich weiß, was es für Stormy bedeutet hätte. Und glaub mir, niemand hatte mehr Angst um sie als ich.«
»Okay.« Er nickte. »Ich wollte dir nur sagen, dass es mir Leid tut.«
»Jetzt hast du dich ja entschuldigt.« Ich kämpfte mit mir. Wie gerne

hätte ich ihn in den Arm genommen. Umarmungen heilen. Warum konnte ich es nicht?

»Aber das ist nicht alles, Tally.« So verlegen hatte ich Neil Thunderhawk noch nie gesehen. Er schluckte und sagte: »Ich habe mich in dich verliebt, Braveheart.« Er versuchte ein Lächeln, aber seine Stimme bebte.

Mir blieb die Luft weg. Mein gesundes Knie gab nach und ich musste mich an der Wand abstützen, weil ich sonst umgefallen wäre. Was hatte Neil da eben gesagt? Ich konnte es nicht glauben.

»Und was ist mit Suzy Eagle Bear?«, fragte ich mit trockener Kehle.

»Suzy?«, er lachte kopfschüttelnd, »Suzy bedeutet mir nichts, sie . . .«

»Du hast sie geküsst«, stieß ich hervor, bevor er etwas sagen konnte, das lächerlich klang und alles kaputtmachte. Ich ahnte, dass er sie nicht nur geküsst hatte, und war plötzlich furchtbar eifersüchtig.

»Das war im Sommer«, bemerkte Neil brummig. »Ist dir vielleicht aufgefallen, dass sie schon lange nicht mehr kommt?«

»Schon, aber . . .«

»Tally«, sagte er und machte einen Schritt auf mich zu. Ich hatte die Wand im Rücken und konnte ihm nicht ausweichen. »Ich wollte dich eifersüchtig machen. Mehr nicht.«

»Du wolltest mich eifersüchtig machen?«, fragte ich entgeistert. »Warum?«

Ich merkte, wie er mit sich rang. »Wegen Leo.«

»Leo? Leo ist mein Freund. Ein guter Freund. Er hat mich ab und zu besucht, und er kümmert sich ein bisschen um mich.«

»Ja, das sehe ich, Tally. Ich sehe, wie er sich um dich kümmert, und es drückt mir das Herz ab. Leo Little Moon liebt dich, Talitha Running Horse. Wie kannst du nur so blind sein?«

Alles um mich herum begann sich im Kreis zu drehen, und das Atmen fiel mir schwer.

»Liebst du ihn auch?«, fragte Neil, der sich jetzt mit einer Hand neben meinem Kopf abstützte.
War das Liebe, was ich für Leo empfand? Spielte mein Herz in seiner Nähe genauso verrückt, wie es das tat, wenn ich mit Neil zusammen war? Geisterte Leo durch meine Träume? Wünschte ich mir, von ihm geküsst und berührt zu werden? Wünschte ich mir, ihn zu küssen und zu berühren? Wollte ich Kinder mit ihm haben, ein Leben teilen?
Ich schüttelte den Kopf.
Neil atmete erleichtert auf und beugte sich ein Stück zu mir herab. Dann spürte ich seine warmen Lippen auf meinem Mund. Es war ein Gefühl wie in meinen Träumen, ein warmes Glühen, das durch meinen Körper zog. Ich schloss die Augen, um mich diesem Gefühl ganz hinzugeben, und als ich sie nach einer Weile wieder aufschlug, beugte sich Leo Little Moon über mich und sagte: »Wir müssen los, Tally, die Ersten sind schon auf ihren Pferden.«

Auf dem Weg nach Interior schmerzte nicht nur mein Bein. Ich war verwirrt, um nicht zu sagen: vollkommen durcheinander. Neil war zu mir gekommen, um mir zu sagen, dass er mich liebte. Er liebte mich. Neil Thunderhawk liebte Talitha Running Horse, das Halbblut.
Trotz körperlicher Schmerzen schwebte ich auf einer Wolke aus Glück. Als es mir bewusst wurde, schämte ich mich. Mein Vater saß in Kalifornien im Gefängnis. Mein Cousin Marlin lag bewusstlos in einem Krankenhaus, und ich fühlte ein großes, allumfassendes Glück. Durfte ich das? Würde ich damit wieder irgendjemanden erzürnen und neues Unglück auf mich ziehen?
Natürlich war meine Freude nicht ungetrübt. Der Gedanke an meinen Vater war ein dauerhafter Schmerz, den ich nicht abstellen konnte. Auch dann nicht, wenn ich lachte oder endlich meinen Gefühlen für Neil freien Lauf ließ. Und schließlich war da noch Leo,

dem ich irgendwann die Wahrheit sagen musste. Leo, der immer für mich da war, der mein Freund war. Leo, den ich nicht liebte.
Im Dunkeln erreichten wir Interior, wo wir im Schulgebäude untergebracht waren. Da gab es genügend Platz für alle, sodass keine Tipis und auch das Armeezelt nicht aufgebaut werden mussten.
Als ich vom Pferd stieg und mein linkes Bein auf den gefrorenen Boden setzte, stach es so heftig in meinem Knie, dass ich leise aufschrie. Diesmal war es Neil, der sofort bei mir war und mich stützte.
»Ist alles in Ordnung?«, fragte er.
»Ja«, sagte ich. »Es ist nur das Knie.«
»Du musst nicht immer so verdammt tapfer sein, Braveheart«, sagte Neil lächelnd.
»Woher hast du diesen Namen?«, fragte ich.
»Ich habe mal gehört, wie dein Vater dich so nannte, und fand, der Name passt zu dir.« Als er sich über mich beugte, um mich zu küssen, versuchte Stormy sich zwischen uns zu drängen.
»Na he, Fräulein«, meinte Neil amüsiert. »Du bist doch nicht etwa eifersüchtig?«
Ich streichelte Stormy zwischen den Augen und drückte ihr einen Kuss auf die feuchten Nüstern.
Neil schnitt eine Grimasse. »Oder muss *ich* eifersüchtig sein?«
Ich hob die Schultern, dann mussten wir lachen.
»Ich bringe dich jetzt erst einmal rein«, sagte Neil, »dann kümmere ich mich um die Pferde.« Er stützte mich, und so humpelte ich in die Schule.
Wir aßen und blieben noch so lange auf, bis das abendliche Gebet gesprochen wurde. Dann duschte ich heiß, suchte mir ein Schlafplätzchen an der Wand und rieb mein Knie wieder mir Dr. Blue Birds Salbe ein. Danach hatte ich das Gefühl, als würde der Schmerz merklich nachlassen. Trotzdem war ich froh, als ich endlich auf meiner Matte im Schlafsack lag und mein Bein lang ausstrecken konnte.

Schon im Halbschlaf, merkte ich auf einmal, wie sich jemand dicht neben mich legte. Mein Herz schlug schneller und ich war wieder wach. Aber es war so dunkel, dass ich nicht erkennen konnte, wer es war.
Neil Thunderhawk oder Leo Little Moon.
»Wenn du deinen Schlafsack aufmachst«, sagte die Gestalt neben mir leise, »kann ich noch ein bisschen näher bei dir sein.«
Es war Neil.
Ich wagte kaum zu atmen, so erschrocken war ich. Zu Anfang des Rittes hatte er in jeder Nacht neben mir gelegen. Aber heute war es etwas anderes. Denn jetzt wusste ich, dass er neben mir lag, weil er mich liebte. Weil er wollte, dass ich meinen Schlafsack für ihn öffnete.
Die Gedanken jagten kreuz und quer durch meinen Kopf. Was würde es bedeuten, wenn er noch *näher* bei mir war? Ich dachte daran, was sein Kuss am Morgen in mir ausgelöst hatte, und mir bangte davor, Neil *zu* nahe zu sein.
»Hast du Angst vor mir?«, fragte er im Flüsterton.
Nein. Angst hatte ich nicht vor Neil. Ich liebte ihn, das war das Problem. Und ich liebte ihn schon so lange. Er wohnte in meinem Herzen, in meinen Träumen. Er war ein Teil von mir.
So leise es ging, öffnete ich den Reißverschluss an meinem Schlafsack und Neil kam zu mir. Er rückte ganz dicht an mich heran und legte seinen Arm um meine Hüfte. Voller Vorsicht vermied er, mit seinen Knien gegen mein verletztes Knie zu stoßen. Dafür war sein Gesicht so nah an meinem, dass ich die Luft einatmete, die er ausatmete. Sie roch nach Zahnpasta, aber es war nicht mehr viel Sauerstoff drin.
»Was macht das Bein?«, fragte er leise.
»Schon besser«, sagte ich.
Schweigen.
»Bist du müde?«

»Jetzt nicht mehr«, flüsterte ich zurück.
Neils Lippen suchten nach meinen. Ich erschrak, als plötzlich seine feuchten Haare über mein Gesicht fielen wie ein dunkler Vorhang. Sonst hatte er immer mit Zöpfen geschlafen.
Sein Kuss war erst weich und zaghaft, dann wurde er fordernder. Ich spürte Neils suchende Zunge in meinem Mund und hörte sein leises Stöhnen. Da schob ich ihn ein Stück von mir weg. Hatte er vergessen, dass wir nicht allein waren?
»Pssst!«, sagte ich.
»Die schlafen alle«, sagte Neil. Seine Hand lag jetzt genau da, wo mein T-Shirt nach oben gerutscht war und ein Stück nackte Haut freigegeben hatte. Ich weiß nicht mehr, ob mein T-Shirt einfach so verrutscht war oder ob seine Hand gesucht hatte. Es musste während des Kusses passiert sein.
Neils Hand wanderte auf meiner Hüfte weiter nach oben. Ich klemmte sie mit meinem Arm fest. Seine Hand blieb dort, bis ich schläfrig wurde und der Druck meines Armes nachließ. Dann wanderte sie weiter. Ich war nicht nur müde, ich war vollkommen erschöpft, und der Schlaf begann sich meiner zu bemächtigen, ob ich das nun wollte oder nicht.
Ich spürte noch, wie Neils warme Hand meine Brüste streichelte. Es war ein wunderbar zärtliches Gefühl, und ich konnte und wollte mich nicht mehr dagegen wehren. Genauso wenig, wie ich mich gegen den Schlaf wehren konnte.

Die Morgengeräusche der anderen weckten mich. Noch war es dämmrig draußen, aber die ersten waren schon dabei aufzustehen und sich um das Frühstück zu kümmern. Ich lag auf der Seite, zur Wand gedreht. Neil dicht an meinem Rücken. Er hatte einen Arm um mich geschlungen und ich fühlte mich restlos wohl mit ihm. Als ich versuchte, mich zu ihm umzudrehen, wachte er auf.
»Gut geschlafen?«, fragte er und lächelte mich verschlafen an.

»Ja«, sagte ich. »Und du?«
»Oh, ich bin am Boden zerstört.«
»Was? Aber wieso denn?«
»Na ja, ich muss als Liebhaber eine ziemliche Niete sein, wenn du dabei einschläfst«, sagte er und machte ein unglückliches Gesicht.
Ich strich ihm lächelnd eine Haarsträhne aus dem Gesicht und sagte: »Ich war so müde, Neil. Und es war so schön, dass ich dabei eingeschlafen bin.«

Als wir später im Speisesaal frühstückten, merkte ich, wie gut es tat, mal eine Pause einzulegen. Jeden Tag waren wir bei Wind und Wetter gleich nach dem Frühstück aufgebrochen. Hatten die Pferde von den Eiskrusten befreit, ihnen das Zaumzeug angelegt und waren viele Meilen am Tag geritten, manchmal durch schwieriges Gelände. Wie anstrengend das gewesen war, fiel mir erst jetzt auf, als alle entspannt ihren Kaffee tranken, erzählten, und niemand zum Aufbruch drängte.
Das Stück von Interior nach Wounded Knee, das jetzt noch vor uns lag, würde keine Herausforderung an unsere Körper, sondern eine an unsere Seelen sein, denn der Ritt näherte sich dem Ende. Und das Ende war das Massaker von Wounded Knee.
Neils Vater saß mit uns am Tisch und erzählte von einem Pferd, das vermutlich eine Lungenentzündung hatte und zum Tierarzt gebracht werden musste, damit es behandelt werden konnte.
Auch Leo saß bei uns. Er war nicht wie immer, das merkte ich sofort. Leo Little Moon versuchte seinen Kummer vor den anderen zu verbergen. Aber ich sah ihn. Ich spürte ihn. Ich fühlte mich schuldig.
Nachdem sie gegessen hatten, gingen Neil und sein Vater nach draußen, um nach den Pferden zu sehen. Neil gab mir keinen Kuss, als er ging. Vielleicht, weil er das vor seinem Vater nicht tun wollte, vielleicht tat er es auch nicht aus Respekt vor Leos Gefühlen.
Einige, die noch am Tisch gesessen hatten, räumten ihr Geschirr zu-

sammen, und ich blieb mit Leo allein zurück. Ich wusste, dass es nun so weit war. Dass er eine Erklärung verdient hatte. Aber ich saß da mit gesenktem Kopf und brachte kein Wort heraus.

»Liebst du Neil?«, fragte Leo schließlich.

Ich hob den Kopf und zwang mich ihn anzusehen. Aber sagen konnte ich noch immer nichts.

Leo sprach sehr leise: »Gestern Abend, da kam Neil zu mir und bat mich, mir einen anderen Schlafplatz zu suchen. Er wollte allein neben dir liegen. Er sagte, du wärst jetzt sein Mädchen.«

Ich schluckte beklommen. Das hatte Neil gesagt?

»Ja«, beantwortete ich ihm endlich seine erste Frage. »Ich liebe Neil Thunderhawk, schon seit ich ihn kenne.«

»Und was ist mit mir, Tally?«

»Du bist mein bester Freund, Leo. Ich mag dich sehr gern. Du hast mir immer wieder Mut gemacht und mich zum Lachen gebracht. Es tut mir weh, dass du traurig und enttäuscht bist.«

»Mir tut es auch weh, Talitha, denn ich liebe dich.« Er schwieg eine Weile und meinte dann: »Zugegeben, zuerst warst du wie eine kleine Schwester für mich. Du hast mich an Becky erinnert, und ich hatte das Gefühl, dich beschützen zu müssen. Aber dann habe ich dich besser kennen gelernt. Du brauchst niemanden, der dich beschützt, Tally. In deinem Inneren ist eine Stärke, die ich selber gerne hätte.« Er senkte den Kopf und sagte leise: »Ich hatte gehofft, dass wir eines Tages zusammen sein würden.«

»Aber ...« Ob er ahnte, wie unwohl ich mich fühlte? Wie schwer seine Worte auf mir lasteten? Wie Steine ... »Aber du hast nie ...«, ich stockte ...

»Nein, habe ich nicht. Du warst vierzehn, Tally, als ich dich auf dem Sonnentanzplatz traf. Und jetzt bist du sechzehn. Es dauerte eben eine Weile, bis ich begriff, dass meine Gefühle für dich nicht die eines Bruders sind.«

»Das habe ich nicht gewusst, Leo. Sonst hätte ich ...«

»Schon gut«, sagte er. »Wie es aussieht, hast du deine Wahl getroffen, und ich muss lernen damit zu leben. Ich bin froh, dass du ehrlich zu mir warst, und hoffe, dass Neil deine Liebe wert ist.«
Mit diesen Worten ließ er mich am Tisch zurück. Ich sah ihm nach. Musste das so sein? Dass der Preis für mein Glück der Kummer eines anderen war? Konnte niemals etwas einfach sein für mich?

Die meisten anderen verbrachten den Tag mit Handspielen, Geschichten erzählen und schlafen. Einige wuschen ihre Wäsche, andere flickten ihre Kleidung. Die Pferde wurden gebürstet, ihre Hufe eingefettet. Tom richtete Neil und mir Grüße von Della und den Mädchen aus, er hatte sie angerufen und gesagt, dass es uns gut ging. Della freute sich auf unsere Rückkehr.
Heute war der 26. Dezember. In drei Tagen würden wir den Hügel von Wounded Knee erreichen, wo unser Ritt endete. Wenn ich daran dachte, machte sich ein Anflug von Panik in mir breit. Die Tage, die ich über eine so lange Zeit herbeigesehnt hatte, waren wie im Fluge vergangen. Jeder Moment war so intensiv gewesen, dass all die Sorgen, Probleme und Ängste, die mich sonst fest im Griff hatten, in den Hintergrund getreten waren. Nur das Hier und Jetzt zählte. Was wir taten und warum wir es taten.
Es ging darum, unsere Vorfahren nicht zu vergessen. In den letzten Tagen war mir bewusst geworden, wie eng ihr Schicksal mit unserer Zukunft verbunden war. Ich hatte begriffen, warum Dinge, die vor mehr als hundert Jahren passiert waren, noch so stark eine Rolle spielten in unserem Leben. Alles war miteinander verwoben, unlösbar. Für uns bedeutete das, einen neuen Anfang finden zu müssen.

Der Tag verging schnell. Ich hatte ihn mit Neil verbracht, an dessen Anblick mit offenen Haaren ich mich erst noch gewöhnen musste. Er sah schmaler aus und älter, wenn das glatte Haar sein Gesicht rahmte.

Wir küssten uns immer wieder, lachten und flüsterten. Auf einmal gab es so viel zu erzählen, so viele Gefühle auszudrücken, für die es keine Worte zu geben schien. Manchmal benutzten wir unsere alte Sprache, weil es auf Lakota besser funktionierte.

Mein Knie pochte immer noch bei jedem Schritt, aber es tat schon bedeutend weniger weh als am Tag zuvor.

Als es Zeit war, schlafen zu gehen, führte Neil mich in die große Turnhalle des Gymnasiums. Hier schliefen nur wenige, weil es in den Klassenräumen wärmer war. Neil hatte weit abseits von den anderen einen Schlafplatz für uns gefunden, auf einer weichen Turnmatte, verborgen hinter einer Kiste mit Bällen.

Ich wusste sofort, warum Neil diese abgelegene Ecke für uns als Schlafplatz ausgesucht hatte, und ahnte, was er von mir erwartete. Den ganzen Tag war ich unbeschwert mit ihm zusammen gewesen, doch nun war ich auf einmal befangen. Im Licht einer Laterne, das durch die großen Turnhallenfenster fiel, sah ich Neils Augen vor Erwartung leuchten, und mein Herz flatterte wie ein Vogel.

Er breitete seinen Schlafsack über uns beide, dann zog er mich zu sich heran und küsste mich. Ich spürte seine Zunge in meinem Mund und seine Hand schlüpfte unter mein T-Shirt.

Ich zog meinen Kopf zurück. »Neil«, flüsterte ich, »ich weiß nicht . . .«

In diesem Augenblick sah ich meine beste Freundin Adena vor mir, die in ein paar Monaten Mutter sein würde.

»Vertraust du mir nicht?«, fragte er. Die weißen Zähne blitzten in seinem dunklen Gesicht

»Doch, aber . . .«

»Du musst an Adena denken, nicht wahr?«

»Ja«, flüsterte ich. Konnte Neil Thunderhawk Gedanken lesen?

»Ich möchte mit dir zusammen sein, Tally«, sagte Neil. »Ich will es so sehr, dass ich nicht mehr weiß, was ich machen soll. Ich dachte, du willst es auch.«

Mein Magen zog sich zusammen, und in meinem Nacken begann es zu kribbeln. Konnte es sein, dass man etwas so sehr wollte, dass man es wochenlang herbeisehnte – und am Ende doch Angst davor hatte? Ich hatte einfach nicht damit gerechnet, dass es so schnell passieren könnte.

»Willst du mal Kinder haben?«, fragte ich und atmete den Geruch seiner frisch gewaschenen Haare dicht neben meinem Gesicht.

Neil seufzte leise. »Natürlich will ich mal Kinder haben, Tally. Aber jetzt noch nicht.«

Er hatte auf einmal etwas in der Hand, ein kleines Tütchen, das knisterte. »Was hast du dir bloß gedacht, Braveheart?«

Alles. Alles und nichts.

»Vertrau mir, Tally«, flüsterte Neil, seinen Mund an meinem Ohr. »Ich verspreche dir, nichts zu tun, das du nicht auch willst.« Dann schwieg er und sprach mit seinen Händen weiter. Ich fühlte eine wohlige, fließende Wärme, die durch meinen ganzen Körper kreiste.

Neil zog sein Hemd über den Kopf und mit einer Selbstverständlichkeit, die mich selbst verwunderte, strichen meine Hände über seine warme, glatte Haut, berührten sein langes Haar, das auf mich herabfiel wie ein Vorhang aus schwarzer Seide.

Er fasste nach meinen Hüften, zupfte mein T-Shirt aus den Leggins und schob es nach oben. Seine Hand zitterte wie Espenlaub. Sollte Neil auch Angst haben? Er, der sonst vor gar nichts Angst hatte?

Neils Hand wanderte über meinen Körper und ich ließ ihn gewähren. Es war schön, ihn so nah zu spüren. Sein ganzes Wesen durchdrang mich, seine Küsse waren Schwindel erregend. Und schon bald wusste ich nicht mehr, wo ich anfing und er aufhörte.

Am nächsten Morgen erwachte ich davon, wie Neil meinen nackten Arm streichelte. Ich wollte Neil auch berühren, aber meine Hände waren noch nicht wach. Für mich war es ungewohnt, so dicht an einem anderen Menschen zu liegen. Neil hatte mich im Schlaf fest umschlungen, als ob er fürchtete mich zu verlieren, wenn er mich nicht festhielt. Dabei hatte ich so unglücklich gelegen, dass mir beide Arme eingeschlafen waren.

Ich musterte Neils Gesicht, die helle Narbe auf seinem linken Wangenknochen, seine dichten Augenbrauen, die schwarzen Augen. Er lag auf der Seite, den Kopf auf den ausgestreckten rechten Arm gelegt, und lächelte mich an. »Guten Morgen, Braveheart«, sagte er. »Hast du gut geschlafen?«

»Ja«, sagte ich, während ich daran dachte, dass ich nun nicht mehr dieselbe war wie gestern noch.

»Ich habe nicht gewusst, dass es so sein kann«, sagte Neil, als hätte er meine Gedanken erraten.

»Wie denn?«, fragte ich mit rauer Stimme.

Ich sah, wie er überlegte und nach Worten suchte, die seine Gefühle am besten ausdrücken würden. »Alles war richtig«, sagte er schließlich feierlich.

»War es mit Suzy nicht richtig?«, fragte ich.

Ich fürchtete, Neil war entsetzt, dass ich ihm in diesem Moment eine derartige Frage stellen konnte, und ich wusste auf einmal auch nicht mehr, warum sie mir entschlüpft war. Worte waren so schnell – wie Pfeile. Einmal abgeschossen, konnte man sie nicht mehr zurückholen.

Er setzte sich auf, dachte eine Weile nach und sagte schließlich: »Suzy Eagle Bear ist ein Mädchen, das es gewohnt ist, zu bekommen was es will: ein Appaloosapferd, ein eigenes Auto, Neil Thunderhawk. Aber das habe ich erst nach einiger Zeit begriffen. Ich war neugierig und unerfahren, und ich dachte, dass du mit Leo Little Moon zusammen bist. Nein, Tally. Als ich mit Suzy geschlafen habe, war gar nichts richtig.«

Er begann sich anzuziehen, und ich fror.

»Warte noch einen Augenblick«, sagte ich, als er aufstehen wollte.

Neil drehte sich zu mir um und sah mich fragend an.

»Ich wollte es wissen und bin froh, dass du mir die Wahrheit über

dich und Suzy gesagt hast. Ich werde dich nie wieder nach ihr fragen.«
Sein Blick bekam etwas Zärtliches, als er sich zu mir beugte und mich küsste. »Ich liebe dich, Braveheart«, sagte er. »Und sollte es jemals anders sein, dann werde ich es dir sagen. Aber nun zieh dich an, die anderen sind alle schon auf den Beinen.«

30. Kapitel

An diesem Vormittag überschritten wir mit unseren Pferden die Reservatsgrenze. Kräftiger Wind trieb von Norden dunkle Wolken vor sich her, und schon bald fing es an zu schneien.
Mein anderes Leben, in das ich bald zurückkehren würde, rückte zusehends näher. Das dunkle Kellerzimmer in Tante Charlenes Haus. Die Besuche bei Marlin, meinem reglosen Cousin im Krankenhaus in Rapid City. Die Sehnsucht nach meinem Dad, der mir so furchtbar fehlte, dass es manchmal wehtat. Und Adena, von der ich so sehr hoffte, dass es ihr gut ging.
Ich würde zurückkehren in mein Leben, aber nichts würde mehr sein wie zuvor. Weil ich eine andere geworden war auf diesem Ritt. Auf dieser Reise durch die drei Lakota-Reservate hatte ich ein Gefühl von Gemeinschaft erfahren, das ich nicht für möglich gehalten hätte.
Ich hatte auf Stormys Rücken eisigen Wind, Schneegestöber und bitteren Frost ertragen. Die Geister meiner Ahnen waren mir begegnet. Stormy und ich waren gestürzt und wieder aufgestanden. Ich hatte den Schmerz in meinem Knie mit meinem Willen bezwungen.
Aber es war nicht nur das.
Neils Liebe war endlich zur Gewissheit geworden. Ein leuchtend warmer Strahl, der in die Zukunft reichte.

Zwei Tage später, am 29. Dezember erreichten wir gegen Mittag den Hügel von Wounded Knee. Eine helle Sonnenscheibe leuchtete durch die Schneewolken und nahm dem Ort etwas von der Düsternis, die er ausstrahlte.

Voran die Staffträger mit Bob White Bull an der Spitze, erklomm ein Reiter nach dem anderen den Pfad, der hinauf zum Steintor führte, hinter dem sich der Friedhof mit dem grauen Gedenkstein und die Holzkirche befanden. Auf dem eisernen Kreuz wehte eine weiße Flagge.

Eine Vielzahl von Menschen erwartete uns, die genauso dick eingemummelt waren wie wir. Die meisten von ihnen waren Familienmitglieder und Freunde der Reiter. Eltern warteten auf ihre Kinder. Leute vom Fernsehen waren da und Reporter von verschiedenen Zeitungen.

Wir wurden mit lauten Rufen und den hohen Trillern der Frauen begrüßt, die mich an Kriegsgeschrei denken ließen. Jeder Ankömmling auf seinem Pferd wurde mit Salbei beräuchert. Mein Blick streifte durch die Menge, ob ich vielleicht Adena entdecken konnte, aber ich sah sie nicht. Man konnte kaum jemanden erkennen unter den großen Kapuzen mit Pelzkragen und dicken Wollmützen.

Mit unseren Pferden bildeten wir einen großen Kreis um die fünf Männer, die Gebetsstäbe trugen. Es war ein dichter Kreis von fast zweihundertfünfzig Reitern. Die Sonne kam für einen Augenblick hinter den Wolken hervor, und von den Leibern der Pferde stieg Dampf auf. Neil stand mit Taté neben mir, und uns gegenüber sah ich Leo Little Moon mit seinem braunen Wallach. Er sah zu uns herüber, aber ich merkte, dass er mit seinen Gedanken ganz woanders war.

Arlo Big Foot war der erste der Staffträger, der zu sprechen begann. Er erzählte noch einmal in kurzen Worten, was sich an diesem Tag vor 114 Jahren hier zugetragen hatte.

»Da standen 470 schwer bewaffnete Soldaten gegen 400 von Hun-

ger, Kälte und dem langen Marsch erschöpfte Menschen, von denen die meisten Frauen und Kinder waren«, sagte er. »Am Abend des 28. Dezember hisste mein Großvater die weiße Flagge und ergab sich. ›Ich will in Frieden leben, bis mein letzter Tag kommt‹, soll er gesagt haben. Am nächsten Vormittag mussten sich die Männer in einer Reihe aufstellen und jeder, der einen Schritt aus der Reihe wagte, sollte sofort erschossen werden. Es kam zu einem Handgemenge zwischen einem Soldaten und einem unserer Männer, bei dem sich ein Schuss löste. Ein Kommando ertönte, und Gewehrfeuer brach los. Die Soldaten schossen wahllos auf alles, was keine Uniform trug. Wer versuchte, zu fliehen, wurde gejagt. Noch im Umkreis von zwei Meilen fand man später Leichen und Verwundete. Stellt euch vor, bei diesem Wetter verwundet zu sein und auf dem eisigen Boden zu liegen. Auch mein Großvater starb im Schnee.« Big Foots Stimme war so bewegt, dass er kaum noch weitersprechen konnte. Ringsum herrschte bedrückende Stille, nur das Schnauben der Pferde war hin und wieder zu hören und das Klirren der Trensen.
Bob White Bull übernahm das Wort. »An diesem Tag wurde der Kreis des Lebens zerschlagen«, sagte er, »unser Traum von einem Leben in Freiheit und Würde auf unserem Land. Aber wir haben lange genug getrauert. Mit diesem Ritt wollen wir an all jene erinnern, die hier ihr Leben ließen. Er war unser Gebet für die Toten, deren Seelen uns begleitet haben. Doch nun ist es an der Zeit, die Tränen der Trauernden zu trocknen und den Heiligen Kreis des Lebens wieder zu schließen. Das sind wir unseren Kindern und allen kommenden Generationen schuldig.«
Auch die anderen drei Staffträger sprachen ein paar Worte und der letzte sang ein Lied auf Lakota, begleitet vom dumpfen Klang einer Trommel. Die Schläge meines Herzens folgten ihrem Rhythmus. Vor Ehrerbietung und Freude liefen mir Tränen über die Wangen. Wir hatten es geschafft, und ich war mit Stormy dabei gewesen. Dank-

bar lehnte ich mich nach vorn und legte meine Wange an den Hals der Stute. Nichts und niemand würde uns nun noch auseinander bringen können. In diesem Augenblick fühlte ich mich unverwundbar.

Was auch kommen mochte, ich würde es schaffen. Von nun an würde ich alles schaffen.

Nach und nach stiegen alle Reiter von ihren Pferden. Die Staffträger trugen die Gebetsstöcke durch das steinerne Tor mit dem schmiedeeisernen Bogen auf den Friedhof. Dorthin durften die Fernsehleute und die Zeitungsreporter mit ihren Kameras uns nicht folgen. Am Gedenkstein für die Toten sollte die Abschlusszeremonie stattfinden.

Ich humpelte immer noch ein bisschen, als ich mit den anderen zum Tor lief. Hatte da nicht eben jemand meinen Namen gerufen?

Mein Blick streifte die Gesichter der Gäste, die am Rand standen, und plötzlich glaubte ich meinen Augen nicht zu trauen. Ich hatte meinen Vater entdeckt. Zuerst dachte ich an einen Irrtum, aber er war es wirklich. Mit seinem schwarzen Hut und seiner rot-schwarz karierten Fleecejacke stand er da, direkt neben Tante Charlene.

Er winkte, lachte.

Neil zog mich an der Hand hinter sich her, aber ich machte mich los und lief so schnell ich konnte zu meinem Vater. Er umarmte mich, hob mich vom Boden auf, wie er es früher getan hatte.

»Seit wann bist du wieder zu Hause?«, fragte ich meinen Vater. Man sah ihm an, dass er die vergangenen neun Monate hinter Gefängnismauern verbracht hatte. Seine Haut war grau, und er hatte dunkle Ringe unter den Augen.

»Seit vorgestern«, sagte er. »Arnold Colder hat es nicht nur geschafft, meine Unschuld zu beweisen. Er hat auch einen Privatdetektiv engagiert, und der hat den wahren Dieb überführen können.«

»Oh Dad.« Ich umarmte ihn noch einmal. »Und du wirst nicht wieder nach Kalifornien gehen.«
»Nein, Tally, das werde ich nicht. Das alles war eine schreckliche Erfahrung für mich, und eines habe ich dabei gelernt: dass es ein großer Fehler ist, jemanden zurückzulassen, den man liebt.«
Dad legte seine Hand an meine Wange. »Für das Geld, das ich gespart habe, zusammen mit der Haftentschädigung, kann ich ein kleines Haus für uns anzahlen. Und bei Big Bats können sie noch jemanden in der Autowerkstatt brauchen. Ich habe also einen festen Job.«
Ich schüttelte verblüfft den Kopf. »Wie hast du das bloß alles so schnell geschafft, Dad?«
»Tante Charlene hat mir den Job besorgt«, sagte mein Vater und lächelte.
Ich ging zu meiner Tante und umarmte sie. Sie weinte und lachte zugleich. »Marlin ist aufgewacht«, sagte sie. »Er hat mich erkannt.«
»Wann?«, fragte ich. Die Überraschungen wollten kein Ende nehmen.
»Vor sechs Tagen.«
»Das ist ja wunderbar, Tante Charlene. Ich freu mich so für ihn und für dich.«
»Zuerst hat er nach dir gefragt«, sagte sie. »Er wollte wissen, ob es dir gut geht. Und dann hat er mir versprochen, dass jetzt alles anders wird. Er will wieder zur Schule gehen, wenn er aus dem Krankenhaus raus ist.«
Endlich, dachte ich froh. Endlich beginnen die Dinge, sich zum Guten zu wenden.
Wieder hörte ich die Trommel, sie rief nach mir. »Die Zeremonie beginnt«, sagte mein Vater. »Geh zu den anderen, du hast es verdient, Braveheart.«
Ich lief durch das Tor. Neil winkte mich zu sich und nahm meine Hand in seine. Als die Trommelschläge anschwollen, wurde mein

Herz weit. Die dumpfen Töne hallten über die schneebedeckten Hügel von Wounded Knee.
Auf der anderen Seite des Gedenksteines sah ich Leo stehen. Er nickte mir zu, ernst und schön. Neben ihm entdeckte ich Adena. Unsere Blicke trafen sich und sie lächelte.

Antje Babendererde

Libellensommer

An einer Tankstelle am Highway begegnet Jodie dem jungen Indianer Jay zum ersten Mal. Ein paar Tage später ist sie mit ihm auf einer Reise, die ihr Leben verändern wird. Die beiden erleben einen Sommer voller Liebe und Magie fernab von jeder Zivilisation inmitten der kanadischen Wildnis – und bald steht Jodie vor der schwersten Entscheidung ihres Lebens.

Arena

Auch als E-Book erhältlich

272 Seiten • Klappenbroschur
ISBN 978-3-401-50910-5
www.arena-verlag.de